THE MAN YOU NEED

Lyssa Kay Adams

THE MAN YOU NEED

ROMAN

Traduit de l'anglais (États-Unis) par
ANGÉLA MORELLI

Titre original :
UNDERCOVER BROMANCE

Publié avec l'aimable autorisation de La Nouvelle Agence.

HARPERCOLLINS FRANCE
83-85, boulevard Vincent-Auriol, 75646 PARIS CEDEX 13.

www.harlequin.fr

ISBN 978-2-2804-5701-9 — ISSN 2271-0256

Pour maman.
Merci d'avoir fait de moi une femme forte et de m'avoir appris que nous le sommes toutes.

1

Braden Mack gara sa Porsche sur une place vide au fond du parking sombre et attendit le signal. Face à lui, deux rangées plus loin, une berline avança lentement, tous phares allumés.

Un instant s'écoula. Puis deux.

L'autre véhicule finit par lui faire deux appels de phares successifs.

L'heure était venue.

Il éteignit le moteur et coupa son téléphone, qu'il fourra dans la poche de son blouson en cuir. Il descendit de sa voiture et les passagers de la berline firent de même. Leurs larges silhouettes se déplièrent une par une. De petits nuages de vapeur se formèrent autour de leurs visages. Mack les rejoignit à mi-chemin entre les deux véhicules.

— T'es en retard, constata Del Hicks, l'un des meilleurs amis de Mack.

— J'avais un mariage à sauver.

— Encore une épouse esseulée ? demanda Derek Wilson, un homme d'affaires de la région.

— Les hommes n'apprennent pas de leurs erreurs.

— C'est bien pour ça qu'on est là, pas vrai ? rebondit Malcolm James, sa voix profonde et sereine émanant d'une barbe si longue qu'elle atteignait presque sa clavicule.

— Tout à fait. (Mack regarda tour à tour ses amis pour prendre la mesure de leur courage et de leur investissement.) Si vous voulez vous dégonfler, c'est maintenant. Quand on aura commencé, pas de retour en arrière possible.

— J'en suis, affirma Derek.

— Ouais, mec, renchérit Del en frappant sa paume de son poing ganté. Allons-y.

— Qu'est-ce qu'on fout ici, déjà ? se plaignit Gavin Scott, l'un des derniers arrivés dans le groupe, les épaules voûtées pour résister au vent. À part se geler les couilles ?

Mack pivota pour faire face au bâtiment. Une enseigne rouge vif éclairait le trottoir animé qui faisait le tour du centre commercial. *LIBRAIRIE MUSIC CITY*. Pendant trois ans, leur club de lecture était resté dans l'ombre. Ils lisaient en secret. Se retrouvaient derrière des portes closes. Ils étaient dix en tout – athlètes professionnels, fonctionnaires municipaux, génies de la tech et chefs d'entreprise. Ou, dans le cas de Mack, propriétaire de plusieurs bars et boîtes de nuit de Nashville. Tous réunis par l'amour des romans, qui faisaient d'eux de meilleurs hommes, de meilleurs amants et de meilleurs maris.

Sauf pour Mack, dernier célibataire de la bande.

— Qu'est-ce qu'on fout ici ? répéta-t-il en les dévisageant. On s'apprête à acheter des romances en public.

Il mit les mains sur les hanches, sûr que sa réponse susciterait une réaction spectaculaire. Genre, des violons comme au cinéma, ou à tout le moins des cris enthousiastes de la part des autres. Mais il n'eut droit pour toute réponse qu'à un pet tonitruant émanant du cinquième membre du groupe, un joueur de hockey que tout le monde appelait le Russe et qui souffrait d'une fâcheuse intolérance au lactose.

Ce dernier se tenait le ventre à deux mains.

— Il faut que j'aille aux chiottes.

Mack secoua la tête.

— En route.

Le Russe se mit en mouvement le premier, d'une démarche légèrement bancale. Ils lui emboîtèrent le pas, guidés par Mack. Ils s'immobilisèrent au bout du parking pour laisser passer une file de voitures avant de gagner le trottoir au petit trot. Le Russe disparut à l'intérieur d'un pas pressé sans un regard en arrière. Apparemment, ça devenait chaud. Ces sanitaires ne savaient pas ce qui les attendait. RIP la plomberie de la librairie.

Mack prit une profonde inspiration, la main sur la poignée. Il se tourna de nouveau vers les autres.

— Bon. Voici les règles. Tout le monde doit acheter au moins un titre à proposer comme prochaine lecture pour le club. Interdiction de cacher les couvertures. Et si on vous pose la question, interdiction de dire que c'est pour offrir. Vous l'achetez pour vous. Des questions ?

— Et si quelqu'un nous reconnaît ? grommela Gavin.

C'était probablement le plus célèbre du groupe et le plus susceptible d'être reconnu. Joueur de base-ball dans l'équipe de Major League de Nashville, les Legends, il avait atteint une renommée nationale l'année précédente grâce à un « walk-off grand slam » dans un match de playoff.

— Où est le problème ? rétorqua Malcolm, lui aussi célèbre. (Il jouait dans l'équipe de football américain de la ville.) On passe un temps fou à critiquer cette société injuste qui, à cause de la masculinité toxique, nous fait croire que c'est honteux de lire des romans d'amour. Et pourtant, on achète nos livres en secret. Il est temps de prêcher par l'exemple.

— Je n'aurais pas dit mieux, constata Mack en se redressant.

— Normal, railla Gavin. Malcolm est surdoué, idiot.

Mack brandit son majeur.

Gavin l'imita.

Del soupira et écarta Mack avant de pousser la porte.

— J'y vais en premier.

Ils n'eurent pas plus tôt franchi le seuil qu'ils attirèrent l'attention, mais Mack doutait qu'on les ait reconnus. Arrivait-il souvent qu'un groupe de mecs baraqués et beaux gosses entrent dans une librairie ? Ils ressemblaient aux attaquants de la Ligue littéraire du Tennessee.

— Où est le rayon romances ? demanda Del à mi-voix.

Mack secoua la tête en lisant les panneaux suspendus au plafond.

— Je ne le vois pas.

— On va demander, intervint Malcolm.

Gavin jura et abaissa la visière de sa casquette pour dissimuler son visage.

Ils se dirigèrent vers l'accueil. Une femme qui portait un T-shirt proclamant *Je lis des livres censurés* leva les yeux de l'écran de son ordinateur.

— En quoi puis-je vous aider ?

— Pourriez-vous nous indiquer le rayon amour ?

Elle plissa les yeux.

— Genre mariage et développement personnel ?

— Non, répondit Mack en se glissant aux côtés de Malcolm. (Il posa la main sur le comptoir et se pencha vers l'employée en souriant.) On cherche les romans d'amour.

— Vous cherchez le rayon des romans d'amour, répéta-t-elle comme si elle avait mal entendu.

— Absolument, renchérit Mack en lui adressant un clin d'œil.

Les joues de la libraire s'empourprèrent sous cette marque d'attention.

— C'est bien la première fois que des hommes me demandent ça.

Mack se pencha davantage et baissa la voix, prenant un ton mi-séducteur, mi-conspirateur. La jeune femme rougit de plus belle.

— Nous sommes nombreux, pourtant, murmura-t-il.

Elle désigna du doigt le fond de la boutique.

— Dernières étagères sur la droite.

Malcolm les entraîna dans le magasin.

— Ça t'arrive de ne pas flirter ? demanda-t-il à Mack d'un ton dégoûté.

Ce dernier haussa les épaules.

— J'y peux rien si je dégouline de charme.

Ils s'immobilisèrent devant une bibliothèque qui contenait une maigre sélection de livres de poche. Un seul mur était consacré à la romance.

— C'est une honte, commenta Malcolm en secouant la tête.

Gavin jeta un regard nerveux autour de lui.

— Ça ne me dérangerait pas de continuer à faire mes achats en ligne.

— Un peu de fierté, le morigéna Malcolm en reportant son attention sur les titres inscrits sur le dos des ouvrages.

Le Russe revint à cet instant.

— Bons toilettes. Très propres.

Il pouvait citer les meilleures toilettes publiques de toutes les grandes villes des États-Unis. S'il prenait sa retraite, il pourrait créer une appli permettant de les classer et gagnerait plus d'argent qu'en tant que hockeyeur.

Mack trouva son autrice favorite et attrapa son dernier roman, *Le Protecteur.* Une histoire d'amour à suspense entre un agent secret et la fille du Président. Il aimait ajouter un peu de danger à ses romances et il avait un faible pour les histoires d'ennemis qui devenaient amants. Il y avait quelque chose de satisfaisant lorsque deux personnages découvraient que ce qui les séparait était aussi ce qui les rendait parfaits l'un pour l'autre.

— On se retrouve vendredi soir ? demanda Gavin en examinant un livre au dos rouge. Le match ne se terminera pas avant 19 heures, du coup Del et moi ne pourrons pas être là tôt.

— Ce sera samedi, affirma Mack en ouvrant son bouquin pour parcourir la première page. Vendredi, j'ai un rencard avec Gretchen.

Un sentiment d'angoisse lui noua le ventre. Demain soir, ça ferait exactement trois mois qu'il sortait avec Gretchen, une avocate rencontrée à un cocktail, et il ne comptait reculer devant aucune dépense pour que ce soit une soirée spéciale pour elle. Il avait tiré toutes les ficelles pour obtenir une réservation au Savoy (ce qui était presque impossible), l'un des restaurants les plus huppés de Nashville, tenu par un chef rendu célèbre par une émission de téléréalité. Et si tout se déroulait comme convenu, il avait prévu de faire ce qu'il n'avait jamais fait de sa vie, à savoir : avoir *la* conversation. La conversation « soyons exclusifs ».

Le silence derrière lui devint soudain trop évident pour être une coïncidence. Il pivota. Les autres étaient en train de communiquer à grand renfort de sourcils haussés et de gestes de la main. Del ouvrit son portefeuille et fourra un billet de vingt dollars dans la main du Russe.

— C'est quoi ce bordel ? Qu'est-ce que vous foutez ?

Ils sursautèrent. Ils arboraient tous un air coupable.

— Il me devait de l'argent, expliqua le Russe en glissant le billet dans sa poche.

— Mais bien sûr. Crachez le morceau.

Les épaules du Russe s'affaissèrent. Il ressemblait à un chiot qui venait d'être réprimandé pour avoir pissé sur le tapis.

— Il a gagné le pari.

Mack fronça les sourcils.

— Quel pari ?

— On avait parié que tu choisirais une romance à suspense, lança Del.

Mack croisa les bras en coinçant le livre sous son aisselle.

— Vous espérez me faire croire que vous avez parié sur mon choix de bouquin ?

Le Russe se mit à siffloter en regardant autour de lui. Del lui donna une chiquenaude sur l'arrière de la tête.

— Oh et puis merde, soupira Gavin. Ils ont parié sur le temps qu'il te faudrait avant de larguer Gretchen.

Mack cilla.

— Vous vous foutez de ma gueule ?

— C'était son idée, dit le Russe en désignant Del.

Ce dernier ne nia pas. Il se contenta de hausser les épaules.

— J'ai perdu beaucoup de fric mais je suis impressionné que tu sois resté avec elle aussi longtemps. Ça doit être un record.

Mack poussa un cri outré. Il essayait de ne pas se sentir insulté car, pour être honnête, il méritait certainement sa réputation de célibataire coureur de jupons qui changeait de nana tous les week-ends. Mais il n'avait jamais rencontré personne avec qui il imaginait se ranger. Pourtant, malgré ce que pensaient la plupart des gens, il en avait vraiment envie. De là à ce que son pote parie contre lui… Si ce n'était pas un coup de pied mal placé, ça y ressemblait beaucoup.

Mack agita l'index en direction de Del.

— Sache, trouduc, que *je ne l'ai pas encore larguée* parce que je l'apprécie beaucoup. Elle est belle, intelligente et ambitieuse.

— Et pas du tout le genre de femme qu'il te faut, dit Malcolm, qui intervenait dans la conversation pour la première fois.

Il avait continué à examiner les étagères durant la plus grande partie de l'échange et venait de se tourner vers eux, quatre romans dans ses mains massives.

— Pardon ? postillonna Mack. Comment ça, ce n'est pas le genre de femme qu'il me faut ?

— Aucune des femmes avec qui tu sors n'est du genre qu'il te faut, ironisa Gavin.

Mack s'étouffa avant de parvenir à formuler une réponse.

— Toi et moi, on se connaît depuis moins de six mois, mec.

— Ouais, et en six mois, tu es sorti avec six nanas différentes. Des meufs géniales. Toutes intelligentes, talentueuses et magnifiques. En un mot, *parfaites*.

— Et c'est un problème ?

Ses paroles sonnaient sur la défensive, ce qui lui donnait l'impression de l'être vraiment. C'était le cas, merde. Ils étaient censés acheter des romans, pas analyser sa vie amoureuse.

Gavin haussa les épaules.

— À toi de me le dire. Tu les as toutes larguées.

— Parce que ça n'a pas marché avec elles, grommela Mack.

— Et c'est différent avec Gretchen ?

— Oui.

— Pourquoi ? demanda Malcolm.

Mack était incapable de répondre à cette question. Avec Gretchen, c'était différent parce que, parce que… et zut, c'était différent parce qu'il était prêt pour que ça le soit. Ça ne suffisait pas ? Il en avait assez de voir ses amis vivre heureux à jamais pendant qu'il cherchait en vain la future Mme Mack – quelqu'un qu'il pourrait chérir toute sa vie, avec qui il pourrait vieillir. C'était lui qui avait fondé ce satané club de lecture, mais il était le seul à ne jamais être tombé amoureux. Alors, oui, cette fois-ci, il mettait toutes les chances de son côté pour que ça marche, parce que lui aussi il voulait sa happy end, bon sang.

Gavin leva les mains en signe de trêve.

— Tout ce qu'on dit, c'est que tu as beau te présenter comme un expert, tu n'as pas compris la leçon la plus importante de ces bouquins.

— Qui est ?

Son ton était presque irascible mais il n'appréciait pas que le membre le plus récent du club le sermonne sur les leçons dispensées par les manuels – c'était ainsi qu'ils appelaient les romances entre eux.

— Il y a une grande différence entre courtiser quelqu'un et l'aimer.

Mack leva les yeux au ciel.

— Facile à dire pour toi. Tu as eu un coup de foudre pour une nana parfaite.

Gavin prit un air sérieux.

— Ma femme n'est pas parfaite. Elle est juste parfaite pour moi. Et notre mariage a été tout sauf facile.

Un sentiment désagréable titilla de nouveau l'estomac de Mack, mais ce coup-ci c'était de la culpabilité. Gavin et son épouse, Thea, avaient failli divorcer six mois plus tôt, avant que le club ne l'aide à la reconquérir.

Mais plutôt que de s'excuser pour ses propos, il préféra s'enferrer.

— Je vais vous prouver que vous vous trompez, affirma-t-il d'un ton furieux.

Mack sortit son portefeuille de la poche arrière de son pantalon, le cœur battant, avec l'arrogance de celui qui a quelque chose à prouver. Il lança un billet de cent dollars à Del.

— Cinq contre un que, demain soir, j'aurai officiellement une petite amie.

2

— Tu es magnifique ce soir.

Mack se pencha pour s'emparer des doigts fins de Gretchen. Il caressa ses phalanges du bout du pouce et elle lui sourit. Les boucles d'oreilles qu'il lui avait offertes la semaine précédente pour son anniversaire pendaient à ses lobes délicats et étincelaient à la lueur des chandelles.

— Merci, répondit-elle. Tu me l'as tellement répété que je le crois.

— C'est une nouvelle robe ?

Elle rit en baissant les yeux sur le vêtement.

— Euh, pas vraiment. Je l'ai achetée chez Macy's il y a deux ans. En solde.

— Elle est très belle.

Elle retira sa main.

— Merci. Encore.

Gretchen détacha son regard de celui de Mack et examina le restaurant. Leur table VIP, située dans le loft, leur donnait une vue imprenable sur le décor « urban chic ». Les lustres en fer forgé suspendus au haut plafond et les murs en briques donnaient à l'ensemble un air inachevé. Mais lorsqu'on les mettait en regard des boiseries sombres et des décorations dorées, l'ensemble était d'une opulence digne du vieux continent.

— Je me suis toujours demandé comment était ce restaurant, déclara Gretchen.

— Qu'en penses-tu ?

— C'est, euh… (Elle grimaça comme si elle éprouvait de la réticence à formuler une critique.) C'est un peu *too much*.

— Comme Royce.

— Tu le connais ?

Mack se rencogna dans sa chaise en ajustant les pans de son blazer.

— On s'est croisés plusieurs fois. À des tournois de golf de charité et d'autres trucs du même genre. En tant que chefs d'entreprise, on fréquente les mêmes cercles.

— Ah. Bien sûr. (Elle plissa les yeux.) Je ne les fréquente pas, pour ma part, tu sais.

— Tu en fréquentes d'autres plus importants.

Gretchen était une avocate commise d'office spécialisée dans l'immigration.

Leur serveur s'approcha de leur table avec une bouteille de dom-pérignon frappé. Mack l'avait commandée quand il avait réservé, de même que leur célèbre dessert – le cupcake Sultan. Il était si élaboré et si cher qu'il fallait le commander à l'avance. Il lui tardait que Gretchen le voie.

— Du champagne ? s'étonna Gretchen tandis que le serveur faisait sauter le bouchon.

— On a quelque chose à fêter, répondit Mack avec un clin d'œil.

Le serveur remplit deux flûtes étroites puis déposa la bouteille dans un seau rempli de glace avant de leur annoncer qu'il serait de retour dans quelques minutes avec le menu de la soirée.

— D'accord, répondit Gretchen en acceptant son verre. On boit à quoi ?

Mack leva sa flûte.

— J'ai signé le contrat pour le nouvel immeuble, annonça-t-il. Mais plus important, buvons à nous. Trois mois. Et bien plus à venir, j'espère.

Le sourire de Gretchen n'atteignit pas ses yeux lorsqu'elle entrechoqua son verre contre le sien. Il crut d'abord qu'il se faisait des idées mais elle détourna le regard en sirotant une gorgée de champagne.

— Tout va bien ?

Elle hocha la tête.

— C'est merveilleux.

— Comme toi.

Et voilà qu'il était de retour. Le sourire qui n'en était pas tout à fait un. Mack posa sa flûte et s'empara de nouveau de sa main.

— Tu es sûre que tout va bien ?

— Oui. Je suis juste… Pour être honnête, je me sens un peu coupable d'être ici.

— Pourquoi ?

— Mes clients peuvent à peine acheter des pâtes à leurs enfants.

— Ça ne veut pas dire que je ne peux pas te gâter.

— Je n'ai pas besoin d'être gâtée, Mack.

— Mais tu mérites de l'être.

Il essaya de nouveau le combo clin d'œil et sourire. Cette fois-ci, il fonctionna. Les doigts de Gretchen se détendirent sous les siens.

— Merci. Tu ne fais pas les choses à moitié quand tu invites une femme à dîner.

— Je ne cherche qu'à te plaire. (Il pressa sa main une dernière fois puis la lâcha.) J'espère que tu as faim. Parce que j'ai une surprise pour toi plus tard.

Gretchen avala une gorgée de champagne en jetant un coup d'œil à sa montre.

— Non mais, sérieux, pourquoi ne pas se contenter de mettre le feu à mille balles ?

Liv Papandreas s'éloigna du comptoir en inox immaculé pour examiner son dernier chef-d'œuvre culinaire en secouant la tête d'un air dégoûté. En tant que cheffe pâtissière du Savoy, elle n'aurait pas dû être surprise par la façon dont les gens les plus riches gaspillaient leur argent, mais, en fait, elle l'était. Et dès l'instant où son patron avait mis le cupcake infusé à l'or au menu, elle avait compris que tout ce que la ville comptait de célébrités et de frimeurs le commanderaient aussitôt, juste pour prouver qu'ils en avaient les moyens.

Et pour poser sur Instagram avec Royce Preston, qui en plus d'être un chef célèbre et un animateur télé était le gros connard qui signait les fiches de paie de Liv.

Toutes les semaines, des millions de fans regardaient son émission de téléréalité, *Kitchen Boss*, pour avoir leur dose de charme et de beau parleur. Ils ignoraient qu'en réalité son charme était aussi faux que ses implants capillaires. Une fois les caméras éteintes, il redevenait le crétin agressif qui avait volé la plupart de ses recettes à sa propre équipe. Si Liv avait réussi à survivre une année entière dans sa cuisine, c'est qu'elle éprouvait un mépris têtu pour les poseurs friqués. Qui aurait pu deviner qu'une adolescence de rébellion contre l'autorité lui serait utile un jour ?

La rumeur disait que le débile qui avait commandé le cupcake ce soir était un propriétaire de boîtes de nuit. Liv n'en savait rien. Les boîtes, ce n'était pas son truc. À cause des gens. Les gens n'étaient pas son truc non plus.

Soudain, sa compagne de cellule – euh, sa sous-cheffe – Riya Singh, lui donna une tape dans le dos.

— Tu ne crois pas que ton talent vaut mille dollars ?

— Je pense qu'il vaut bien plus. Mais un cupcake, non. Tous ceux qui le commandent devraient être obligés de rédiger un chèque pour la banque alimentaire.

— À commencer par Royce.

Bien sûr. Les hommes comme Royce ne donnaient rien aux œuvres caritatives. Ils amassaient leur argent pour l'exhiber. Ils s'en servaient pour faire entrer leurs enfants dans des universités prestigieuses. Et il était sur le point d'en gagner encore plus. Dans un mois, le premier livre de recettes officiel estampillé *Kitchen Boss* sortirait – un recueil rempli de recettes volées. L'une était de Liv – un baklava revisité avec des grenades et du miel.

— Je ne comprends toujours pas pourquoi tu ne démissionnes

pas pour accepter l'offre de ta sœur, déclara Riya. Tu pourrais être libérée pour toujours si tu le désirais. Nous, on ne peut pas partir. On n'a pas le choix.

La sœur de Liv, Thea, lui avait proposé une dizaine de fois de lui donner de l'argent pour ouvrir son propre restaurant. Thea avait épousé un joueur de base-ball de Major League dont le salaire était à la hauteur de sa célébrité. Mais ce que personne ne semblait comprendre, même Thea, c'était que Liv ne voulait pas réussir grâce à l'argent de quelqu'un d'autre. Sinon, elle n'aurait qu'à passer un coup de fil à son père plein aux as et accepter qu'il s'achète une façon de revenir dans sa vie. Mais elle ne voulait pas qu'il lui donne de l'argent parce qu'il se sentait coupable.

De toute façon, Liv avait trop travaillé et surmonté trop d'épreuves pour accepter la facilité. Elle possédait la volonté et le talent pour réussir toute seule, et elle comptait bien le faire. Si elle parvenait à rester un an de plus ici, elle pourrait décrocher son propre ticket dans le féroce milieu culinaire : tout le monde savait que ceux qui survivaient à Royce étaient capables de tout. C'était un combat de tous les jours mais Liv avait bossé trop dur pour compromettre sa carrière en versant de la mort aux rats dans le smoothie que son patron avalait au petit déjeuner.

Non qu'elle n'y ait pas pensé.

Jessica Summers, la jeune hôtesse qui avait commencé un mois plus tôt, se glissa jusqu'au plan de travail en se mordant la lèvre.

— C'est ça ? demanda-t-elle dans un souffle, les yeux rivés sur le cupcake.

— Oui, répondit Liv.

— Je ne l'ai encore jamais servi. On peut vraiment manger l'or ? (Elle se pencha pour l'examiner, les yeux écarquillés.) Ça a quel goût ?

— Un goût d'avarice ostentatoire.

Jessica leva la tête.

— C'est bon ?

— D'après les gens riches, oui.

Les portes battantes de la cuisine s'ouvrirent brusquement. Tout le monde retint son souffle lorsque Royce fit une entrée fracassante.

Il portait son uniforme habituel – un costume sur mesure, une chemise d'un blanc immaculé dont les trois boutons du haut, défaits, révélaient quelques poils, et un collier en cuir qu'il prétendait avoir reçu en cadeau de la part d'une tribu indigène, même si Liv aurait été prête à parier qu'il l'avait acheté pour quelques dollars dans une boutique du centre-ville.

— Olivia, aboya Royce, qui refusait de l'appeler par son diminutif comme tout le monde.

C'était sa façon étrange de faire étalage de son pouvoir.

Jessica déglutit, les joues rouges et les yeux fermés, tandis que Royce s'approchait d'elle. Pauvre petite. Elle ne risquait pas de faire long feu si elle ne pouvait même pas supporter son ton cassant. Il suffisait d'apprendre à aboyer en retour.

— Est-ce qu'il sera prêt à temps ? rugit Royce.

— Est-ce qu'il m'est déjà arrivé d'être en retard ?

Le chef s'empourpra dangereusement. Il la dévisagea de la tête aux pieds puis secoua la tête.

— Débarbouille-toi avant de servir le dessert.

Eh oui. Elle était non seulement obligée de préparer ces monstruosités incrustées d'or, mais en plus elle devait suivre Sa Sainteté pour les servir aux clients. Royce adorait les mises en scène. Liv baissa les yeux sur sa tenue. Une traînée de chocolat maculait sa veste. Les risques du métier. Royce claqua des doigts en direction de Riya.

— Prête-lui ta veste. Allez, dépêche.

Une blouse propre surgit soudain dans son champ de vision. Tout en déboutonnant sa blouse sale et en enfilant l'autre, Liv lança un regard désolé à son amie.

— Retourne au boulot, ordonna Royce à Riya.

Il sortit en trombe de la cuisine et Jessica se remit enfin à respirer normalement. Liv aurait juré avoir aperçu des larmes dans les yeux de la jeune fille. C'était sûr qu'elle ne tiendrait pas longtemps. *Note pour moi-même : aider Jessica à trouver un autre job avant qu'elle ne craque complètement.*

Ou que Liv ne mette vraiment de la mort aux rats dans le smoothie de Royce.

Elle souleva avec précaution le plateau sur lequel était posé le cupcake et rejoignit ce dernier près de la porte. Elle se retint de lever ouvertement les yeux au ciel lorsqu'il lui ordonna de ne pas le laisser tomber, bordel.

Comme si c'était son genre.

Dès qu'ils furent dans le restaurant, Royce redevint le type aimable que tout le monde adorait regarder à la télé. Un murmure excité le suivait et il s'en repaissait. Il agitait la main avec enthousiasme et faisait le signe de la paix. Les téléphones portables immortalisaient ses moindres mouvements et, derrière lui, Liv affectait d'éprouver de la fierté pour la création dorée qu'elle transportait. Elle tenait haut le plateau sur la paume de sa main droite et le sourire qu'elle avait plaqué sur son visage dissimulait le souhait qu'elle formulait en silence, à savoir voir Royce prendre feu sous ses yeux. Elle le suivit dans la section VIP de la salle, dans laquelle une poignée d'élus étaient séparés du commun des mortels par un cordon en velours rouge. Liv laissa évidemment Royce s'approcher en premier de la table. C'était son spectacle, après tout. Parvenue à environ trois mètres, dans la lumière tamisée, elle distingua la silhouette de deux clients – un homme aux épaules larges sous son blazer et une femme aux cheveux brillants et au regard vif. Liv ignorait qui était ce type mais il avait mis le paquet. À en croire les restes dans leurs assiettes, ils avaient mangé du steak, du homard et du pâté aux truffes.

— Mes amis, déclara Royce de sa plus belle voix télévisée, je vous présente le Sultan.

L'homme pivota sur sa chaise et … oh, merde. Liv le connaissait.

Comment il s'appelait déjà ? Mick ? Non. Mack. Brad ? *Braden.* C'était un ami de son beau-frère, Gavin. C'était le gars qui l'avait attiré dans un club de lecture de romances clandestin et bizarre réservé aux hommes pour aider Gavin à sauver son mariage avec Thea. Mais, plus important, c'était le connard qui avait mangé ses restes du traiteur chinois le jour où ils s'étaient rencontrés. Elle avait eu désespérément besoin de ces restes. Quel genre d'individu mangeait les nouilles des autres ? Le genre à dépenser sans problème mille dollars pour un cupcake, apparemment.

Il se leva, la main tendue.

— Royce. Ça fait plaisir de te revoir.

Évidemment. Il connaissait son patron. Sans surprise, un mec capable de gâcher le salaire mensuel d'une personne normale dans un seul dîner fréquentait les mêmes cercles que Royce Preston.

Royce serra la main de Mack et l'attira à demi à lui pour lui taper virilement dans le dos.

— Je ne savais pas que tu étais là ce soir. Je vais avoir deux mots à dire à l'hôtesse d'accueil.

Oh non. Pauvre Jessica. Liv aurait peut-être le temps de la prévenir avant qu'elle se fasse salement remonter les bretelles.

— Voici Gretchen Winthrop, dit Mack avec un geste galant en direction de sa compagne. Elle est avocate.

— Ah oui ?

La femme tendit à son tour la main vers Royce. Au lieu de la lui serrer, il la porta à ses lèvres et l'embrassa.

— Belle *et* intelligente, commenta-t-il. Quel plaisir.

Liv vomit dans sa bouche.

La femme dégagea gentiment sa main.

— Plaisir partagé.

Sauf qu'elle n'avait pas l'air de le penser. Liv l'apprécia tout de suite. Gretchen avait l'air trop maligne pour ces deux idiots.

— Comment vont les affaires ? demanda Royce tandis que Mack se rasseyait.

— Très bien. Je viens juste d'acquérir un nouvel immeuble dans la vieille zone industrielle.

— C'est toi qui l'as acheté ?

— Mais oui.

— Je le voulais aussi.

Mack écarta les mains d'un air faussement contrit.

— Désolé. Je pense ouvrir un restaurant cette fois-ci.

— Ah, tu développes ton empire, constata Royce. C'est bien. On devrait en discuter. On pourrait peut-être ouvrir un truc ensemble un de ces quatre.

C'était exactement le genre de remarques qui ne prêtaient pas à conséquence, les conneries du style « on est tous dans le même bateau » que Royce balançait à tous les richards qui venaient dîner au Savoy. Mais il n'y donnait jamais suite. Royce ne partageait la lumière des projecteurs avec personne.

— Pardon de vous interrompre, dit soudain Gretchen, mais j'ai des remords de la faire attendre debout le plateau à la main. Elle ne pourrait pas au moins le poser ?

Royce lança à Liv un regard faussement neutre qui cachait une rage mal dissimulée. Son sourcil gauche tressaillit de manière presque imperceptible.

— Bien sûr. Olivia, s'il te plaît.

Liv s'avança en prenant bien garde de ne pas regarder Mack, et abaissa le plateau au niveau des yeux de Gretchen. Elle détourna la tête, même si elle était certaine que Mack ne la reconnaîtrait pas. Sa toque ajustée de cheffe cachait ses cheveux frisés et elle doutait fort que, en lui volant ses nouilles, Mack ait observé son visage assez longtemps pour la remettre.

— Le Sultan est notre dessert signature, réalisé avec un mélange de douze chocolats importés de douze pays, pérora Royce. Il est fourré d'une gelée au champagne, décoré d'or comestible, servi avec une cuillère en or vingt-quatre carats et accompagné d'une boule de glace de la meilleure vanille ougandaise.

— Ouah, répondit Gretchen d'un ton légèrement sarcastique. (Liv décida sur-le-champ qu'elle pourrait en faire sa meilleure amie.) J'ai presque peur de le manger.

— Si on faisait une photo ? proposa Royce en prenant la pose derrière la chaise de Gretchen.

Ce serait merveilleux si un client refusait, ne serait-ce qu'une fois.

Et, merveille des merveilles, c'était sur le point d'arriver.

— Oh ! c'est… non, merci, déclara Gretchen.

Quelque part dans le monde, des anges se mirent à chanter. Liv aurait aimé être télépathe pour pouvoir hurler en silence : « TU ES MA MEILLEURE AMIE. »

Les sourcils de Royce tressaillirent de nouveau. C'était déjà assez humiliant comme ça qu'une femme refuse d'être prise en photo avec lui. Mais en plus, elle avait fait ça devant un membre de sa brigade. Oh ! il n'avait pas fini de le lui faire payer. Mais ça en valait décidément la peine.

Liv s'éclaircit discrètement la gorge et s'apprêtait à poser le cupcake sur la table lorsque…

— Hé, on se connaît, dit brusquement Mack en se penchant en avant, les yeux rivés sur elle. Tu es la sœur de Thea.

Sans attendre de réponse de sa part, Mack hocha la tête en direction de sa compagne.

— C'est fou. J'ignorais qu'elle travaillait ici. Je t'ai parlé de Gavin, tu te souviens ? C'est sa belle-sœur.

— Enchantée, dit Gretchen. Je vous serrerais bien la main mais les vôtres sont prises. Ça a l'air délicieux. Merci.

Liv esquissa un sourire.

— Ravie de faire votre connaissance.

Royce toussota. Oh ! merde. Elle avait parlé, non ? Mauvaise idée. Elle allait le payer.

— Je ne savais pas que tu bossais ici, fit Mack sans se rendre compte de ce qui était en train de se jouer. Gavin m'a juste dit que tu travaillais dans un restaurant au centre-ville.

— Olivia est mon employée depuis plusieurs mois, intervint Royce pour ne pas être en reste.

— Une année, corrigea Liv d'un ton égal.

Royce toussota de nouveau. Calmement. Fermement. *Tu es morte.*

Mack se leva brusquement.

— On devrait faire une photo pour l'envoyer à Gavin.

Liv jeta un regard à la dérobée à Royce, dont le sourire forcé suggérait qu'il n'était pas content d'être éclipsé de la sorte. Il ne partageait l'objectif avec personne.

— C'est très aimable, rétorqua Liv d'un ton ferme, mais je préfère rester dans l'ombre.

— Hors de question, protesta Mack. C'est ton travail, c'est normal qu'il soit reconnu.

Liv eut l'impression que le crâne de Royce allait littéralement exploser sous sa perruque, mais il aimait trop la scène pour risquer autre chose qu'un sourire.

— Absolument. Olivia, s'il te plaît.

Elle allait le payer cher. Même si elle n'avait rien fait pour encourager Mack. Royce ne le verrait pas ainsi.

— Attends, dit Mack. Tu préfères Liv ou Olivia ? J'ai entendu Gavin t'appeler uniquement Liv.

— Liv. Mais Royce m'appelle Olivia.

— Pourquoi ?

Liv leva les yeux.

— Oui, Royce. Pourquoi ?

Le sourire artificiel de celui-ci était tellement glacial qu'on l'entendait presque fredonner *Ice Ice Baby.*

Mack haussa les épaules et tendit son portable à Royce. Liv resta bouche bée. Il… il demandait *à Royce* de prendre la photo ? Personne ne faisait ça. Absolument personne. *Oh la la, ne souris pas. Ne souris pas.* Si elle souriait, elle ne servirait pas le cupcake mais finirait *dedans.*

Royce acquiesça sans cesser de sourire mais Liv connaissait bien ce sourire. Il dissimulait une fureur bouillonnante qu'il déchaînerait plus tard dans un torrent de postillons et de « J'ai rencontré des côtes d'agneau plus intelligentes que toi ». Mais qu'est-ce que Liv était censée faire ? Donner un coup de plateau sur la tête de Mack et s'enfuir en courant ?

En vérité, l'idée était tentante.

Mack contourna la table pour se placer à côté de Liv. Il passa un bras autour de ses épaules d'un geste vif et…

Le plateau trembla sur sa paume. Elle essaya de se reprendre et de le stabiliser avec son autre main, mais c'était trop tard.

Le temps ralentit comme dans un film d'horreur et le gâteau glissa vers le bord du plateau. Il resta suspendu un instant, vacillant comme une voiture qui s'immobilise au bord du gouffre avant de basculer dans l'abîme.

Durant les quelques secondes que dura la scène, sa carrière tout entière défila devant ses yeux. Elle eut aussi le temps d'imaginer tous les moyens de tuer Braden Mack et de sentir un juron se dérouler sur sa langue.

— Meeeeeerde…

Puis la gravité fit son œuvre.

Et le cupcake atterrit sur les genoux de Gretchen.

— Oh ! mon Dieu, je suis tellement désolée.

Liv s'agenouilla aussitôt devant la chaise de la jeune femme.

— Ce n'est rien, répondit Gretchen.

Elle leva une main. Ses doigts étaient recouverts de glaçage.

— C'est ma faute, avoua Mack. Je l'ai bousculée et ça a renversé le plateau.

— Olivia, retourne en cuisine, aboya Royce. On va vous en préparer un autre.

— Ce n'est pas nécessaire, protesta Gretchen en attrapant le gâteau sur sa robe tachée de chocolat pour le poser sur son assiette.

— Je peux vous aider à nettoyer ? demanda Liv. Je vous en prie. Laissez-moi…

Royce l'interrompit.

— Votre dîner est offert par la maison, bien sûr.

Liv grommela.

— Et permettez-moi de prendre en charge les frais de pressing.

— C'est inutile, je vous assure, affirma Gretchen. C'était un accident.

— C'est ma faute, répéta Mack.

— Ma brigade est entraînée à faire face à toutes les situations, répliqua Royce. Elle a échoué ce soir. Ce sera rectifié.

— Il n'y a rien à rectifier, répondit Gretchen d'un ton conciliant. Les accidents arrivent.

— Je vais envoyer quelqu'un nettoyer ce désastre tout de suite.

— Je suis vraiment navrée, insista Liv en s'adressant à Gretchen.

— Ce sera tout, Olivia.

Liv lança un dernier regard meurtrier à Mack puis ramassa son plateau. Elle tourna ensuite les talons et gagna la cuisine d'un pas vif sans se retourner. Elle avait maximum quatre-vingt-dix secondes d'avance sur Royce. Ça suffirait peut-être à le calmer.

Liv pénétra dans le vestiaire des employés et arracha sa toque. Elle venait de se laisser tomber sur le banc devant son casier lorsque Riya entra dans la pièce en courant.

— Qu'est-ce qui s'est passé ? demanda-t-elle tout en déboutonnant la blouse que Liv lui avait prêtée.

— Crois-moi, ce n'est pas le moment de me parler.

— Oh ! merde. Pourquoi ?

— Je l'ai fait tomber !

Riya grimaça.

— Oh ! Liv.

Les portes battantes claquèrent, ce qui les fit sursauter toutes deux.

— OLIVIA.

Liv se tint prête. Elle se leva, bien droite pour accueillir la tornade Royce. Il tremblait des pieds à la tête, le visage aussi écarlate qu'un homard dans une marmite.

— Toi, dit-il en tendant l'index vers Riya. Dehors.

Riya pressa le bras de Liv pour lui manifester son soutien et quitta la pièce.

Royce agita le doigt devant la figure de Liv.

— Dans mon bureau. Dans vingt minutes.

Puis il pivota et s'éloigna, furieux, en hurlant :

— Qu'on me trouve Jessica !

Merdemerdemerde.

Mack était sur le point de suivre Liv pour s'excuser de nouveau lorsqu'il se rappela la présence de Gretchen. Il se retourna : elle était en train de s'essuyer les mains sur sa serviette.

— Ça va ? demanda-t-il en s'agenouillant près de sa chaise.

— On m'a renversé un cupcake dessus, Braden. Je n'ai pas pris une balle.

— Non, mais ce n'est pas comme ça que j'avais envisagé la soirée.

— J'ai un peu peur de la façon dont les choses vont tourner pour ton amie Liv.

— Ce n'est pas mon amie.

Pour toute réponse, Gretchen fronça les sourcils. Mack clarifia aussitôt :

— En réalité, je la connais à peine. Mais j'espère qu'elle n'aura pas d'ennuis.

Gretchen posa les mains sur les accoudoirs de sa chaise et se redressa à demi.

— Je vais aux toilettes me nettoyer.

— Oui. Bien sûr.

Mack se leva et lui tendit la main pour l'aider.

Les dégâts infligés à sa robe devinrent évidents dès qu'elle s'éloigna un peu de la table. Une tache marron maculait la délicate soie verte. Mack s'y connaissait suffisamment en tissu pour savoir que la robe était irrécupérable.

Il ôta son veston.

— Tu veux cacher la tache ?

Elle secoua la tête en souriant.

— Je pense que ça ne ferait qu'attirer l'attention dessus.

Mack la regarda s'éloigner puis se rassit. Génial. Absolument parfait. Et dire que tout se déroulait à merveille jusque-là.

Deux serveurs tout de noir vêtus surgirent, équipés de flacons en plastique et de chiffons humides. Ils s'excusèrent à mi-voix pour l'incident et nettoyèrent les restes de gâteau étalés sur le sol et sur la chaise de Gretchen.

Mack les laissa à leur affaire et s'éclaircit légèrement la voix.

— Est-ce que, euh, est-ce que vous savez si la pâtissière qui a réalisé le cupcake… est-ce qu'elle va avoir des ennuis ?

Les jeunes gens échangèrent un regard nerveux. L'un des deux haussa les épaules et secoua la tête.

— Nous ne sommes au courant de rien.

Lorsqu'ils s'éloignèrent, Mack déposa deux billets de vingt dollars sur la table. Ce n'était pas parce qu'il ne payait pas la note qu'il comptait priver les employés de leur pourboire.

Gretchen revint quelques minutes plus tard. La tache de chocolat s'était transformée en une tache humide.

— On peut y aller ? demanda Mack. Je me disais qu'on pouvait passer chez toi pour que tu puisses te changer et…

— Mack, l'interrompit-elle calmement. Combien coûtait ce gâteau ?

Ah, merde. Question piège.

— Pourquoi ça ?

— Parce qu'une femme dans les toilettes m'a dit que le Sultan coûtait mille dollars. C'est vrai ?

Mack eut l'impression qu'il venait de poser un orteil dans un champ de mines. Il testa prudemment le sol.

— Je voulais que tu profites pleinement de l'expérience Savoy.

Gretchen s'éventa le visage avec la main comme si elle était sur le point de s'évanouir.

— Bon sang, souffla-t-elle. Tu t'apprêtais à dépenser mille dollars pour un *cupcake* ?

— Tout le monde dit qu'il en vaut la peine.

— Aucun cupcake ne vaut mille dollars !

Il esquissa un sourire en essayant d'ignorer les regards que leur jetaient les autres clients.

— Tant mieux qu'on n'ait pas à le payer, alors, non ?

Oups. Il venait de poser le pied sur une mine. Gretchen s'empara de son sac à main avec une détermination qui le fit transpirer.

Il se leva.

— Je suis désolé si c'était *too much*. Je voulais juste que tout soit parfait.

Elle secoua la tête.

— Je dois rentrer.

Elle s'éloigna de la table et il lui emboîta le pas. Cette fois-ci, elle était bien décidée à partir.

— Gretchen, attends. (Il la rattrapa au niveau de l'escalier.) Tu as envie de rentrer chez toi te changer ?

Elle lui sourit mais secoua la tête.

— Je vais appeler un Uber.

Mack la précéda pour lui ouvrir la porte puis il la suivit à l'extérieur.

— Laisse-moi te raccompagner. Je ne veux pas que la soirée se termine comme ça.

Elle se tourna vers lui et posa une main sur son bras.

— Je vais être honnête avec toi…

Aïe. Ça partait mal. C'était clairement le genre de chose qu'on disait quand on s'apprêtait à rompre avec quelqu'un. Il ne pouvait cependant pas en être certain vu que personne ne l'avait jamais largué.

— Je me suis beaucoup amusée avec toi.

— Moi aussi.

— Mais j'ai l'impression de ne pas te connaître, acheva-t-elle.

Sa remarque le décontenança totalement. Il ouvrit et referma la bouche à deux reprises avant de répondre.

— Moi ? Impossible. Je suis Mack. Un livre ouvert.

— Pas du tout.

— Qu'est-ce que tu voudrais savoir ?

Gretchen haussa les épaules.

— Je sais tout de tes affaires et de tes voitures mais je ne sais rien de *toi.* On a passé beaucoup de temps à parler de moi mais, chaque fois que j'ai essayé de creuser un peu sur ton compte, tu t'es fermé comme une huître.

— C'est faux. J'ai juste envie de tout savoir sur toi.

— Tu as eu plus d'interaction profonde avec Liv pendant les cinq minutes qu'elle a passées avec nous qu'avec moi en trois mois.

Il essayait encore de comprendre ce qu'elle venait de dire lorsqu'elle jeta un coup d'œil à l'écran de son téléphone.

— Mon chauffeur est presque là.

— Je lis des romances, déclara-t-il tout à trac.

Gretchen leva les yeux. Elle cilla deux fois.

— Tu… tu lis des romances.

— Oui. Je fais partie d'un club de lecture masculin et on lit des histoires d'amour en secret.

— Euh, d'accord.

— Tu as dit que tu voulais savoir des choses sur moi. En voilà une.

Elle haussa les sourcils.

— C'est vrai. Et ça explique bien des choses.

— Qu'est-ce que tu entends par là ?

— Les dîners romantiques, les vins hors de prix, les fleurs quotidiennes.

Elle coinça sa pochette de soirée sous son bras.

— Comment ça ?

— Tout était parfait.

— Et ce n'est pas bien ?

Mais enfin, pourquoi est-ce que tout le monde se mettait à critiquer la perfection tout d'un coup ?

— Si ça ne signifie rien, non.

Elle scruta la rue à la recherche de sa voiture.

— Gretchen, attends. Pourquoi dis-tu que ça ne signifie rien ?

Elle pivota vers lui.

— Je comprends tout à présent. Le sexe était fabuleux et, pour être honnête, c'est pour ça que je suis restée. Parce que c'était… ouah, à chaque fois. J'avais l'impression que tu avais étudié un manuel sur le plaisir féminin.

C'était effectivement le cas. Tout ce qu'il savait sur le sexe et sur la façon de procurer du plaisir à une femme, il l'avait appris dans ses lectures. Personne ne s'était jamais plaint avant. Il mettait un point d'honneur à ce que pas une seule de ses conquêtes ne quitte son lit sans avoir joui.

— Mais pourquoi est-ce mal ?

La voiture s'arrêta devant eux. Gretchen ouvrit la portière arrière et se tourna vers lui.

— Aucune femme n'a envie qu'on lui fasse l'amour en suivant des instructions. Elle veut que ça sonne vrai.

Mack posa les mains sur sa tête. C'était un cauchemar.

— Tu sais séduire une femme, Mack. Mais je ne suis pas certaine que tu saches *sortir* avec une femme.

Elle se glissa dans le véhicule sans lui laisser le temps de répondre.

Comme s'il pouvait dire quoi que ce soit. Elle venait de lui balancer les mêmes remarques que Gavin la veille.

Mack regarda les phares du Uber se fondre dans la circulation.

Qu'est-ce qui venait de se passer, putain ?

Del venait de gagner cinq cents dollars. Ce n'était pas plus compliqué que ça.

3

— Au cas où je ressortirais les pieds devant, je te le lègue.

Liv tendit à Riya son fouet préféré. Son amie l'accepta sans aucune des platitudes niaises que d'autres auraient pu être tentés de proférer dans une telle situation et Liv lui en fut reconnaissante. Tout le monde savait ce que ça signifiait quand on était convoqué dans le bureau de Royce. Même s'il ne la virait pas, elle serait sur sa liste noire. Ce qui voulait dire que, d'une manière ou d'une autre, sa vie allait devenir bien merdique. Il lui refilerait les pires services (même si, au Savoy, il n'y en avait pas de bons), les pires tâches et l'insulterait en permanence. Tout le dur labeur qu'elle avait fourni, tout ce qu'elle avait enduré pendant un an serait balayé d'un coup.

Tout ça à cause de Braden Mack.

Liv sentit sa lèvre se retrousser. C'était probablement injuste de lui en vouloir mais rien ne serait arrivé s'il n'avait pas commandé ce *cupcake* débile. Il méritait d'être blâmé pour *quelque chose.*

Riya serra brièvement Liv dans ses bras.

— Bonne chance.

— Tu sais bien que ça ne me sera d'aucun secours.

— Oui, mais ce serait grossier de te dire : « Je suis bien contente de ne pas être à ta place. » Ne le prends pas mal.

— Pas du tout.

Liv ressentirait la même chose si la situation était inversée. Au Savoy, c'était chacun pour soi, même avec ses amis.

Liv prit l'ascenseur jusqu'au troisième étage où les bureaux étaient situés. La porte s'ouvrit au bout du long couloir sombre – ce qu'elle prit évidemment pour un mauvais présage. La plupart des employés étaient partis depuis des heures et les écrans de leurs ordinateurs projetaient une inquiétante lueur bleutée dans l'open space. Liv n'était montée que deux fois en une année. La première pour signer son contrat et une clause de confidentialité quand elle avait été embauchée. Elle avait trouvé ça idiot sur le moment mais elle comprenait à présent pourquoi Royce y tenait. La seule façon pour lui de préserver l'image parfaite qu'il s'était soigneusement construite était d'empêcher les gens de parler.

La deuxième fois, c'était pour assister avec toute la brigade à un atelier obligatoire sur la bienveillance en cuisine. Cette heure avait mis son sang-froid à rude épreuve. Ces personnes savaient-elles comment Royce se comportait dans sa cuisine ? L'équipe des ressources humaines était soit complètement aveugle, soit totalement hypocrite.

Le bureau de Royce était tout au bout du couloir. Il occupait toute la longueur du bâtiment et surplombait la rue. Les deux fois précédentes, elle avait pu le voir à travers l'immense baie vitrée qui servait de séparation avec le reste de l'étage, et que Royce avait probablement fait installer pour exhiber son repaire luxueux et rendre jaloux ses employés qui se partageaient l'open space comme des losers. Mais ce soir, les stores étaient baissés.

Liv se traîna jusqu'au seuil. Il fallait bien en finir. Quoi qu'il lui réserve, elle était assez forte pour le supporter. La porte du bureau entrouverte laissait passer un rai de lumière. Liv s'apprêtait à frapper lorsqu'un murmure de voix en provenance de l'intérieur l'arrêta net.

— S'il vous plaît, Royce. Je suis désolée. Je ne savais pas que j'étais censée vous avertir qu'il était là.

Nom d'un chien. Il était encore en train d'engueuler la pauvre Jessica ?

— Tu aimes ce job ? demanda-t-il.

— Ou… oui.

— Et tu veux le garder ?

— Oui, mais pas comme ça. S'il vous plaît.

Un frisson glacé gagna Liv. Qu'est-ce qui se passait là-dedans ? Elle se déplaça vers la gauche pour ne pas être aperçue par l'entrebâillement et colla l'oreille tout près de l'ouverture.

— Je dois retourner travailler, déclara Jessica.

— Tu as fini ton service, chérie.

— Mais j'ai encore des choses à faire.

— Tu es l'hôtesse d'accueil. Qu'est-ce qui peut bien te rester à faire ?

— Je-je dois pointer et…

— Si tu veux garder ton job, tu sais ce que tu dois faire.

La rage se transforma en acide pur dans l'estomac de Liv. Ses pensées se mirent à tourbillonner à toute allure dans sa tête et l'indécision s'empara d'elle. Il n'était pas question de ne pas intervenir. Liv ne se pardonnerait jamais d'avoir laissé Jessica affronter ça toute seule mais, si elle s'interposait entre Royce et elle, il mettrait fin à sa carrière. Il ne se contenterait pas de la virer. Il s'assurerait que personne ne l'embaucherait nulle part.

— Royce, attendez, implora Jessica.

Liv retint son souffle. Qu'est-ce qui se tramait dans ce bureau ? Oh ! mais de qui se moquait-elle ? Elle savait très bien ce qui était en train de se passer, et Royce n'avait pas l'air d'en être à son coup d'essai.

— Je peux t'aider dans ta carrière, affirma Royce de sa voix de serpent.

Liv comprit parfaitement ce qu'il entendait par là et son estomac se retourna.

— S'il vous plaît, Royce. Je dois y aller.

— Tu n'as pas envie d'apprendre… de nouveaux trucs ?

— Je veux juste faire mon job.

— Je pense que tu veux plus que ça.

Un bruissement. Un bruit de pas sur le tapis. Un murmure qu'elle ne comprit pas.

— Arrêtez, je vous en prie, supplia soudain Jessica.

Liv en avait assez entendu. Elle ouvrit la porte à la volée au moment où Royce embrassait Jessica de force.

— Ôte tes sales pattes dégueulasses d'elle, espèce de gros porc.

Jessica se dégagea avec un petit cri. Elle recula si vite, trébuchante qu'elle heurta le coin du bureau et fit tomber la photo encadrée de la femme de Royce. Celui-ci pivota brusquement et…

— OH ! MON DIEU, RANGE ÇA.

Liv mit les mains sur ses yeux, les rétines brûlées au fer rouge par une image qu'elle ne pourrait jamais oublier. Royce avait baissé son pantalon et son pénis fripé pendait comme un morceau de morue crue.

— Oh ! bon sang. Je l'ai vu. Je l'ai vu. Je vais avoir besoin d'un psy. (Elle écarta les mains pour regarder Jessica.) Va-t'en. Tout de suite. J'ai tout entendu, je t'aiderai à porter plainte.

Jessica se mit à cligner des yeux rapidement.

— Je… Plainte ?

Royce prit son temps pour ranger sa bite et fermer son pantalon.

— Ce ne sont pas tes oignons, Olivia. Je te suggère de sortir d'ici et de revenir à l'heure convenue.

— C'est l'heure convenue. Heureusement pour Jessica, tu ne sais visiblement pas lire l'heure. (Liv se tourna vers cette dernière.) Les ressources humaines ont un numéro de téléphone spécial en cas d'urgence. (Elle lança un regard noir à Royce.) Il ne s'en tirera pas comme ça. Même si quelque chose me dit qu'il s'en est déjà tiré plein de fois.

Royce s'approcha d'elle d'un pas lent et menaçant.

— Je te conseille de partir tout de suite.

— Hors de question, connard. Combien de femmes tu as agressées comme ça ?

— Fais attention à ce que tu dis, ordonna-t-il avec un rictus.

— Viens, Jessica, fit Liv en se dirigeant vers la porte.

— Non.

Elle refusa d'un ton si bas et si réticent que Liv et Royce sursautèrent tous deux.

— *Quoi* ?

— C'est… ce n'est rien, bégaya Jessica en rajustant son chemisier. Tu as mal compris. C'est un malentendu. Quand je suis entrée, il… euh…

— Je sortais des toilettes, acheva Royce.

— Je n'ai aucun motif de plainte, affirma Jessica d'une petite voix fragile.

L'incrédulité frappa Liv de plein fouet.

— Tu es sérieuse ?

— Tout va bien. S'il te plaît…

— Jessica. J'ai tout entendu. J'ai tout vu, putain. Il t'a agressée sexuellement. Il n'en a pas le droit.

— Non, ce n'est rien. Je vais bien. Laisse tomber, je t'en prie.

— Il ne s'arrêtera jamais ! Qui sait combien de femmes il a agressées avant toi ?

— Tu es foutue, siffla Royce. J'avais prévu de te laisser me supplier de ne pas te virer après le merdier de ce soir parce que, malgré ton attitude déplorable, tu es une sacrée cheffe pâtissière, mais tant pis pour toi. Tu es virée.

— Non, murmura Jessica. Royce, ne faites pas ça.

Il contourna son bureau, décrocha le combiné de son téléphone et appuya sur un bouton.

— Dans mon bureau, tout de suite.

— S'il vous plaît, Royce, le supplia Jessica en s'agrippant à son bras.

Il se dégagea si brusquement qu'elle trébucha.

Elle regarda Liv.

— Je suis désolée. C'est ma faute.

— Pas du tout, Jessica.

— J'ai besoin de ce job. Pardon. Ne dis rien à personne.

Royce raccrocha brutalement.

— Ferme-la, Jessica.

La jeune femme déglutit et recula.

Royce lança un regard meurtrier à Liv.

— Tu ne bosseras plus jamais en cuisine, Olivia. Tu m'entends ? Tu es finie !

— Tu as proféré cette menace un sacré paquet de fois, pas vrai ?

— Je ne menace jamais. Je promets.

— Moi aussi. Et je te promets que, si tu la touches encore, tu pisseras du sang pour le reste de ta vie.

Royce devint rouge comme une betterave et Liv eut l'impression de se trouver face à un volcan sur le point de se mettre à cracher de la lave. Beurk. Non. Hors de question d'imaginer Royce en train de cracher quoi que ce soit.

— Désolé, Liv.

Une main moite lui saisit le coude. Geoff, un des vigiles.

Liv se dégagea.

— Est-ce que tu sais ce qui se passe ici ?

— Je me contente d'obéir aux ordres, répondit Geoff en lui prenant de nouveau le bras.

— Bien sûr. Un homme, un vrai.

Liv tourna les talons – et faillit s'encastrer dans le torse massif de l'autre vigile de Royce, Sam. Elle leva les yeux de son cou épais jusqu'à ses joues tavelées et ses yeux d'un bleu glacial.

Liv avait toujours présumé que les vigiles baraqués du Savoy servaient à faire genre parce que rien ne disait plus « Je suis un homme riche et influent » que des gardes du corps. Mais apparemment, Royce s'en servait aussi pour intimider ceux qu'il virait. Comme maintenant.

Sam enroula une main puissante autour de son bras.

— Allons-y.

Liv se dégagea de nouveau.

— Si tu me touches encore, je t'arrache une couille.

— Assurez-vous qu'elle vide son casier, ordonna Royce. Si elle essaie de voler quoi que ce soit, appelez les flics.

Liv pivota brusquement.

— Dit le mec qui s'apprête à publier un livre de recettes qu'il a piquées à d'autres.

Les yeux de Royce sortirent de ses orbites avec une telle force que Liv craignit qu'il ne soit en train de faire une attaque.

— Faites-la dégager !

Sam l'entraîna hors du bureau.

— Tu ne tiens pas vraiment à tes couilles, pas vrai ? aboya Liv en essayant de se soustraire à sa poigne.

Mais cette fois-ci, il ne la laissa pas faire.

Une fois parvenus au bout du couloir, Geoff tint ouverte la porte de l'ascenseur. Il était livide et posait le regard partout sauf sur Liv. Sam éprouvait manifestement moins de honte. Il poussa sans ménagement la jeune femme dans la cabine.

Elle se frotta le bras à l'endroit où il l'avait empoignée.

— Combien il vous paie pour le couvrir ?

Ils l'ignorèrent et se campèrent tous deux devant elle, jambes écartées, comme s'ils craignaient qu'elle ne leur échappe aussitôt qu'ils auraient atteint le rez-de-chaussée.

— Vous savez ce que j'ai vu là-haut ? Ce qu'il était sur le point de lui faire ?

L'ascenseur bipa en atteignant le premier étage.

— Vous bossez pour un *prédateur*. Qui sait ce qu'il est en train de lui faire subir en ce moment même !

La cabine s'arrêta au rez-de-chaussée avec un tremblement doux et un grincement métallique. La porte s'ouvrit, et le silence qui s'abattit soudain sur la cuisine fut aussi assourdissant que le bruit d'un groupe en concert live à la radio le samedi soir. Sam et Geoff s'écartèrent pour lui permettre de sortir.

Durant l'année qu'elle avait passée au Savoy, Liv avait vu une demi-douzaine d'employés subir cette sortie de la honte et, maintenant que son tour était venu, elle se sentait coupable d'avoir agi exactement comme ses codétenus étaient en train de le faire. Les regards détournés. Le soupir « Mieux vaut elle que moi ». L'odeur de la peur. Liv l'avait sentie plus d'une fois mais ce coup-ci, c'était elle qui puait.

Ou peut-être les hommes de main de Royce. Ils puaient l'intimidation par la force, et un peu le sandwich au salami. C'était surprenant : Liv avait toujours pensé que le patron les tenait enfermés au sous-sol et ne les nourrissait que de poudre protéinée qu'ils sniffaient entre deux séances de musculation en proférant des sons inarticulés.

Riya fut la seule à risquer la contagion en osant lui parler.

— Je suis désolée, dit-elle en serrant Liv contre elle.

— Je survivrai, répondit Liv en lui rendant son étreinte. (Elle approcha la bouche de l'oreille de son amie et baissa la voix.) Sois prudente.

— Comment ça ?

Sam la poussa brutalement.

— On y va.

— On s'appelle, fit Liv.

Riya acquiesça, l'air soucieux, et une pensée horrible frappa soudain Liv. Et si son amie était la prochaine sur la liste de Royce ? Et s'il l'avait déjà agressée ? Liv jeta un coup d'œil rapide à tous les visages détournés. Combien de femmes dans cette pièce avait-il harcelées ? Combien cachaient un lourd secret, comme Jessica ?

Et, pire encore, combien de femmes Liv laissait-elle affronter Royce toutes seules ?

Liv se dirigea vers la salle de repos d'un pas furieux, Sam et Geoff sur les talons. Deux femmes discutaient à voix basse dans un coin. Elles se turent dès qu'elles les virent entrer et se hâtèrent de quitter la pièce, les yeux baissés. L'une d'elles se couvrit même le nez.

— Prends ce qui t'appartient mais tout le reste reste ici, ordonna Sam. J'en profite pour te rappeler que tu as signé une clause de confidentialité.

Geoff s'éclaircit la voix.

— On peut t'en fournir une copie si besoin.

Liv se tapota la tempe.

— Inutile. Tout est là. Ce qui se passe au Savoy reste au Savoy, pas vrai ?

— Toute violation de cette clause entraînera des poursuites judiciaires, prévint Sam.

— Tu devrais faire attention. Ces mots sont un peu trop compliqués pour toi, rétorqua Liv en fourrant ses produits de toilette dans son sac de sport. (Elle brandit son déodorant.) L'un de vous deux le veut ? Il est super efficace.

Sam cilla à peine.

— Tout ce que tu laisseras dans ton casier sera jeté.

Liv haussa les épaules et laissa tomber le déo dans son sac.

— J'essayais d'être subtile mais apparemment ça ne marche pas. Vous puez. Tous les deux.

Sam haussa un sourcil au-dessus de son œil bleu glacier. Geoff se renifla l'aisselle.

— Ça doit être les stéroïdes, commenta Liv. Ces merdes vous bousillent un homme. (Elle ferma son casier et ajusta la bandoulière de son sac sur son épaule.) Je me suis bien marrée, les mecs. Et maintenant, je vous propose d'aller vous faire foutre et d'en profiter pour crever.

Cinq minutes plus tard, elle sortit dans la nuit comme une furie. À chaque pas rageur qui l'éloignait de la ruelle brillamment éclairée sur laquelle donnait l'entrée des cuisines, elle sentait son sac battre contre sa cuisse. Sa voiture était garée dans un parking à deux cents mètres de là parce que Royce était trop radin pour en fournir un à ses employés. Il y avait largement la place pour ça derrière le restaurant, mais non. Seul Royce avait le droit d'y stationner. Du coup, chaque nuit tous ses employés, Liv comprise, se tapaient un jeu nocturne de toi-aussi-évite-les-gros-porcs sur Broadway. Au moins, elle n'aurait plus à subir toutes ces conneries. Elle comptait bien dénicher un job aussi loin de Honky Tonk Row que possible.

Le goût acide de la panique lui brûla la gorge. Un job… Attends. Parviendrait-elle à en trouver un ? Merde, elle n'avait pas rêvé. Elle venait de se faire virer. Son esprit se mit à carburer à cent à l'heure pour résoudre une seule question. *Qu'est-ce que je vais bien pouvoir faire maintenant ?*

Appeler les flics ? Il avait *agressé* Jessica. La jeune femme lui avait demandé d'arrêter. L'avait supplié. Ça ne l'avait pas empêché de l'embrasser. La fureur s'empara de nouveau d'elle, faisant bouillir le sang dans ses veines. Liv serra si fort la bandoulière de son sac que le cuir couina en signe de protestation. Les hommes comme Royce Preston pensaient qu'ils pouvaient tout se permettre, pas vrai ? Et pourquoi ? Parce qu'ils pouvaient *vraiment* tout se permettre. Le pouvoir les faisait jouir.

Il fallait qu'elle en parle à quelqu'un, mais c'était impossible. Et pas seulement parce qu'elle avait signé une clause de confidentialité. Jessica voulait que personne ne l'apprenne. Quelle raison était-elle censée inventer pour justifier son licenciement ? Tout le monde allait la prendre pour une incapable, une énième victime de la cuisine infernale de Royce. Après tout ce qu'elle avait enduré et tout le travail qu'elle avait fourni, sa carrière serait définitivement entachée.

Ce n'était évidemment rien comparé à ce que Jessica traversait. Pourquoi refusait-elle de porter plainte ? Pourquoi continuait-elle à travailler pour ce bâtard violent ?

Elle s'immobilisa au coin de la rue en attendant que le feu passe au rouge. Connards de mecs.

— Liv ?

Elle pivota en entendant son nom.

Bien sûr.

Braden-putain-de-Mack.

— Qu'est-ce que tu me veux ?

Il s'attendait à tout de la part de Liv sauf à ça. Mack était en train de se diriger vers sa boîte de nuit, qui n'était qu'à quelques centaines de mètres de là (l'idée de rentrer dans sa maison déserte le déprimait trop), lorsqu'il l'avait aperçue. Elle remontait la rue comme si son sac était en feu.

Le feu passa au rouge et Liv tourna les talons pour traverser sans même se soucier qu'il lui réponde.

— Liv, attends.

Il allongea le pas pour la rattraper. Elle lui lança un regard par-dessus son épaule.

— Tu me suis ou quoi ?

— Non. Je vais à mon club. Et toi ?

— Je rentre chez moi.

L'appréhension noua la gorge de Mack.

— Qu'est-ce qui s'est passé ?

Liv jeta un coup d'œil alentour.

— Où est ta copine ? Tu l'as enfermée dans le coffre de ta voiture ?

— Elle est rentrée chez elle.

— La veinarde.

Ils venaient d'atteindre l'autre trottoir et elle n'avait manifestement aucune intention de ralentir pour lui parler.

— Liv, attends.

Il lui saisit le bras. Elle pivota brusquement vers lui tout en se dégageant.

— Ne. Me. Touche. Pas.

Mack leva les mains en signe de paix.

— Pardon. Mais, deux secondes, bon sang. Parle-moi. Qu'est-ce qui s'est passé ?

Elle ricana.

— Qu'est-ce qui a bien pu se passer, d'après toi ?

— Oh ! merde. Tu as été virée ? Ce soir ?

— Non, hier. J'ai juste décidé de venir bosser gratos aujourd'hui parce que je savais que tu serais là et je voulais préparer un truc vraiment spécial à balancer sur les genoux de ta copine.

Il méritait le sarcasme. Elle tourna de nouveau les talons et se remit en route.

— Liv, attends. (Décidément, il n'arrêtait pas de se répéter ce soir.) Laisse-moi faire quelque chose. Viens avec moi. Je te paierai un verre.

— Non, merci. Tu en as assez fait.

Gavin allait l'étriper.

— Laisse-moi au moins t'accompagner jusqu'à ta voiture.

— Pourquoi ?

— Le quartier n'est pas sûr à cette heure de la nuit.

Liv s'immobilisa en plein milieu de la rue pour lui faire face.

— Tu te fous de moi ? (La question était clairement rhétorique vu qu'elle enchaîna sans attendre de réponse.) Je n'ai pas besoin de toi. Ça fait un an que je vais chercher ma voiture tous les soirs dans ce parking. Je te conseille de te casser et d'aller faire ce que tu fais quand tu n'es pas occupé à dépenser mille dollars pour un cupcake.

— Je suis désolé, Liv.

Elle se détourna de nouveau et une pensée le frappa soudain. Il pouvait tout arranger.

— Attends.

— Quoi ? grommela-t-elle.

Il courut à petites foulées pour la dépasser puis se mit à marcher à reculons. Il aurait de la chance de ne pas trébucher.

— Je veux t'embaucher.

Liv s'arrêta si brusquement qu'elle en fit tomber son sac. Il y eut un silence puis elle renversa la tête en arrière et explosa de rire.

— Qu'est-ce qu'il y a de si drôle ?

— Je ne travaillerai pas pour toi. (Elle ramassa son sac.) Laisse-moi passer.

Il se décala vers la gauche et elle vers la droite.

— Liv, je me sens terriblement coupable. S'il te plaît…

Elle le repoussa et, pour la deuxième fois de la soirée, Mack regarda une femme le fuir en courant.

4

La dernière chose dont Mack avait envie, le lendemain matin, c'était d'affronter les potes du club de lecture, d'autant plus que la rencontre avait lieu chez Gavin. Mais s'il ne s'y pointait pas, ils le harcèleraient par texto et lui enverraient des GIF obscènes. Impossible d'y échapper. Juste avant midi, il se gara devant la maison de Gavin, attrapa son roman et le carton à pizza, gravit les marches du perron d'un pas lourd et tambourina à la porte.

Un aboiement bruyant retentit quelques secondes avant que le battant ne s'ouvre. La femme de Gavin, Thea, lui sourit, la main posée sur le collier d'un labrador qui répondait au nom de Butter.

— Salut, dit-elle. Entre.

Mack hésita une seconde. Il scruta son visage pour chercher à deviner si elle s'apprêtait à l'engueuler à cause de ce qui était arrivé à Liv la veille. Lorsqu'il vit qu'elle ne faisait preuve d'aucune violence, il se pencha pour lui faire la bise.

— Salut, Thea. Merci de nous recevoir.

— Pas de problème. Ils sont dans le jardin.

— Et les petites ?

Gavin et Thea avaient deux jumelles, Ava et Amelia, qui venaient d'avoir quatre ans.

— Elles font la sieste, heureusement, répondit Thea en riant. Ça ne leur arrive presque plus mais Gavin les a épuisées ce matin en leur apprenant à renvoyer une balle courbe.

Le tableau dépeint par Thea – de bonheur domestique et

familial – lui serra le cœur et aggrava sa mauvaise humeur. Gretchen aurait pu être la femme avec qui il aurait partagé tout ça. Il en était certain.

Sa pizza à la main, Mack traversa le salon et franchit la porte-fenêtre qui menait au jardin. Elle donnait sur un patio en briques où se trouvait le groupe – Malcolm, Del, Derek, Gavin et le Russe.

Gavin jeta un coup d'œil par-dessus son épaule en entendant le bruit de la porte.

— T'es en retard, mec, constata-t-il, la bouche pleine de ce qui ressemblait à un sandwich au poulet grillé.

Durant la saison de base-ball, il essayait de manger le plus sainement possible. Ça aussi, ça faisait chier Mack, qui avait envie de se gaver de pizza et de bière.

Mack posa la pizza sur la table et enfonça la main dans la poche de son short. Il en sortit les cinq cents dollars qu'il devait à Del et les lui tendit.

Ce dernier s'essuya la bouche d'un revers de serviette.

— C'est quoi ? demanda-t-il, à la fois méfiant et curieux.

— D'après toi ? Tu as gagné le putain de pari.

Le silence s'abattit sur le groupe.

Del rangea le billet.

— Ça veut dire que Gretchen et toi… ?

— Félicitations, marmonna Mack. Je crois bien que je me suis fait larguer hier soir. T'es content ?

Malcolm s'éclaircit la voix.

— Tu *crois* que tu t'es fait larguer ?

— Je te jure que je ne suis pas en train de me foutre de ta gueule, dit lentement Gavin, mais comment est-il possible de ne pas savoir si on s'est fait larguer ?

Mack leva les mains au ciel.

— Parce que ça ne m'est jamais arrivé.

Cette fois-ci, le silence fut suivi par un éclat de rire collectif et bruyant qui fit vibrer les fenêtres. Gavin s'esclaffa si fort qu'il bascula en avant sur la table.

— Quais, c'est super marrant, espèces de couillons, répliqua Mack en tirant brusquement à lui une chaise sur laquelle il se laissa tomber.

Del lui frappa l'épaule.

— Désolé, mec, mais merde, quoi. Bienvenue dans le monde réel, Mack. C'est comment ?

— Merdique.

— Qu'est-ce qui s'est passé ?

— J'en sais rien. Tout allait bien, puis Liv a fait tomber ce cupcake idiot et Gretchen s'est barrée avec une excuse minable…

— At-t-tends, l'interrompit Gavin, qui se mit à bégayer sous l'effet du stress. Qu'est-ce que tu as dit sur Liv ? Qu'est-ce qu'elle vient faire dans l'histoire ?

Oh ! merde. C'est pour ça que Thea n'avait fait aucun commentaire en ouvrant la porte. Gavin et elle n'étaient pas au courant. *Merde.* Mack déglutit.

— Euh… elle ne vous a rien dit ?

— Non, affirma Gavin. Rien du tout. Si tu ne me racontes pas tout par le menu dans les trente secondes, ta rupture sera le dernier de tes soucis.

Mack avala bruyamment sa salive.

— Elle, euh… elle s'est fait virer hier soir.

Mack avait affronté des gens intimidants au cours de sa vie, mais Thea Scott les surpassait tous. Elle mesurait à peine un mètre soixante et pesait moins qu'une des jambes de Mack mais, si elle remuait un seul muscle, Mack se chierait dessus.

Gavin l'avait traîné à l'intérieur pour qu'il lui explique ce qui s'était passé. Mack déglutit de nouveau.

— Je te jure que je ne sais rien de plus, Thea.

Comment aurait-il pu deviner que Liv n'avait pas raconté à sa sœur qu'elle avait été virée ? Il était presque 13 heures ! Il chercha silencieusement du secours auprès des autres membres du groupe mais ils étaient tous fascinés par le tapis, les murs ou le jardin. Ils ne lui étaient d'aucune aide, les cons.

— Elle a dit qu'elle arrivait ? demanda précautionneusement Gavin à sa femme.

Thea hocha la tête, les bras croisés et les dents serrées.

— Oncle Mack, viens jouer avec nous !

Ava et Amelia déboulèrent dans la pièce, Butter sur les talons. Ava se jeta sur Mack et entoura ses jambes de ses petits bras. Il la souleva, tête en bas, et la jeta sur son épaule. Ava couina de joie. Amelia se mit à sauter sur place en criant :

— Moi aussi, moi aussi !

Que Dieu soit loué pour avoir créé les enfants.

— Vous voulez faire du trampoline ?

— Ouiiiii ! s'écrièrent les jumelles.

— Oncle Mack est puni, intervint Thea. Allez voir si quelqu'un d'autre veut bien jouer dehors avec vous.

Les autres en question se précipitèrent aussitôt. Ils se ruèrent vers la porte-fenêtre, où ils se bousculèrent. Malcolm écarta brusquement Derek, qui tomba à genoux. Del posa la main sur la poignée. Le Russe le repoussa et parvint à ouvrir la porte. Les quatre hommes sortirent dans un méli-mélo de lâcheté. L'un d'eux cria qu'il saignait et une voix lui répondit de courir sans se retourner.

— Reprends tout depuis le début, ordonna Thea dès que les filles furent hors de portée de voix.

— Je l'ai vue au Savoy. À cause de moi, elle a eu des problèmes avec son patron et ensuite…

Gavin leva la main.

— À cause de toi, elle a eu des problèmes avec son patron ? Comment ça ?

— J'ai commandé le cupcake à mille dollars…

Thea manqua s'étouffer. Mack haussa les épaules.

— Je voulais impressionner Gretchen.

— Très réussi, constata Gavin.

Mack brandit son majeur dans sa direction.

— Continue, articula Thea, furieuse.

— Bref, apparemment elle devait servir ce putain de gâteau en personne. Je l'ai reconnue et j'ai dit : « Hé, mais on se connaît », et elle a répondu : « Non, pas du tout », et j'ai dit : « Mais si, tu es la belle-sœur de Gavin », et je l'ai appelée Liv, mais Royce l'appelait Olivia…

— Bordel, gronda Gavin. Est-ce que cette histoire a une fin ?

— Elle l'a laissé tomber, lâcha-t-il.

Thea s'étouffa de nouveau.

— Elle a laissé tomber le cupcake ?

— Sur les genoux de Gretchen.

— Oh ! non, souffla Thea.

Elle vacilla même un peu.

— Elle était *au boulot*, Mack, dit Gavin. Tu ne pouvais pas lui foutre la paix ?

— J'étais censé l'ignorer, peut-être ? Mais c'est super impoli !

— Elle n'aurait probablement pas été virée si tu l'avais fait !

Quelqu'un frappa à la porte d'entrée et Butter aboya en réponse. Thea leva une main pour les faire taire. Mack déglutit et essaya de calmer les battements affolés de son cœur. *Merdemerdemerde.* Liv était arrivée et elle devait être super furax après lui. Encore plus qu'hier. Et Mack était certain que la seule personne encore plus flippante que Thea quand elle était en colère était Liv. Et il était encore plus certain qu'elle ne lui avait donné qu'un faible aperçu de sa colère la veille.

Thea traversa le salon pour gagner l'entrée. Butter continuait à aboyer en s'agitant à ses côtés, inconscient qu'une bombe attendait sur le perron.

Gavin posa les yeux sur Mack et se passa le pouce sur la gorge en articulant silencieusement : « T'es mort. »

Quelques instants plus tard, une voix familière se fit entendre.

— Espèce de connard. Tu ne pouvais pas attendre pour partager la bonne nouvelle ?

Liv se rua dans la petite entrée de la maison de sa sœur et faillit percuter Mack. Elle avait passé la matinée à rédiger son CV et à se demander ce qu'elle allait bien pouvoir raconter à Thea, lorsque son portable avait sonné et que cette dernière avait hurlé : « Tu as été virée ? »

Mack leva les mains au ciel.

— Pourquoi tu ne le leur as pas dit ?

Liv enfonça l'index dans la poitrine de Mack.

— Parce que ma sœur a tendance à flipper et que je cherchais la meilleure façon de le leur annoncer. Mais à cause de toi…

Thea s'interposa soudain.

— Hé, c'est faux, je ne flippe pas.

Gavin et Liv échangèrent un regard peu subtil signifiant « Mais bien sûr ».

— Comment veux-tu que je ne flippe pas si c'est Mack qui me l'apprend ?

Liv se tourna vers elle.

— J'allais te le dire.

Thea croisa les bras.

— Quand ?

Liv l'imita.

— Une fois toutes mes corvées achevées.

Dans son dos, Mack demanda à Gavin dans un murmure :

— Corvées ?

— Elle vit dans une ferme, chuchota Gavin en retour.

— Je n'arrive pas à croire que tu ne me l'aies pas annoncé dès hier soir, poursuivit Thea. Pourquoi tu ne m'as pas appelée ?

— Parce que j'étais sous le choc.

— Et donc, tu es rentrée chez toi ? demanda Thea, incrédule, comme si Liv venait de lui annoncer qu'elle avait décidé de se balader à poil sur Broadway.

— Oui. Je suis rentrée, j'ai fait mes comptes et j'ai criblé de fléchettes la photo de Royce. Ce n'est pas ce qu'on fait quand on est viré ?

Mack s'avança.

— Tu as omis de préciser que je t'ai proposé un job et que tu as refusé.

Liv pivota brusquement vers lui.

— Bon sang, il y a encore quelque chose que tu veux leur dire et qui ne te regarde absolument pas ?

— Quoi ? s'exclama Thea. De quoi il parle ? Est-ce que quelqu'un peut vraiment me raconter ce qui s'est passé hier soir ?

L'explosion de Thea réduisit tout le monde au silence. Même Butter se laissa tomber sur le sol en gémissant. Liv prit une profonde inspiration, lança un dernier regard noir à Mack et baissa la voix.

— Est-ce qu'on peut se parler seule à seule ? demanda-t-elle à sa sœur.

— On vous attend dans le jardin, fit Gavin.

Le bruit des pas des deux hommes gagnant rapidement la porte-fenêtre était curieusement artificiel, comme dans un dessin animé.

Liv suivit Thea dans la cuisine et s'assit sur l'une des chaises hautes devant l'îlot en granit. Elle observa en silence sa sœur ouvrir rageusement le frigo pour réunir les ingrédients de ce qui ressemblait à une omelette. Peut-être.

— Qu'est-ce que tu fais ? demanda Liv en la regardant se diriger vers la gazinière, les bras débordant d'œufs, de lait et de fromage.

— Je te prépare quelque chose à manger.

— Je n'ai pas faim.

— Il faut que je m'occupe sinon je vais hurler.

— Tu ne peux pas me préparer des pancakes, plutôt ?

Thea posa brutalement les ingrédients et lui lança un regard noir par-dessus son épaule. Tant pis pour les pancakes.

Elle s'empara d'une poêle et l'abattit sur le brûleur qu'elle alluma avec brusquerie. Elle cassa brutalement un œuf sur le rebord du plan du travail et le flanqua dans la poêle.

— Je n'arrive pas à croire que tu ne m'aies pas appelée hier soir, dit-elle sèchement tout en attrapant un deuxième œuf.

— Je ne voulais pas t'inquiéter.

— C'est mon job de m'inquiéter pour toi.

Et c'est parti…

Liv retint un soupir las. Thea avait vingt-six ans, soit un an de plus que Liv, mais elle agissait comme si elles avaient vingt ans de différence. Leurs parents avaient divorcé quand Liv avait neuf ans. Ça s'était très mal passé, et sa sœur et elle avaient été obligées de vivre pendant un moment avec leur grand-mère. Thea avait endossé le rôle de grande sœur et de mère, et alors qu'elles étaient adultes à présent, elle avait beaucoup de mal à se défaire de ce rôle. Liv ne s'en plaignait pas. Sans le soutien de Thea, elle serait probablement une ratée sans but, sans avenir et sans diplôme de cuisine. Donc, non, elle n'envisageait pas de râler contre ses excès protecteurs.

Thea mélangea les œufs d'une fourchette agressive.

— J'espère que du coup tu vas enfin accepter que je te donne de l'argent.

Liv émit un petit bruit signifiant clairement « Compte là-dessus ».

— Non.

— Tu es tellement têtue.

— Dit-elle en battant de pauvres œufs qui ne lui ont rien fait, répondit Liv, pince-sans-rire. Tu sais que pour réussir les œufs brouillés il faut un feu doux et les battre tout doucement, pas vrai ?

Thea lui lança un regard noir par-dessus son épaule.

— Ne me fais pas la leçon sur ma cuisine.

— Uniquement si tu ne me fais pas la leçon sur l'argent.

— Tu n'en as pas.

— Faux. J'ai assez d'économies pour tenir deux mois.

Thea éteignit le gaz et balança sans ménagement les œufs sur une assiette. Puis elle pivota et flanqua l'assiette sous le nez de Liv. Un verre de jus d'orange suivit.

— Je peux avoir une fourchette ?

Thea lui en jeta presque une à la figure.

Liv l'esquiva.

— Pourquoi tu es en colère après moi ?

— Je ne suis pas en colère. Je me fais du souci. Et quand je suis inquiète, je me fous en rogne.

Liv suspendit sa fourchette au-dessus de ses œufs.

— Je sais.

Thea s'assit à côté d'elle.

— Qu'est-ce que tu vas faire ?

— Ai-je le choix ? Je vais trouver un autre job.

Et faire payer ce porc.

L'une des amies de Liv, Alexis, possédait son propre café.

— Peut-être qu'Alexis a besoin d'aide.

— Thea, je vais bien. Ne t'inquiète pas. Je vais trouver une solution, d'accord ?

— J'ai déjà entendu ça.

Ses paroles firent à Liv l'effet d'un couteau rouvrant une vieille plaie.

— Je ne suis plus une ratée, Thea. Fais-moi un peu confiance.

Thea recula un peu.

— Je n'ai *jamais* dit que tu étais une ratée.

Son ton était suffisamment sincère pour que Liv se sente coupable.

C'était vrai. Thea n'avait jamais dit ça. C'était Liv qui projetait. Elle s'était traitée de ratée tellement souvent que c'en était devenu une prophétie auto-réalisatrice. Elle pensait pourtant qu'elle était passée à autre chose. Mais voilà qu'elle se retrouvait sans emploi et détentrice d'un lourd secret qu'elle ne savait pas comment gérer.

— Laisse-moi t'aider, supplia Thea en se penchant de nouveau vers elle. Laisse-moi payer ton prêt ou…

— Non.

— Gavin et moi avons tellement d'argent qu'on ne sait pas quoi en faire, et tu es ma sœur.

— Ça suffit, Thea. Je refuse d'accepter de l'argent de toi.

Thea leva les bras au ciel, agacée.

— Mais pourquoi ? En quoi est-ce mal d'accepter mon aide ?

— Parce que c'est ce que j'ai fait toute ma vie ! lâcha Liv.

Elle le regretta aussitôt. Thea arborait cette expression – moitié maman, moitié meilleure amie – qui résumait parfaitement leur relation.

— Écoute, je vais trouver un taf, enchaîna rapidement Liv avant que Thea ne puisse se lancer dans un de ses sermons habituels. Je ne sais pas quand ni où. (*Ni si Royce va essayer de me détruire.*) Mais je vais trouver.

Thea se mordit la lèvre.

— Pourquoi ne pas travailler pour Mack ?

Liv ricana.

— Euh, non.

— Pourquoi pas ?

Liv enfourna une autre fourchetée d'omelette et la fit descendre avec une gorgée de jus d'orange.

— J'ai bossé dans un bar durant trois ans pendant que j'étais étudiante. Je ne veux pas recommencer.

— Mais ce serait temporaire. Jusqu'à ce que tu trouves un autre job de pâtissière.

— Non.

Thea ouvrit la bouche pour protester mais se ravisa au dernier moment et préféra diriger sa colère sur Royce.

— Quel connard, ce mec. Après tout ce que tu as supporté, les horaires déments, les vacances sur lesquelles tu t'es assise et la maltraitance… voilà qu'il te vire pour une erreur ?

Pas tout à fait. Liv ne le dit pas à haute voix et ne leva pas le malentendu. Elle ne savait pas encore ce qu'elle allait faire, mais elle était certaine d'une chose : il était hors de question de raconter toute l'histoire à sa sœur. Elle ne voulait pas l'impliquer dans ce bordel. Liv lui avait déjà causé suffisamment d'ennuis comme ça. Les deux dernières années étaient les premières où elle n'avait pas été un fardeau pour Thea. Elle comptait bien que ça dure.

Le bruit de la porte-fenêtre du salon mit une fin brutale et bienvenue à leur conversation. Ava et Amelia entrèrent dans la cuisine en courant, leurs couettes s'agitant à l'unisson.

— Tante Liv ! s'écria Ava en se jetant contre ses jambes.

Liv s'accroupit et les attira à elle. Elles sentaient le jardin et le shampoing à la fraise.

— Tu viens jouer avec nous ? demanda Amelia.

— Vous savez quoi ? Je dois y aller…

— Quoi ? intervint Thea. Tu vas où ?

— … mais je vous promets de revenir bientôt pour jouer, d'accord ?

Les jumelles hochèrent la tête et s'écartèrent. Liv se redressa, et c'est le moment que choisirent Gavin et Mack pour apparaître sur le seuil de la cuisine, l'air anxieux. Leurs regards se posèrent tour à tour sur Liv et sur Thea, comme s'ils attendaient leur permission pour entrer dans la pièce.

Il fallait qu'elle parte avant que l'interrogatoire ne recommence.

— Mon offre tient toujours, Liv, annonça Mack d'un air sérieux qu'elle n'aurait jamais cru lui voir arborer un jour.

— C'est gentil. Vraiment. Mais je vais trouver quelque chose, répondit-elle avant de se tourner vers sa sœur. Et je ne peux pas accepter ton argent. Je dois me débrouiller toute seule.

— Tu n'es pas obligée, affirma Thea.

— Pourquoi refuses-tu d'entendre que c'est ce que je veux ?

Les traits de Thea s'adoucirent. Elle comprenait. C'était une expression que Liv n'avait vue que chez une seule autre personne. S'il n'y avait pas eu Thea et Gran Gran, elle aurait été perdue.

Liv franchit la distance qui la séparait de sa sœur et la serra contre elle.

— Fais-moi confiance, murmura-t-elle. Tout va s'arranger.

Thea lui rendit son étreinte et baissa la voix.

— Je te fais confiance.

Liv s'échappa avant que Thea ne puisse voir ce que ces mots signifiaient pour elle. Et à quel point elle voulait être à leur hauteur.

5

Le lendemain matin, la logeuse de Liv, Rosie, fourra une poule nommée Gladys sous son bras et planta sa main libre sur sa hanche.

— J'ai brûlé mon soutif il y a quarante ans à cause de ce genre de merdier et ça arrive encore.

Liv tendit la main vers la boîte où pondaient les poules et tâtonna jusqu'à ce qu'elle trouve deux œufs supplémentaires. Elle les rangea dans le panier puis referma le couvercle.

— Tu as agi comme il fallait, poursuivit Rosie. Tu ne pouvais pas le laisser agresser cette pauvre fille.

— Dommage que cette pauvre fille ne se défende pas. (Liv ouvrit brutalement la porte du cellier dans lequel Rosie entreposait les œufs, les légumes et tout l'attirail pour le poulailler.) Pourquoi n'a-t-elle pas voulu porter plainte ? Est-ce qu'elle ne sait pas qu'il ne s'arrêtera jamais ?

— La plupart des femmes ne portent pas plainte.

— Ce qui me dépasse.

— Je suppose qu'on ne peut pas comprendre tant qu'on n'a pas vécu la même chose.

Rosie posa Gladys à terre pour qu'elle puisse rejoindre les vingt autres poules qui grattaient les plates-bandes fraîchement retournées. Elle repoussa du pied Randy le Coq, dont la mission sur terre était de féconder le plus de poules possible au cours de sa vie. Liv ne comprenait pas pourquoi Rosie ne se débarrassait pas de lui ou ne le transformait pas en soupe. Probablement parce que l'une de ses principales qualités était qu'il haïssait les hommes autant que Rosie et chassait tout porteur de pénis qui tentait de pénétrer dans la propriété.

C'était aussi probablement pour ça que Liv restait ici, elle aussi. Elle avait répondu à la petite annonce de Rosie deux ans plus tôt : cette dernière cherchait quelqu'un pour l'aider dans sa ferme bio et habiter l'appartement au-dessus de son garage. La ferme, ce n'était pas vraiment le truc de Liv, mais elle n'avait pas les moyens de se loger au centre-ville et elle ne voulait pas s'incruster dans la vie de famille de sa sœur.

Le jour où elle avait emménagé, elle avait trouvé un exemplaire écorné de *Notre corps, nous-mêmes* sur sa table de nuit, de la même manière que les hôtels mettaient une bible dans toutes les chambres. Elle était tombée amoureuse de la ferme et de Rosie sur-le-champ.

Liv changea son panier de main et se mit en marche vers la ferme. L'air était vif et son souffle formait de petits nuages blancs. Même dans le Tennessee, en avril, les matinées pouvaient être fraîches. Rosie possédait dix hectares à une demi-heure de route de la ville, et ce qui jadis n'était que champs était à présent bordé de centres commerciaux et de magasins de banlieue.

Rosie secoua la tête en marmonnant.

— Je n'arrive pas à croire qu'on en soit encore là. J'ai manifesté pendant toutes les années 1970 pour que ta génération n'ait pas à se farcir des porcs dans ce genre.

Liv pénétra dans la maison à la suite de Rosie. La porte arrière s'ouvrait sur un débarras contenant une vieille machine à laver, un sèche-linge, un tas de bottes en caoutchouc recouvertes de fiente de poules et autres saletés de la ferme ainsi qu'une série de patères où elles accrochèrent leurs manteaux et leurs bonnets. C'était Rosie qui les avait tricotés. Dernièrement, elle passait son temps à manier les aiguilles. Elle prétendait avoir besoin d'un passe-temps pour éviter de devenir dingue en regardant les infos. Elle avait fabriqué un petit pull à toutes les poules pour résister au froid. Ce n'était pas aussi bizarre que ça pouvait le paraître. Rosie était abonnée à *Poulailler magazine* et les pulls pour poulettes étaient très à la mode parmi les folles amatrices de basse-cour.

Rosie continua à maugréer dans sa barbe tout en se dirigeant vers la cuisine pour préparer le petit déjeuner. Liv l'aidait à cuisiner quand elle était là, même si Rosie lui répétait sans arrêt de ne pas se sentir obligée de le faire. « Tu es ici pour t'occuper des animaux et du jardin, pas pour faire la bouffe. » Liv ne savait comment lui dire – peut-être était-elle trop embarrassée pour ça – qu'elle aimait ça. Cuisiner avec Rosie lui rappelait les années que Thea et elle avaient passées avec leur grand-mère. C'est dans la cuisine de Gran Gran qu'elle avait découvert qu'elle aimait cuisiner. Certains de ses meilleurs souvenirs incluaient Gran Gran, Thea et elle en train de préparer le dîner, pendant que leur grand-mère leur racontait des histoires et égrenait ses perles de sagesse. Au cours de ces années, elle avait enfin eu l'impression d'avoir une véritable famille.

Un coup frappé sur la porte arrière l'interrompit, aussitôt suivi par un rot sonore. Quelques instants plus tard, Earl Hopkins entra.

Hop, comme on l'appelait, était un ouvrier agricole à temps partiel éperdument amoureux de Rosie. Cette dernière n'en avait pas conscience – ou peut-être s'en fichait elle royalement. Toujours est-Il que deux personnes n'auraient pas pu être plus diamétralement opposées. Hop était un vétéran du Vietnam qui aimait la bière et fulminer contre les médias de gauche, Rosie une hippie avérée qui avait manifesté contre la guerre du Vietnam et ne ratait aucune émission de Rachel Maddow, cible régulière des droitistes.

— Tu veux bien faire du feu ? demanda Rosie.

Hop se dirigea vers le salon puis s'agenouilla devant la cheminée, et Rosie fit semblant de ne pas mater son cul.

— Arrête de me donner des ordres, grommela-t-il.

— Si ça ne te plaît pas, tu peux aller prendre ton petit déjeuner ailleurs.

— Je devrais. Un de ces quatre, tu vas m'empoisonner.

Liv entassa soigneusement les oignons puis jeta les épluchures dans un saladier que Rosie irait donner aux chèvres plus tard. Elles ne seraient pas emballées plus que ça mais les mangeraient quand même. Elles avalaient n'importe quoi, mais ce qu'elles préféraient, c'était le chou. Non, ça c'était leur numéro deux. Le top du top, c'était quand Rosie leur donnait des biscuits tout frais.

Bon sang, voilà à quoi se résumait sa vie. Elle connaissait les habitudes alimentaires des poules et des chèvres. Elle se frappa à deux reprises le front sur le plan de travail en gémissant.

— Qu'est-ce que j'ai loupé ? demanda Hop en revenant dans la cuisine, la respiration un peu courte.

— Livvie a été virée hier soir.

Hop lui tapota l'épaule.

— Tu lui as enfin dit de se mettre sa spatule où je pense ?

Liv éclata de rire.

— J'aurais bien aimé.

Rosie tourna le dos à l'évier, le couteau pointé devant elle comme une arme.

— Je vais te dire ce qui s'est passé. Elle l'a surpris en train d'agresser sexuellement une étudiante et il l'a virée à cause de ça. Typiquement masculin.

— Cette remarque est typiquement féministe, ricana Hop.

Liv poussa un long soupir et secoua la tête. Cette dispute allait durer des heures. Elle ôta le couteau des mains de Rosie.

— Je m'occupe des pommes de terre.

Rosie la repoussa.

— Monte te reposer dans ta chambre. Je t'apporterai une assiette dès que ça sera prêt.

Liv envisagea de protester mais Rosie et Hop se lançaient déjà des noms d'oiseaux, et elle était trop fatiguée pour jouer les arbitres. Elle se glissa dehors et se dirigea vers le garage. Un escalier extérieur menait à son appartement, qui était douillet mais exigu. La porte s'ouvrait directement sur une kitchenette donnant sur un petit salon. Un couloir unique desservait d'un côté sa chambre, de l'autre la salle de bains. Une faible odeur de poussière montait du garage, mais elle parvenait en général à la masquer avec deux bougies parfumées stratégiquement placées.

Liv s'assit devant sa petite table de cuisine et alluma son ordinateur portable. Elle avait menti à Thea en prétendant qu'elle s'y était déjà attelée et elle avait suffisamment repoussé ce moment. Il était temps de faire ses comptes. Elle se connecta à son compte et se livra à un rapide calcul.

Après avoir retenu son souffle pendant dix minutes, Liv parvint à la conclusion qu'elle avait assez d'économies pour survivre trois mois sans travailler. Lui faudrait-il autant de temps pour trouver un autre job ? Parviendrait-elle à dégoter un emploi ? Et si oui, serait-il à Nashville ? Elle ne voulait pas partir. Thea, Gavin et les jumelles vivaient là. Et Rosie était comme sa grand-mère.

Et si Royce essayait vraiment de la détruire dans le milieu ? Maintenant qu'elle l'avait vu en action, elle représentait une menace pour lui et il avait donc tout intérêt à mettre ses propres menaces à exécution. Un homme qui agressait sexuellement ses employées ne verrait aucun inconvénient à bousiller la carrière de quelqu'un pour protéger son sale secret.

Pour autant que ce soit un secret. Combien de femmes avait-il agressées ? Combien de femmes avait-il harcelées ou virées pour se protéger ? Combien de personnes l'avaient aidé ?

Une partie d'elle avait envie de hurler : *C'est injuste !* Mais dans sa vie, il n'y avait jamais eu de justice, et elle n'était pas du genre à se plaindre.

Elle était peut-être bête. Elle devrait peut-être lâcher l'affaire, accepter l'offre de Thea, ouvrir son propre restaurant et remercier sa sœur de l'aider à démarrer. Mais l'argent changeait les relations entre les gens. Il corrompait. Elle ne voulait pas que cette épée de Damoclès plane sur la relation avec sa sœur. Thea était trop importante.

On frappa à la porte et Liv bondit pour ouvrir. Rosie entra, un plateau dans les mains.

— Je t'ai fait une omelette et des toasts.

Liv s'étira.

— Merci. Tu n'étais pas obligée.

Rosie posa le plateau sur la table et brandit l'index dans la direction de Liv.

— Écoute-moi bien. Je te connais, et donc je sais que tu étais en train de t'inquiéter et de te demander comment tu allais payer ton loyer. Arrête tout de suite. Je me fous du loyer.

— Rosie, je ne peux pas habiter ici sans rien payer.

— Et si je te dis que si ? C'est moi qui décide.

Liv ravala la boule d'émotion qui s'était formée dans sa gorge.

— Tout ce que je veux, c'est que tu réfléchisses. Qu'est-ce que tu vas faire pour dénoncer ce bâtard et protéger cette fille ?

— Je ne crois pas qu'elle veuille de ma protection.

— Il faudra la convaincre, alors.

Liv gagna la fenêtre et contempla les champs.

— Je ne sais pas quoi faire.

— Sors-la de là, Livvie. Quoi qu'il en coûte, sors-la de là.

6

Deux jours plus tard, Liv gara sa jeep sur le parking du Café Coussinets & Cie, le café-salon de thé qui appartenait à son amie Alexis.

Cette dernière était la seule personne sur terre qui haïssait Royce autant que Liv, ce qui expliquait probablement pourquoi elles étaient devenues aussi rapidement amies durant le court laps de temps où elles avaient travaillé ensemble au Savoy.

Lorsque Liv avait été embauchée, Alexis était là depuis presque deux ans, mais elle démissionna deux mois après l'arrivée de Liv pour s'occuper de sa mère malade. Liv et elle étaient restées amies et, après le décès de la mère d'Alexis, Liv l'avait aidée à réaliser le rêve de sa vie : ouvrir son propre café. Ce qui était aussi le rêve de Liv.

À en juger par le nombre de clients qui faisaient la queue devant le comptoir, les affaires marchaient bien. En même temps, on était mardi et, le mardi, il y avait toujours une forte affluence parce que c'était le jour où une association de sauvetage des chats venait présenter des animaux à placer. Alexis avait un faible pour les êtres perdus et les créatures abandonnées.

C'était aussi pour ça que Liv s'apprêtait à lui demander de l'aide. Elle ne repousserait jamais Jessica. Et si Alexis acceptait de l'embaucher, alors celle-ci n'aurait aucune raison de rester au Savoy.

Liv contourna la foule. Alexis l'aperçut et agita la main avec enthousiasme, ce qui fit rebondir son chignon bouclé haut perché. Elle écarta les doigts et articula en silence : « Cinq minutes ? »

Liv désigna la porte battante qui menait à la cuisine. Alexis acquiesça puis reporta son attention sur son client. La petite cuisine était lumineuse et immaculée, avec sa crédence recouverte de carreaux de métro blancs et ses étagères sur lesquelles étaient rangés des assiettes et des bols multicolores. Un cuisinier s'agitait fiévreusement entre le gril et le comptoir en acier où il assemblait les sandwichs, les salades et les gâteaux. Il jeta à peine un coup d'œil à Liv. Elle ne s'en formalisa pas le moins du monde. Lorsque c'était le coup de feu en cuisine, on n'avait pas de temps à perdre en politesses.

Elle s'écarta de son chemin et se dirigea vers le fond, où un plateau de scones était en train de refroidir. Ils exhalaient un parfum de dimanche paresseux et de plaid douillet. L'estomac de Liv se mit aussitôt à gargouiller.

— Citron et lavande, expliqua Alexis en surgissant derrière elle. Je ne suis pas sûre que le mélange soit bien dosé. Tu veux bien en goûter un pour me dire ce que tu en penses ?

Liv saisit un scone et mordit dedans. Le gâteau fondit sur sa langue.

— Il est parfait, souffla-t-elle en essuyant une miette sur sa lèvre.

Alexis sourit, soulagée.

— Tu es sûre ? C'est mon quatrième essai.

Liv avala une deuxième bouchée puis hocha la tête.

— Tu peux les mettre sur la carte.

— Si j'ai ton aval, alors je le fais tout de suite. (Alexis dénoua son tablier et le suspendit à la patère près de l'entrée du minuscule bureau du fond.) Tu as cinq minutes ? Tu vas au boulot ? Comment va Riya ? Raconte-moi ce qui est prévu pour le lancement du livre de recettes. Est-ce que Royce fait tourner tout le monde en bourrique ?

Liv essayait de suivre le déroulé des questions typiques d'Alexis, qui ouvrit la porte de son petit bureau.

— Installe-toi… Musclor, non !

Un chat orange de la taille d'un bébé tentait de s'enfuir par l'entrebâillement. Liv tendit la jambe juste à temps pour l'empêcher de sortir, ce qui lui valut un regard noir de la part du félin, qui essaierait sans doute de la tuer plus tard. Un autre chat – un tigré qui répondait au nom de Gueulard – se réfugia sous le bureau d'Alexis puis pointa le museau et lui jeta à son tour un regard meurtrier.

— Je les garde ici le mardi, expliqua Alexis en faisant signe à Liv de s'asseoir tout en fermant la porte. Ils détestent les autres chats.

Musclor et Gueulard avaient été adoptés et vivaient dans le café à plein temps. Le jour, ils charmaient les clients et la nuit, ils planifiaient des meurtres.

Alexis s'affala sur la chaise grinçante derrière son bureau. Elle renversa la tête en arrière avec un soupir théâtral.

— J'ai mal partout. Et je n'ai que trente ans. Comment je peux être mal fichue à trente ans ?

— C'est parce que tu passes tes journées debout et que tu ne dors pas.

— Tu me connais trop bien. (Alexis leva la tête et plissa les yeux.) Je vois bien qu'il y a un truc qui cloche. Qu'est-ce qui t'arrive ?

Liv ravala une boule amère d'appréhension et de culpabilité. Alexis venait juste d'ouvrir son café et elle ne faisait probablement pas de bénéfices. Elle n'était pas fière de la mettre sous pression comme ça mais elle devait absolument éloigner Jessica de Royce.

— J'ai un service à te demander.

— Bien sûr. Tout ce que tu veux.

— Je voudrais que tu embauches quelqu'un.

Alexis inclina la tête.

— Quelqu'un en particulier ?

— Oui.

— D'accord, répondit Alexis lentement. Qui ?

— Une jeune femme qui s'appelle Jessica. Elle bosse au Savoy.

Alexis se figea un instant. Puis elle cilla et reprit contenance.

— Et tu veux que je l'embauche parce que…

Liv poussa un long soupir.

— Il s'est passé quelque chose.

Alexis se redressa.

— Quoi ?

Cinq minutes plus tard, toute l'histoire planait entre elles comme une odeur nauséabonde, du genre de celles qui traînent près des poubelles quand les serveurs sortent s'en griller une pendant les nuits d'été. Alexis arborait une expression comparable – blême et dégoûtée.

Elle déglutit brusquement.

— Qu'est-ce que… qu'est-ce que tu vas faire ?

Liv haussa les épaules.

— Tout ce que je peux pour aider Jessica et arrêter Royce.

Alexis cilla de nouveau rapidement.

— Comment ça, arrêter Royce ?

— L'empêcher de recommencer. Jessica n'est certainement pas la première femme qu'il agresse, mais ce sera la dernière.

Alexis se leva d'un bond et ouvrit la porte. Musclor et Gueulard y virent leur chance de salut. Alexis ne leur prêta pas attention, et ils en profitèrent pour se glisser entre ses jambes et gagner leur liberté. Liv s'immobilisa sur le seuil du bureau et vit, bouche bée, son amie s'emparer d'une bouteille de bourbon et de deux verres. Alexis ne buvait pas beaucoup. Ce n'était pas son truc. Mais quand elle revint dans le bureau et se servit un verre bien tassé qu'elle avala d'un trait, Liv comprit soudain, abasourdie.

— Ce que je t'ai raconté ne te surprend pas, n'est-ce pas ?

Alexis remplit deux verres cette fois-ci et en tendit un à Liv.

— Royce a toujours eu une réputation.

— Une *réputation* ?

Liv contempla son verre et le repoussa.

— Tu *savais* ?

Alexis se rassit.

— Et ça ne t'a jamais traversé l'esprit de me le dire ?

Alexis tressaillit.

— J'aimerais embaucher Jessica mais c'est impossible. Je suis désolée. J'ai déjà du mal à payer mes employés.

— Elle ne doit pas être très bien payée au Savoy. Tu pourrais peut-être commencer par…

— Non, Liv. Désolée.

Son ton tranchant n'appelait aucune contestation.

Liv avait envie de se mettre en colère mais elle n'en avait pas le droit. Elle savait depuis le début que c'était un coup d'épée dans l'eau.

— Pas de problème. Je n'aurais pas dû te demander.

— Et toi ? demanda Alexis.

— Je vais trouver quelque chose.

— L'hôtel Parkway cherche des cuisiniers. Je connais le chef. Je peux lui passer un coup de fil demain.

Liv acquiesça d'un air absent.

— Ce serait super. Merci.

— Niveau financier, tu en es où ?

Si quelqu'un d'autre lui avait posé la question, Liv se serait hérissée, mais c'était Alexis. Pragmatique et loyale. Une vieille tante avisée dans le corps d'une trentenaire.

— J'ai assez d'économies pour tenir quelques mois.

— Je suis certaine que Rosie ne te demandera pas de loyer.

— Tu as vu juste.

Alexis se pencha pour serrer le bras de Liv.

— Je suis vraiment navrée, Liv. Je sais que c'est une grande déception pour toi après tout le boulot que tu as abattu.

— Je survivrai.

C'était l'histoire de sa vie. Elle avait vite appris, enfant, à s'adapter aux circonstances. Ça forge le caractère de grandir avec des parents en guerre perpétuelle, trop occupés à se sauter à la gorge pour remarquer que toutes les disputes, toutes les auditions pour la garde, tous les affronts et toutes les mesquineries démolissaient un peu plus leurs filles. Elle avait surmonté pire que ça. Elle s'en sortirait.

— C'est peut-être un signe, déclara Alexis après un silence.

— De quoi ?

— Tu as fait tes preuves. Tu as du talent et de l'ambition. Pourquoi ne pas accepter un prêt de ta sœur et…

Liv serra les dents.

— Non.

— Pourquoi ?

— Ce n'est pas parce que je connais des gens riches que ça me donne le droit de les traiter comme un distributeur automatique. L'argent gâche les relations. Crois-moi, je le sais.

Alexis tressaillit.

— Pardon. Tu as raison. Je ne peux pas comprendre.

Zut. Liv secoua la tête.

— Je n'aurais pas dû m'énerver. Je te demande pardon. Je sais que tu essaies juste de m'aider. Je suis seulement… (Elle poussa un soupir agacé.) Rien ne me met plus hors de moi que l'injustice.

— Je sais. C'est pour ça que je t'aime. Mais tu dois me promettre une chose.

Liv haussa les sourcils. Le regard d'Alexis s'assombrit.

— Sois prudente. Royce est plus puissant que toi.

— Je n'ai pas peur de Royce Preston. C'est un empoté et un débile. Je l'ai surpris parce qu'il ne sait pas lire l'heure. Pour de vrai.

Alexis ignora la plaisanterie.

— Il te détruira.

— Pas si je le détruis avant.

— Tu penses vraiment pouvoir y parvenir, pas vrai ?

— Je crois surtout que je n'ai pas le choix. Je ne peux pas faire comme si je n'étais pas au courant de ses agissements, ni comme si je ne me doutais pas que c'est au moins la centième fois qu'il agresse quelqu'un. Je ne peux pas laisser une femme entrer dans sa cuisine maintenant que je sais que c'est un prédateur sexuel. Si je dois renverser son empire, alors je le ferai.

Alexis se leva et posa sur Liv un regard implorant.

— Ne te précipite pas, je t'en prie. Je te connais et…

— Qu'est-ce que tu entends par là ?

— Parfois tu agis sans réfléchir.

Liv se permit de se sentir un peu blessée dans son orgueil avant de répondre :

— Tu voudrais que je ne fasse rien et que je le laisse s'en tirer ?

— Promets-moi juste de réfléchir aux conséquences avant de l'attaquer.

Liv se leva pour pouvoir regarder Alexis dans les yeux.

— Je vais l'empêcher d'agresser d'autres femmes. Je ne veux pas réfléchir à d'autres conséquences.

— Tu as tort. D'autres personnes seront blessées dans le processus. Pense à tous ces gens qui perdront leur job si tu renverses son empire.

Liv secoua la tête, à la fois déçue et perplexe.

— Je ne comprends pas. Je pensais que tu me soutiendrais.

— C'est le cas.

— On ne dirait pas.

— J'ai peur pour toi.

— Je me fais davantage de souci pour Jessica.

Alexis poussa un soupir résigné.

— Qu'est-ce que tu comptes faire, exactement ?

— Je n'en sais rien. Mais je trouverai.

Alexis se mordilla la lèvre inférieure.

— Tu me tiendras au courant ?

— Oui.

Une jeune femme qui portait le T-shirt avec le logo du café frappa à la porte et passa la tête par l'entrebâillement.

— Musclor vient de voler le muffin d'une cliente et a essayé de pisser sur un chaton.

— Je m'en vais, intervint Liv. Je te laisse gérer.

Alexis lui adressa un sourire forcé et contourna le petit bureau pour l'étreindre brièvement.

— Je vais garder l'œil ouvert sur les offres d'emploi, promit-elle en la serrant dans ses bras.

Liv sortit par la porte arrière du café et contourna le pâté de maisons pour regagner sa voiture. Mais au lieu de s'éloigner tout de suite, elle resta assise de longues minutes derrière le volant, le regard dans le vide, pour planifier ce qu'elle allait faire ensuite. « Parfois, tu agis sans réfléchir. » Alexis ne l'avait peut-être pas fait exprès, mais elle avait touché une corde sensible. Liv s'était donnée à fond pour faire oublier les errements de sa folle jeunesse. Et même si sa Gran Gran adorée était morte avant qu'elle ait terminé son école de cuisine, Liv aimait à croire que la vieille dame était toujours là quelque part et qu'elle était fière d'avoir réussi à guider Liv sur un chemin plus sûr avant qu'il ne soit trop tard. Sans sa grand-mère, Liv n'aurait jamais pu se ressaisir à temps pour avoir son bac. Ni sans Thea, évidemment.

Mais est-ce que les gens pensaient qu'elle avait vraiment rattrapé toutes ses bêtises passées ? Et elle-même ? Pourrait-elle un jour en faire assez pour se faire pardonner ?

Liv enfonça brusquement la clé dans le contact et attendit que la circulation ralentisse pour déboîter. Elle ne se rendrait pas sans combattre. Royce ne s'en tirerait pas comme ça. Mais avant de s'occuper de lui, elle devait extirper Jessica de ses griffes. Et si Alexis ne pouvait pas l'embaucher, Liv connaissait quelqu'un qui en était capable.

Braden-putain-de-Mack.

Temple Club était censé être l'une des discothèques les plus huppées de Nashville, mais au beau milieu de l'après-midi c'était juste un tombeau sombre et vide qui puait la bière rance et les espoirs déçus comme tous les autres bars de la rue. Lorsque Liv y pénétra, ses bottes produisirent un son sourd sur le parquet usé.

— On ouvre à 16 heures, l'informa une femme derrière le comptoir sans lever les yeux.

Elle arborait une coupe de cheveux irrégulière et violette, et une allure que dans d'autres circonstances Liv aurait admirée.

Liv s'approcha du bar.

— Je m'appelle Liv. Je voudrais voir Mack.

— Il n'est pas ici.

La femme ne l'avait toujours pas regardée.

— Où est-il ? demanda Liv en se juchant sur un tabouret.

La femme leva les yeux et haussa un sourcil percé sur une paupière recouverte d'une ombre d'un vert vibrant.

— Pas ici et ça ne vous regarde pas.

— Ça me regarde, vu que je veux lui parler.

— Comme toutes les meufs de Nashville. Prenez un ticket.

Liv simula la nausée.

— Pitié. J'ai l'estomac sensible.

La femme lui sourit tout d'un coup.

— C'est quoi votre nom, déjà ?

— Dites-lui que c'est *Olivia*.

La femme décrocha le téléphone et pianota sur les boutons. Il s'écoula un instant avant qu'elle ne parle.

— C'est Sonia. Il y a une femme ici qui s'appelle Olivia et qui dit que…

Il y eut un silence, un rapide « D'accord », puis Sonia raccrocha.

— Il sera là dans vingt minutes. Vous pouvez l'attendre dans son bureau.

Liv glissa à bas de son tabouret et suivit Sonia le long d'un couloir derrière le bar.

— Qui êtes-vous ? demanda Sonia en lui jetant un coup d'œil par-dessus son épaule.

— Hein ?

— Ce n'est pas le genre de Mack de laisser des inconnues seules dans son bureau. Vous devez donc être quelqu'un pour lui.

— À cause de lui, j'ai perdu mon job le week-end dernier. Je suis venue pour me venger.

— Je peux être témoin ?

— Vous pouvez même m'aider.

Sonia ouvrit la porte et s'effaça pour la laisser entrer. Liv s'affala dans le fauteuil de Mack et posa les pieds sur le bureau étonnamment propre.

Sonia lui adressa un sourire étincelant.

— Ses dossiers sont classés par couleur. Quand il me rend dingue, je les mélange.

Liv posa une main sur son cœur.

— Est-ce qu'on peut être meilleures amies ?

— Je pense que oui.

Dès que Sonia eut disparu, Liv se renfonça dans le siège et examina la pièce. Le décor était sobre mais professionnel. Deux meubles de rangement alignés contre un mur sous un cliché en noir et blanc encadré de ce qui était probablement le Temple Club avant qu'il ne devienne le Temple. La seule touche personnelle tenait en une série de photos punaisées sur un tableau en liège à côté du bureau.

Elle tenta à plusieurs reprises d'éviter de les fixer, et finit par abandonner et les observer. C'était certainement des photos de famille. Tous les gens ressemblaient à Mack – bruns, grands sourires, mêmes yeux.

— Tranquille ?

Liv bougea les pieds pour faire pivoter le fauteuil. Mack se tenait sur le seuil. Il portait un jean et une chemise noire aux manches relevées. Il s'appuyait contre l'encadrement, les bras croisés, et souriait comme un homme conscient de sa beauté et habitué à en jouer.

Liv leva les yeux au ciel.

— Tu as répété cette pose devant le miroir ?

Il lui adressa un clin d'œil.

— Tous les jours.

— Ton bureau est propre.

— Tu as l'air surprise.

— Je croyais que tu étais du genre à posséder une corbeille à papier débordante et une collection de tasses à café sales.

— Tu croyais mal. (Il s'écarta de la porte, entra dans la pièce et désigna les photos.) C'est ma famille.

Elle haussa les épaules.

— Tu n'es pas curieuse.

— Pas vraiment, mentit-elle.

Il s'approcha et se mit à énumérer des noms.

— Voici mon frère, Liam. Sa femme, Allison. Leurs deux enfants. Ce sont les gamins les plus mignons du monde. (Il tendit l'index vers la dernière photo.) Et voici ma mère.

Liv s'en serait doutée. Il possédait la même chevelure sombre, les mêmes yeux marron doré et les mêmes longs cils qu'elle. Non que Liv ait eu le temps d'étudier les yeux de Mack ou la longueur de ses cils. Ils étaient juste très visibles, comme les plumes d'un paon. On avait le droit d'admirer la beauté de l'oiseau tout en détestant son agressive routine amoureuse.

Liv croisa les jambes au niveau des chevilles.

— Ta manager pensait que je te courais après.

Il gloussa.

— Elle n'a pas de filtre.

— Je sais. Elle me plaît beaucoup.

Mack s'assit dans le fauteuil face au sien.

— Moi aussi. Elle travaille avec moi depuis l'ouverture de mon premier club.

— Dommage.

— Je me suis habitué à son caractère.

— Je disais dommage *pour elle*.

Il lui adressa un autre clin d'œil.

— Attends un peu. Tu finiras par m'apprécier. Comme tout le monde.

— Uniquement si tu as de la bouffe chinoise pour remplacer les restes que tu m'as volés.

— Punaise, tu m'en veux encore ?

— La bouffe est une affaire sérieuse.

— Gavin avait dit que je pouvais les finir, protesta-t-il.

— Il n'avait pas le droit, vu que ce n'était pas les siens.

— C'est pour ça que tu ne m'aimes pas ? Parce que j'ai mangé tes nouilles ?

— Non. Je ne t'aime pas parce que tu dépenses plus d'argent en après-shampoing que moi.

— Il faut investir pour être aussi beau, chérie.

— Exactement. Aucune femme ne devrait être obligée d'entrer en compétition avec ça. Je parie que tu as un miroir dans chaque pièce pour répéter ton sourire.

— Pas toi ?

Elle ricana.

— Donc, tu ne m'aimes pas ? Sérieusement ?

Elle lui jeta un nouveau regard de côté.

— Tu as l'air surpris.

Il ne répondit pas et elle le fixa, interloquée.

— Tu es vraiment surpris.

Il haussa les épaules.

— Tout le monde m'aime. (Il plaça sa cheville sur le genou opposé.) J'en déduis que tu as changé d'avis concernant mon offre d'embauche.

Liv posa les pieds par terre.

— Oui, mais pas pour moi.

Mack plissa les yeux et de minuscules pattes d'oie se dessinèrent au coin.

— Je ne suis pas sûr de comprendre.

— Si tu as vraiment des jobs à pourvoir…

— C'est le cas.

— … alors je voudrais que tu embauches une jeune femme qui s'appelle Jessica. Elle est hôtesse d'accueil au Savoy et je dois l'en faire sortir.

— Pourquoi ?

— Parce que. Ça devrait suffire.

Il haussa de nouveau les épaules.

— Non.

— Je ne peux pas t'expliquer. Mais tu as dit que tu voulais tout arranger. (Elle tendit le doigt vers lui.) Ce sont tes mots, et c'est comme ça que tu peux tout arranger.

— En quoi embaucher quelqu'un d'autre va permettre de résoudre la question de *ton* licenciement ?

— Je ne te demande pas de régler ça mais d'aider une jeune femme qui est dans de sales draps.

Peut-être se faisait-elle un film mais elle jurerait avoir vu une veine saillir sur sa mâchoire.

— Du genre ?

— Je ne peux pas t'expliquer.

— Alors je ne peux pas t'aider.

Elle lui lança un regard impassible.

— La situation est moche.

Mack se leva brusquement pour aller fermer la porte. Il se tourna vers elle, les pieds écartés et l'air sévère.

— Moche comment ?

— Très, très moche.

— Est-ce que ça a un rapport avec ton licenciement ?

— C'est important ?

— Si tu veux que j'embauche cette fille, c'est important.

— Tu as des jobs à pourvoir. Je connais quelqu'un qui en cherche un. Les détails ne devraient pas compter.

— Raconte-moi, tu veux bien ?

Il fallut à Liv cinq minutes pour tout déballer, et une seule pour que Mack sente sa tension s'affoler et sa vision se brouiller. Il était incapable d'articuler un son. Il avait du mal à respirer. Il se passa les mains dans les cheveux et s'obligea à s'asseoir.

Ce fils de pute. Il allait lui faire la peau. Il allait réduire ce gros porc en morceaux.

— Est-ce qu'il… (Mack avait du mal à articuler quoi que ce soit en dehors du « Je vais le crever » qui bloquait sa gorge.) Est-ce qu'il t'a agressée ?

— Non, répondit Liv, qui hésita une fraction de seconde. Mais je pense qu'il n'en est pas à son coup d'essai. Il était beaucoup trop sûr de lui et pas du tout affolé à l'idée d'être pris sur le fait.

— On doit faire quelque chose, dit Mack d'une voix sourde.

Liv lui lança un regard agacé.

— *On* ne va rien faire du tout.

— Il ne peut pas s'en tirer comme ça.

— Je n'ai pas l'intention de le laisser s'en tirer, mais la seule chose que je te demande c'est d'embaucher Jessica.

Il lui fallait un verre d'eau. La rage était en train de tapisser sa gorge de sable.

Liv se leva.

— Je te rappellerai. Et j'apprécierais que tu n'en parles ni à Gavin ni à Thea avant que j'aie pris une décision.

Elle se dirigea vers la porte, l'ouvrit d'un geste décidé et s'éloigna. Eh merde. Combien de fois cette femme allait-elle le laisser en plan ?

Mack se leva d'un coup et la suivit.

— Woh, woh, woh. Attends. Tu vas où ?

Sonia, qui était assise à son propre bureau, pivota sur son fauteuil pour assister à la scène avec un amusement non dissimulé. Oui, bon, c'était la première fois qu'il courait après une femme. Et alors ?

Mack saisit Liv par le coude et l'attira à lui pour que Sonia n'entende pas leur conversation. Liv soupira, exaspérée.

— Quoi ?

— Qu'est-ce que tu voulais dire ?

— De quoi tu parles ?

— Quand tu as affirmé que tu voulais faire payer ce bâtard.

Elle lui lança un regard qui signifiait clairement qu'elle le trouvait idiot.

— Ça veut dire ce que ça veut dire. Je vais dévoiler ses agissements et le détruire.

— Toute seule ?

Liv haussa les épaules.

— Pourquoi pas ?

— Tu n'y arriveras pas toute seule. S'il est vraiment coutumier du fait, alors il sait le cacher. Comment comptes-tu t'y prendre pour rendre tout ça public ? Tu ne peux pas déballer ce que tu as vu et entendu à la presse.

— Ce n'est pas le plan que j'avais en tête, mais merci de me prendre pour une débile.

— C'est quoi ton plan, alors ?

— Je ne sais pas encore mais je vais trouver. Autre chose ?

— Oui, répondit Mack, qui se ressaisissait enfin.

Parce qu'il était absolument sûr de *ça*. Les hommes qui agressaient les femmes devaient le payer. Peu importe le prix. Si Royce Preston était un prédateur sexuel, Mack l'arrêterait.

— Je veux t'aider.

Liv pouffa de rire.

— Tu veux m'aider.

— Je vais tâcher de ne pas me sentir insulté par ton ricanement, mais oui. Si Preston est un agresseur, je veux le dénoncer.

Liv lui lança un regard à la fois sceptique et méfiant. Elle croisa les bras.

— Tu en es sûr ? Parce que je t'ai bien observé l'autre soir au Savoy. À faire ami-ami, « Allons prendre un verre ». Vous êtes potes. Et tu veux me faire croire que tu n'étais pas au courant ?

— Non, je n'étais pas au courant. Bon sang.

Mack se passa la main dans les cheveux. C'était vraiment ce qu'elle pensait de lui ? Qu'il était du genre à couvrir un agresseur sexuel ?

— Il y a forcément des gens qui savent. Les hommes comme lui ont toujours des complices.

— Je n'en fais pas partie. Je le connais à peine.

— Et si tu avais entendu des rumeurs ? Tu aurais agi ?

— Oui, bon Dieu. Évidemment.

Liv inclina la tête pour l'observer comme si elle cherchait à savoir s'il était sincère. Pour la première fois, il remarqua à quel point elle ressemblait à sa sœur. Elles avaient les mêmes yeux. Le même teint. Mais contrairement à Thea, Liv avait toujours l'air méfiant. Elle donnait l'impression de vouloir faire confiance aux gens sans savoir comment s'y prendre.

Et il ressentit soudain le besoin qu'elle lui fasse confiance.

— Tu sais que tu ne peux pas agir toute seule, Liv. Ne sois pas têtue.

— Tu veux m'aider ? D'accord. Embauche Jessica. Je dois la sortir de là-bas.

— Pas de problème. Je le fais tout de suite. Comment je la contacte ?

Liv cilla.

— Je… j'en sais rien.

— Tu n'en sais rien ? demanda-t-il en imitant le ton sceptique qu'elle avait pris un peu plus tôt.

— On n'est pas amies, répondit-elle en écartant les mains. Je n'ai pas son numéro de téléphone, tous ses comptes sur les réseaux sociaux sont privés et je ne peux pas aller lui parler au boulot.

Mack fit glisser le pouce sur l'écran de son portable.

— Quel est son nom de famille ?

— Summers.

Il entra le nom dans la barre de recherche de Google et ajouta « Nashville » pour filtrer les résultats.

Liv plissa les yeux.

— Tu es vraiment sérieux ?

— Oui.

— Tu vas lui proposer un job ?

— Je viens de le dire.

Il y avait deux millions de résultats à sa recherche Google. Liv poussa un profond soupir et secoua la tête.

— Tu crois que je n'ai pas déjà essayé ?

Il ne répondit pas. Elle leva les yeux au ciel avec tant de force qu'il pouvait presque l'entendre.

— Je te préviendrai quand *je* la contacterai, dit-elle.

Cette fois-ci, quand elle s'éloigna, Mack ne la suivit pas. Parce que même si Liv ne parvenait pas à la trouver, Mack connaissait quelqu'un qui le pouvait.

Il rangea son téléphone dans sa poche et sortit ses clés. Il passa devant Sonia, toujours assise à son bureau. Elle leva les yeux.

— C'est quoi cette histoire ?

Il esquiva.

— Je t'expliquerai plus tard.

Sonia haussa les épaules et marmonna un commentaire sarcastique dans sa barbe. Mack gagna la cuisine puis sortit par la porte arrière qui donnait sur la ruelle où il avait garé sa voiture.

Il traversa rapidement la ville tout en passant un coup de fil.

Il se gara au point de rendez-vous un peu avant 16 heures – un rectangle de deux étages qui portait le nom *DAGNABIT* peint en lettres vertes écaillées au-dessus de l'entrée. Ça ressemblait à un endroit où le whisky était bon marché et où les cuistots ne se lavaient pas les mains. Ce qui en faisait le lieu idéal pour ce genre de rendez-vous.

Mack remonta le trottoir craquelé et envahi par les mauvaises herbes, et poussa la porte. Elle grinça, offensée. À l'intérieur, l'éclairage était faible et le son du téléviseur fort. Le bar était presque désert, à l'exception de deux motards accoudés au comptoir devant des pintes à moitié bues, les yeux rivés sur le match de base-ball. Aucun ne s'intéressa à lui. Deux sièges plus loin se tenait un homme aux cheveux filasse et à la toux grasse qui semblait sur le point de péter un plomb et de se mettre à hurler au complot.

Mack s'installa au milieu et commanda une bière.

Cinq minutes plus tard, la porte grinça de nouveau et Noah Logan pénétra dans le bar, les mains enfoncées dans les poches d'un blouson en cuir usé, un bonnet sur le front. Il ressemblait à un banal ingénieur en informatique. Mack pensait que c'était une couverture et qu'il était en réalité un agent secret. Personne ne pouvait être aussi intelligent et aussi musclé sans travailler en réalité pour le gouvernement. Mack l'avait embauché quelques années plus tôt pour créer son système de sécurité mais il s'était rapidement rendu compte que les talents de Noah s'étendaient bien au-delà et ce dernier s'était montré d'une importance vitale en l'aidant dans un projet sensible, ce qui lui valait une place permanente sur la liste des personnes en qui Mack avait une confiance absolue.

— Mec, le salua Noah en s'asseyant sur le tabouret à côté de lui. C'est quoi l'urgence ?

— Je veux que tu trouves quelqu'un.

— Ouais, j'avais compris.

Mack posa un billet de cinq dollars sur le comptoir et se leva.

— Allons nous balader.

— On vient juste d'arriver, merde, se plaignit Noah.

Dix minutes plus tard, il avait cessé de se plaindre. Il ralentit le pas et secoua la tête.

— Putain de merde, souffla-t-il. Je savais que ce mec n'était pas net. Qu'est-ce que tu veux que je fasse ?

— Pour commencer ? Je veux juste que tu trouves Jessica. Liv a interdiction d'entrer au Savoy. Essaie de découvrir où elle se rend quand elle n'est pas au travail ou chez elle.

— Quoi d'autre ?

— Je veux savoir combien de femmes il a agressées.

Noah le regarda, sceptique.

— Je vais voir ce que je peux faire, mais il faut que tu me dises tout de suite à quelle profondeur tu veux que je cherche.

— Tu peux aller jusqu'où ?

Le visage de Noah devint impassible.

— Très loin.

— Tu m'enverras ta note, répondit Mack en s'éloignant. Discrètement.

— C'est gratuit, fit Noah dans son dos.

Mack pivota.

— Quoi ?

Noah semblait avoir gagné plusieurs centimètres.

— Les porcs dans le genre de Royce Preston l'ont bien cherché. Cette fois-ci, je bosse pour rien.

7

Mercredi soir, lorsque Mack sortit de l'autoroute et quitta la ville en suivant les instructions du GPS, le coucher de soleil teintait l'horizon en orange. Gavin ne plaisantait pas lorsqu'il avait déclaré que Liv vivait dans une ferme. Et pas du genre coopérative de hipster. C'était une véritable ferme, avec des prés et des moutons – non, des chèvres – et une immense grange rouge entourée de dépendances plus modestes. Collée en plein milieu, au sommet d'une petite colline, se dressait une maison en bois blanc ceinte d'une murette en pierre qui donnait l'impression d'avoir été construite juste après la guerre de Sécession.

Mack emprunta l'allée gravillonnée bordée d'arbres, la remonta et ralentit devant un garage indépendant. Un escalier s'enroulait sur l'un des côtés du bâtiment et menait vers ce qu'il supposait être un appartement. Une fenêtre solitaire donnait sur l'allée.

Il se gara près d'un pick-up Ford poussiéreux et derrière une jeep noire sur la lunette arrière de laquelle figurait un autocollant proclamant : « Une femme a autant besoin d'un homme qu'un poisson d'une bicyclette. » Pas de doute, il était au bon endroit.

Mais pourquoi diable Liv vivait-elle ici ?

Mack éteignit le moteur, ouvrit la portière et s'empara du sac de nourriture chinoise qu'il avait apporté pour l'amadouer. Il n'avait quasiment pas dormi de la nuit. Hors de question de rester sur la touche pendant que Liv affrontait Royce toute seule. Il allait devoir la convaincre d'une manière ou d'une autre de le laisser l'aider.

Il glissa une jambe hors de la voiture… et fut aussitôt attaqué.

La bête avait surgi de nulle part. Mack entendit un cri furieux, aperçut un éclat de plumes noires et rouges, et sentit qu'on lui arrachait un morceau de peau sous son jean avant même de comprendre ce qui se passait. Le monstre s'éleva dans les airs, les pattes en avant pour enfoncer de nouveau les griffes dans sa chair. Mack recula sur son siège et claqua la portière juste à temps, mais la bête se rua sur la voiture en poussant un terrible cri de vengeance.

Une sauveuse apparut soudain en haut de l'escalier du garage. Elle portait des bottes en caoutchouc et tenait un balai dans la main.

— Tu as perdu le combat ? cria-t-elle.

Un bruit sourd contre sa portière le fit sursauter. Ce putain de bestiau allait abîmer sa bagnole. Mack frappa la vitre du poing.

— C'est quoi ce truc, bordel ?

Liv porta la main à son oreille et fit le geste universel signifiant « Je ne t'entends pas ».

Mack ouvrit sa fenêtre.

— C'est quoi, ça ? hurla-t-il.

Elle ricana.

— Un coq, idiot.

— Il est possédé ou quoi ?

Liv haussa les épaules.

— Les coqs sont très territoriaux.

— Il s'est jeté sur moi !

— Ils jugent parfaitement les gens.

— Vire-le pour que je puisse descendre. Il faut qu'on parle.

— Si tu essaies de m'amadouer, c'est raté.

Il brandit le sac du traiteur chinois par la vitre.

— Nouilles sautées au porc et soupe aux raviolis.

Elle haussa un sourcil.

— Tu les as achetées où ?

Cette fille était hallucinante.

— Jade Dynasty.

— D'accord. (Liv descendit l'escalier d'un pas lourd et agita le balai devant le volatile.) Allez, attaque.

Le coq gonfla ses plumes et ne se fit pas prier. Liv l'insulta et l'attira vers une barrière derrière laquelle elle l'enferma.

Elle revint ensuite vers la voiture.

— Voilà. Tu es en sécurité. Donne-moi ma bouffe.

Mack lui tendit le sac par la vitre ouverte. Liv le lui arracha des mains, y jeta un coup d'œil puis le referma.

— Merci. Tu peux partir.

— Non. (Il ouvrit sa portière.) Il faut qu'on parle.

— Je ne crois pas, non.

— Je veux t'aider.

— Je suis pourtant certaine d'avoir été claire hier.

Mack descendit et claqua la portière.

— Si tu ne voulais pas de mon aide, tu ne m'aurais pas dit ce que tu voulais faire.

— Bon sang, tu ressembles à un poil au menton dont on n'arrive pas à se débarrasser. On l'arrache et paf, deux jours plus tard, ce salaud est de retour.

— J'ai beau être fasciné d'apprendre que tu as des problèmes pileux au menton, j'aimerais qu'on discute de choses plus importantes.

— J'en ai une. Comment se fait-il que tes chaussures aient l'air de coûter plus cher que ma voiture ?

— Tu veux me donner des conseils de mode ? Toi qui ressembles à la photo « avant » d'une émission de relooking ?

— Cet homme t'ennuie, Livvie ?

Un individu au torse puissant et avec un genou esquinté sortit d'une des dépendances et se dirigea vers eux tout en s'essuyant les mains sur un torchon plein de cambouis. On devinait à ses cheveux très courts et à son regard d'acier qu'il avait passé sa vie à donner des ordres, et à son boitement qu'il n'était plus de la première jeunesse.

— Ton petit ami ? murmura Mack.

Liv prit le temps de lui jeter un regard courroucé avant de répondre.

— Tout à fait. Tu peux m'en débarrasser ? demanda-t-elle en se tournant vers le nouveau venu.

Mack s'avança, la main tendue. Il entendit Liv ricaner dans son dos.

— Ne fais pas ça. Tu vas ruiner ta manucure.

— Braden Mack, dit-il.

L'homme lui serra la main avec plus de force que nécessaire.

— Earl Hopkins.

— Tout le monde l'appelle Hop, intervint Liv. (Elle désigna Mack d'un signe de tête.) Et lui, je l'appelle Poil au Menton.

Hop le dévisagea et demanda :

— Vous avez fait votre temps ?

— Vous parlez de la prison ou l'armée ?

— Les deux.

— Non.

Hop grogna et le détailla de pied en cap. Lorsqu'il remarqua son jean déchiré et taché de sang, il esquissa un sourire amusé. Il regarda Liv, sourcils haussés.

— Randy l'a attaqué ?

Liv se contenta de sourire. Hop hocha la tête.

— Cette bestiole sert à quelque chose, finalement.

— Il s'appelle *Randy* ?

Liv leva les yeux au ciel.

— C'est bon, Hop. Dis à Rosie que j'arrive dans quelques minutes pour l'aider à finir de préparer le dîner.

Hop désigna Mack du menton.

— Il mange avec nous ?

Liv et Mack répondirent en même temps.

— Non, fit Liv.

— Avec plaisir, déclara Mack.

Liv lui lança un regard noir.

— Tu ne restes pas pour dîner.

— Quel est le menu ?

— Ce à quoi tu es allergique.

Hop ricana et s'éloigna vers la maison.

— Drôle de vie que tu mènes, Liv.

— Tu es libre de partir quand tu veux.

— Non mais, pourquoi tu habites ici, sérieusement ?

Elle emprunta le même chemin que Hop sans prendre la peine de lui répondre.

— Tu n'as peut-être pas remarqué, fit Mack en tentant de la suivre, mais je *saigne.*

— Tu survivras.

— Qui sait de quelles maladies cette bestiole est porteuse ?

— Tu as raison. Tu devrais aller tout de suite aux urgences. Raconte-leur exactement ce qui s'est passé.

Ce qu'il s'apprêtait à rétorquer mourut sur ses lèvres parce qu'à quelques mètres de là, de l'autre côté de la clôture, Randy se jeta sur une poule et…

— Qu'est-ce qu'il est en train de faire à cette poule ?

— Tu n'as pas passé beaucoup de temps à la campagne quand tu étais gamin, pas vrai ?

— Si. J'ai passé une journée entière avec l'école dans une ferme minuscule : on a planté un bâton dans une pomme pourrie pour en faire une poupée. Mais il n'y a jamais eu de coq meurtrier dans nos leçons.

Randy se jeta sur le sol.

— Bon sang. C'était super rapide.

— Chez toutes les espèces, le mâle est une ordure.

— Pas moi. Je fais partie des gentils.

Liv ricana et ouvrit la porte arrière de la maison. Elle laissa retomber la moustiquaire qui faillit lui claquer à la figure.

— Merci, dit-il en l'évitant de justesse.

Il la suivit dans un vestiaire puis un petit couloir qui débouchait dans une spacieuse cuisine de ferme. Une femme avec une longue tresse grisonnante se tenait devant la gazinière : elle remuait quelque chose qui sentait divinement bon dans une grande casserole rouge.

— J'ai trouvé un chien errant, annonça Liv en se dirigeant vers le réfrigérateur. Randy s'est occupé de lui.

La femme pivota en s'essuyant les paumes sur un torchon.

— Et vous êtes ?

Mack lui adressa son sourire ravageur, une main tendue.

— Braden Mack, madame. Ravi de faire votre connaissance.

Il ajouta un clin d'œil pour faire bonne mesure et la femme lui serra la main en souriant.

— Le plaisir est partagé.

— Tu es sérieuse ? s'indigna Liv en rangeant les plats chinois dans le frigo. Même toi ?

— Je suis désolé de vous déranger au moment du dîner, madame…

Il n'acheva pas sa phrase.

— Appelez-moi Rosie, dit-elle en faisant un petit geste pour balayer toute formalité. Et vous ne nous dérangez pas du tout. Quand il y en a pour trois, il y en a pour quatre. On mange du rôti braisé.

Mack se tapota le ventre et lui fit un nouveau clin d'œil.

— Mon plat préféré.

Liv fit semblant de s'étouffer, ce qui lui valut un regard courroucé de la part de Rosie.

— Liv, où sont tes bonnes manières ? la réprimanda Rosie. Va l'aider à désinfecter cette plaie.

Liv poussa un soupir, comme une enfant à qui on viendrait d'ordonner de surveiller ses petits frères pendant que les adultes jouent aux cartes.

— Bon, d'accord. Suis-moi.

Mack lui emboîta le pas jusqu'à une petite salle de bains au rez-de-chaussée. Il s'assit sur le rebord de la baignoire en faïence blanche et tendit les jambes. Elles couvraient toute la distance entre la baignoire et le lavabo devant lequel Liv était en train de mouiller un torchon.

Elle se tourna vers lui, un flacon plein d'une mixture sinistre à la main.

— Remonte ton pantalon, ordonna-t-elle en s'agenouillant devant lui.

Il combattit l'envie de commenter sa position et se contenta de se pencher pour retrousser son jean, révélant une coupure d'environ trois centimètres. Le sang coulait de la plaie en emmêlant ses poils sombres et formait un petit ruisseau jusqu'à ses chaussures.

Liv ricana et leva les yeux vers lui, un sourire moqueur aux lèvres.

— C'est de ça que tu te plains depuis tout à l'heure ?

— Regarde comme je saigne.

— C'est une égratignure. Sois un homme.

— C'est la deuxième remarque sexiste que tu fais depuis mon arrivée, constata-t-il en agitant l'index sous son nez.

— Quelle était la première ?

— Tu t'es moquée de ma manucure.

Elle écarquilla les yeux.

— Si tu gaspilles ton fric en manucure, tu mérites qu'on se moque de toi.

— Je ne fais jamais de manucure, mais et si c'était le cas ? Les hommes aussi en ont le droit.

— Je n'ai jamais dit le contraire. Je pense que tous ceux qui gaspillent leur argent de cette façon méritent qu'on se moque d'eux.

C'était une information intéressante que Mack mit de côté pour y réfléchir plus tard. Pour l'instant, il changea de sujet.

— C'est quoi l'histoire de Hop ? C'est un flic ?

— Inspecteur à la retraite et vétéran du Vietnam. À ta place, je ne le chercherais pas.

— Il n'a pas l'air d'être le genre de Rosie.

— Ils ne sont pas en couple. (Elle éclata de rire. C'était le premier signe d'affection véritable qu'elle montrait et ça lui plut.) Il lui donne un coup de main, et je suis certaine qu'il est amoureux d'elle depuis le lycée, mais ils ne sortent pas ensemble.

Elle versa un liquide froid sur la coupure et Mack cria.

— Mais qu'est-ce que tu fiches, bon sang ?

— Je nettoie la plaie.

— Avec quoi ? De l'acide chlorhydrique ?

— De l'eau oxygénée, chochotte.

— Et voilà, tu recommences à mettre en question ma virilité.

Sache qu'il est scientifiquement prouvé que les hommes ont un seuil de tolérance à la douleur plus bas que… Mais merde ! (Elle venait de verser un autre bouchon de l'abominable liquide sur sa plaie.) Était-ce vraiment nécessaire ?

— Absolument. (Elle se redressa.) Il fallait bien que je teste ta théorie scientifique. Tu avais raison.

— Ça pique, bouda-t-il.

— Tiens, dit-elle en lui tendant un pansement carré. Sors quand tu as fini, ou, mieux encore, reste planqué là.

Mack ne releva pas. Il fixa le pansement sur sa plaie, se lava les mains puis regagna la cuisine. Liv était en train de dresser la table dans la salle à manger attenante.

— Je peux t'aider ? demanda-t-il.

Ce fut Rosie qui répondit.

— Asseyez-vous et faites comme chez vous. Liv, apporte-lui quelque chose à boire.

Il s'installa sur l'une des chaises, un grand sourire aux lèvres.

— Qu'est-ce que tu veux ? grogna Liv.

— Un verre d'eau, c'est parfait.

Il lui adressa un clin d'œil et elle lui montra les dents.

Hop fit son apparition. Ses cheveux étaient humides et il s'était changé. Il donnait l'impression de sortir de la douche.

— Je vais prendre une bière, déclara-t-il avec insistance comme pour dire « C'est ça que boivent les vrais hommes ».

— Moi aussi, alors.

Hop écarta Liv du frigo d'un coup de coude, attrapa deux bouteilles de Budweiser et s'assit en face de Mack.

— Vous êtes d'où ? lui demanda-t-il en faisant glisser une bouteille sur la table.

— Des Moines.

Liv, qui était en train de choisir les couverts devant l'îlot central, releva les yeux.

— Ah bon ?

— Oui, pourquoi ?

Elle haussa les épaules.

— On ne dirait pas que tu as grandi dans l'Iowa, c'est tout.

— Où vit votre famille ? poursuivit Hop.

Mack se raidit imperceptiblement, ce que Hop remarqua. Il haussa un sourcil.

— Ma mère vit toujours à Des Moines mais elle va me rejoindre ici. Je veux lui acheter une maison.

— Et votre père ? demanda Hop avec un regard perçant.

— Mort, mentit Mack.

— Je l'ignorais, dit Liv d'un ton doux. Je suis désolée.

Mack haussa les épaules pour dissimuler sa honte. Il se sentait coupable de susciter sa sympathie mais pas suffisamment pour dévoiler la vérité. Parce que la vérité était pire.

— C'était il y a longtemps.

Dix minutes plus tard, le dîner était servi. Liv s'était assise en face de Mack, et Hop et Rosie étaient chacun installés à un bout de la table.

— Votre ferme est magnifique, Rosie, déclara Mack.

Liv leva les yeux au ciel et lui fourra la corbeille à pain dans les mains.

— Elle est dans la famille depuis 1870, expliqua Rosie. Mon grand-père et ma mère sont nés à l'étage.

— Sans blague ? répondit Mack. Et vous, vous êtes née où ?

— Dans une communauté de sorcières dans les bois, répliqua Hop.

— Tu peux aller manger avec les chèvres, si tu préfères, rétorqua Rosie.

— Ne faites pas attention à elle, dit Hop à Mack. Elle est furieuse parce que l'amendement pour l'égalité des sexes n'a jamais été adopté.

— Le vote d'un État. C'était tout ce qu'il manquait.

Mack commençait à comprendre pourquoi Liv vivait ici. Tout ça était extrêmement divertissant.

— Vous sortez ensemble, tous les deux ? demanda Rosie.

Liv recracha une gorgée d'eau.

— Dieu m'en préserve.

— Dommage. Ça fait longtemps que Liv n'a pas eu un mec dans sa vie.

— Rosie, gémit Liv.

Mack sourit de toutes ses dents.

— Vraiment ?

Liv se redressa.

— Je ne veux pas de mec. Je n'ai pas de temps à perdre avec ça. Les hommes sont collants, émotionnellement immatures et ne tiennent jamais leurs promesses.

Mack siffla.

— Eh ben. Qui t'a fait du mal comme ça ?

— Le patriarcat, répliqua-t-elle.

— Qu'est-ce qui vous amène ici, alors ? s'enquit Hop.

— J'essaie de l'aider.

Liv avala une bouchée de rôti.

— Je n'ai pas besoin de son aide.

— À quel propos ? demanda Rosie.

— Mack se prend pour Superman. Il a un besoin irrépressible de sauver les demoiselles en détresse.

— Et *Olivia* ici présente (une botte en caoutchouc entra en contact avec son tibia sous la table) pense qu'elle peut affronter Royce Preston toute seule. J'essaie de la convaincre q [illegible] va avoir besoin d'aide.

— Il a raison, Liv, renchérit Rosie.

— Je gère, rétorqua Liv en jetant un regard agacé à Mack.

Rosie secoua la tête, lèvres pincées.

— Je n'arrive pas à croire qu'on en soit encore là.

Hop soupira.

— Et c'est reparti.

Rosie brandit sa fourchette en direction de Hop.

— Les hommes, il est vraiment temps que vous dénonciez les vôtres. On se bat contre cette merde depuis trop longtemps.

Hop leva les mains.

— Pourquoi tu t'énerves après moi ? Je n'ai rien fait. Je n'ai jamais agressé une femme de ma vie.

— Oh ! ne me sors pas ces conneries de « On n'est pas tous comme ça ». Tu sais pourquoi les hommes dans le genre de Royce Preston s'en tirent toujours ? C'est grâce aux autres hommes.

— Comment je me retrouve à être le méchant dans cette histoire ?

Mack s'éclaircit la voix.

— Je pense que ce que Rosie essaie de dire, c'est que les salauds s'en tirent toujours parce que les mecs bien font semblant de ne rien voir.

Il croisa le regard surpris de Liv et haussa les épaules.

Hop secoua la tête.

— Il y a toujours eu des salopards et il y en aura toujours.

— Uniquement parce que les mecs bien les laissent faire.

— Écoutez-moi bien, s'échauffa Hop. Je mettais des salauds qui battaient leurs femmes en taule quand vous n'étiez encore qu'un morveux. Alors ne venez pas me donner des leçons.

Rosie abattit sa fourchette sur la table.

— Et tu es ici chez moi, Hop, alors je te prierais d'être plus poli avec mes invités si tu veux continuer à venir dîner.

Liv donna un coup de pied à Mack sous la table. Il leva les mains.

— Excusez-moi. J'ai été grossier.

— Pas du tout, répliqua Rosie. Il avait besoin d'être remis à sa place.

Hop marmonna dans sa barbe et se concentra de nouveau sur son assiette. Rosie arbora un sourire éclatant.

— Votre mère va emménager à Nashville, alors ?

— Oui, répondit-il en souriant. Elle vient le week-end prochain pour visiter des maisons. Elle adorerait un endroit comme celui-ci mais j'essaie de la convaincre de choisir une maison près de chez moi.

— Oh ! super. Vous devriez l'amener ici. Je lui ferai visiter la ferme.

Liv se redressa.

— Quoi ?

— Excellente idée, Rosie, fit Mack avec un clin d'œil. Je vais vous prendre au mot.

— Nous serons ravies de rencontrer votre mère.

Le dîner se poursuivit. La conversation, assez superficielle mais continue, tourna essentiellement autour de la ferme et Mack surprit à plusieurs reprises Liv en train de lui jeter des regards noirs. Une fois le repas terminé, Mack remercia Rosie pour le délicieux dîner et lui proposa de l'aider à ranger.

— Débarrassez-moi le plancher, tous les deux, répondit Rosie. Hop va me donner un coup de main.

Ce dernier grommela une grossièreté. N'ayant aucune envie d'attendre la réplique de Rosie, Mack se leva.

— Liv ? On y va ?

Elle poussa un de ses fameux soupirs désespérés mais le raccompagna à sa voiture. Elle s'arrêta devant la portière du conducteur et croisa les bras.

— Pourquoi est-ce que tu es tout le temps de mauvais poil ? la taquina-t-il.

Il avait découvert depuis peu que la provoquer était un des grands plaisirs de son existence.

— Hum, voyons voir. (Elle fit mine de réfléchir.) J'ai bossé comme une dingue comme cheffe pâtissière et je me retrouve au chômage.

— J'ai proposé de t'embaucher.

— Mon ancien patron agresse sexuellement des femmes…

— J'ai insisté pour t'aider à résoudre ce problème.

— Et Jessica n'a répondu à aucun de mes messages.

Il se pencha vers elle en souriant.

— À moi, si.

— Pardon ?

— Je me disais que tu aimerais savoir que je l'avais trouvée.

Elle le dévisagea, bouche bée.

Mack fit tourner ses clés autour de son index.

— Rendez-vous au Temple demain à 15 heures. On ira tous les deux.

— Je n'aime pas des masses ce « tous les deux ».

Mack lui adressa un clin d'œil.

— Tu résistes, Liv, mais tu ne vas pas tarder à m'apprécier.

Il pouvait pratiquement l'entendre lever les yeux au ciel.

— Tu as peur que mon charme finisse par te faire fondre si tu passes trop de temps avec moi ?

Elle soupira.

— C'est bon. Je serai là à 15 heures.

Il se glissa derrière le volant et claqua la portière. Elle le regarda s'éloigner, debout dans l'allée.

Une pensée mesquine vint soudain à l'esprit de Mack : il était enfin celui qui s'en allait.

8

Le lendemain après-midi, à peine arrivé au club, Mack entendit le martèlement des grosses bottes de sa manager foncer tout droit vers son bureau.

Cette dernière produisait plus de bruit que ça ne paraissait humainement possible pour une femme qui mesurait à peine un mètre cinquante et qui pesait cinquante kilos toute mouillée. Mais Sonia marchait comme elle vivait – avec rage et détermination. Elle n'était pas la seule dans ce cas. Liv et elle étaient destinées soit à se haïr, soit à fonder un gang.

Elle surgit sur le seuil, les mains sur les hanches.

— Qu'est-ce que tu fiches là si tôt ?

Mack lui fit signe d'entrer d'un geste du menton.

— Ferme la porte. J'ai quelque chose à te dire.

Elle gémit.

— Y en a pour longtemps ? Parce que Joe a merdé avec la commande de bourbon, alors à moins que tu sois là pour me sauver la mise, je n'ai pas le temps de bavarder.

— Tu te souviens que je suis ton patron, n'est-ce pas ?

— Pour ce à quoi tu sers. Tu as trouvé un barman ?

Mack croisa les bras. Il était content de lui et il lui tardait de le prouver.

— Je crois que oui.

Sonia marqua une seconde de silence avant de demander d'un ton sceptique :

— Comment ça tu crois ?

— Je connais quelqu'un qui cherche un job.

— Génial. Il peut commencer quand ?

— C'est une femme.

— Elle peut commencer quand ?

— Je ne l'ai pas encore convaincue d'accepter. Je ne lui ai même pas demandé si elle était intéressée.

Sonia grommela.

— Je n'ai pas de temps à perdre avec ce genre de conneries.

D'un mouvement du menton, Mack désigna de nouveau la chaise de l'autre côté de son bureau.

— J'ai vraiment quelque chose à te dire.

Son ton grave fit grimper le niveau de maturité de la pièce. Sonia ferma la porte et s'assit.

— Ça a l'air sérieux.

— Ça l'est, répondit-il. Cette conversation doit rester entre nous.

La maturité ne régna pas longtemps.

— Oh ! merde, tu as mis une fille enceinte.

— Quoi ? Qu'est-ce que tu racontes, bordel ? Non.

— Tant mieux. Je ne suis pas prête à être tante et Dieu sait que je ferais une marraine épouvantable.

— Tu veux bien la fermer une minute ?

Elle se rencogna dans le siège.

— Je suis tout ouïe.

— Je suis sérieux, Sonia. Tu ne peux rien dire à personne.

— T'es vraiment un salaud. Est-ce que j'ai jamais…

Il leva les mains.

— C'est bon, c'est bon. Je suis juste… c'est important.

— Mais pourquoi tu tournes autour du pot comme ça ? Crache le morceau.

Il attrapa un crayon qu'il fit tourner entre ses doigts.

— Tu connais Royce Preston ?

Elle fit semblant de vomir.

— Je prends ça pour un oui.

— J'ai entendu parler de lui. Pourquoi ? (Elle poussa un gémissement et inclina la tête.) Ne me dis pas que tu veux t'associer avec lui. Je te jure que, si c'est le cas, je démissionne. Tout de suite, putain.

— Je peux finir une phrase, ou bien ?

— Vas-y. Mais sache que je ne te laisserai pas vendre ton âme comme ça.

Il se renfonça dans son fauteuil.

— Juste par curiosité, pourquoi cette réaction ?

Sonia haussa les épaules.

— J'en sais rien. Il y a un truc chez ce mec qui donne envie à mon vagin de se mettre en cessation d'activité.

— L'image est intéressante.

Sonia désigna son entrejambe.

— Ma chatte ne ment jamais.

Étant donné le contexte, évoquer la chatte de Sonia semblait particulièrement inapproprié.

— Est-ce que tu as entendu des trucs sur lui, tu sais…

Elle plissa les yeux.

— De quel genre ?

— Tu sais…

— Qu'il enchaînerait des adolescentes dans son sous-sol ? Qu'il vendrait des Beanie Babies sur eBay ? Tu vas devoir être un peu plus précis.

— Harcèlement sexuel.

Sonia plissa davantage les yeux.

— Qu'est-ce qu'il se passe ?

— J'ai entendu une rumeur.

— De harcèlement sexuel ?

— Quelque chose dans ce goût-là, oui.

— Ça ne me surprendrait pas.

Mack avait été surpris, lui, et ça l'ennuyait. Comment avait-il pu ne pas se rendre compte ? Il connaissait Royce depuis combien de temps, cinq ans ? Et même s'ils n'étaient pas vraiment amis, ils fréquentaient les mêmes cercles. Les mêmes tournois de golf de charité. Les mêmes fêtes de la chambre de commerce. Ils se croisaient aux matchs. Et pendant toutes ces années, il n'avait pas détecté le moindre indice, alors que Sonia l'avait deviné sans même le connaître. Les femmes naissaient-elles avec un radar leur permettant de détecter ce genre de chose ? Ou la vie les obligeait-elle à le développer ?

— Oh ! merde, souffla soudain Sonia.

Il reporta son attention sur elle.

— Quoi ?

— Tu vas agir, n'est-ce pas ?

— Non.

— Si. Je reconnais cette expression.

— Quelle expression ?

— Quand tu te prends pour Superman.

— Qu'est-ce que ça veut dire ?

— Que tu es sur le point de seller un cheval blanc et de te précipiter pour sauver une demoiselle en détresse.

C'était la deuxième fois en deux jours qu'on lui reprochait de se prendre pour un héros, et ça le rendait furax.

— Tu ne crois pas que quelqu'un devrait faire quelque chose si un salopard qui harcèle sexuellement les femmes est en liberté ?

— Tu as donc bien prévu d'agir.

Il frappa son stylo sur le bureau.

— Oui, putain.

Elle se leva.

— Tu peux compter sur moi.

— Quoi ?

— Je détestais ce connard avant d'avoir une bonne raison de le faire. Quel que soit le plan, j'en suis.

— Je n'ai pas de plan. Mais il se peut qu'on embauche quelqu'un d'autre.

— Pour quoi faire ?

Il haussa une épaule.

— Je ne sais pas encore. On inventera un poste, s'il le faut.

Elle arqua de nouveau un sourcil.

— Demoiselle en détresse ?

Il lui fit un doigt d'honneur. Elle lui rendit la pareille et tourna les talons.

— Sonia.

Elle pivota.

— Quoi ? demanda-t-elle de son habituel ton excédé.

— La conversation qu'on vient d'avoir…

— Je ne répéterai rien à personne.

— Non, ce n'est pas ce que je voulais dire. La partie sur ton vagin. Est-ce que ça t'a gênée ?

— C'est moi qui l'ai évoqué.

Il hocha la tête distraitement.

— Je sais. Mais parfois, toi et moi… on dit des trucs.

— On est amis, Mack. C'est différent.

— Tu es sûre ? Si j'ai fait ou dit des choses qui t'ont gênée, je veux être au courant, parce que ce n'était pas mon intention. Je sais bien que l'intention n'a aucune importance et que ce qui compte c'est comment on agit, mais…

— Mack, répondit-elle d'un ton très sérieux qu'il ne lui avait jamais entendu. Tu ne ressembles absolument pas à Royce Preston. Tu es certainement le mec le plus chouette que je connaisse mais, si tu le répètes, je te tuerai.

Il acquiesça.

— D'accord.

— Tu veux que je ferme la porte derrière moi ?

Il opina de nouveau.

Elle lui adressa un petit salut militaire et quitta la pièce. Mack considéra sa chaise vide un instant. « Tu es certainement le mec le plus chouette que je connaisse. » Mais alors, pourquoi se sentait-il comme une merde ? Il fit tourner son fauteuil pour éviter à la fois la question et la réponse.

Il attrapa son téléphone et composa le numéro de sa mère. Elle répondit à la dernière sonnerie, à bout de souffle.

— Attends une seconde.

Sa voix était étouffée. Il eut l'impression qu'elle éloignait le combiné de son oreille pour parler à quelqu'un.

— Elles sont magnifiques. Merci beaucoup.

— C'était qui ? demanda-t-il quand elle eut repris le combiné.

— Un fleuriste.

Le radar de Mack s'activa aussitôt.

— Qui t'a envoyé des fleurs ?

— Je ne sais pas. Je n'ai pas encore regardé la carte.

Elle se montrait évasive. Il détestait ça.

— Regarde et dis-moi.

— Tu sais, Braden, j'apprécie vraiment que tu veilles sur moi, mais ce n'est pas parce que je suis ta mère que je n'ai pas le droit d'avoir une vie privée.

La réprimande l'irrita, de même que l'utilisation de son prénom. Seule sa famille l'utilisait.

— Tu as reçu le billet d'avion ?

— Oui. Merci, mon chéri.

— Je vais t'envoyer d'autres annonces. Mon agent immobilier pense qu'elles pourraient te plaire.

— C'est… très bien. Combien ?

— Six, il me semble.

— Je suis certaine qu'elles sont… très bien.

Elle se montrait de nouveau évasive.

— Qu'est-ce qui ne va pas, maman ?

— Rien. Pourquoi cette question ?

— Tu as l'air bizarre.

— Je suis juste fatiguée. Écoute, il faut que je file. On se rappelle demain ?

— Hum. Entendu. Je t'envoie les annonces par mail.

— D'accord. Je t'aime, mon chéri.

Sur ce, elle raccrocha. Hein ? Mack éloigna le téléphone et contempla l'écran vide. Sa mère venait quasiment de lui raccrocher au nez. Et quelqu'un lui avait envoyé des fleurs.

On frappa un petit coup à la porte et Sonia passa la tête par l'entrebâillement.

— Poil au menton ?

Eh merde.

Presque toutes les tables du café de l'université étaient occupées lorsque Liv et Mack y entrèrent, peu avant 16 heures. Les professeurs discutaient avec les étudiants. Des jeunes gens étaient agglutinés autour d'ordinateurs portables et de livres. Quelques élèves à l'air épuisé se cramponnaient à des *latte* fumants comme si leur vie en dépendait.

— Ça sent la gueule de bois là-dedans, constata Mack en posant la main dans le dos de Liv.

Elle sursauta mais il sembla ne pas le remarquer. Ou peut-être qu'il s'en moquait. Il désigna une table près de la fenêtre.

— De là, on voit toute la salle.

Liv s'assit en examinant l'endroit.

— Je ne la vois pas.

— Tu veux boire quelque chose ?

— Oh ! oui. J'ai besoin de caféine.

Elle sortit son porte-monnaie de son sac mais Mack leva la main pour l'arrêter.

— C'est pour moi. Qu'est-ce que tu veux ?

— Je peux me payer mon café.

— Je n'en doute pas un instant, mais c'est ma tournée.

Liv serra les dents en envisageant la possibilité de continuer à protester. Mais il ne lâcherait pas l'affaire et elle était trop fatiguée pour ça.

— Un *latte* vanille. Grand. Merci.

Il hocha la tête.

— Je reviens tout de suite.

Elle le suivit du regard jusqu'au comptoir : il adressa un sourire radieux à la jeune barista, qui rougit aussitôt et se mit à bégayer. Il revint quelques minutes plus tard, deux gobelets en carton à la main – sur l'un d'eux était griffonné un numéro de téléphone.

Liv leva les yeux au ciel.

— Elle n'est pas un peu jeune pour toi ?

Mack contempla son gobelet comme s'il découvrait le numéro. Il haussa les épaules.

— Ça m'arrive tout le temps.

— Tu es sans vergogne.

— Je n'y peux rien si j'ai un charisme de folie, au naturel.

— Tu as d'autres conneries en réserve ?

Mack secoua la tête.

— Bois ton café, Miss Grincheuse.

Liv avala une gorgée et poussa un gémissement. Le premier shot de caféine était toujours le meilleur. Elle ouvrit les yeux : Mack la dévisageait.

— Tu veux que je te laisse seule avec lui ?

— Si j'accepte, tu t'en vas ?

Son rire grave lui fit le même effet que le café – son cœur se mit à battre un petit peu plus vite.

— Comment tu savais qu'on trouverait Jessica ici ? demanda-t-elle après un silence.

— J'ai un pote qui s'y connaît en informatique.

Liv se raidit.

— Attends une seconde. Tu as parlé de Royce à quelqu'un ?

— Non. Je lui ai juste dit que j'avais besoin de retrouver une personne.

Elle se recroquevilla sur sa chaise.

— Est-ce que tu mens ?

— Bon sang, souffla-t-il.

— Parce que je hais les menteurs.

Les sourcils de Mack tressaillirent.

— Bien noté.

Liv se redressa, les yeux rivés sur la porte. Lorsque celle-ci s'ouvrit pour laisser entrer un flot d'étudiants, elle retint son souffle et fouilla la foule du regard. Pas de Jessica.

— Tu es allé à la fac ? s'enquit-elle après un silence un peu gênant.

Mack sirota son café.

— Non. Et toi ?

— J'ai juste fait une école de cuisine.

Il haussa un sourcil.

— *Juste ?* Je crois savoir que c'est difficile.

Sa réponse lui fit davantage plaisir qu'elle ne voulait l'admettre.

— Comment tu as appris à diriger une boîte si tu n'es pas allé à la fac ?

— Pas besoin de diplôme pour réussir dans les affaires.

— Tu ne voulais pas faire d'études ?

Il posa la cheville sur le genou opposé.

— Est-ce qu'on est sur le point d'avoir une conversation normale ?

— Pas si tu te comportes comme ça.

Il avala une autre gorgée avant de répondre.

— Je n'avais pas les moyens d'aller à la fac. J'aurais probablement pu faire un prêt étudiant, mais je trouvais ça absurde.

Liv acquiesça. Presque tous ses amis de lycée qui avaient fait des études étaient surendettés. Ce qui ne posait aucun problème si on décrochait un super job bien payé, mais ce n'était pas le cas pour la plupart d'entre eux.

— Tu aurais certainement pu décrocher une bourse. Tu es intelligent.

Mack plaça la main sur son cœur.

— C'est le premier compliment sincère qui sort de ta bouche. Je suis touché.

— Dire à quelqu'un qu'il est intelligent n'est pas un compliment. C'est un constat.

Il dirigea son regard vers le plafond comme s'il priait pour qu'on lui octroie de la patience.

— Pourquoi tu contestes tout ce que je dis ?

— Est-ce que ça te rend dingue ?

— Oui.

— Alors tu as ta réponse.

— Et toi ? poursuivit-il. Pourquoi la pâtisserie ?

Un pincement qui ne lui plut pas lui serra le cœur.

— J'aimais faire des gâteaux avec ma grand-mère.

— Tu vois, ce n'est pas si difficile de répondre.

Elle leva de nouveau les yeux au ciel.

— C'est la grand-mère chez qui Thea et toi avez vécu pendant quelque temps ?

Liv redressa la tête si vite qu'elle fut surprise de ne pas se froisser un muscle.

— Comment tu sais ça ?

— Gavin l'a mentionné. Il a dit que Thea et toi aviez habité chez elle après le divorce de vos parents.

— Gavin parle trop.

— Pourquoi vous avez vécu chez elle ?

Elle fit un signe de dénégation.

— C'est ton tour.

Il écarta les bras.

— Demande-moi ce que tu veux.

— Pourquoi tu as commencé à lire des romances ?

— Ma mère en lisait. Quand j'ai découvert qu'il y avait des scènes de cul dedans, je me suis mis à les lire en cachette le soir dans mon lit.

Elle agita la main.

— Beurk. Je ne veux pas en savoir plus.

— J'ai dû en jeter quelques-unes parce que, tu vois…

Liv fit semblant de vomir.

— Les adolescents sont tellement dégueulasses.

— Ce n'est pas facile, tu sais. Un jour, tu as ce truc entre les jambes qui te permet de pisser dehors et d'écrire ton nom dans la neige et, le lendemain, il se met à contrôler toutes tes pensées.

— Mais oui, pauvres hommes incapables d'utiliser leur cerveau parce que tout le sang est dans leur bite.

Il la dévisagea, les yeux plissés.

— Tu hais vraiment les hommes ?

— Oui.

— Vraiment, vraiment ?

— Non. Mais je devrais. Je n'en ai pas rencontré un seul digne de confiance.

Il inclina la tête.

— Pas même Gavin ?

— Gavin est peut-être le seul. Avec Hop. Mais c'est tout.

— Et ton père ?

Liv sourit.

— À toi.

Il haussa un sourcil.

— Très subtil.

Elle avala une gorgée de café.

— Comment tu as trouvé le fric pour ouvrir une boîte si jeune ?

— C'est personnel.

— Tu viens de me dire que tu te branlais en lisant des romances quand tu étais ado.

— C'est vrai. (Il se pencha en arrière.) J'ai eu beaucoup de chance.

— Tu as gagné au loto ?

— Presque. J'étais vigile pour un vieux type. Il voulait prendre sa retraite mais n'avait pas d'enfants, alors il a décidé de m'aider.

— Et tu as transformé cet argent en quatre clubs qui marchent super bien ?

— Oui.

— Ce n'est pas de la chance, ça. C'est beaucoup de boulot et une bonne gestion.

— Attends. Encore un compliment ?

Liv se redressa en poussant un grognement agacé.

— Crois-moi, je le regrette.

Mack se mit à tapoter théâtralement ses poches.

— Il me faut un stylo. Je veux immortaliser ça.

La porte s'ouvrit de nouveau et Liv retint son souffle. *Jessica.* Elle ressemblait à n'importe quelle étudiante avec son pantalon de yoga et son sweat-shirt trop grand. Ce qui la différenciait des autres, c'était son regard hanté. Ses épaules étaient voûtées sous le poids de son sac à dos et du secret qu'elle portait.

Mack suivit le mouvement des yeux de Liv.

— C'est elle ?

Liv hocha la tête.

Mack serra les doigts sur son gobelet.

— Bon sang, elle est super jeune.

Ils la regardèrent en silence approcher du comptoir. Elle remonta la bretelle de son sac à dos tout en examinant la salle pour chercher une table libre. Liv se raidit, prête à ce que Jessica l'aperçoive, mais le regard de cette dernière l'effleura sans lui prêter attention. Elle ne l'avait pas remarquée. Ou pas reconnue.

Probablement la deuxième option. C'était fou le nombre de gens qui ne la reconnaissaient pas quand elle enfilait sa toque de cheffe. La barista l'appela, et Jessica attrapa son café. Il y avait une table vide au fond, près du couloir qui menait aux toilettes.

Liv observa Jessica tandis qu'elle s'installait, sortait son ordinateur portable et un carnet puis avalait une gorgée de café.

— Comment on s'y prend ? demanda Mack.

— Je vais lui parler en premier. Je te ferai signe quand tu pourras me rejoindre.

Elle posa son gobelet et se leva. Un soudain accès de nervosité s'empara d'elle et elle poussa un soupir tremblant. Mack lui saisit la main.

— Ça va ?

— Oui.

Elle se dégagea, non pas parce qu'elle n'aimait pas sentir ses doigts sur les siens, mais parce que ça lui plaisait un peu trop.

Elle était presque arrivée à la table de Jessica lorsque cette dernière l'aperçut. De près, elle la reconnut tout de suite et écarquilla les yeux.

— Qu'est-ce que tu fais ici ?

— Je peux m'asseoir ? demanda Liv en désignant la chaise libre.

Jessica regarda nerveusement autour d'elle.

— Je ne peux pas te parler.

— Personne ne sait que je suis là.

— Comment tu m'as trouvée ?

— J'aimerais juste discuter.

— Qu'est-ce que tu veux ?

Le ton de Jessica était agité mais pas malpoli.

— Je voulais m'assurer que tu allais bien.

Une étincelle brilla dans le regard de Jessica.

— Tu as raison, fit Liv en s'asseyant. C'est idiot de dire ça.

— J'ai du travail, protesta Jessica.

— Je voudrais t'aider.

— Inutile. Je t'ai déjà dit qu'il ne s'était rien passé.

Le tremblement de ses doigts autour de son stylo affirmait le contraire.

— Je sais ce que j'ai vu et entendu. Je sais aussi que tu es terrifiée.

— Je veux juste que tu me fiches la paix.

— Je ne peux pas. Pas tant que Royce n'aura pas payé pour ce qu'il t'a fait. À toi, et aux autres.

Jessica écarquilla les yeux et sa suspicion fit place à une véritable panique.

— *Comment* ?

Bonne question.

— J'y travaille.

Jessica secoua la tête et se mit à ranger ses affaires.

— Laisse tomber.

— Je vais te protéger. Je te le promets. Je veux que tu saches que tu n'as plus à subir ça.

La lèvre de Jessica se mit à trembler.

— Ma mère est tellement fière que je travaille là-bas. Je-je suis la première de la famille à aller à la fac et, quand j'ai décroché ce job, ma mère l'a dit *à tout le monde*. Je ne peux pas lui raconter ce qui se passe. Si je démissionne, elle saura pourquoi et…

— Ta mère ne voudrait pas que tu subisses les actes de Royce.

Jessica se mordit la lèvre pour repousser ses larmes.

— Je t'en prie. Laisse-moi tranquille.

Elle se leva. Liv posa la main sur son poignet.

— Attends.

Jessica s'immobilisa mais sans lever les yeux vers Liv.

— Et si tu avais un autre job ? Est-ce que tu pourrais au moins envisager de démissionner ?

— Je ne sais pas.

— Tu vois l'homme là-bas ? demanda Liv en pivotant, le doigt tendu vers Mack. (Il agita amicalement la main et se leva.) C'est un ami. Si tu te fais du souci pour l'argent, il t'embauchera.

Jessica se rassit. Mack s'arrêta à une distance respectueuse et lui tendit sa paume ouverte.

— Braden Mack.

Jessica glissa une main tremblante dans la sienne.

— Enchanté. Je peux m'asseoir ? demanda-t-il en désignant la troisième chaise.

Elle hocha la tête. Mack contourna la table, croisa le regard de Liv et lui adressa un petit sourire.

— Liv m'a un peu raconté ce qui s'est passé, déclara-t-il en s'installant.

Jessica lança un coup d'œil trahi à Liv.

— Personne d'autre n'est au courant, la rassura-t-il. Vous pouvez me faire confiance.

— Mack possède des boîtes de nuit et des bars dans le coin, expliqua Liv.

Mack sortit une carte de visite de son portefeuille et la fit glisser sur la table.

— Mon bureau est au Temple. C'est une de mes boîtes.

Jessica opina.

— Je la connais.

— Je possède aussi des clubs plus petits.

Jessica se mordit la lèvre.

— Quel genre d'emploi vous pourriez me proposer ?

— Je pourrais en créer un sur mesure pour vous, si nécessaire.

— Vous feriez ça ? demanda-t-elle du ton pétri d'admiration de celle qui vient de rencontrer un super-héros.

Liv comprenait parce que, sur le moment, elle ressentit la même chose.

— Vous pouvez commencer aujourd'hui, si vous voulez. Vous n'aurez plus besoin de travailler pour Royce Preston.

Le charme fut rompu aussitôt. Le nom de Royce sembla briser quelque chose. Jessica secoua la tête et fourra la carte de Mack dans sa poche.

— J'ai besoin de ce job. Je suis mieux payée que dans mes boulots précédents et le réseau…

— Je sais, répliqua Liv. C'est pour ça que je voulais travailler là-bas, moi aussi. Je croyais que ma carrière décollerait si je bossais pour le fabuleux Royce Preston. Mais regarde ce que ça te coûte. Aucun taf ne vaut ça.

Jessica pinça les lèvres.

— Peut-être qu'en réalité tu veux juste te venger. Tu veux m'utiliser pour lui faire payer le fait de t'avoir virée. Il a dit que tu essaierais de le faire.

— Tu le défends ?

En entendant ça, Mack pressa le genou de Liv sous la table.

— Est-ce que tu as la moindre idée de ce qu'il pourrait me faire ? rétorqua Jessica. Je veux être cheffe, moi aussi, comme toi. Il pourrait ruiner ma carrière.

— Pas si on ruine la sienne en premier.

— Tu vois ? Ce n'est qu'une histoire de vengeance pour toi. Je t'entendais parler en cuisine. Tu détestes Royce depuis toujours.

— Crois-moi, Jessica. Il m'aurait été plus facile de tourner les talons ce soir-là. Te défendre ne m'apporte absolument rien.

Mack enfonça les doigts dans son genou. Elle lui lança un regard noir et il secoua légèrement la tête en retour.

Jessica rabattit l'écran de son ordinateur d'un geste brusque.

— J'aurais préféré que tu ne sois pas entrée dans la pièce ce soir-là.

Elle posa son sac à dos sur ses genoux pour y fourrer ses affaires.

Liv se pencha vers elle.

— Jessica, on ne peut pas le laisser s'en tirer comme ça. Qui sait combien d'autres femmes il a agressées ? Tu t'en fiches ?

— Ce n'est pas mon problème.

Elle se leva.

— Laissez-moi vous aider, intervint calmement Mack.

— Vous voulez m'aider ? demanda Jessica en enfilant une bretelle de son sac à dos. Foutez-moi la paix.

— Jessica…, dit Liv.

Mack lui pressa de nouveau le genou.

— Laisse-la partir. On ne peut pas la forcer.

Liv se frotta les yeux.

— Et maintenant ? On fait quoi ?

Mack se leva à son tour.

— On va manger un barbecue.

9

Une heure plus tard, Liv se vengeait de sa frustration sur un sandwich au porc qui n'en demandait pas tant, assise dans le bureau de Mack. Le martèlement de la basse du groupe qui jouait ce soir-là faisait trembler ses os et onduler la surface de son verre de limonade.

— Je ne comprends pas, dit-elle la bouche pleine. Pourquoi ne veut-elle pas partir ? Pour quelle raison elle voudrait le laisser s'en tirer comme ça ?

Mack trempa une frite dans le ketchup.

— La peur est une motivation puissante.

— Mais on lui propose une alternative. Elle a peur de quoi ?

— Tant que tu n'as pas vécu ça, tu ne peux pas comprendre.

Rosie lui avait dit exactement la même chose mais Liv ne parvenait pas à le croire.

— Non, affirma-t-elle en attrapant son verre de limonade. Foutaises. Tu ne peux pas me dire qu'une femme reste volontairement dans ce genre de situation.

— Tu juges un peu rapidement, non ?

Liv recula un peu.

— Pardon, mais tu es de quel côté ?

— Le tien. C'est pour ça que je vais être honnête avec toi. (Mack s'essuya la bouche avec sa serviette roulée en boule.) Tu n'as pas été cool avec elle.

— Bien sûr que si !

— Tu as rejeté la faute sur la victime.

— Va te faire voir. Je n'ai rien fait de tel.

Mais son cerveau trahit son ego en lui rejouant ses propres mots. « Qui sait combien de femmes il a agressées ? Tu t'en fiches ? » Elle se renfonça dans son siège.

— Je ne comprends pas, soupira-t-elle.

— Tout le monde ne te ressemble pas, Liv.

Elle fronça les sourcils.

— Comment ça ?

— La plupart des gens ne sont pas prêts à se battre contre le reste du monde. Ce n'est pas pour ça qu'ils sont faibles ni qu'ils ont tort. (Une étincelle brilla dans ses yeux et il se pencha en avant, appuyé sur les coudes.) Est-ce que tu sais qu'une femme retourne dans une relation abusive sept fois en moyenne avant de partir pour de bon ?

— Primo, je me demande pourquoi tu as cette statistique dans ta poche. Deuxio, on parle de harcèlement sexuel, pas de violence domestique.

— On parle d'hommes en position de pouvoir qui utilisent leur autorité, qu'elle soit professionnelle ou personnelle, pour manipuler par la peur et l'intimidation. C'est exactement la même chose. C'est culturel, déclara Mack en balançant sa serviette dans son assiette.

Il avait raison. Et elle lui en voulait pour ça. Encore plus qu'elle ne se reprochait sa propre ignorance.

— Ouah, ricana-t-elle parce qu'elle était agacée après elle-même. Tu as appris tout ça dans une romance ?

— Crois-le ou pas, répliqua-t-il en ramassant ses déchets, mais c'est le cas. Tu devrais en lire. Je peux t'en prêter.

— Non, merci.

Il lui adressa un clin d'œil.

— Mes livres sont en meilleur état que quand j'avais seize ans.

Elle fit semblant de vomir.

— Et dire que je commençais à t'apprécier un peu.

— Inutile de résister, Liv. Tout le monde finit par succomber au charme de Mack.

Et maintenant elle était agacée parce qu'elle avait peur qu'il ait raison.

Il s'adossa à son fauteuil.

— Il y a un bon côté à tout ça.

— Lequel ?

Il lui adressa le fameux sourire Mack magique.

— Plus ce sera long, plus longtemps tu devras faire équipe avec moi.

Liv mit la main autour de son cou.

— Achève-moi tout de suite.

— Tu verras, déclara-t-il en se levant. Quand on en aura terminé, tu m'adoreras.

Sonia passa la tête par la porte du bureau.

— On te réclame au bar.

Mack jeta ses ordures dans la corbeille à papier.

— Qu'est-ce qui se passe ?

Sonia posa le dos de sa main sur son front et adopta un ton théâtral.

— Encore une épouse délaissée.

Liv se leva à son tour.

— Est-ce que j'ai envie de savoir de quoi il retourne ?

— Mack a un super-pouvoir, répondit Sonia en levant les yeux au ciel.

— Convaincre les femmes de faire vœu de chasteté ?

Sonia adressa un sourire à Mack.

— Elle me plaît.

Mack ricana.

— Ça ne va pas durer.

Liv brandit son majeur dans sa direction et Sonia plaça la main sur son cœur.

— Mon Dieu, nous sommes des âmes sœurs.

Liv tendit le poing vers Sonia qui l'imita. Mack secoua la tête et marmonna quelque chose qui ressemblait à « On est mal barré ».

— Tu as avancé aujourd'hui ? demanda Sonia.

Mack fit un rapide signe de dénégation et Liv le regarda, bouche bée.

— Il vous a raconté ?

— Oui.

— Bon sang, Sonia, gémit Mack.

Elle haussa les épaules.

— Je ne peux pas mentir. Ça va à l'encontre du code de la sororité.

— Tu te fous de moi ? rétorqua Mack. Tu la connais depuis dix minutes et tu me sors le code de la sororité ? (Il se tourna vers Liv.) Je ne lui ai pas *tout dit*.

— Je serai muette comme une tombe, affirma Sonia à Liv.

Mack émit un petit bruit sceptique.

— Je ne la croirais pas si j'étais toi.

Liv éclata de rire puis s'arrêta net.

— J'ai entendu, râla Mack.

— Tu n'as rien entendu du tout.

— Tu t'es moquée de moi.

— Non.

— Je t'ai prévenue. Tu finiras par m'adorer. Comme tout le monde.

Liv leva les yeux au ciel.

— C'est fou comme tu as besoin d'être adoré. Et triste.

— Ce qui est triste, c'est te voir prétendre que tu ne m'aimes pas.

Liv haussa les épaules.

— Je ne prétends rien. Je déteste les gens et ils me le rendent bien. Nous avons une relation saine.

— Ce n'est pas une relation. C'est une excuse. Tu as tellement peur que les gens ne t'aiment pas que tu fais genre.

— Dit le mec qui était prêt à payer un *cupcake* mille dollars pour impressionner une meuf.

— Alors qu'une *autre* a tout gâché.

— Tu m'as bien aidée à faire tomber ce gâteau, connard.

— Combien de temps je vais devoir m'excuser pour ça ?

— Continue. Je te dirai quand ça suffira.

Mack sentit le poids du regard de quelqu'un. Il leva les yeux : Sonia était toujours sur le seuil et elle les observait avec beaucoup trop d'intérêt.

— Quoi ? demanda-t-il, irrité sans raison.

Elle haussa les épaules.

— Tu viens, oui ou non ?

Alors que son instinct lui criait le contraire, Liv les suivit.

Mack pouvait repérer une épouse malheureuse à un kilomètre.

Sourire pincé. Regard ennuyé et mélancolique à la fois. Air éploré et mains nouées sur les genoux. Tout ça pendant qu'un mari égoïste se tenait à quelques pas et s'amusait avec ses potes sans se rendre compte que la femme qu'il avait promis d'aimer et de chérir était à un verre de vin de le plaquer.

Bon sang, que les hommes étaient cons.

Elle était assise au bout du bar, seule, et jetait régulièrement un coup d'œil par-dessus son épaule à un groupe d'hommes installés à une table tout près et qui en étaient à leur quatrième pinte de bière.

Mack croisa le regard de son barman et fit un petit geste du menton dans la direction de la cliente. Son employé hocha la tête avec un petit rire. Oui, celle-ci était toute à lui.

Mack lança une œillade à Liv et lui sourit.

— Regarde faire le maître, dit-il.

Elle lui fit un doigt d'honneur.

Mack se dirigea vers la femme, s'accouda sur le bar face à elle et lui adressa un des sourires qui d'après sa mère ne lui vaudraient que des ennuis.

— Ne me dites pas qu'une belle femme comme vous est venue ici pour passer la soirée seule.

Elle leva la tête vers lui, surprise. Une vive rougeur s'empara de ses joues.

— Quoi ?

Mack lui fit un clin d'œil.

— Qu'est-ce que vous buvez ?

Elle baissa les yeux sur son verre vide.

— De l'eau. Je-je suis là avec mon mari, lâcha-t-elle.

— Où est-il ? Pourquoi ne vous a-t-il pas commandé un deuxième verre d'eau ?

Elle regarda par-dessus son épaule.

— Il est avec ses collègues.

— Il fait ça souvent ?

— Ça quoi ?

— Sortir avec vous puis vous abandonner pour traîner avec ses amis ?

Elle haussa les épaules. Ce qui voulait dire *oui*. Non, mais quel connard. Les hommes ne méritaient pas les femmes.

Mack s'empara du verre.

— C'est la maison qui offre. Qu'est-ce que je peux vous proposer ?

Elle secoua la tête.

— C'est moi qui conduis.

Donc non seulement M. Connard ignorait sa femme, mais en plus il ne sortait avec elle que pour se bourrer la gueule. Génial.

— D'accord, répondit Mack en remplissant son verre d'eau. Mais je parie que je peux deviner votre cocktail préféré.

Elle haussa un sourcil parfaitement épilé, l'air soudain intéressé.

— J'en doute.

Mack la détailla depuis la pointe des cheveux – balayage hors de prix – à ses boucles d'oreilles – des clous en diamant. Il examina ensuite la pochette posée à côté de ses mains. C'était une Kate Spade. Excellente qualité, classe.

Classique.

— Le Manhattan ?

Elle ouvrit la bouche et eut un rire étonné.

— Comment le savez-vous ?

Mack haussa les épaules.

— C'est un talent.

— Un talent étrange.

— Pas dans mon métier. (Il reporta son attention sur la tablée des hommes.) Lequel est votre mari ?

Le visage de la femme se décomposa.

— Celui qui est debout.

Mack l'observa. Cheveux très courts. Barbe bien taillée. L'air professionnel. Études supérieures. Arrogant.

— Laissez-moi deviner, fit Mack en croisant les bras. Il bosse dans la finance ?

La femme s'esclaffa de nouveau.

— Impressionnant.

— Qu'est-ce qu'ils boivent ?

Elle leva les yeux au ciel.

— Avant, il aimait la Budweiser, mais il est passé à la IPA. Je déteste ça.

Il lui adressa un clin d'œil.

— Va pour la Budweiser.

Mack remplit une pinte, appela une des serveuses et griffonna un mot sur une serviette en papier qu'il posa sur le plateau.

Avec les compliments de Braden Mack. Occupe-toi de ta femme, connard, ou dégage de mon club.

Une fois sa tâche accomplie, Mack regagna l'autre bout du comptoir, où se tenaient Liv et Sonia.

— Et voilà le travail, se vanta-t-il, les bras largement écartés.

Liv poussa un profond soupir et regarda Sonia.

— Depuis combien de temps vous travaillez avec lui ?

— Dix ans.

— Et vous ne l'avez pas encore assassiné ?

Sonia posa le menton dans ses mains en souriant.

— Ça promet d'être drôle.

Mack aurait acquiescé si le visage de Liv n'était pas devenu subitement blême.

— Qu'est-ce qu'il y a ?

— Il est là.

Mack pivota pour suivre son regard.

Royce. Sans réfléchir, Mack attrapa le poignet de Liv.

— Il sait qu'on a parlé à Jessica, dit-elle.

— Comment pourrait-il le savoir ?

— Elle le lui a peut-être raconté. Tu as entendu ce qu'elle a dit en partant.

Mack resserra son étreinte sur le poignet de Liv.

— Va dans mon bureau.

Elle se dégagea brusquement.

— Quoi ? Jamais de la vie.

— Liv, s'il te plaît. Laisse-moi gérer. Il ne t'a pas encore vue.

Il ne sut pas ce qui la convainquit mais elle obéit. Tellement furieux qu'il voyait rouge, Mack regarda Royce se frayer un chemin dans la foule en saluant ses fans avec le signe de la paix et des high-five. Il s'arrêta pour prendre un selfie avec deux femmes qui lui firent la bise.

Mack puisa dans ses réserves de volonté les plus profondes pour se retenir de se jeter sur ce bâtard et le mettre à terre. Au lieu de ça, il se déplaça lentement vers le milieu du comptoir, les poings serrés.

Royce s'approcha de lui avec le sourire qu'il réservait à ses émissions télévisées.

— Mack. C'est toi que je voulais voir. (Il pivota pour s'excuser auprès de deux autres femmes qui réclamaient une photo.) Désolé, mesdames. Les affaires m'appellent.

C'est ça. Les affaires. Cette visite inattendue avait tout de la bonne vieille intimidation mafieuse.

Royce se pencha par-dessus le bar. Leur poignée de main fut aussi amicale que celle de deux boxeurs avant un combat.

La poigne de Royce était inutilement ferme et Mack la lui rendit.

— Qu'est-ce qui t'amène ?

Royce s'accouda au comptoir sans répondre. Il jeta un regard critique autour de lui.

— Sacré endroit que tu possèdes là.

— Première fois que tu viens ?

— Je n'ai jamais eu ce plaisir.

Il traîna juste assez sur le mot *plaisir* pour faire comprendre qu'il pensait tout le contraire. Son regard s'attarda sur la piste de danse, où une mer de chapeaux de cow-boys s'agitaient et se balançaient au rythme d'un tube de Brad Paisley. Il retroussa les lèvres, dégoûté, comme s'il se retrouvait soudain mêlé à la populace.

Mack n'avait jamais eu autant envie de frapper quelqu'un de sa vie.

Non, c'était faux. Il avait eu envie de frapper quelqu'un encore plus fort avant, mais Royce arrivait en deuxième position et pour les mêmes raisons. Les hommes qui agressaient les femmes étaient les pires raclures au monde.

Mack s'obligea à desserrer les dents.

— Je t'offre un verre ?

Royce pivota de nouveau, son sourire de faux-cul aux lèvres.

— Bien sûr.

Mack désigna le mur de bouteilles d'alcool derrière lui.

— Qu'est-ce que tu bois ?

— Donne-moi la spécialité de la maison.

— C'est la Fusée de Morve.

Royce pinça les lèvres, dégoûté.

— La Fusée de Morve ?

— Un shot de whisky avec un œuf cru.

— Classe.

— Je peux te proposer un verre de vin, si tu préfères.

Royce leva les mains.

— Hé, j'ai l'âme d'un aventurier. Va pour la Fusée de Morve.

Le barman, qui se tenait non loin, attrapa la bouteille de Jim Beam, mais Mack lui fit signe de s'éloigner.

— Je m'en occupe.

— Normal, je suis un VIP, commenta Royce sans la moindre trace de second degré.

Il pensait vraiment ce qu'il disait.

— Bien sûr, répondit Mack. (Il versa une large rasade de whisky, posa le verre devant Royce puis cassa un œuf dans le liquide ambré.)

Je suis censé te mettre en garde sur l'effet que peuvent avoir les œufs crus sur la santé.

Royce verdit légèrement mais il s'était engagé dans une bataille de virilité. Il déglutit une fois, leva le verre et l'avala d'un trait.

— Bon, fit Mack en posant les mains sur le rebord du bar. Qu'est-ce qui t'amène ?

— J'ai entendu dire… (Royce s'interrompit et déglutit tout en reposant le verre. L'œuf essayait certainement de retrouver le chemin de la sortie.) J'ai entendu dire que tu embauchais.

— C'est vrai. Tu veux postuler ?

Royce arbora son sourire de télévision.

— Marrant. Tu ne t'es jamais demandé comment j'étais devenu aussi célèbre ?

— Pas vraiment.

Un nerf tressaillit sur la joue de Royce.

— Comme je t'apprécie, Mack, je vais laisser passer cette petite entorse à l'étiquette professionnelle.

Mack ricana.

— Tu veux me sermonner sur l'étiquette professionnelle ? *Toi ?*

— C'est moche de recruter les employés des autres.

Des signaux d'alarme se mirent à tinter dans le cerveau de Mack mais sa bouche n'en avait rien à faire.

— C'est moche de harceler sexuellement ses employées.

Des taches rouges assombrirent les joues de Royce. Mack se rendit soudain compte que c'était le visage que le public ne voyait jamais. Celui qui avait effrayé et fait pleurer Jessica. Celui qui n'allait pas tarder à entrer en contact avec le poing de Mack.

— Et si on arrêtait de tourner autour du pot, toi et moi ? Dis ce que tu as à dire et dégage de mon club.

— Olivia est dangereuse, mec. Elle est instable.

— Vraiment ?

— J'aurais dû la virer il y a longtemps.

Mack serra tellement les dents qu'il faillit en fissurer une.

— Je ne sais pas ce qu'elle t'a dit, mais si tu l'écoutes c'est à tes risques et périls, poursuivit Royce d'un ton désinvolte. C'est triste, parce qu'elle est douée en cuisine et (ses lèvres se retroussèrent en un sourire lubrique) dans d'autres domaines.

Un éclair de cheveux frisés surgit dans la vision périphérique de Mack avant qu'il ait eu le temps de comprendre ce qui se passait.

Merde. Liv.

— Tu mens, espèce de sac à merde dégueulasse, s'écria-t-elle.

Royce éclata de rire.

— Olivia. Quelle surprise.

Mack l'attrapa par le bras mais elle se dégagea.

— Je n'ai *jamais* couché avec toi. Je préférerais m'arracher les yeux.

Royce haussa les épaules comme s'il s'attendait à cette réponse.

— Je t'ai prévenu, Mack. Elle est instable.

— Ferme-la, Royce.

— J'aurais dû foutre un grand coup de genou dans ta bite fripée répugnante quand j'en ai eu l'occasion, asséna Liv.

Le visage de Royce se couvrit de taches rouges.

Mack glissa un bras autour de la taille de Liv et l'attira à lui.

— Arrête, lui murmura-t-il à l'oreille. C'est ce qu'il veut. Quand on s'énerve et qu'on fait une scène, on perd toute crédibilité.

Liv se dégagea de nouveau.

— Tu ne t'en tireras pas comme ça, menaça-t-elle en agitant l'index en direction de Royce.

— Hé, Olivia, tu sais quoi ? répondit-il avec un clin d'œil. Je m'en suis déjà tiré.

— Fous le camp d'ici, gronda Mack.

Liv laissa Mack l'écarter du bar.

— Viens. On y va.

Il l'attrapa par le coude pour l'entraîner vers son bureau. Des murmures et des regards curieux les suivirent. Il faudrait un miracle pour que personne n'ait filmé.

Liv entra dans le bureau, les mains tremblantes.

— Je n'ai jamais couché avec lui.

— Bon sang, Liv. Je le sais.

Elle pivota pour lui faire face.

— Il va répandre cette rumeur, n'est-ce pas ?

— Je l'en empêcherai.

Sonia fit soudain son apparition en courant.

— Bite fripée répugnante ?

Liv frissonna.

— C'est le truc le plus dégueu que j'aie vu de ma vie.

Son sarcasme mourut sur ses lèvres. Ses genoux chancelèrent et elle s'effondra contre le bureau.

— Il va vraiment détruire ma carrière. Tout le monde croira que j'ai eu une liaison avec lui.

Mack franchit la distance qui les séparait et prit son menton entre le pouce et l'index.

— Regarde-moi.

Il l'obligea à lever la tête.

— On va l'arrêter.

Elle soutint son regard, et quelque chose se serra dans la poitrine de Mack. Les yeux de Liv étaient des miroirs qui reflétaient la moindre de ses émotions. Il vit, fasciné, l'anxiété se transformer en détermination et ses pupilles couleur noisette devenir d'un vert éclatant.

— Tu as raison, souffla-t-elle. Quoi qu'il m'en coûte.

Il brandit le poing.

— Associés ?

Liv frappa son poing contre le sien.

— Associés.

10

Le lendemain matin, Mack s'installa à sa place habituelle dans le restaurant où ses potes et lui prenaient le petit déjeuner une fois tous les quinze jours. Il était le dernier, ce qui était inhabituel. Comme les circonstances. Ce n'était pas la bonne semaine.

Une tasse de café l'attendait. Il la repoussa et posa les avant-bras sur la table.

— Alors, c'est quoi l'urgence ? demanda Malcolm d'un ton agacé, ce qui n'était pas son genre. Ma femme et moi avons des trucs de prévus aujourd'hui.

Une serveuse se dirigea vers leur groupe et demanda à Mack s'il était prêt à commander. Il lui jeta un regard distrait.

— Le café suffira, merci.

Elle s'éloigna et le silence s'abattit sur la tablée.

— Quoi ? fit Mack.

— Ouah, remarqua Del. Tu ne lui as même pas souri.

— À qui ?

— À la serveuse, expliqua Malcolm. Tu n'as pas flirté avec elle.

Mack secoua la tête.

— Je n'ai pas le temps de flirter. J'ai besoin de vous parler.

— On avait compris, rétorqua froidement Del, vu que tu nous as tirés du lit.

— C'est très sérieux !

— Tu t'es déjà refait larguer ? demanda Gavin.

Mack brandit son majeur. Gavin l'imita. Malcolm se leva.

— Je n'ai pas de temps à perdre.

Mack lui saisit le bras.

— Assieds-toi. Tu dois entendre ce que j'ai à dire.

Malcolm obéit tout en lui jetant un regard sévère.

— Ça a intérêt à en valoir la peine.

Mack prit une profonde inspiration et se passa la main dans les cheveux. Il expira et posa les yeux sur ses amis. Il savait qu'il se sentirait coupable de ne pas avoir prévenu Liv mais il y avait urgence.

— Ça doit rester entre nous.

— C'est vraiment sérieux, alors ? s'enquit Gavin en se renfrognant.

— Oui. Et ça concerne Liv.

Gavin se raidit tout entier.

— Comment ça ?

— Elle ne vous a pas raconté précisément pourquoi elle avait été virée.

Cinq minutes plus tard, la petite bande réagissait à son histoire exactement comme Mack savait qu'ils le feraient, parce qu'ils avaient tous les mêmes valeurs.

Le Russe abattit son poing épais sur sa cuisse énorme.

— Je vais lui arracher les couilles.

— Qu'est-ce que tu veux qu'on fasse ? demanda Del.

— Je ne sais pas encore. Mais il faut qu'on l'arrête.

Malcolm hocha le menton.

— Tu peux compter sur moi.

Derek acquiesça.

— Sur moi aussi.

L'un après l'autre, ses amis opinèrent. Seul Gavin semblait hésiter. Il secoua la tête, ôta sa casquette de base-ball et passa la main dans ses cheveux aplatis.

— Je n'aime pas ça. Je ne veux pas qu'il arrive quelque chose à Liv.

— Il ne lui arrivera rien. Je la protégerai.

Gavin ricana.

— J'aimerais bien voir sa réaction si elle t'entendait dire ça. Liv fait les choses à sa manière.

C'était vrai. Il le savait. Et ça lui plaisait de plus en plus.

Liv prit une douche rapide, se coiffa, se maquilla et s'habilla avant de sortir accomplir ses corvées matinales. Une pluie froide et brumeuse mouillait l'herbe et ruina aussitôt le peu d'efforts qu'elle avait investis dans sa coiffure. Ses bottes s'enfoncèrent dans l'herbe détrempée quand elle traversa la cour en direction du poulailler. Les chèvres bêlaient dans la grange ; elles devraient attendre leur tour. Randy avait déjà franchi la clôture et, perché sur sa branche préférée, il attendait qu'on fasse sortir les poules afin d'atteindre sa ration quotidienne de sexe. Il accueillit Liv par un battement d'ailes menaçant.

— Je ne suis pas d'humeur à supporter tes frasques aujourd'hui.

Randy laissa échapper un cocorico coléreux. Elle l'insulta mais se sentit aussitôt coupable. Ce n'était pas sa faute si Royce était un porc répugnant qui racontait à tout le monde qu'elle avait couché avec lui. Un frisson glacé qui n'avait rien à voir avec le temps la parcourut. La seule pensée d'être près de cet homme... elle en avait la nausée.

Randy la menaça de nouveau et, cette fois-ci, elle le repoussa d'un ample mouvement de bras.

— Je suis sérieuse, Randy. J'en ai ma claque des cons qui agitent leur bite.

— C'est bon à savoir.

Liv sursauta et regarda par-dessus son épaule. Mack se tenait à environ cinq mètres d'elle et il se rapprochait en roulant des mécaniques dans son short de golf et son pull fin assorti. La bruine qui avait plaqué ses propres cheveux en un désordre filiforme sur sa nuque faisait danser les siens, joliment parsemés de rosée. Le mec ressemblait à une pub Nike.

— Qu'est-ce que tu fais ici ?

Randy vola à bas de son perchoir et se rua sur Mack, les plumes ébouriffées et les ailes battantes. Mack se mit à sauter à cloche-pied pour éviter l'agression.

— C'est quoi son problème ?

— Les coqs sont des connards.

Mack lui donna un coup de pied. Randy bondit, les deux pattes en avant. Mack trébucha en arrière en jurant. Liv attrapa un panier métallique accroché près de la porte et le balança vers Randy. Ce dernier finit par comprendre le message et il prit la fuite pour aller importuner une poule.

Liv tendit le panier à Mack.

— Rends-toi utile.

— Qu'est-ce qu'on fait ?

— Toi, tu vas ramasser les œufs pendant que je nourris les poules.

— Je les ramasse où ?

Liv désigna le nichoir.

— Soulève le couvercle. Regarde dans chaque partie pour vérifier s'il y a des œufs. Si c'est le cas, mets-les dans le panier. Et fais attention.

Mack regarda le nichoir comme si la mort elle-même l'attendait à l'intérieur.

— Il y a des poules dedans ?

— Peut-être. Elles se déplaceront en te voyant. Glisse doucement la main sous elles.

— Tu veux que je glisse la main *sous* une poule ?

— Elles vont bouger.

— Mais *sous* la poule ? Là où il y a leur vagin ?

— Primo, les poules n'ont pas de vagin. Deuxio, même si elles en avaient un, ce sont des poules. Elles s'en fichent.

— Mais…

— Oh ! mais c'est pas vrai, Mack, comporte-toi comme un homme.

— Hé, répliqua-t-il en tendant l'index vers elle. Ce n'est pas parce que je suis un homme que je n'ai pas de craintes ni… Attends. Les poules n'ont pas de vagin ?

— Bon sang. Contente-toi de ramasser les œufs, d'accord ?

Liv ouvrit la porte du poulailler tandis que Mack soulevait avec précaution le couvercle en bois du nichoir. Il soupira de soulagement en découvrant qu'une seule poule attendait à l'intérieur. Les autres avaient fui à la recherche de liberté et de boue quand Liv avait ouvert le poulailler.

Hazel n'alla cependant pas très loin. Randy lui sauta dessus et fit son affaire. Ce fut terminé en trois secondes.

— Purée, Randy, dit Mack d'un ton dégoûté, prends un peu ton temps.

Liv balança de la nourriture sur le sol pour dissimuler son sourire.

Mack déposa trois œufs dans le panier.

— Est-ce qu'une poule sait quand elle va pondre un œuf ou est-ce qu'il sort comme ça ?

— Je n'en ai aucune idée.

— Et la première fois qu'une poule pond un œuf ? Elle doit se dire : « Qu'est-ce qui m'arrive, bordel ? Qu'est-ce que je viens d'expulser ? Je vais m'asseoir dessus et voir ce qui se passe .»

Liv laissa échapper un éclat de rire involontaire qu'elle ravala aussitôt. Le sourire satisfait de Mack lui prouva qu'il l'avait entendu. Fichu mec.

Il passa au nid suivant.

— Mais sérieusement, si les poules n'ont pas de vagin, comment ça marche ?

Liv replaça la pelle dans le seau de nourriture.

— Je ne veux plus discuter de vagin de poule avec toi. Genre, plus jamais.

— Si tu ne veux pas m'expliquer, je serai obligé de chercher sur Internet. Tu imagines la gueule de mes publicités sponsorisées ensuite.

Liv soupira.

— Les poules possèdent un conduit qui s'appelle un cloaque. C'est un trou qui sert à tout.

— À *tout* ? (Il frissonna.) Comment se fait-il que tu en saches autant sur les vagins de poule ?

— L'une d'entre elles a eu un œuf coincé il y a quelques mois. On a dû l'aider à l'expulser.

— Tu mènes une vie très intéressante. Rappelle-moi pourquoi tu as choisi de vivre ici ?

Liv s'éloigna sans un mot. Plein de gens lui posaient la question. Elle ne devait de réponse à personne. Surtout pas à Mack.

Il la suivit dans la maison, où elle ôta ses bottes boueuses avant de lui prendre le panier.

— Va te laver les mains, ordonna-t-elle avec un geste en direction de la salle de bains.

Rosie était assise à l'îlot de cuisine avec une tasse de café et le journal du jour. C'était quelque chose que Liv aimait chez elle. Rosie se faisait livrer le journal tous les matins, exactement comme sa grand-mère le faisait. Les seuls moments où Liv se sentait en sécurité quand elle était enfant, c'était les matins où elle se blottissait sur le canapé à côté de sa Gran Gran qui lisait le journal.

Liv ramena ses cheveux humides en arrière et posa les œufs sur le plan de travail.

— Randy est déjà après Hazel. Elle pèle du cou. On devrait la rentrer pendant quelque temps.

— Pauvre petite. Je vais aller la chercher dans une minute.

L'eau arrêta de couler dans la salle de bains et Mack pénétra dans la cuisine. Rosie poussa un petit soupir.

— Regardez qui est de retour.

Mack sortit le grand jeu.

— Rosie, vous êtes sublime aujourd'hui.

— Non mais, c'est pas vrai, s'étouffa Liv.

— Vous avez faim ? demanda Rosie. J'ai fait des muffins et il y a une quiche au four.

— J'adorerais manger un de vos muffins, répondit-il avec un clin d'œil.

Liv le regarda puis soupira.

— Ça t'arrive de ne pas flirter ?

Rosie posa un muffin sur une assiette qu'elle tendit à Mack.

— Qu'est-ce que vous avez prévu aujourd'hui ?

Mack mordit dans le gâteau avant de répondre.

— Un truc super secret.

— Tu ne m'as pas dit ce que tu faisais ici, constata Liv.

— Je dois te parler.

Mais avant qu'il ait le temps de prononcer un mot de plus, la porte de derrière s'ouvrit à la volée avant de se refermer. La voix des jumelles emplit la maison.

— Tante Livvie !

Amelia se rua dans la cuisine, aussitôt suivie par Ava, Thea sur les talons.

Les filles semblèrent ravies de voir Mack.

Contrairement à Thea.

— Tiens, Mack, tu es là. Intéressant, déclara Thea.

Mack blêmit d'une façon qui disait clairement *putain de merde*.

— Salut, Thea…

— Je voudrais discuter avec ma sœur en tête à tête.

Mack reposa le muffin.

— Je, euh, je vais jouer dans le jardin avec les petites.

Rosie hésita un instant avant de décider qu'il valait mieux les suivre.

Liv regarda sa sœur.

— Bon sang, Thea, qu'est-ce qui se passe ?

Thea planta les mains sur les hanches.

— Quand est-ce que tu comptais me raconter la vérité sur ton licenciement ?

Oh. Merde.

Dix minutes plus tard, Thea faisait les cent pas dans le salon de Rosie.

— Je n'arrive pas à croire que tu m'aies menti.

— Techniquement, j'ai juste omis de te dire certaines choses, répondit Liv.

À en juger par les taches rouges sur ses joues et la lueur furieuse dans ses yeux, Thea n'apprécia pas la nuance sémantique. Liv déglutit et se tut.

— Je te jure, je ne te comprends pas, Liv. Pourquoi tu me caches ce genre de trucs ?

— Je ne voulais pas te mêler à tout ça.

— Tu es ma sœur. Tes problèmes sont mes problèmes.

— Correction. Tes problèmes naissent généralement de mes problèmes.

Thea leva les bras au ciel en poussant un petit cri de frustration.

— D'où ça sort, ça, encore ? Liv, je ne te comprends pas !

— J'ai été un fardeau toute ma vie. Pour maman. Papa. Gran Gran. Toi.

— C'est complètement faux. Pourquoi tu t'imagines ça ?

Liv se leva et agita les mains pour repousser toute contradiction et éviter que quelque chose lui échappe.

— C'est comme ça. Maintenant tu sais tout. Et tu vas rentrer chez toi te faire du souci, comme si tu avais besoin que j'en rajoute une couche.

Thea lui lança de nouveau un de ses fameux regards.

— Je suis ta sœur. C'est mon job de m'inquiéter pour toi.

Liv repoussa les cheveux qui lui tombaient devant les yeux.

— C'est bien pour ça que je ne t'ai rien raconté.

— Mais tu croyais sincèrement que je ne découvrirais pas la vérité ?

— Si… un jour ! Je n'ai pas vraiment réfléchi. J'essayais de régler les choses à ma manière. Attends… *comment* tu l'as su ?

— D'après toi ? Mack l'a dit à Gavin et aux autres ce matin.

Liv sentit tous ses muscles se contracter.

— Il a fait *quoi* ?

La tension présente à l'intérieur avait suivi Mack et Rosie dehors. Même les poules étaient furax. Lorsque Randy se jeta sur Hazel, elle couina et lui donna des coups de bec jusqu'à ce qu'il abandonne.

— On devrait rentrer, non ? demanda Mack à Rosie, qui aidait les jumelles à nourrir les chèvres.

— Elles sortiront quand elles seront prêtes.

Hop se dirigea vers eux d'un pas tranquille.

— Rosie, il faut que j'aille au magasin d'aliments pour animaux. Tu veux m'accompagner ?

Rosie se raidit.

— Venez, les filles, dit-elle. On va vérifier mes semis.

— Eh ben, constata Mack lorsque Rosie fut hors de portée de voix. Qu'est-ce que vous lui avez fait ?

Hop émit un petit « tss-tss ».

— Elle est comme ça avec moi depuis que j'ai blagué sur l'amendement pour l'égalité des droits. Elle n'a aucun humour.

— Ou peut-être que ce n'était pas drôle.

— Vous voyez, c'est ça le problème de nos jours. Plus personne n'a le sens de l'humour. Tout le monde prend la mouche pour un rien.

Mack secoua la tête.

— Certaines vannes n'ont *jamais* été drôles.

— De mon temps, ça ne dérangeait personne.

— Ça dérangeait les femmes. Vous aviez juste décidé que leur opinion comptait pour du beurre.

Hop leva les yeux au ciel mais son armure s'était fissurée.

— Il va vous falloir combien de temps avant de comprendre que le problème n'est pas le manque d'humour de Rosie mais le fait qu'il faut trouver de meilleures blagues ? renchérit Mack.

Hop brandit une phalange noueuse dans sa direction.

— Faites gaffe à ce que vous dites.

Mack haussa les épaules.

— Je dis juste que je peux vous aider.

— À quoi faire ? se moqua Hop.

Mack fit un geste du menton en direction du cellier dans lequel Rosie avait disparu avec les jumelles.

— Depuis combien de temps vous êtes amoureux d'elle ?

— Je ne sais pas de quoi vous parlez, grommela Hop.

— Vous pouvez jouer les idiots autant que vous voulez, je sais ce que je sais.

— Ça ne veut pas dire grand-chose.

— Vous pouvez la conquérir. Je peux vous aider.

Hop retroussa les lèvres comme s'il venait de goûter du quinoa pour la première fois.

— Vous croyez que j'ai envie d'écouter les conseils sentimentaux d'un type incapable d'admettre qu'il désire une femme ?

— Je ne désire pas Liv. Je la connais à peine.

— Mais vous avez tout de suite compris à qui je faisais allusion.

Mack esquiva la remarque.

— On parle de vous, vieil homme.

— Vous racontez n'importe quoi.

— Vous devez apprendre à communiquer avec Rosie dans une langue qu'elle comprend.

— Je sais très bien quelle langue elle parle : le grincheux.

Mack connaissait une autre utilisatrice de cette langue.

Hop s'essuya le front avec son bandana.

— Peut-être que les hommes de votre génération discutent de ces conneries, mais nous, non.

— Et ça marche bien ?

— Et pour vous ?

Mack sourit de toutes ses dents.

— Génial.

Hop ricana.

— Vraiment ? Parce qu'on ne dirait pas une femme contente de vous voir.

Mack pivota juste à temps pour voir Liv traverser la pelouse en trombe. Elle aurait dû avoir l'air ridicule dans ses bottes de ferme en caoutchouc et son sweat-shirt effiloché et trop grand qui paraissait avoir passé trop de temps aux objets trouvés.

Mais elle n'avait pas l'air ridicule. Elle était magnifique.

Comme un cyclone majestueux.

Qui tempêtait vers lui.

Elle s'immobilisa et lui lança un regard noir.

— Tu as tout balancé à ton club de lecture ?

Il grimaça.

— C'était ce que j'étais venu te dire.

— Tu aurais dû me demander la permission.

Mack leva les mains.

— Nous avons décidé hier soir que nous ferions tout ce qui était en notre pouvoir pour faire tomber Royce.

— Ça ne signifiait pas que tu pouvais aller le raconter à d'autres sans ma permission. On est censés être associés.

— Les gars peuvent nous aider, Liv.

Elle se frappa le front de la paume.

— C'est un *club de lecture*.

— Composé des hommes les plus puissants et les plus influents de Nashville. Ils peuvent nous aider.

La brise agita une boucle de cheveux de Liv et la plaqua sur sa joue. Il fut envahi par un besoin idiot de l'enrouler autour de son doigt avant de la repousser derrière son oreille.

— À partir de maintenant, tu ne fais rien sans m'en parler avant, finit par décréter Liv. C'est moi qui décide.

Mack opina.

— C'est toi qui décides.

Liv hocha la tête, satisfaite.

— À une condition, ajouta Mack.

Liv croisa les bras.

— Laquelle ?

— Que tu arrêtes de prendre des risques.

Son air offensé était tellement sincère que c'en était presque comique.

— Quand est-ce que j'ai pris des risques ?

— Hier soir, avec Royce ? Il faut qu'on la joue fine. Si tu veux prendre les décisions, pas de problème. Mais j'ai un droit de véto sur les idées débiles.

Dans leur dos, Hop ricana.

— Je propose qu'on réunisse tout le monde demain et qu'on mette au point un plan, proposa Mack.

— D'accord.

Liv tourna les talons et regagna la maison d'un pas agacé. Rosie et les filles émergèrent du cellier et, avant de se diriger elles aussi vers la maison, Rosie jeta à Hop le même regard que celui que Liv venait de lancer à Mack.

Mack s'adressa à lui par-dessus son épaule.

— Vendredi prochain. 8 heures. Chez Six Strings.

— Hors de question que j'aille à une réunion de développement personnel de mes deux.

— Le nouvel arrivant paie le petit déjeuner.

— Allez vous faire foutre.

11

— J'ai fait une terrible erreur.

Liv formula cette pensée à mi-voix un peu avant 15 heures le jour suivant, alors qu'elle observait le salon de Rosie.

— Tout va bien se passer, assura Mack. Je te le promets.

Elle n'en était pas si sûre. Elle avait une confiance absolue en Malcolm. Il était intelligent. Elle reconnut deux des hommes sans les avoir jamais vus. Derek Wilson possédait une entreprise en bâtiment ou quelque chose du genre, et elle avait déjà entendu Gavin et Mack parler de lui, elle savait donc qu'il était cool.

Mais le Russe ? Elle se tourna vers Mack et baissa la voix.

— Je n'arrive pas à croire que tu l'aies invité. La plomberie est vétuste ici.

Rosie entra dans la pièce avec un plat de cookies à la main, suivie par un individu que Liv ne reconnut pas. Il portait des lunettes à monture noire, un bonnet mou de hipster et un T-shirt Pokémon.

— J'ai trouvé cet inconnu devant la porte, déclara Rosie.

— Qui est-ce ? chuchota Liv.

— Noah.

— Et qui est Noah ?

— Un génie de l'informatique.

— Celui qui a trouvé Jessica ? Tu m'as affirmé qu'il ne savait rien.

Mack leva les mains en signe de paix.

— Il se peut que j'aie menti.

Liv lui frappa le bras.

— Ça, c'est pour m'avoir menti.

Elle le tapa une deuxième fois. Il se couvrit le bras en gémissant.

— Et ça ? C'était pour quoi ?

— Juste comme ça. Tu es sûr qu'on peut lui faire confiance ?

— Ne juge pas un livre à sa couverture. Je suis certain que l'informatique est une façade et qu'en réalité c'est un homme de main qui bosse pour le gouvernement.

Liv plissa les yeux.

— C'est du lard ou du cochon ?

Mack s'avança, la main tendue. Noah et lui échangèrent une poignée de main virile puis se tamponnèrent poitrine contre poitrine.

— Merci d'être venu, mec, dit Mack.

Il présenta rapidement les autres à Noah, en faisant suivre leur nom de leur talent principal. Il termina par le Russe.

— C'est notre M. Muscle, expliqua Mack.

Le Russe se frappa la poitrine du poing.

— Je lui casse la gueule.

Liv agita la main.

— Non. On ne casse la gueule à personne.

Le Russe avança la lèvre inférieure. Rosie se précipita vers lui, les cookies à la main, pour qu'il arrête de bouder.

— Ne lui donnez pas de fromage, prévint Mack.

Liv le regarda.

— Tu veux dire, après minuit, ou…

— Tout le temps.

Rosie haussa les épaules et s'approcha de Malcolm.

— Vous, vous mangez du fromage ?

— Oui, tous les autres peuvent en manger, répondit Mack à sa place.

Noah salua Liv en dernier. Elle lui serra la main, soupçonneuse.

— Est-ce que vous tuez des gens ?

Il inclina la tête.

— Je ne le fais jamais exprès.

Mack frappa dans ses mains.

— Commençons.

Tous ceux qui n'étaient pas encore installés bousculèrent les autres pour se faire une place sur l'un des deux canapés. Le Russe avait déjà jeté son dévolu sur le siège inclinable de Hop, ce qui ne manquerait pas de poser problème si ce dernier se décidait à les rejoindre. Malcolm s'assit sur le sol, ce qui ne manquerait pas de poser problème si l'une des poules décidait de les rejoindre.

— Gavin et Del ont un match aujourd'hui, on les briefera après la réunion.

— C'est quoi le plan ? lança Derek en s'emparant d'un deuxième cookie. Ils sont vraiment délicieux.

Rosie lui répondit par un sourire rayonnant. Hop choisit ce moment pour entrer dans la pièce, vit Rosie sourire à un autre homme et fronça les sourcils. Puis il remarqua que le Russe lui avait piqué son fauteuil et son expression devint meurtrière. Il agita le pouce d'une manière qui signifiait sans équivoque « Fous le camp de là ». Le Russe ne se le fit pas dire deux fois et rejoignit Malcolm par terre.

— Tu es en retard, le réprimanda Rosie.

Mais elle lui donna quand même un cookie.

— Le plus important, c'est de découvrir combien de femmes Royce a agressées, commença Liv. Et de décider comment on le démasque.

— Pourquoi ne pas raconter ce que tu as vu à la presse ? demanda Derek.

— Ce serait une violation de ma clause de confidentialité : je ne veux pas lui donner des munitions pour qu'il nous fasse taire, répondit Liv. De plus, les journalistes mèneraient leur propre enquête, ce qui pourrait prendre du temps. Je veux quelque chose de plus gros.

Mack lui lança un regard perplexe.

— Plus gros ?

— Je veux le démasquer pendant la fête pour le lancement de son livre de cuisine.

— C'est dans trois semaines, remarqua Mack.

— Je sais.

— C'est impossible, marmonna-t-il.

— Et si on le kidnappait et qu'on le torturait pour le faire parler ? (Tous les regards se tournèrent aussitôt vers le Russe. Il haussa les épaules.) Ça arrive tout le temps en Russie.

Liv secoua la tête.

— Non. Pas de kidnapping. Pas de violence.

— Mais peut-être qu'on pourrait enregistrer ses aveux, proposa Derek.

Liv regarda Mack.

— Ça peut marcher, répondit-elle.

— Mais comment ?

— Au gala de la chambre de commerce ? poursuivit Derek. Il y sera. Quelqu'un pourrait l'enregistrer sur son téléphone ?

— Il ne risque pas d'admettre pendant un gala qu'il a harcelé des femmes, objecta Mack.

— Peut-être qu'il l'avouerait à quelqu'un qui est déjà au courant, intervint Liv. Comme moi.

C'était étrange la façon dont l'expression de Mack passa de totalement neutre à glaciale en une fraction de seconde.

— Non. Ça ne me plaît pas. Il faut trouver un autre plan. Celui-là ne fonctionnera jamais.

— Je peux peut-être aider un peu, déclara Noah.

Il se pencha en avant et sortit de la poche arrière de son jean une liasse de papiers roulés.

Il ne la tendit à personne en particulier et Liv s'en empara avant Mack.

— Qu'est-ce que c'est ?

Mack jeta un coup d'œil par-dessus l'épaule de Liv.

— J'ai fouillé les comptes en banque de Royce, expliqua Noah.

Liv s'étouffa.

— Tu as fait quoi ?

Mack lui tapota le dos.

— Respire.

— C'est légal ?

— Techniquement, je cherche surtout dans les informations accessibles au public, répondit Noah.

— Surtout ? couina Liv.

Noah haussa une épaule, s'excusant à demi.

— Une partie a peut-être été acquise par des moyens à la légalité discutable.

— Dis-nous juste ce que tu as trouvé, ordonna Mack.

Noah mordit dans son cookie.

— J'ai découvert une série de transactions étranges, du coup je les ai classées dans un tableau Excel pour voir si quelque chose me sautait aux yeux et j'ai mis le doigt sur un truc intéressant.

Mack se tenait si près de Liv qu'il se pressait contre son dos.

— Je ne comprends pas, dit-il. De quoi tu parles ?

Noah hocha la tête.

— L'entreprise de Royce a effectué une série de transferts de fonds de montants différents à une vague association de charité dont le compte est hébergé par une banque offshore. Et tous ces virements ont été immédiatement redistribués à d'autres personnes.

— Vous pensez qu'il s'agit de bakchichs, dit Hop.

Noah haussa les épaules.

— Si je voulais payer des gens sans que personne ne le sache, je m'y prendrais comme ça.

— Je peux voir ? demanda Malcolm.

Mack lui tendit les feuilles. Le Russe et Hop lurent par-dessus son épaule pendant qu'il les feuilletait.

— Ça ne nous dit rien, conclut Hop en se rasseyant. Ce ne sont que des chiffres obtenus illégalement, ce qui signifie que, si on les utilise, on sera autant dans la merde que Royce.

— On peut peut-être juste s'en servir pour obtenir des informations, suggéra Derek.

— Qu'est-ce qu'il y a d'autre sur ces feuilles ? demanda Malcolm.

— Des trucs d'impôts. (Noah prit une autre bouchée de son cookie.) Royce a enregistré…

Noah s'interrompit net en entendant un roucoulement bas. Hazel était entrée dans la pièce et agitait la tête, à la recherche de miettes de gâteau. Noah cilla.

— Est-ce que je suis le seul à voir une poule ?

Le regard du Russe s'illumina et il leva les bras.

— Poule.

— Tu disais ? reprit Mack, dont l'agitation était perceptible à la fois dans sa voix et dans la façon dont il serrait les poings.

— Royce a enregistré une société à but non lucratif il y a quelques années mais il n'a pas déclaré correctement ses impôts dessus, expliqua Noah. Il a subi un redressement fiscal mais ne l'a pas payé et il a dû régler le problème au tribunal.

— Et ?

— Et l'année suivante cette nouvelle association caritative a été créée au Panama.

Malcolm écarquilla les yeux.

— C'était il y a sept ans.

Noah acquiesça.

— Il fait ça depuis longtemps.

Liv avait envie de vomir. Sept ans ? Et ce n'était que depuis qu'il avait délocalisé la fausse association de bienfaisance. Sa nausée se transforma en fureur : combien de femmes avait-il agressées ? Ça faisait des *années* qu'il s'en tirait. Et pendant tout ce temps, il y avait certainement eu un nombre incalculable de gens qui étaient au courant, l'aidaient et le couvraient.

— Qu'est-ce qu'on fait, alors ? demanda Derek.

— Il faut qu'on parvienne à prouver qu'il envoie cet argent à des femmes qu'il a harcelées, dit Malcolm.

— Ah ouais, tu crois ? rétorqua Mack. Et comment on fait ça ?

— Je peux continuer à fouiller ses comptes, proposa Noah d'un air désinvolte.

— Vous avez tous fumé la moquette. (Hop se leva, secoua la

tête et commença à se diriger vers la porte. Une fois sur le seuil, il se retourna.) Vous devriez prévenir la police, pas faire les cons comme ça.

— Et qu'est-ce qu'on leur dirait ? répliqua Mack. Jessica a été très claire : elle ne portera pas plainte. C'est donc la parole de Liv contre celle de Royce.

— Je ne peux participer à rien d'illégal. Je suis flic, bordel.

— À la retraite, précisa Rosie. Et personne ne t'a rien demandé.

— Vous êtes donc des idiots en plus du reste, ricana Hop. Je suis le seul ici à savoir mener une enquête, or ce que vous voulez faire, c'est exactement ça. *Une enquête.*

Le Russe commença à se balancer tout en chantant une berceuse à Hazel, qu'il avait prise sur ses genoux.

— Et ce gars est complètement taré, constata Hop en désignant le Russe.

— C'est un joueur de hockey, expliqua Mack.

— Bon sang de bois…, grommela Hop, mais il regagna quand même son siège.

— Ma plus grande inquiétude pour l'instant, c'est Jessica, dit Liv. Elle était apparemment assez effrayée pour raconter à Royce qu'on lui a parlé et lui était assez effrayé pour venir nous défier. La situation ne peut qu'empirer. Il faut la sortir de là.

Noah goba le reste de son cookie.

— Heureusement, je peux vous aider pour ça aussi.

12

— Tu es sûr que c'est l'adresse que Noah t'a donnée ?

Le jeudi suivant, Liv reluquait la porte du rade devant lequel ils se trouvaient d'un œil sceptique et un peu alarmé. Mack ne la blâmait pas. L'endroit était l'incarnation d'un doigt d'honneur – sale et repoussant, il dégageait des ondes qui disaient *Entrez à vos risques et périls*.

Mack haussa les épaules.

— D'après Noah, elle a annoncé sur Facebook qu'elle serait là ce soir.

— Son profil est privé. Comment il a pu voir son post ?

— Il a réussi à pirater des comptes offshore. Tu crois qu'il ne peut pas pirater un compte Facebook ?

Elle lui lança un regard en coin.

— Bien vu.

Mack posa la main au creux de ses reins, sourit secrètement en sentant ses muscles se contracter sous ses doigts et désigna l'entrée du menton.

— Allons-y. Avec un peu de chance, on sera là avant elle.

La poignée de la lourde porte en bois avait été polie par trente ans de mains estudiantines mais la porte elle-même portait les cicatrices irrégulières et les entailles d'innombrables coups de pied et de bousculades de videurs. Ça ne présageait rien de bon. Ils pénétrèrent à l'intérieur sans que Mack ne lâche Liv.

Ils s'immobilisèrent un instant pour permettre à leurs yeux de s'accoutumer à la faible lumière. Il n'était que 21 heures, ce qui était apparemment trop tôt pour le groupe : il y avait moins de vingt personnes dans le bar. Et aucune ne semblait avoir l'âge légal pour boire.

— J'ai l'impression d'avoir un million d'années, constata Mack.

— Tu as plus de trente ans. Pour eux, tu as vraiment un million d'années.

— Est-ce que Jessica a l'âge de boire ?

— Non, mais je pense qu'ici tout le monde s'en fout.

Comme dans trop de bars. Mack pratiquait la tolérance zéro face aux mineurs dans ses établissements. Ses videurs étaient régulièrement formés pour reconnaître les dernières techniques de falsification de cartes d'identité et ils viraient environ une dizaine de clients par jour. Les enterrements de vie de garçon et de jeune fille étaient les pires. Il ne se passait pas une journée sans que quelqu'un ne tente de faire rentrer en douce une jeune cousine en battant des cils ou en essayant de leur glisser peu subtilement un billet de vingt dollars. Mais ça ne fonctionnait pas sur ces gars-là. Mack s'en assurait.

— Installons-nous au fond pour être sûrs de la voir entrer, suggéra Liv en s'écartant de lui.

Elle s'arrêta devant une banquette incurvée, sous un panneau publicitaire cassé, dans un coin éloigné de la porte. On avait gravé un pénis sur la table et le skaï de la banquette était presque entièrement défoncé.

— Je frissonne à l'idée de ce que la lumière noire révélerait sur ce siège, déclara Liv en s'asseyant quand même.

— Ne bouge pas. Je vais nous chercher à boire, histoire qu'on se fonde dans la masse.

— Je me fondrai sans problème. Toi, en revanche, avec tes tempes grisonnantes…

Mack porta involontairement la main à ses cheveux avant de se rendre compte qu'elle souriait. Elle mentait.

— Ce n'est pas drôle, protesta-t-il.

— Ce que tu peux être vaniteux.

Il désigna le bar.

— Qu'est-ce que tu veux ?

— J'aimerais bien un rhum Coca avec du Dos Maderas mais mon petit doigt me dit qu'ils doivent plutôt avoir du Captain Morgan, alors…

Elle haussa les épaules.

— La dame s'y connaît en alcools, remarqua-t-il, bizarrement excité par cette découverte. Je reviens tout de suite.

Les deux barmaids qui officiaient derrière le comptoir avaient l'air guère plus âgées que leurs clients. Elles portaient des débardeurs noirs identiques avec le nom du bar floqué sur la poitrine et, à en juger par la manière dont la plus jeune ne cessait de tirer sur ses bretelles, son uniforme ne lui plaisait pas.

— Est-ce que vous avez du Dos Maderas ?

Elle cilla puis secoua la tête.

— Un rhum Coca et une bouteille de Sam Adams.

Il rapporta les boissons à leur table et se glissa à côté de Liv. Elle essaya de s'éloigner de lui mais il passa le bras sur ses épaules et la ramena vers lui.

Le regard furieux qu'elle lui lança était digne d'une sitcom.

— Qu'est-ce que tu fais ?

— Je me fonds dans la masse. On est juste un couple qui profite de sa soirée.

— Dans tes rêves.

C'était vrai. Tout d'un coup, il rêvait beaucoup. Il avala une longue goulée de bière. C'était peut-être une erreur de stratégie de s'être assis si près d'elle. Elle sentait bon. Son parfum n'était pas fleuri comme il l'avait si souvent lu dans les romances, il sentait juste *bon*. Sa peau exhalait une fragrance vanillée, ou approchante. Quelque chose de sucré.

Il se frotta le nez.

— Qu'est-ce qui ne va pas ? demanda-t-elle.

— Rien.

— Tu as l'air mal à l'aise.

— Non.

Liv haussa les épaules, qui effleurèrent son aisselle. Il déglutit. La porte s'ouvrit et ils se redressèrent comme un seul homme. Avant de s'avachir de nouveau. Ce n'était pas Jessica. Cinq femmes entrèrent en trébuchant comme si elles avaient commencé à faire la fête ailleurs avant de venir.

— Je ne laisserais jamais un truc pareil se produire dans mon bar, constata Mack.

— De quoi tu parles ?

Il tendit sa bière.

— Elles sont déjà soûles. Ennuis en perspective.

Il sentit le poids de son regard et baissa les yeux vers elle.

— Quoi ?

— Tu es très moral.

— Ça te surprend ?

— D'après mon expérience, le fric et la morale font rarement bon ménage.

Il bougea pour mieux la regarder.

— C'est quoi ton problème avec les gens riches ?

— Je ne leur fais pas confiance.

— Pourquoi ? Oui, je sais, il y a des tas de gens qui se font du blé de manière louche…

— Et qui truquent le système pour être certains que personne ne les double.

— … mais la richesse n'est pas forcément un signe d'amoralité.

— Souvent, si.

Il haussa un sourcil et son désir de comprendre fit taire la voix de la raison qui lui conseillait de laisser tomber.

— C'est à cause de ton père ?

Elle sourit.

— Je n'ai pas voulu en parler l'autre fois et je ne veux pas en parler maintenant. Bien essayé.

— Allez. Sois sympa.

Elle secoua la tête et reporta son attention sur la porte.

— Il faut bien qu'on cause de quelque chose. Qu'est-ce qu'on va faire sinon en attendant l'arrivée de Jessica ?

Elle écarquilla soudain les yeux comme une princesse Disney.

— Embrasse-moi.

La bouteille de bière s'arrêta à mi-chemin de sa bouche.

— Pardon ?

— J'ai dit « embrasse-moi », idiot.

Elle saisit le devant de sa chemise et l'attira brutalement à elle. Il faillit basculer et se rattrapa de justesse en posant une main sur le mur.

— Dis donc, chérie, tu pourrais d'abord m'inviter à dîner, protesta-t-il.

Ses lèvres rencontrèrent les siennes.

Nom de Dieu, cette femme embrassait comme une déesse. Il avait embrassé suffisamment de femmes pour en reconnaître une qui savait ce qu'elle faisait, et c'était clairement son cas. Mack adorait embrasser. Certains hommes aimaient les femmes capables de se contorsionner au lit, mais lui préférait celles qui faisaient l'amour avec leurs lèvres.

Mais bon sang, c'était fou. Qu'est-ce qu'elle fichait ? Il recula, pantelant.

— Tu ne veux *vraiment* pas parler de ton père, pas vrai ?

Liv regarda par-dessus l'épaule de Mack.

— Les sbires de Royce sont ici.

— Hein ?

Il essaya de pivoter mais elle prit son visage entre ses mains pour l'en empêcher. Ses doigts écrasèrent ses joues. Elle avait des doigts étonnamment forts. Pétrir la pâte avait dû les muscler.

— Royce a des sbires ? De quoi tu parles ? dit-il d'un ton étouffé, vu que ses lèvres étaient scellées par la poigne de Liv.

— Ses gardes du corps, expliqua-t-elle.

Elle n'était pas essoufflée le moins du monde. Comment était-ce possible ? Il avait l'impression d'avoir couru quinze kilomètres.

Mack tenta de nouveau de se retourner et, cette fois-ci, elle le laissa faire. Il les repéra sur-le-champ.

— Les deux montagnes près de la porte ?

— Oui.

— Ils ont l'air… (Il s'interrompit.) Affamés.

— Je ne sais pas si Royce les nourrit correctement.

— Qu'est-ce qu'ils font ici ?

— Devine.

Les deux hommes se mirent à scruter la salle.

— Merde, siffla Liv.

Elle l'embrassa de nouveau.

Mais cette fois-ci, Mack était prêt. Quitte à s'embrasser, autant le faire pour de bon. Mack glissa la main sur la nuque de Liv et approfondit le baiser. Il positionna la tête de la jeune femme de manière à ce que leurs lèvres se mêlent correctement. Elle se raidit un instant puis se laissa aller contre lui. Elle se liquéfia. Elle ouvrit grand la bouche pour l'accueillir et posa les paumes à plat sur sa poitrine.

Puis elle le repoussa.

— Ils ne regardent plus, constata-t-elle. Il faut partir tant qu'on peut.

Mack cligna des yeux. Quoi ? Ah, oui. Les sbires. Il jeta un coup d'œil par-dessus son épaule. Les deux hommes tournaient le dos à la salle, les yeux rivés sur l'entrée. Mack saisit la main de Liv et l'attira hors de la banquette.

— Il y a peut-être une sortie de service, suggéra-t-elle.

Ils remontèrent rapidement le couloir miteux qui s'ouvrait près de leur table et jurèrent en constatant qu'il menait aux toilettes. Un panneau fixé au-dessus de la porte proclamait : ICI ON PISSE ET ON CHIE.

— Zut, fit Mack en se passant la main dans les cheveux.

— Tu les vois ? demanda Liv.

Mack se faufila au bout du couloir et passa la tête dans la salle. Les gardes du corps pivotaient de nouveau et… BON SANG.

— Rentre dans les toilettes, cria-t-il.

Liv ne se le fit pas dire deux fois. Elle ouvrit brusquement le battant grinçant et plongea à l'intérieur. Mack la suivit, verrouilla la porte et s'affaissa contre le bois.

Liv leva les yeux vers lui, la main sur le nez.

— Oh ! mon Dieu. Il va falloir qu'on se fasse vacciner contre le tétanos.

Quelqu'un tambourina à la porte.

Liv et Mack retinrent leur souffle. Mack tendit la main vers l'interrupteur et éteignit la lumière. L'obscurité sembla aggraver la puanteur.

La personne frappa de nouveau.

— T'as fini ? demanda une voix de femme. J'ai envie de pisser.

Mack ralluma la lumière et pivota. Il déverrouilla la porte. Liv posa la main sur la sienne.

— Qu'est-ce que tu fais ?

— Elle a envie de pisser.

— C'est peut-être un piège ! Et s'ils l'avaient envoyée ?

Mack la repoussa et entrebâilla juste assez le battant pour y passer la tête. La fille sautillait sur place. Elle l'aperçut et s'écria : « Dieu merci ! »

Il leva la main.

— Est-ce que tu vois deux mecs musclés en T-shirt noir dans la salle ?

— Je vais me faire pipi dessus, gémit-elle.

— Dis-moi où ils sont et on te laissera entrer.

La fille tapa du pied, s'éloigna puis revint.

— Ils sont près de la porte.

Mack ouvrit celle des toilettes et la laissa entrer. Elle trébucha et il la rattrapa par la taille. Lorsqu'elle aperçut Liv, elle écarquilla les yeux.

— Je ne fais pas de plan à trois.

Liv lâcha un soupir exaspéré.

— On ne veut pas que ces mecs nous voient.

La fille se plia en deux en geignant.

— J'ai vraiment envie de pisser.

Liv la poussa vers la cabine solitaire qui dissimulait le W-C répugnant.

— On ne regardera pas.

— Je ne peux pas pisser devant vous !

— D'après ton sweat-shirt, tu appartiens à une sororité. Et je devrais croire que tu n'as jamais pissé devant des inconnus avant ?

La fille fronça ses sourcils parfaitement épilés en faisant une moue.

— Pas sobre.

— Je devrais croire que tu es sobre ?

L'autre gloussa, vacillante.

— N'écoutez pas.

Mack se couvrit les oreilles, ferma les yeux et fit face au mur tandis que la fille s'enfermait dans la cabine. C'était sans conteste l'un des moments les plus étranges de son existence. Quand il entendit la chasse d'eau, il exhala le souffle qu'il avait retenu sans s'en rendre compte. Un instant plus tard, la fille gagna la porte.

— Vous ne le direz à personne, hein ?

— Je ne dévoile pas les secrets de toilettes.

Elle pouffa et sortit.

Il pivota et croisa le regard noir de Liv.

— Ça t'arrive de ne pas flirter ?

— Jalouse ?

— Dans tes rêves.

— On parle de ce baiser ?

Elle lui tourna le dos.

— Non.

— Espèce de dégonflée.

— Il n'y a rien à dire. C'était un faux baiser et il est terminé.

Il s'inclina vers elle jusqu'à ce que sa bouche effleure son oreille.

— C'était un super baiser et, si tu prétends n'avoir rien ressenti, tu es la pire menteuse du monde.

Elle lui donna un coup de coude.

— Tu as lu trop de romances.

— Et toi pas assez.

Quelqu'un frappa de nouveau.

Liv pivota brusquement et posa la main sur la bouche de Mack pour le faire taire.

Mais ce n'était que la fille.

— Ils sont partis, juste au cas où vous vous poseriez la question, dit-elle.

— Allons-y, annonça Liv en ouvrant grand la porte.

Mack l'arrêta au bout du couloir.

— Attends, je jette un coup d'œil pour être sûr.

Il scruta attentivement la salle. De nouveaux clients étaient arrivés, soulignant la petite taille de l'endroit. Mais aucun signe des deux baraqués. Liv se glissa derrière lui.

— Alors ?

— Je pense que c'est bon. (Il lui prit la main et l'attira à ses côtés. L'adrénaline retomba et il formula enfin la question tenace qui le tracassait.) Comment ont-ils su qu'on était ici ?

— Ce n'était peut-être pas nous qu'ils cherchaient. Peut-être qu'ils ont vu le post de Jessica.

— Mais pourquoi suivre Jessica ?

— Je n'en sais rien. Royce est taré.

Mack essaya de contourner un groupe de connards bourrés qui puaient les harceleurs à plein nez.

— Excusez-moi, dit-il à l'un d'eux.

Le crétin pivota, agressif et ivre.

— Excuse-*toi*.

Putain.

— On essaie juste de passer, mec.

— Eh ben, trouve un autre chemin, *mec*.

L'un des potes de Connard remarqua Liv.

— Hé, poupée, bredouilla-t-il en empiétant sur son espace personnel. Tu veux faire la fête avec nous ?

— Dégage, ordonna Mack, qui sentit sa tension monter d'un coup.

— Va te faire foutre, mec. C'est à elle que je parle.

Liv fit un pas en avant.

— Et maintenant c'est moi qui te dis de dégager.

— Ne faites pas attention à mon pote, dit l'un des membres du groupe. Il est juste bourré.

— Ah bon ? rétorqua Liv, pince-sans-rire.

— Oh ! ça va, fit-il. Pourquoi t'es pas contente ?

— Peut-être parce qu'on essaie juste de sortir d'ici et qu'un groupe de branleurs Tinder a décidé de jouer les cons.

Connard numéro un ricana.

— Putain, quelle salope.

Mack vit rouge. Il attrapa le bras du type, le tordit et le renversa face au comptoir en une seconde, dans un geste qu'il avait appris plus jeune, quand il était videur. L'autre laissa échapper un beuglement de douleur et la foule autour émit de petits cris et se bouscula, soit pour voir, soit pour s'écarter.

— Excuse-toi. Tout de suite.

— Lâche-moi, mec.

Liv tira Mack par la manche.

— Il n'en vaut pas la peine, Mack. Viens.

Mack poussa le gars une dernière fois et se redressa. Connard balança le bras, rata Mack, heurta un pichet de bière qui alla s'écraser au sol, éclaboussant une femme qui se tenait tout près.

Elle jura et le gifla.

Et tout partit officiellement en couilles.

— Mack ! Attention !

Il leva la tête et aperçut Liv à quatre pattes sur le bar. Elle tendit le bras mais trop tard. Il sentit un poing s'abattre sur sa joue et des étoiles explosèrent derrière son œil droit. Il trébucha en arrière mais se ressaisit assez vite pour éviter un autre coup de la part d'un des amis de Connard.

Deux secondes plus tard, Liv, debout sur le comptoir, hurlait aux barmaids d'appeler les flics.

— Descends ! lui cria-t-il.

Connard Numéro Un tenta de le cogner de nouveau et Mack lui balança un crochet dans le ventre. L'autre se plia en deux et tomba sur un genou. Les gens hurlaient et couraient en tous sens. Bonjour le cauchemar. Il n'y avait jamais eu de bagarre dans ses bars. Jamais. Deux videurs repoussaient la foule pour se jeter dans la mêlée. Juste à temps pour empêcher un des amis de Connard de frapper une nouvelle fois Mack. Mais trop tard pour empêcher les deux femmes qui se battaient à côté de lui de renverser un tabouret et d'aller s'écraser au sol.

Mack se précipita vers elles pour les séparer tout en criant de nouveau à Liv de descendre du bar. Elle obéit, mais pas comme il l'escomptait. Elle sauta à bas du comptoir et attrapa le bras d'une des femmes.

— Arrêtez, hurla-t-elle en essayant de les séparer.

— Laisse-moi gérer ça, aboya Mack.

Elle l'ignora. Évidemment.

C'est alors que les petits amis des deux femmes s'en mêlèrent, poussant, jurant et frappant tout ce qui bougeait. Liv tenta encore une fois d'en relever une des deux mais celle-ci se dégagea et l'envoya bouler en plein dans les bras des petits copains batailleurs. L'un d'eux pivota et donna accidentellement un coup de coude dans la joue de Liv.

Après ça, tout se déroula au ralenti. Liv glissa et tomba sur les fesses. Mack repoussa un des connards, bondit par-dessus les deux femmes toujours à terre et souleva Liv par les aisselles. Il l'emporta comme un pompier sans se soucier de ses protestations et la transporta hors de la mêlée.

— Mais qu'est-ce que tu fous, Mack ? Lâche-moi !

— Ferme-la ! gronda-t-il en ouvrant la porte qui menait dehors. (Il la remit sur pied et prit aussitôt ses joues entre ses mains.) Tu vas bien ?

Elle tenta de le repousser.

— Mais oui…

— Incline la tête en arrière.

Le réverbère éclaira une contusion rouge et gonflée juste sous son œil. Mack jura.

— Mais qu'est-ce qui t'a pris, Liv ?

— *Moi* ? Qu'est-ce qui t'a pris, à *toi* ? Tu as démarré une bagarre !

— C'était pour te protéger !

— De quoi ? Des jurons ?

— Il t'a traitée de salope.

— J'ai été serveuse pendant trois ans, Mack. Je sais comment réagir face à ce genre de mec. (Elle leva les bras au ciel.) Et dire qu'au moment où je commence à t'apprécier, tu me sors ces conneries machistes !

Alors même que son sang ne faisait qu'un tour et que ses mains tremblaient, la partie rationnelle de son cerveau agissait exactement comme Del et le Russe : elle pariait sur ce qu'il faudrait pour que le vernis du parfait héros de romance se craquelle enfin pour laisser place au mâle alpha incontrôlable. Il était sur le point de le savoir. Il ouvrit la bouche et utilisa un ton qu'il pensait ne jamais, jamais, utiliser avec une femme.

— Je jure que tu es la femme la plus contrariante que j'ai jamais vue.

— Et tu crois qu'en te comportant comme ça tu es un mec bien ?

Sa réponse fit mouche. L'adrénaline percuta la colère, le désir et le regret, formant un mélange inflammable qui prit le contrôle de ses sens. Non, il n'était pas un mec bien. Pas en ce moment. Pas quand la respiration rapide de Liv tendait son T-shirt sur ses seins. Pas quand il se rendit compte qu'elle le matait, elle aussi. Pas quand le trottoir lui parut soudain à la fois trop étroit et trop large.

Il avança la main et essuya du pouce une goutte sur la clavicule de Liv. Eau ? Bière ? Il n'en avait aucune idée. Elle entrouvrit les lèvres et son souffle devint plus court. Puis il traça du pouce un lent chemin le long de son cou et de sa mâchoire avant de s'arrêter sur sa lèvre inférieure.

Ils bougèrent en un éclair et ce fut cette minuscule prise de conscience – il vit qu'elle avait bougé, elle aussi – qui lui permit de laisser libre cours au brasier. Il posa la bouche sur la sienne et, sans hésiter une seconde, elle enfonça les doigts dans ses cheveux. Elle avait un goût de rhum et d'erreur mais il n'en avait rien à foutre. Guidé par une urgence douloureuse qu'il ne reconnut ni ne comprit, il poussa un grondement, enroula un bras autour de sa taille, la souleva et la pressa contre le mur de l'établissement. Elle écarta les jambes, accueillante.

Liv s'empara de son visage et l'attira à elle. En une seconde, le corps de Mack fut submergé par la chaleur. Elle se cramponna à ses épaules pour ne pas perdre l'équilibre ou peut-être l'empêcher de se comporter comme un homme de Néandertal. Il modifia l'angle et elle écarta les lèvres. Il plongea la langue dans sa bouche.

La porte s'ouvrit brusquement et la foule se déversa sur le trottoir en hurlant que la police arrivait.

Liv se raidit dans ses bras et le repoussa aussitôt. Elle reposa les pieds par terre, lui marchant dessus par la même occasion. Mack se détourna, les mains dans les cheveux. Oh ! merde, qu'est-ce qu'il venait de faire ?

— Il faut y aller, dit-elle.

— Liv, répondit-il d'une voix rauque. Je suis désolé. Je n'ai jamais...

Elle le contourna pour se diriger vers le parking.

— On doit se barrer d'ici.

Mack trottina pour rester à sa hauteur.

— Attends. Il faut qu'on parle de ce qui vient de se passer.

— Non.

Elle accéléra le pas jusqu'à la voiture de Mack. Il la déverrouilla et lui ouvrit la portière. Elle se glissa à l'intérieur sans un mot.

Il prit place derrière le volant et se tourna vers elle.

— Liv.

— Contente-toi de conduire.

Il mit le contact en jurant entre ses dents et passa la première. Le silence régna pendant dix bonnes minutes avant qu'il reprenne enfin son souffle.

Il lui jeta un coup d'œil.

— Tu devrais te faire examiner. Tu as reçu un sale coup.

— Toi aussi.

— Je vais bien.

— Moi aussi.

— Bon sang, Liv. J'essaie de m'excuser.

Elle ricana.

— Pour quoi ?

— Pour... ce que j'ai fait. T'embrasser comme ça. Sans permission.

Elle se passa la main dans les cheveux.

— J'ai participé avec enthousiasme, Mack. Ne te mets pas la rate au court-bouillon.

— Liv…

Elle leva la main.

— Ça suffit. Ramène-moi à ma voiture.

Elle l'avait retrouvé devant le Temple et avait laissé sa voiture sur le parking réservé aux employés. Il se gara et éteignit le moteur. Aucun des deux ne bougea.

— Est-ce qu'on peut en parler, s'il te plaît ?

Liv ouvrit sa portière, descendit puis se pencha vers lui.

— Demande à Noah s'il peut savoir comment les hommes de main de Royce nous ont trouvés.

Sur ce, elle claqua la portière et s'éloigna. Qu'est-ce qui s'était passé, bordel ?

Et combien de fois allait-elle le laisser seul avec cette question ?

13

Ce n'était pas le bon jour pour être à court de fond de teint.

Le lendemain, Liv, qui contemplait son visage dans le miroir de la salle de bains, inclina sa figure sous la lumière. Non. Ce n'était pas l'effet d'une ombre. Elle avait bel et bien un œil au beurre noir. L'anticernes permettait d'en dissimuler la plus grande partie mais quiconque la regarderait en face devinerait immédiatement qu'elle s'était battue ou qu'elle avait très, très mal dormi.

En réalité, à cause de Mack, les deux étaient justes. Bon sang, cet homme embrassait divinement bien. Ce qui n'était pas surprenant. Il avait certainement assez d'expérience en la matière pour écrire un manuel. Bon, elle ne savait pas à quel moment on y trouverait « Écarte-toi de ta partenaire comme si tu venais d'être électrocuté », ni « Tremble comme si tu avais besoin d'une douche ». Si d'aucuns se demandaient pourquoi elle s'était blindée au fil des ans, la réaction de Mack en était la parfaite illustration. Elle aurait dû être habituée à la déception et au rejet, mais non. Sa vieille cicatrice s'était rouverte.

Ça n'avait pas d'importance. Ce baiser était une erreur. Un choc entre sa libido et de mauvaises décisions, alimenté par l'adrénaline. Ça ne se reproduirait plus, et puis voilà.

Liv sécha ses boucles avec un sèche-cheveux, les noua en chignon et s'occupa avant le petit déjeuner en payant ses factures. La somme qu'il lui restait sur son compte en banque lui nouait le ventre. Il fallait qu'elle envoie d'autres CV et fasse du lèche-bottes sur LinkedIn. Le seul à lui avoir répondu jusqu'à présent était le Parkway. Elle avait un entretien la semaine prochaine et elle se doutait que c'était uniquement grâce à Alexis.

Sur cette pensée joyeuse, Liv enfila ses bottes en caoutchouc et alla s'occuper des poules. Elle essaya de cacher son visage en pénétrant dans la maison quelques minutes plus tard, mais rien n'échappait à Rosie.

— J'espère qu'il y a une histoire intéressante derrière ce bleu.

— Ça dépend ce que tu appelles *intéressante*.

— Une prouesse sexuelle ?

— Navrée de te décevoir, mais c'était une bagarre dans un bar. (Liv se mit à laver les œufs qu'elle venait de ramasser.) Besoin d'aide pour préparer le petit déjeuner ?

— Tu es ici pour t'occuper des animaux et du jardin…

— Pas pour cuisiner, acheva Liv en souriant.

Le fracas de la porte arrière les interrompit. Un instant plus tard, Hop fit son apparition. Il aperçut Liv et fronça les sourcils.

— Qu'est-ce qui t'est arrivé ?

— Combat de catch. Ça paie bien.

— Pourquoi es-tu sur ton trente et un ? demanda Rosie à Hop.

Liv leva les yeux. Il s'était effectivement sapé, du moins selon ses standards. Son jean n'était pas taché et il ne manquait aucun bouton à sa chemise.

— Ça ne te regarde pas, rétorqua Hop.

La porte claqua de nouveau. Liv soupira.

— Pourquoi tu ne mets pas fin à ses souffrances ?

Rosie sortit un couteau du tiroir.

— Parce que le meurtre est illégal.

— Ce n'est pas ce que j'entendais par là. Pourquoi tu ne sors pas avec lui ? Ça arrangerait tout le monde. Et tu sais que tu en as envie.

— Pourquoi diable aurais-je besoin d'un homme ? Alors que j'ai une main ?

— Je n'avais pas besoin d'autant d'informations, Rosie. Je suis sérieuse. Je te parlais d'un *dîner*.

— Ça te va bien de me donner des leçons, rétorqua Rosie tout en émincant des pommes de terre. Est-ce que tu couches enfin avec Mack ?

— Ça ne risque pas d'arriver.

En entendant ces mots, sa libido fit la grimace.

— Pourquoi ? Je te jure que, si un homme comme ça me courait après, il ne me faudrait pas cinq secondes pour me désaper.

— Mack ne me court pas après.

Si on exceptait le baiser enflammé, il lui avait très clairement signifié qu'il n'était pas intéressé. Tant mieux. Elle n'était pas intéressée non plus.

— À quelle heure Thea vient déposer les filles ?

— Midi.

Le tintement lui notifiant qu'elle avait reçu un mail résonna dans sa poche. Liv sortit son portable pour le lire.

Son cœur se serra.

— Qu'est-ce qui ne va pas ? demanda Rosie.

— C'est l'hôtel Parkway. Ils viennent d'annuler mon entretien.

— Comme ça ? Sans raison ?

Liv posa brutalement son téléphone.

— C'est Royce. Il m'a blacklistée.

Sa voix était plus assurée qu'elle. Elle s'assit sur un des tabourets face à l'îlot central et enfouit la tête entre ses mains.

— Tu ne veux pas abréger *mes* souffrances ?

Rosie lui tapota le dos.

— Ça va s'arranger, ma chérie.

Ces simples mots étaient étonnamment apaisants. Liv se redressa pour poser la tête sur l'épaule de Rosie.

— Merci. J'avais besoin d'entendre ça.

Rosie passa un doigt patiné sur sa joue.

— De rien.

Mack était en retard d'un quart d'heure pour le petit déjeuner avec le club de lecture. Il avait super mal dormi et il se sentait donc super mal : à en croire les regards lourds de sens et l'accueil silencieux que lui réservèrent les autres quand il s'assit, ça se voyait.

Ils le dévisagèrent, leurs tasses de café figées à mi-chemin de leurs bouches.

— Quoi ? gronda-t-il en faisant tourner son mug entre ses mains.

— Ça va ? demanda Gavin.

— Oui.

— Tu n'es pas rasé, constata Del.

Mack se passa la main sur la joue et grimaça lorsque ses doigts effleurèrent l'endroit où il avait été frappé.

— Je me suis réveillé trop tard.

Une serveuse s'arrêta pour remplir sa tasse. Il se souvint soudain qu'il portait encore ses lunettes de soleil, les ôta et les posa sur la table. Les autres eurent tous un mouvement de recul et s'exclamèrent en chœur : « Nom de Dieu ! »

Le Russe lui posa brutalement une de ses grosses paluches sur le front.

— T'es mourant ?

Mack le repoussa.

— Hein ? Non. Je viens de te le dire. J'ai mal dormi.

— C'est pour ça que t'es moche à faire peur aujourd'hui ?

— Mais c'est quoi ton problème ?

Le Russe haussa les épaules.

— Je suis joueur de hockey.

Ça expliquait en réalité beaucoup de choses.

— Je ne suis pas moche, corrigea Mack. Juste fatigué.

— Si, t'es moche. C'est les yeux. Très rouges. Moches.

— Va te faire foutre.

— Ce qu'il veut dire, c'est que d'habitude tu n'as pas autant une sale tronche, intervint Malcolm.

Mack adressa un doigt d'honneur à l'ensemble de la table.

Gavin haussa les épaules.

— Je suis assez content que t'aies une sale mine. Je veux être le plus beau pour changer.

— Tu n'es toujours pas le plus beau, contra Mack. C'est Malcolm. C'est lui le plus canon à présent.

— Fermez-la, fit Del. Vous êtes canon tous les deux.

Mack s'empara du menu, même s'il le connaissait par cœur, et se cacha derrière. Qu'ils aillent se faire voir. Ils auraient une sale gueule, eux aussi, s'ils avaient vécu le baiser le plus fabuleux de leur vie avant de s'entendre dire que ça ne se reproduirait plus jamais.

— J'ai invité quelqu'un d'autre à se joindre à nous, annonça-t-il.

— Qui ? demanda Del.

La porte s'ouvrit à point nommé sur Hop.

Malcolm suivit le regard de Mack.

— Sans déconner, souffla-t-il.

— Je n'étais pas sûr qu'il vienne.

Les yeux gris de Hop examinèrent la salle pleine avant de se poser sur leur table. Mack agita la main. Hop fronça les sourcils et les rejoignit en boitant.

— Je ne sais pas ce que je fiche ici, grommela-t-il en se laissant tomber sur une chaise vide.

— Vous reconnaissez tout le monde, fit Mack.

Hop acquiesça.

— Normalement, on fait une réunion d'intégration pour les nouveaux membres, mais on n'a pas le temps aujourd'hui, expliqua Mack. (Il fit glisser un exemplaire du *Protecteur* sur la table.) Voici notre lecture en cours.

Hop contempla la couverture sans la toucher.

— Je regrette déjà.

— Vous allez vite saisir l'essentiel.

La serveuse revint prendre leurs commandes. Mack lui sourit et elle l'ignora. Merde. Il devait vraiment être moche aujourd'hui.

Une fois qu'elle se fut éloignée, Del se pencha en avant d'une manière qui signifiait « Allez, on commence ».

— Vous avez avancé dans la lecture ?

— Oui, répondit aussitôt Gavin. Ce bouquin est vraiment perturbant.

— C'est ton premier thriller sentimental, le morigéna Mack, qui concentra son énervement dû aux événements désastreux de la veille sur Gavin. Tu ne peux pas juger un livre sur ses premiers chapitres.

— Mais elle le déteste, argumenta Gavin. J'ai peut-être lu moins de romances que vous, les gars, mais je trouve que ce n'est pas un bon départ.

— Tu dois continuer à lire. Tu n'as pas le droit de le démolir tant que tu n'as pas avancé.

— Laisse Gavin s'exprimer, intervint Del. Toutes les opinions sont recevables dans ce club.

Gavin sourit.

— Merci, Del.

Mack lui fit un doigt.

Gavin le lui rendit.

Del soupira et marmonna :

— J'abandonne.

— Bref, poursuivit Gavin en traînant exprès sur le « e », ce qui agaça Mack. Ce que je veux dire, c'est que vous me bassinez tout le temps avec le fait que les romances sont radicalement féministes, mais qu'est-ce qu'il y a de féministe dans un bouquin où la femme n'a pas son mot à dire quant à sa propre sécurité ?

— Ils font ce qui est le mieux pour elle, maugréa Mack.

— Qui est-il pour décider ce qui est le mieux pour elle ? contra Gavin.

— Mais c'est toute l'intrigue du roman, expliqua Mack. Ils vont devoir apprendre à se faire confiance mutuellement et à surmonter l'adversité mise en place par l'autrice au début de l'histoire.

— Mais pourquoi écrire un livre qui place la femme dans cette position ?

— Peut-être parce que ce genre de merde arrive dans la vraie vie ? Les femmes subissent des horreurs tout le temps, et en général, c'est parce que les hommes détournent le regard.

— C'est une métaphore, alors ? intervint Malcolm en se caressant la barbe. Intéressant. Je n'y avais pas pensé.

Mack haussa les épaules.

— Je dis juste que si on veut que les violences faites aux femmes cessent il faut qu'on agisse, nous, les mecs. Il faut qu'on poursuive ceux qui font de la merde.

Hop grogna.

— Quelque chose à ajouter, Hop ? demanda Del.

— Ouais. Toutes ces conneries ont fait de vous des chiffes molles.

Il attrapa *Le Protecteur* et le retourna.

— Ou peut-être que votre génération est trop dure, constata Mack.

Hop se hérissa et Malcolm prit la parole pour éviter qu'il ne réponde.

— Ce que Mack essaie de dire, c'est que vous avez été élevé dans une certaine idée de la masculinité…

— Mon idée de la masculinité, c'était de ramper dans la jungle du Vietnam et de me faire tirer dessus alors que vous n'étiez même pas nés.

— Et on apprécie les services que vous avez rendus au pays, mais ce qu'on dit c'est que votre conception de la masculinité dégrade les femmes. Et ça nuit à tout le monde.

Hop leva les yeux au ciel.

— C'est du politiquement correct, tout ça.

— Et si quelqu'un faisait une blague graveleuse sur Rosie ? demanda Mack.

— Je le tuerais.

— Vous croyez que c'est la bonne réponse, mais non, rétorqua Mack. Vous ne devriez pas avoir à aimer une femme pour comprendre qu'humilier sexuellement toutes les femmes est un problème. Vous devriez trouver ça mal simplement parce que ce sont des êtres humains.

Hop ricana.

— Vous ne croyez pas à l'égalité homme-femme ? demanda Malcolm.

— Bien sûr que si.

Mack haussa un sourcil sceptique.

Hop se mit à énumérer.

— Je pense que, à travail équivalent, les femmes devraient être payées comme les hommes. Je pense que les femmes devraient être représentées de manière équitable au Congrès. Et j'espère bien voir une femme présidente avant de mourir. Mais je pense aussi qu'on devrait pouvoir continuer à faire des putains de blagues.

— Ça ne vous est jamais venu à l'esprit que, si les femmes ne sont pas payées autant que les hommes et qu'une femme n'a jamais été élue présidente, c'est parce que les hommes se rapprochent par ces blagues ?

Hop haussa les épaules.

— Est-ce qu'on peut revenir au livre ? demanda Gavin.

— Vas-y, l'encouragea Malcolm.

— Le problème, c'est qu'elle lui pardonne trop vite, expliqua Gavin. J'ai dû ramper pendant un mois pour que Thea accepte qu'on ne fasse plus chambre à part.

— Je ne crois pas qu'elle lui ait pardonné, fit Mack. Je pense qu'elle comprend à quelle réalité elle est confrontée et qu'elle l'accepte. Tu n'as pas saisi le sens caché.

— Foutaises, répliqua Gavin.

Mack sentit une veine pulser près de sa tempe.

— C'est différent.

— Comment ?

— Vous permettez qu'on en place une ? intervint Del.

Mack se mordit la langue.

— Je considère que sa colère est justifiée, ajouta Malcolm. Mais je ne crois pas qu'elle lui en veuille pour ce qu'il a fait. Elle a l'impression de ne rien contrôler. Elle a été à la merci des hommes toute sa vie. D'abord son père. Puis les agents des services secrets. Et maintenant ce stalker et le mensonge de Chase. C'est une métaphore.

— De quoi ? demanda Derek.

Malcolm haussa les épaules.

— De la façon dont les femmes d'aujourd'hui sont sans cesse contrôlées sans leur consentement.

— Mais dans ce cas, c'est pour son bien ! s'emporta Mack.

— Moi, je trouve toujours que ce bouquin est merdique, dit Gavin. Il lui ment, c'est évident. J'en sais rien. Je n'aime pas ce type.

Mack se mit à jouer avec son petit pot de crème.

— Peut-être qu'il y a de fortes émotions en jeu.

— Et alors ?

— Alors ça peut pousser à faire des trucs qu'on ne ferait jamais en temps normal.

Mack parlait de lui-même. À cent pour cent.

— D'accord, mais il lui ment quand même, insista Gavin.

— Parce qu'il essaie de la protéger.

— Je veux juste dire que j'ai appris à mes dépens que les mensonges, même bien intentionnés, finissent par tout détruire.

Mack abattit violemment sa tasse sur la table.

— Il n'y a aucun mal à vouloir protéger quelqu'un à qui on tient !

Son emportement les fit tous sursauter et attira même l'attention des clients à deux tables de là. Génial. Il posa lourdement les coudes sur la table et se pinça l'arête du nez. Il n'aurait pas dû venir.

— Qu'est-ce qui t'arrive, mec ? s'enquit Derek.

L'arrivée de la serveuse avec leurs petits déjeuners le dispensa de répondre. Les choses s'envenimèrent un peu lorsqu'elle mélangea leurs commandes et donna l'omelette de Del au Russe. Ils réglèrent ça avant que quelqu'un ne soit blessé.

— Tu disais ? insista Derek en souriant derrière ses œufs brouillés.

— Rien.

Malcolm se pencha en avant, l'air sérieux.

— Tu n'es pas toi-même aujourd'hui, Mack. Parle-nous. On ne vient pas au club de lecture uniquement pour la lecture. Tu le sais bien.

Bien sûr qu'il le savait. Mais il n'avait jamais eu besoin d'avoir recours à leurs analyses psychologiques. Il préférait balancer des conseils futés plutôt qu'en recevoir.

— Allez, mec, fit Del. Qu'est-ce qui se passe ?

— Je jure de ne pas me moquer, assura Gavin.

Del lui frappa l'arrière de la tête d'une chiquenaude.

— Ferme-la et laisse-le parler.

Inutile de garder le secret. Liv finirait par raconter à Thea ce qui était arrivé au bar – même s'il doutait qu'elle l'ait déjà fait, il avait commis cette erreur une fois et on ne l'y reprendrait plus – et Gavin serait furieux qu'il ne lui ait rien dit. Mais Mack hésita quand même avant de se renfoncer sur sa chaise et de tout balancer.

— Il y a eu une bagarre dans le bar où on est allés hier soir. Liv a reçu un coup sur le visage.

Gavin serra sa fourchette plus fort.

— Elle va bien ?

— Oui. C'était un accident. Le mec ne l'a pas fait exprès, mais… (Mack s'abandonna à ses émotions et tendit l'index vers Gavin.) Tu ne m'avais pas prévenu qu'elle était comme ça.

— Qui ? Liv ?

— Oui, Liv. De qui tu crois que je parle, bordel ?

— Je ne comprends pas bien ce que j'aurais dû te dire, à part qu'elle fait tout le temps la gueule, mais ça tu le savais déjà.

— Tu aurais pu me dire que c'était une chieuse.

— Tout le monde est au courant, rétorqua Gavin avec un sourire en coin.

— Ouais, mais c'est moi qu'elle fait chier maintenant.

Gavin haussa de nouveau les épaules et répondit la bouche pleine.

— C'est toi qui as insisté pour t'associer avec elle.

— Je ne saisis pas bien, remarqua Del. C'est Liv qui a causé la bagarre ?

— Non, mais… (Il émit un petit bruit agacé.) Vous voulez savoir ce qu'elle a fait ? Je vais vous le dire. Tout part en couilles, et qu'est-ce qu'elle fait ? Elle bondit sur le putain de comptoir, et quand je lui demande de descendre, est-ce qu'elle m'écoute ? Elle se jette au beau milieu de la mêlée !

Gavin hocha la tête.

— Ça ne m'étonne pas d'elle.

— Et puis, elle a le… le… (Bon sang, il ne trouvait même plus ses mots.) Le *toupet* de me hurler dessus quand je l'ai balancée sur mon épaule pour la sortir de là.

— Attends, fit Gavin, le coin des lèvres frémissant. Tu l'as portée ?

— Tu veux dire que tu l'as soulevée et éloignée de la bagarre ? voulut savoir Hop, revenant dans la conversation.

— Oui. Qu'est-ce que vous ne comprenez pas ? (Mack s'affaissa sur sa chaise et croisa les bras.) Et tu savais qu'elle se moquait des romances ? Elle les déteste. Tu étais au courant ?

Gavin, Del et Derek échangèrent un regard indéchiffrable. Près de lui, Malcolm et le Russe sortirent leurs portefeuilles. Mack se figea.

— Qu'est-ce qu'il y a ? Qu'est-ce que vous faites ?

— On attend l'addition, répliqua Malcolm. Continue.

Il ne pouvait pas poursuivre parce qu'il ne voulait pas raconter ce qui s'était passé ensuite. Gavin et Hop avaient plutôt bien accueilli le récit de la bagarre, mais ils se montreraient peut-être moins désinvoltes s'ils apprenaient que Mack avait pressé Liv contre le mur, l'avait embrassée comme un dingue et avait tellement envie de recommencer qu'il en perdait la boule.

— Et… c'est tout ? finit par demander Gavin après un long silence.

— Oui. Non. J'en sais foutre rien.

Et ça se produisit de nouveau. Exactement comme chez Gavin, les mecs échangèrent des regards perplexes puis ils éclatèrent de rire. Leur rire secoua la table et attira les regards de tous les clients.

— Fermez-la, maugréa Mack en poignardant son omelette sans jaune d'œuf.

— Merde, haleta Gavin en essayant de reprendre son souffle. Celle-là, je ne l'avais pas vue venir.

— Qu'est-ce-qu'il y a ? Pourquoi vous riez comme ça ?

Malcolm abattit une main puissante sur son épaule.

— Mack, de la part d'un homme qui a lu tous les manuels de la terre, tu ne comprends rien à ta propre histoire.

— Lâche-moi. De quoi tu parles ?

— De Liv, idiot, expliqua Del en riant. Liv et toi, pour être plus précis.

Le sentiment d'être totalement vulnérable lui coupa le souffle.

— Non. Oh que non. Regardez-moi. Elle me rend dingue.

— Exactement, déclara Malcolm. Regarde-toi. C'est un désastre.

— Vous êtes vraiment débiles.

Mack se mit à enfourner de grosses bouchées d'omelette fade.

— Je ne sais pas, remarqua Derek. Je ne t'ai jamais vu comme ça pour une nana.

— Moi non plus, renchérit Malcolm. Pas même quand Gretchen t'a largué.

— Faut voir les choses en face, mec, fit Del en reculant, un sourire satisfait aux lèvres. Elle est faite pour toi.

Mack tendit l'index tour à tour vers tous les hommes présents, sauf Hop.

— Va te faire foutre. Va te faire foutre. Va te faire foutre. Et va te faire foutre.

Le Russe le regarda.

— Tu ne m'as pas dit « Va te faire foutre ».

— Va te faire foutre aussi.

— Ça ne t'est pas venu à l'esprit que, si elle te rendait aussi dingue, c'était parce qu'elle te plaisait ? demanda Malcolm. C'est un classique, les-ennemis-qui-deviennent-amants.

— Classique, approuva Gavin sans cesser de mâcher.

— Je n'y crois pas, répondit Mack. Je pensais que, toi au moins, tu trouverais ça ridicule.

Gavin prit une profonde inspiration.

— Je ne connais que deux femmes au monde qui peuvent rendre un mec aussi dingue que tu l'es à présent. J'en ai épousé une et la deuxième est sa sœur. Moi, je dis : fonce.

— Fonce ? répéta Mack dans un couinement incrédule.

— Pourquoi pas ? fit Gavin. Mais je dois quand même te prévenir : si tu lui fais du mal, tu auras affaire à moi.

Mack se frappa le cœur du plat de la main.

— Ta confiance en moi est vraiment réconfortante. Mon petit cœur tout mou va se mettre à fondre.

— Je ne suis pas en train de jouer au con. Je te conseille juste d'être prudent. Liv est… elle n'est pas ce qu'elle paraît.

Mack se passa la main dans les cheveux.

— Je sais.

— Elle aime jouer les dures à cuire, mais c'est des conneries.

— Je sais, gronda-t-il, parce que ça l'effrayait.

Il craignait que ses sarcasmes, son attitude agressive et sa méfiance totale envers les hommes ne soient qu'une couverture qui dissimulait autre chose. C'était peut-être ce qu'ils avaient en commun en plus du reste. Leur vie à tous les deux était un mensonge. Une soudaine sensation de solitude s'abattit sur lui. Il se sentait à part, et ce n'était pas la première fois. L'étranger du groupe. L'homme capable de sauver cent mariages, mais condamné à ne jamais trouver l'amour.

14

— Je pense que tout y est.

Thea déposa le quatrième sac contenant les affaires d'Ava et d'Amelia dans le salon de Liv.

— Mais si on a oublié quelque chose, tu peux venir le chercher, ajouta-t-elle.

— Qui a besoin de jouets quand on a des chèvres et des poules ? répondit Liv en s'agenouillant, bras écartés, devant les jumelles.

Ces dernières se précipitèrent sur elle en couinant. Thea attendit patiemment tandis que Liv faisait de son mieux pour les exciter à coups de chatouilles et de bisous bruyants dans le cou.

Les petites se roulèrent par terre en gloussant et Liv se redressa.

— Tu es sûre que ça va aller ? demanda Thea. Le chien et les poules ?

Liv gardait aussi Butter.

— Mais oui.

Butter avait atteint le point de bascule des golden retrievers : les écureuils ne l'intéressaient plus, il préférait faire la sieste au soleil. Comme s'il avait lu dans ses pensées, le chien s'affala sur le sol devant la fenêtre dans un rayon de soleil que laissait filtrer le rideau et poussa un profond soupir.

— Comment ça se passe ? s'enquit Thea.

Liv leva les yeux. Sa sœur s'était approchée de la table de cuisine et contemplait l'ordinateur portable sur lequel elle consultait les petites annonces. Liv la rejoignit d'un pas vif et rabattit l'écran.

— Je vais finir par trouver quelque chose.

— C'est si dur que ça ?

Ouais. Super dur. Elle avait reçu deux nouveaux refus le matin même.

— Je vais finir par trouver quelque chose, répéta-t-elle.

Thea attrapa son sac à main et en sortit son portefeuille.

Liv grinça des dents.

— Qu'est-ce que tu fais ?

Pour toute réponse, sa sœur posa une liasse de billets de vingt dollars sur la table. Liv s'en empara et les lui rendit.

Thea refusa de les reprendre.

— Tu fais du babysitting. Les gens sont payés pour ça.

— Ce sont mes nièces.

— Utilise l'argent pour leur faire plaisir, alors.

Liv fourra les billets dans le sac de Thea.

— Ne m'insulte pas.

— Liv, soupira Thea, mais ce qu'elle s'apprêtait à dire fut interrompu par le pas reconnaissable entre mille de Rosie dans l'escalier extérieur.

Celle-ci frappa un petit coup puis ouvrit la porte et passa la tête par l'entrebâillement.

— Je peux entrer ?

Les filles se jetèrent sur elle pour lui faire un câlin.

— Rosie ! On va rester ici avec tante Livvie et toi pendant trois jours.

Rosie entra et serra les jumelles contre ses jambes.

— Je sais. J'ai prévu plein de choses. On va préparer des cookies, nourrir les chèvres, ramasser les œufs, et Hop a promis de vous faire faire un tour de tracteur.

Les enfants adoraient les tours de tracteur. Elles réagirent comme si Rosie venait de leur promettre qu'elles mangeraient de la glace à tous les repas durant leur séjour. Ce qui serait vraisemblablement le cas aussi.

— À quelle heure Mack et sa mère viennent dîner demain ? demanda Rosie. C'est bien ce week-end qu'elle vient visiter des maisons ?

Thea tourna la tête si vite que Liv aurait juré entendre une vertèbre craquer dans son cou.

— De quoi tu parles ?

Génial.

— De rien, fit Liv.

— Il a dit que sa mère aimait les chèvres, poursuivit Rosie.

— Vraiment ? demanda Thea. Et comment tu sais ça ?

Liv dévisagea Rosie. Elle aurait pu bavarder toute la journée sans évoquer Mack. Son sourire satisfait montrait clairement qu'elle l'avait fait exprès. Rosie détourna le regard et reporta son attention sur Thea. Liv reconnut aussitôt l'expression qu'arborait sa sœur. Elle allait fondre sur elle.

— Arrête ça tout de suite.

— Je n'ai rien dit, protesta Thea. Tu as dit quelque chose, Rosie ?

Sa tâche apparemment accomplie, Rosie embrassa les jumelles, leur promit des sucreries pour plus tard et s'en alla.

Thea attaqua à peine la porte refermée.

— Je t'écoute.

— Oh ! bon sang, il n'y a rien à dire.

Liv se laissa tomber sur le sol du salon pour reprendre ses activités de tante.

— Il va te présenter sa mère, insista Thea.

— Non. Rosie a suggéré de les inviter. C'est très différent. Et de toute façon, je ne compte pas le faire.

— Pourquoi pas ? Tu l'apprécies ?

Liv haussa les épaules.

— Non.

— Voilà qui était convaincant.

Liv leva les yeux au ciel.

— C'est Mack, Thea. Réfléchis un peu à ce que tu racontes.

— Je réfléchis. Et ce n'est pas dingue.

— C'est complètement dingue, au contraire. On ne peut pas passer deux minutes ensemble sans se disputer.

Ou sans se mettre dans tous leurs états et avoir envie de se lécher le museau.

Le petit sourire de Thea en disait long.

— Je sais.

Liv secoua la tête et s'affaira à éloigner les sacs des jumelles de l'entrée.

— Allons, Thea. Un mec comme lui ?

— Absolument, un mec comme lui. Mack est loyal. Je te le certifie. Je pense que tu devrais essayer. Donne-lui une chance.

— Je ne comprends même pas ce que ça veut dire.

— Ça veut dire que tu dois cesser de penser que tous les hommes sont comme papa.

Liv s'immobilisa, le souffle coupé. Puis elle se redressa et ouvrit la porte avec un sourire faussement aimable.

— Tu vas rater ton avion.

Thea lui retourna son sourire, embrassa ses filles, leur fit un câlin et leur ordonna d'être sages. Puis elle fit la même chose avec Liv.

— Mack est un type bien, déclara-t-elle. Je pense que tu pourrais être surprise.

C'était déjà le cas, mais il était hors de question pour Liv de l'admettre devant sa sœur, pas plus qu'elle n'était prête à avouer qu'ils s'étaient déjà embrassés. Thea se ferait des films, c'était bien son genre. Elle possédait une fibre romantique beaucoup trop enthousiaste qui l'encourageait à croire à des trucs comme le coup de foudre – ce qui avait fonctionné pour elle. Gavin et elle n'étaient sortis ensemble que quelques mois avant de se marier. Mais ils faisaient partie des chanceux.

Liv ne pouvait pas se permettre d'être romantique. Si Mack et elle se retrouvaient embringués dans quelque chose, ce serait court et uniquement sexuel. Point final. Inviter Mack et sa mère à venir jouer avec les chèvres et dîner n'était pas une étape à franchir sur le chemin d'un plan cul.

Mais alors, pourquoi contemplait-elle son téléphone ?

— Je ne sais pas. (La mère de Mack secoua la tête en soupirant.) Je ne la sens pas.

Mack se pinça l'arête du nez. C'était la quatrième maison qu'ils visitaient en deux heures.

— Qu'est-ce qui ne te plaît pas ?

— Je n'ai peut-être pas besoin d'une salle à manger de réception.

— Tu as écarté la dernière parce qu'elle ne possédait pas de salle à manger de réception.

— Je sais, mais celle-ci est trop grande. Ce n'est pas comme si j'allais recevoir beaucoup de monde non plus.

L'agent immobilier de Mack, Christopher, se tenait un peu à l'écart, silencieux, les mains poliment jointes devant lui. Mack était prêt à parier qu'il était en train de hurler dans sa tête. Ce qui était exactement ce que Mack aurait fait à sa place. Sa mère avait trouvé à redire à toutes les maisons qu'ils avaient visitées. Pas assez de jardin. Trop de jardin. Trop de chambres. Pas assez de chambres. Trop près de l'autoroute, trop loin de la ville. Mack était tenté de glisser un pourboire à Christopher pour s'excuser de lui faire perdre son temps.

— Il nous en reste deux, finit par dire l'agent immobilier.

— On devrait en rester là pour aujourd'hui, déclara sa mère. Je suis épuisée.

Elle se frotta l'épaule d'un air distrait et une bouffée d'adrénaline fit se hérisser les poils sur les bras de Mack. Il tendit la main à Christopher.

— Merci. On peut peut-être les visiter demain ?

L'autre lui sourit.

— Je vais contacter les vendeurs. Ravi d'avoir fait votre connaissance, Erin, ajouta-t-il avec un hochement de tête.

Mack aida sa mère à s'asseoir dans la voiture et ferma la portière. Dès qu'il fut installé à son tour, il se tourna vers elle.

— Ça va ?

— Je suis juste fatiguée. Je ferai une sieste quand on sera à la maison.

— Tu t'es frotté l'épaule.

— Ah bon ? (Elle secoua la tête.) Ce n'est rien. J'ai parfois des raideurs.

Mack agrippa le volant.

— Tu devrais peut-être consulter.

Elle émit un petit « pfff ».

— J'ai soixante ans. Les épaules de soixante ans sont quelquefois un peu raides.

— Mais c'est l'épaule qui…

Elle l'interrompit aussitôt.

— Braden, cesse de m'enquiquiner.

Elle s'endormit pendant le trajet. Sa tête vacillait doucement au rythme de la route. Mack lui jeta plusieurs regards à la dérobée. L'inquiétude lui rongeait l'estomac. Elle se montrait de nouveau évasive. « J'ai soixante ans… » Mon Dieu, est-ce qu'elle était malade ? Est-ce qu'elle lui cacherait une chose pareille ? Il essaya de l'observer tout en conduisant mais faillit finir dans le fossé. Elle n'avait pas l'air souffrante. Ses cheveux bruns n'étaient que légèrement grisonnants. Son poids n'avait pas changé. Mais quelque chose ne tournait pas rond, il en était sûr.

Une fois garé dans son allée, il la réveilla gentiment.

— On est arrivés.

Elle s'étira en bâillant.

— Je monte me reposer. Réveille-moi si je ne suis pas descendue dans une heure.

Il la suivit à l'intérieur, la regarda monter l'escalier et attendit d'entendre la porte de la chambre d'amis se refermer pour composer le numéro de son frère. Liam répondit sans le saluer.

— Comment se passent les visites ?

— Mal. Aucune maison ne trouve grâce à ses yeux.

Mack prit une bière dans le réfrigérateur et descendit l'escalier qui menait à son sous-sol.

— Elle devient peut-être exigeante avec l'âge.

Mack s'affala dans le gigantesque canapé d'angle qui occupait tout un mur face à l'immense écran de télévision.

— Soixante ans, ce n'est pas si vieux.

— Relax, je plaisantais.

Le bruit d'enfants en train de courir et de crier les interrompit brièvement et, malgré son inquiétude, Mack sourit en entendant Liam leur ordonner de se calmer.

— Tu es où ?

— À la maison. Lucy a invité un camarade de classe.

Un pincement de solitude se mêla à son anxiété. Depuis que Liam et sa femme avaient déménagé en Californie pour le travail, il les voyait de moins en moins. Quand son frère vivait dans l'Iowa, ils se voyaient tous les deux mois, mais à présent c'était tous les six mois, et encore, les bonnes années. Les enfants lui manquaient terriblement.

— Je pense que quelque chose cloche chez maman, avoua Mack.

— Quoi donc ?

— Je l'ignore. Elle est bizarre. Et quelqu'un lui a envoyé des fleurs.

— Je suis certain qu'il n'y a pas de quoi s'inquiéter. (Liam ricana.) Comme si tu savais comment faire.

— J'aimerais juste qu'elle se dépêche de choisir une maison. Elle est seule dans l'Iowa depuis un an.

— C'est toi qui es parti à Nashville, frérot. J'étais censé rester dans l'Iowa pour la vie et refuser une super promotion ?

— Je ne te blâme pas. Je ne comprends simplement pas pourquoi elle traîne les pieds.

— Peut-être qu'elle n'a pas envie de déménager. Tu y as pensé ?

Absurde.

— Pourquoi ne voudrait-elle pas déménager ? Rien ne la retient.

— Sauf ses amis et la ville dans laquelle elle a grandi et…

— Et des souvenirs absolument horribles. (Mack s'était réfugié à Nashville pour les oublier. Pourquoi sa mère ne voudrait-elle pas agir de même ?) Elle n'est restée que parce que les petits et toi étiez là. Vous êtes partis. Elle doit sortir de là.

— D'accord. Je me trompe peut-être. Pourquoi tu ne lui demandes pas ce qui se passe ?

— J'ai essayé. Elle évite la question et me répond qu'elle a le droit d'avoir son intimité.

— C'est juste. (Il y eut un autre éclat de rire.) Merde, faut que je te laisse. Je ne sais pas du tout ce qui se passe.

— Embrasse les enfants pour moi.

— Je n'y manquerai pas.

Mack laissa tomber le téléphone près de lui sur le canapé. Liam racontait n'importe quoi. Sa mère n'avait aucune raison de rester à Des Moines. Et si elle ne voulait pas déménager, elle le lui aurait dit. C'était la deuxième fois qu'elle venait visiter des maisons, bon sang.

Agacé, il alluma la télévision et zappa jusqu'à ce qu'il tombe sur un match de basket. Un peu plus tard – il ne savait pas combien de temps s'était écoulé parce qu'il s'était assoupi – son portable vibra. Il baissa les yeux, prêt à ignorer l'appel, mais son cœur fit un bond dans sa poitrine lorsqu'il vit le nom de Liv s'afficher sur l'écran.

Il se rassit maladroitement, les nerfs en pelote. Ils ne s'étaient pas parlé depuis le baiser.

— Salut, finit-il par répondre.

Il grimaça. *Salut ?* Il n'avait pas trouvé mieux ?

— Salut, euh… Mince. Ne quitte pas. (La voix de Liv s'éloigna comme si elle avait écarté le combiné.) Ce n'est pas grave, Ava. Je vais nettoyer. Aide ta sœur avec les craies. (Elle revint à lui.) Excuse-moi. Je garde les petites.

— Ah, oui. Gavin me l'a dit. Tout va bien ?

Il l'entendit prendre une profonde inspiration et il l'imagina en train de se redresser, comme chaque fois qu'elle était sur le point de balancer quelque chose.

— Rosie se demandait si ta mère et toi vouliez venir à la ferme demain pour voir les chèvres et dîner avec nous.

Son anxiété fit aussitôt place à autre chose. Du soulagement. De l'impatience. Et quelque chose en plus. Une saine bouffée de désir.

— Allô ? fit Liv, agacée, comme d'habitude. (Il était ravi d'entendre son ton grincheux. Ça signifiait que leur relation avait repris son cours normal.) Tu es là ?

— Rosie se demandait, hein ? (Mack se renfonça sur le canapé et croisa les jambes au niveau des chevilles.) Tu es sûre que ce n'est pas plutôt toi qui nous invites parce que je te manque ?

— Oui, j'en suis sûre.

— Eh bien, il faut que je consulte notre emploi du temps de demain. Tu aimerais qu'on soit là à quelle heure ?

— Rosie dit que vous venez quand vous voulez.

— Ah. Ouah. C'est super sympa de sa part.

— Oui, hein ? Je lui ai dit que je ne voulais pas que tu viennes mais elle a insisté.

Il rit tout bas.

— Comment refuser pareille invitation ?

— Pourtant, tu devrais. Ce ne sera pas un dîner très amusant.

— Hum. Ne tirons pas de conclusion hâtive. Les filles ont probablement envie de passer du temps avec oncle Mack.

— Pourquoi voudraient-elles te voir alors qu'elles passent du temps avec tante Livvie ?

— Parce que je suis beaucoup plus cool.

— C'est une déclaration de guerre.

Mack entendit soudain un bruit de pas dans la cuisine juste au-dessus. Il étira le bras et bâilla.

— J'en parle à ma mère et je te tiens au courant.

— Comme tu veux. Je m'en fiche.

Il rit de nouveau et raccrocha. Il monta l'escalier quatre à quatre et trouva sa mère face à la cuisinière, en train de préparer le dîner.

— Tu n'es pas obligée de cuisiner, maman.

Elle lui jeta un coup d'œil par-dessus son épaule.

— J'en ai envie.

— Mais si tu es fatiguée…

— Laisse-moi te faire à manger, Braden.

Les mots le frappèrent comme un coup de poing. La bile envahit sa gorge en même temps que le souvenir qu'il essayait désespérément d'oublier remontait à la surface.

— Qu'est-ce que tu fais debout ?

Sa mère le regarda.

— Je prépare le café.

— Je peux m'en occuper. Tu es censée rester couchée.

— Braden, je vais bien.

C'était faux. Elle avait toujours le bras en écharpe et son visage était encore bleu par endroits.

— Retourne au lit. Je t'apporterai une tasse.

Elle lui lança un regard sévère qui n'eut aucun effet.

— Je vais te préparer le petit déjeuner.

— Je suis assez grand pour m'en charger tout seul.

— Braden Arthur. Qu'est-ce que je viens de dire ?

Liam entra dans la cuisine en traînant les pieds. Ses cheveux étaient hérissés sur un côté et il était toujours en pyjama. Braden fronça les sourcils.

— Va t'habiller. On va être en retard à l'école.

Liam se dirigea vers leur mère. Elle l'attira à elle de son bras valide et lui embrassa le haut du crâne. Puis elle leva les yeux.

— Laisse-moi faire ça pour toi, Braden.

Mack chassa le souvenir d'un battement de cils, s'approcha de sa mère et la serra contre lui. Elle rit, un peu surprise.

— Qu'est-ce qui t'arrive ? demanda-t-elle.

— Je suis content que tu sois ici.

Il déposa un baiser au sommet de son crâne.

— Tu vas bien ? s'enquit-elle en le regardant par-dessus son épaule.

— Oui. (Il toussa et arbora un sourire forcé.) J'ai faim. Tu vas émincer les carottes en tout petits morceaux, n'est-ce pas ?

Elle sourit.

— Bien sûr. Je sais que c'est comme ça que tu les aimes.

— Liv aimerait savoir à quelle heure on vient dîner demain. Tu es toujours partante ?

Elle tourna de nouveau la tête vers lui avec un sourire.

— Bien sûr.

Quelques heures plus tard, Mack alla se coucher l'estomac plein et le cœur étrangement battant. Il envoya un texto à Liv.

On devrait avoir fini les visites vers 16, 17 heures, c'est bon ?

Elle lui répondit avec l'émoji pouce en l'air.

Il lui envoya un GIF d'un homme en train de se curer le nez.

Elle répliqua avec celui d'une femme en train de twerker.

Il lui demanda :

C'est toi maintenant ?

Elle lui envoya une photo d'elle assise sur le sol avec un regard qui disait « au secours ». Ava et Amelia étaient suspendues à ses épaules, un sourire diabolique et maculé de rouge aux lèvres. Elle avait écrit en légende :

Moi, maintenant.

Quelque chose lui serra douloureusement la poitrine. Mack ignorait quand il avait perdu tout humour et tout sarcasme, mais ils avaient bel et bien disparu.

Il tapa une question.

On peut parler de ce baiser ?

Il n'obtint pas de réponse.

15

Liv n'eut pas besoin de guetter un bruit de moteur pour savoir que Mack et sa mère étaient arrivés. Ava et Amelia la prévinrent comme si c'était le Père Noël.

— Oncle Mack est là !

Liv les envoya l'accueillir dans l'allée. Rosie s'essuya les mains avec un torchon.

— J'espère que sa mère aime le poulet frit.

— Tout le monde aime le poulet frit.

— Je suis un peu nerveuse, avoua Rosie avec un petit rire. Ce n'est pas tous les jours qu'on rencontre les parents pour la première fois.

Le cœur de Liv s'emballa étrangement.

— Il n'est pas là pour me présenter à sa mère.

— Continue à te raconter des histoires, répliqua Rosie.

La porte de derrière s'ouvrit et Mack entra dans la cuisine, une jumelle sur chaque épaule.

— J'ai capturé des chats errants, dit-il en croisant le regard de Liv.

Les petites éclatèrent de rire.

— On n'est pas des chats, oncle Mack ! protesta Ava.

— Vous êtes quoi, alors ?

— Des petites filles ! s'écria Amelia.

Mack les posa à terre et les laissa s'enrouler autour de ses jambes. Une femme – que Liv reconnut comme étant celle de la photo dans le bureau de Mack – entra derrière lui.

Rosie se précipita vers elle.

— Vous devez être Erin.

— Je suis ravie de vous rencontrer, répondit cette dernière en serrant la main de Rosie. Votre ferme est magnifique.

Liv lui tendit la main à son tour.

— Enchantée.

Le niveau de malaise de cette présentation équivalait à celui d'une salle d'attente dans une banque de sperme. Mack était trop occupé avec les petites pour s'en rendre compte. Hop, qui s'était assis au salon comme pour éviter de froisser sa chemise, pénétra dans la cuisine pour se présenter lui aussi.

— Heureuse de faire votre connaissance, dit Erin.

— Le dîner est presque prêt, annonça Rosie. Vous voulez boire quelque chose ? Ou peut-être que Liv et Mack pourraient vous faire visiter la ferme ?

Rosie jouait les entremetteuses sans se cacher. Liv croisa le regard de Mack, qui lui sourit. Ce n'était pas son sourire ravageur habituel ; celui-ci était plus doux. Et il s'attaqua bizarrement à ses entrailles.

— Allons voir les chèvres, proposa-t-elle.

Les filles se ruèrent vers la porte en promettant à Erin de lui apprendre à les nourrir. Une fois dehors, Erin essaya de suivre leur rythme en riant.

— Elles sont adorables, déclara-t-elle. Vous devez être contente de pouvoir passer autant de temps avec elles.

— Oui, acquiesça Liv, soulagée de se trouver en terrain connu, même si son cœur battait toujours la chamade. (Elle avait l'impression que Mack prenait plus de place que d'habitude, alors qu'il avait à peine dit un mot.) J'essaie de les voir le plus possible.

— Vos parents ne vivent pas ici si j'ai bien compris ?

— Non, répondit vivement Liv. Ils, euh… mon père habite à Atlanta avec sa quatrième épouse, et en ce moment ma mère est aux îles Vierges. Elle déménage souvent.

Une main effleura son dos, ce qui lui coupa le souffle. Elle n'était pas certaine qu'il l'ait fait exprès, mais elle se liquéfia quand même.

— Mes petits-enfants me manquent, poursuivit Erin d'un ton

attristé. Mon autre fils, Liam, a deux enfants, mais ils sont partis vivre en Californie.

Liv acquiesça.

— J'ai vu une photo d'eux.

— C'était une bonne décision, assura Erin avec un haussement d'épaules, mais ils me manquent.

— Je suis sûr que tu pourras voir Ava et Amelia autant que tu veux quand tu vivras ici, affirma Mack.

Liv lui jeta un rapide coup d'œil avant de se détourner.

Ava et Amelia leur crièrent de se dépêcher. Elles avaient ôté le couvercle du baquet contenant la nourriture des chèvres et en avaient attrapé de grosses poignées.

— On va t'expliquer comment on fait, dit Ava à Erin.

Liv et Mack se tinrent un peu en retrait tandis qu'Erin laissait les jumelles lui remplir les mains et lui montrer comment rester immobile devant les chèvres. Ils se dévisagèrent un instant en silence comme deux collégiens gênés qui n'osent pas s'inviter mutuellement à danser.

« Mack est loyal. Je te le certifie. Je pense que tu devrais essayer. »

— C'est une bonne grand-mère, lança soudain Liv pour repousser ses pensées.

— La meilleure. (La chaleur dans la voix de Mack fit de nouveau s'emballer son cœur. Il se passa la main dans les cheveux.) Plus vite je peux la faire venir ici, mieux ce sera. Elle n'a personne à Des Moines.

Liv ne put s'empêcher de poser la question qui la taraudait depuis la première visite de Mack à la ferme.

— Tu avais quel âge… quand ton père est mort ?

Erin leva brièvement son regard vers elle.

— Pardon, murmura Liv. Je n'aurais pas dû te demander ça.

Erin reporta son attention sur les chèvres et Mack baissa les yeux vers Liv.

— J'avais quatorze ans quand il est parti.

Erin s'essuya les mains l'une contre l'autre pour se débarrasser des miettes.

— C'était très chouette, dit-elle aux petites.

Mais Liv sentit à sa voix que quelque chose n'allait pas.

Génial. *Bravo, Liv. Tu as réussi à rendre cette NON-présentation-aux-parents encore plus embarrassante.*

— Je parie que le dîner est prêt, déclara-t-elle. On rentre ?

— Je meurs de faim, fit Mack avec un sourire niais que Liv trouva un peu triste.

Elle secoua la tête. Qu'est-ce qui lui prenait ? Elle savait très bien ce qui lui prenait. « On peut parler de ce baiser ? » Elle avait tourné et retourné ce texto dans sa tête toute la nuit.

Mack laissa les filles l'entraîner vers la maison.

— Il s'entend si bien avec les enfants, constata Erin, qui marchait à côté de Liv.

— Ava et Amelia l'adorent.

— Il fera un excellent père.

Liv trébucha. Erin sourit.

Rosie avait dressé la table. Un plat de poulet frit trônait au centre, flanqué d'un grand saladier de purée de pommes de terre et d'une copieuse salade.

— Ça sent divinement bon, commenta Erin en s'asseyant près de Mack.

— Liv a préparé un crumble à la pêche pour le dessert, dit Rosie.

Mack haussa un sourcil.

— Pas de cupcakes ?

Liv dissimula son sourire derrière son verre de citronnade.

Rosie aida Liv à servir les enfants et à les installer à leur propre table à côté de la leur. Lorsqu'elle revint s'asseoir, une assiette pleine l'attendait. Mack lui fit un clin d'œil.

La conversation fut d'abord légèrement guindée. Le genre de bavardage un peu distant et insignifiant de ceux qui ne se connaissent pas vraiment. Mais lorsqu'on arriva au dessert et que la bouteille de vin fut bien entamée, les langues se délièrent.

Erin sirotait son chardonnay.

— Mack m'a dit que vous aviez fait le Vietnam, dit-elle à Hop.

Hop jeta un coup d'œil à Rosie avant d'acquiescer.

— Deux ans. 1968 et 1969.

— Mon frère y était en 1970.

— Infanterie ? demanda Hop.

Erin hocha la tête.

— Il a vu des choses qui… il n'en a jamais vraiment parlé.

Hop avala une gorgée de bière.

— Comme nous tous.

— Après son retour, il nous a fallu pas mal de temps pour redevenir proches comme avant. (Le visage d'Erin exprimait un vieux regret.) J'ai manifesté contre la guerre.

— Moi aussi, fit Rosie.

— J'étais jeune, encore lycéenne. Je ne comprenais pas les choses comme maintenant.

— Le temps et l'âge permettent de mettre la vie en perspective, renchérit Hop.

— Je n'ai pas changé d'avis sur la guerre, poursuivit Erin. Mais j'aurais aimé être plus sensible à la différence qui existe entre la guerre en elle-même et les soldats qui l'ont faite.

Hop dévisagea Rosie.

— Moi, j'aurais aimé faire plus d'efforts pour comprendre pourquoi certains y étaient tellement opposés.

Rosie le regarda bouche bée, son verre de vin à mi-chemin de sa bouche.

Hop haussa une épaule et baissa les yeux sur son assiette.

— Rien n'est aussi simple que ce qu'on aime à croire.

Liv posa les yeux sur Mack : ce dernier souriait béatement comme si Hop venait juste d'avouer qu'il avait passé la nuit à lire Nora Roberts.

Une demi-heure plus tard, Liv raccompagna Erin et Mack à leur voiture. À sa grande surprise, Erin la prit dans ses bras et la serra étroitement contre elle.

— J'ai été vraiment ravie de faire votre connaissance.

Liv lui rendit son étreinte en détournant les yeux pour éviter le regard intense de Mack. Erin s'installa sur le siège du passager, laissant Liv et Mack seuls derrière la voiture.

— Merci pour le dîner, fit Mack. C'était très sympa.

— Oui.

Liv croisa les bras. Mack fit un pas en avant. Sa pomme d'Adam s'agita.

— Et ? souffla Liv.

Mack lui caressa le bras du bout du doigt. Elle frissonna et plongea son regard dans le sien.

— Préviens-moi quand tu seras prête, dit-il d'une voix rauque.

— Prête à quoi ?

— À en parler.

Elle retint son souffle jusqu'à ce que ses feux arrière aient disparu dans la nuit.

16

Le lendemain matin, Mack alla courir avant que sa mère se lève. Lorsqu'il revint une heure plus tard, l'odeur des œufs au bacon l'attira dans la cuisine. Erin, debout devant la gazinière, lui lança un regard par-dessus son épaule. Elle était déjà habillée et prête à partir. Sa valise était posée près de la porte du jardin.

Mack se passa le bras sur le front.

— Tu es pressée ?

— Tu sais que j'aime arriver à l'aéroport en avance. (Elle éteignit le gaz et fit un geste du menton en direction des chaises alignées devant l'îlot central.) Assieds-toi. Je te prépare une assiette.

— Je devrais me doucher avant, non ?

— Pfff. Je te faisais à manger dès que tu rentrais de l'entraînement de football américain, tu te rapelles ?

Oui, il s'en souvenait. Jusqu'à ce qu'il abandonne le sport au profit d'un petit job afin d'aider sa mère à payer les factures quand elle avait dû passer à mi-temps à la bibliothèque après… l'incident.

Erin garnit deux assiettes puis les posa sur le comptoir.

— Ça me manque de cuisiner pour toi, dit-elle.

Mack entama ses œufs.

— Tu pourras cuisiner pour moi autant que tu le voudras quand tu vivras ici. Je ne me plaindrai pas.

Elle fit un petit bruit évasif.

Mack leva les yeux de son assiette.

— Qu'est-ce qui ne va pas ? Tu voudrais que j'embauche un chef pour cuisiner pour toi ?

Il la taquinait, mais c'était surtout pour cacher sa propre insécurité. Sa mère arborait de nouveau son expression distante.

Erin posa sa fourchette et poussa un long soupir.

— Braden…

Il déglutit.

— Quoi ?

— On devrait peut-être mettre les choses en stand-by pour le moment.

— Mettre quoi en stand-by ?

— J'apprécie vraiment ce que tu fais pour moi, mais…

Mack se renfonça dans sa chaise.

— Crache le morceau, maman.

— Je ne suis pas sûre d'être prête à m'installer ici.

Mack cilla à plusieurs reprises, posa sa fourchette et s'essuya la bouche. Il faisait tout ça pour se donner le temps de formuler une réponse qui ne soit pas agressive.

— Je ne comprends pas, finit-il par dire.

— Tu as passé tellement de temps à t'occuper de moi que tu ne t'es pas rendu compte que je n'en avais plus besoin.

Une fine pellicule de transpiration qui n'avait rien à voir avec sa course matinale recouvrit son front.

— Tu es toute seule là-bas.

— Non, protesta-t-elle en se penchant en avant. J'ai des amis et des collègues.

— Mais ce n'est pas la famille.

— Je fréquente quelqu'un.

Sa mère poussa un petit soupir, comme si elle avait cherché le courage de l'avouer et qu'elle avait du mal à croire y être enfin parvenue.

Mack manqua soudain d'air, il lui semblait avoir reçu un coup de poing dans l'estomac.

— Qui ?

— C'est un homme très gentil…

— C'est qui ?

— Il s'appelle Jason et il est professeur à l'université.

— Prof de quoi ? Non pas que ça ait la moindre importance mais…

— Physique.

— Comment tu l'as rencontré ?

Sa voix donnait l'impression qu'il avait avalé du verre pilé.

— Par des amis communs.

Mack prit son assiette pour la déposer dans l'évier. Il jeta les restes dans la poubelle.

— Pourquoi tu ne m'as rien dit ? C'est lui qui t'a envoyé des fleurs ?

— C'était bien lui, et je ne t'ai rien dit à cause de ta réaction.

— Comment ça, ma réaction ?

— Tu es blessé.

Mack l'ignora.

— Depuis combien de temps vous sortez ensemble ?

— Plusieurs mois.

— Est-ce que Liam est au courant ?

Son silence répondit à sa place. Son frère lui avait donc menti la veille. Mack pivota brusquement.

— Je vais prendre une douche.

Il fit dix pas avant qu'elle ne l'arrête.

— Braden, pendant combien de temps vas-tu mentir à propos de ton père ?

Il serra les poings.

— Je ne veux pas en parler.

— Éviter le sujet ne le fait pas disparaître.

— Ça a très bien fonctionné jusqu'à présent.

— Vraiment ? (Elle avança pour lui faire face.) Je voudrais te voir heureux et installé.

— Je le serais si tu venais vivre ici.

— Non.

Mack desserra les poings.

— Quel est le rapport avec lui ?

Elle posa sa paume sur le cœur de Mack.

— Tout est lié.

Mack secoua la tête et s'essuya le nez avec la main.

— Tu mérites de tourner la page, affirma-t-elle en lui tapotant la poitrine. D'être heureux.

Mack la contourna et l'abandonna dans la cuisine. Il était *heureux*. Il était Braden-putain-de-Mack. Le roi de la vie nocturne de Nashville et le meilleur ami de tout le monde.

Le trajet jusqu'à l'aéroport se déroula dans un silence tendu inhabituel entre eux.

— Tu n'es pas obligé de descendre, mon chéri.

Mack leva les yeux au ciel.

— Je peux t'accompagner dans l'aéroport, maman.

— Tu m'en veux et tu es en colère : ça vaut mieux pour tous les deux.

— Ouah, tu es vraiment impatiente de te débarrasser de moi, dis donc.

Il aperçut une place devant le terminal, se gara et passa brusquement au point mort.

— Regarde-moi, fit Erin.

Il obéit. Brièvement.

— Je sais que tu es furieux et blessé. J'en suis désolée.

Il haussa une épaule. Il avait l'impression d'être un enfant irritable. Et après tout pourquoi pas ? Il était vraiment furieux. Et blessé.

— J'agis ainsi pour ton bien, Braden. Il est temps pour toi de te concentrer sur ta vie et d'arrêter de t'inquiéter pour la mienne.

Mack bondit à bas de la voiture pour sortir la valise de sa mère du coffre. Il la rejoignit sur le trottoir de l'autre côté du véhicule.

— Hé. (Elle posa les deux mains sur ses joues.) Elle me plaît beaucoup.

Il ne prit pas la peine de lui demander de qui elle parlait. Mack l'appréciait beaucoup lui aussi. Plus qu'il ne le devrait.

— Elle te fait du bien, affirma Erin en s'écartant. Dis-lui la vérité.

C'est ça. La vérité. Ça résoudrait tout, n'est-ce pas ? Liv détestait les menteurs. Elle l'avait répété à maintes reprises, et ce sans savoir à quel point il vivait dans le mensonge. S'il croyait un seul instant qu'elle hausserait les épaules en disant « La belle affaire ! », il se mettait le doigt dans l'œil jusqu'au coude. Ce n'était pas pour rien qu'il mentait depuis si longtemps. Et plus le temps passait, plus le mensonge grossissait.

Parce que lorsque les gens apprendraient la vérité sur lui, sur son père… Non. Il ne pouvait rien révéler.

Une fois sa mère déposée à l'aéroport, Mack conduisit sans but. Il n'avait pas envie d'aller travailler. Il n'y avait qu'un endroit où il avait envie de se trouver, mais il tenta de se convaincre pendant une heure de ne pas céder à la tentation, avant de finir par se frapper le front contre le volant et faire demi-tour. Elle était peut-être sortie avec les filles ou… merde. Oui, il savait très bien où il voulait aller.

Il appuya sur l'appel mains libres et composa le numéro de Liv.

— Salut, répondit-elle, le souffle court.

— Salut, fit-il bêtement parce qu'il avait perdu tous ses neurones en entendant sa voix et s'était transformé en un manuel d'apprentissage de la lecture pour enfants : *Écoutez Mack bégayer.*

— Quoi de neuf ?

Il essuya sa paume moite sur son jean.

— Qu'est-ce que, euh, qu'est-ce que tu fais avec les filles cet après-midi ?

Il y eut un silence. Suffisamment long pour qu'il fasse une petite crise cardiaque.

— Euh, eh bien, rien. Je dois… (Elle eut un petit rire nerveux puis reprit son souffle.) Alexis m'a appelée pour me demander si je pouvais l'aider au café. Son chat a été mordu et elle doit l'amener chez le véto. Je m'apprêtais à laisser les petites à Rosie et à partir d'ici une demi-heure.

Son cœur s'emballa.

— Je peux les garder à ta place.

Un autre silence. Une deuxième petite crise cardiaque.

— Tu veux les garder ?

— Je pourrais les emmener manger une glace.

Il grimaça. Bon sang, était-il possible d'être plus flippant et désespéré ? *Regardez Mack grimacer.*

— Je pense qu'elles seront ravies, finit-elle par dire.

— Je peux être là dans vingt minutes.

— Tu es sûr ?

— Est-ce que tu as besoin de quelque chose ? À manger ? Du lait ? Autre chose ?

— Non, répondit-elle en riant.

— J'arrive.

— Merci, Mack, vraiment.

Il fit le trajet en quinze minutes et, une fois garé dans la longue allée, il respira correctement pour la première fois de la journée. Liv avait certainement entendu la voiture parce qu'elle surgit en haut des marches aussitôt qu'il eut coupé le moteur. Elle portait un jean qui le fit saliver et un banal T-shirt blanc. Ses cheveux étaient relevés sur le sommet de sa tête.

Deux petites boules d'énergie avec des queues-de-cheval la dépassèrent en courant quand il descendit de voiture.

— Oncle Mack !

Mack attrapa une jumelle dans chaque bras et les balança sur ses épaules. Elles couinèrent et crièrent, et quand il les reposa au sol, il se rendit compte que Liv les contemplait avec un sourire attendri. Ce sourire lui était-il destiné ou s'adressait-il aux fillettes ? Il avait juste envie qu'elle recommence.

— Merci de me rendre service, dit-elle en se rapprochant. (Elle avait l'air partagé.) J'ai failli dire à Alexis que je n'étais pas disponible mais elle est super bizarre depuis l'histoire avec Royce et…

— Liv. (Il glissa la main sur sa nuque et la pressa gentiment.) Je gère.

Trois choses se produisirent en même temps.

Elle fixa ses lèvres.
Il la regarda dans les yeux.
Et ils échangèrent un accord tacite.
Ils discuteraient de ce baiser plus tard.

17

Cinq heures plus tard, Alexis revint au café juste au moment où Liv verrouillait la porte.

— Comment ça s'est passé ? demanda Alexis, un peu essoufflée.

Elle tenait une caisse de transport en plastique dans la main gauche.

Liv dénoua son tablier.

— Bien. Comment va Musclor ?

— Ils l'ont recousu et lui ont donné des antibiotiques. Il va bien. (Alexis posa la caisse sur le sol et ôta son imperméable.) Merci beaucoup d'avoir tenu la boutique.

— Pas de problème. Avec plaisir.

Liv grimaça intérieurement. La conversation était guindée et maladroite. Alexis dut le sentir aussi parce qu'elles reprirent la parole en même temps.

— Tu peux rester un peu ?

— Est-ce que tout va bien entre nous ?

Elles s'interrompirent toutes deux et éclatèrent de rire.

— Toi d'abord, fit Liv.

— Je me demandais si tu pouvais rester un peu.

Liv hocha la tête.

— Quelques minutes. J'ai laissé Ava et Amelia avec Mack, donc…

Alexis la dévisagea, bouche bée.

— Tu les as laissées avec *Braden Mack* ?

— Il est étonnamment doué avec les enfants. Les filles l'adorent.

— Oh.

Elle dit ça exactement comme Thea avait dit « Je sais ».

— Ne va pas te faire de film, poursuivit Liv en riant. Il me file un coup de main. C'est tout.

— Si tu le dis, répondit Alexis avec un sourire. De quoi tu voulais discuter ?

— Quand ? Oh. Oui. Je… (Liv se mordit la lèvre.) Je voulais juste vérifier qu'on n'était pas fâchées. On ne s'est pas vraiment parlé depuis la dernière fois et on s'est séparées sur une note bizarre.

Alexis poussa un soupir soulagé.

— C'est ma faute. J'ai réagi de manière excessive.

— Moi aussi.

Alexis ramassa la caisse du chat et fit signe à Liv de la suivre dans l'arrière-boutique.

— Tu as eu du monde ?

— Ça a été. Il y a eu des clients en continu mais pas de cohue.

Alexis posa de nouveau Musclor sur le sol.

— Des progrès côté boulot ?

— Non.

— Pas même au Parkway ? J'ai pourtant appelé le chef moi-même.

— Ils m'ont répondu. J'avais un entretien la semaine prochaine…

— C'est génial !

— … mais ils ont annulé sans donner de raison.

Alexis eut l'air désemparée.

— Tu penses que Royce y est pour quelque chose ?

Liv haussa les épaules.

— C'est la seule explication possible. Il a menacé de ruiner ma carrière et il tient parole. (Elle s'assit sur un des tabourets alignés devant le mur en poussant un soupir contrarié.) Je ne sais pas quoi faire. Jessica refuse de démissionner. Mack lui a même proposé un job. N'importe lequel. Elle n'en veut pas.

Alexis posa une gamelle pleine d'eau devant Musclor.

— Tu devrais peut-être laisser tomber.

— Je ne peux pas. Il doit bien y avoir une manière de l'arrêter. On essaie de dresser la liste des femmes qui ont travaillé au Savoy avant moi et qui sont parties dans des circonstances bizarres.

Alexis se figea.

— Pourquoi ?

— Pour que je puisse leur parler. Voir si elles savent quelque chose ou si elles veulent bien témoigner. (Liv se mordit la lèvre pendant que les voix querelleuses dans sa tête se battaient pour déterminer si elle devait se taire ou foncer. *Foncer* l'emporta.) Est-ce que tu… tu connais quelqu'un ?

Alexis se redressa lentement. Et secoua la tête.

— J'ai juste besoin des noms, Alexis. C'est tout.

— Je suis désolée. Je ne peux pas.

Bon sang, étaient-elles revenues à la case départ ?

— Pourquoi ? Je ne comprends…

— Si la personne n'a rien dit depuis le temps, c'est qu'elle doit avoir une bonne raison.

— Tu connais quelqu'un ?

Alexis cilla.

— Je ne peux pas te donner son nom.

Liv bondit sur ses pieds.

— Tu connais donc quelqu'un !

Alexis arbora une expression glaciale.

— Tu dois lâcher l'affaire, Liv. Tu n'as donc rien appris du mariage de ta sœur ?

Ses paroles brûlèrent les joues de Liv comme une énorme éclaboussure d'huile bouillante. Ouah. Liv ignorait qu'Alexis pouvait se montrer aussi cruelle. C'était toujours les gens les plus gentils et les plus discrets qui vous surprenaient le plus.

Alexis soupira.

— Je suis désolée, s'excusa-t-elle. C'était méchant de ma part.

— Non, tu as raison. J'ai envenimé les choses quand Thea et Gavin se sont séparés. J'ai convaincu Thea qu'elle ne pouvait pas faire confiance à Gavin parce que je pense qu'il faut se méfier de tous les hommes et j'ai failli gâcher leurs chances de se remettre ensemble. C'est une erreur avec laquelle je dois vivre.

Alexis s'approcha d'elle et la prit dans ses bras.

— Je n'aurais quand même pas dû dire ça.

Liv lui rendit son étreinte.

— Il faut que j'y aille, déclara-t-elle en reculant un peu.

Alexis lui prit les mains.

— Ne t'en va pas fâchée.

— Je ne le suis pas. (Liv baissa les yeux sur ses pieds et opta pour la sincérité.) Je suis déçue et perplexe. J'essaie d'arrêter un prédateur sexuel. Je ne comprends pas pourquoi tu tentes de m'en empêcher.

— Parce qu'il y a des combats qu'on ne peut pas gagner.

Liv rejoignit sa voiture, la gorge brûlante de déception et de colère. Les paroles d'Alexis tournèrent en boucle dans sa tête pendant tout le trajet. « Il y a des combats qu'on ne peut pas gagner. » Elle refusait de le croire.

Une demi-heure plus tard, ses phares éclairèrent l'arrière de la voiture de Mack quand elle se gara dans l'allée et la déception fit place à de l'impatience. La fenêtre qu'elle apercevait était illuminée tour à tour en bleu et en blanc, comme si la seule lumière de l'appartement était celle de l'écran de télévision. Liv gravit l'escalier, découvrit que la porte d'entrée n'était pas verrouillée, et la poussa doucement. Elle ne voulait pas réveiller les petites. Il lui fallut un moment pour que ses yeux s'ajustent mais ce qu'elle vit quand elle pénétra chez elle fit battre son cœur plus vite.

Mack était assis sur le canapé, les jumelles blotties chacune d'un côté contre lui, leurs pieds sur ses genoux. Sa tête était renversée sur le dossier. Un de ses bras était étendu de tout son long sur les coussins, l'autre était posé sur sa poitrine, doigts écartés. Il dormait à poings fermés.

Et il avait mis de l'ordre dans l'appartement. Le mug sale et les assiettes de céréales qu'elle avait laissés dans l'évier avaient disparu. Les jouets des enfants avaient été ramassés et disposés contre le meuble télé. Il avait même rangé les souliers entassés près de la porte. Ils étaient parfaitement alignés sur le meuble à chaussures.

Liv ferma la porte aussi doucement que possible mais le grincement des charnières provoqua un petit bruit dans son dos. Elle pivota. Mack leva la tête avec un sourire ensommeillé et lui fit un salut silencieux de la main. Elle s'approcha du canapé sur la pointe des pieds et il se redressa en jetant un coup d'œil attentif sur les fillettes endormies. Il poussa un grand bâillement et s'étira. Ce fut ce geste qui eut raison d'elle. Le bâillement et l'étirement. Viril et vulnérable à la fois.

— Elles ont été sages ? murmura-t-elle.

— Deux petits diables, répondit-il en souriant, et elle comprit qu'il plaisantait. Top. Elles ont couru partout et se sont salies, tout ce qu'on aime.

— Merci beaucoup de les avoir gardées.

— Arrête de me remercier. (Il se leva et s'étira de nouveau, et cette fois-ci son T-shirt se souleva juste assez pour donner à Liv un aperçu de sa peau ferme sous des poils noirs épars.) Tu as faim ?

— Hein ?

Elle détourna à regret les yeux de ses abdos.

— Rosie a déposé quelque chose à manger. Tu veux que je le réchauffe ?

— Je peux le faire.

— Je m'en occupe. Couchons les jumelles et puis je te préparerai à dîner.

Ils prirent chacun une petite endormie dans les bras et Mack la suivit dans le couloir qui menait à la chambre. Liv évita de croiser son regard quand ils allongèrent les filles et rabattirent la couette sur elles. C'était trop facile de les imaginer tous les deux à leur place et, même si elle était émoustillée, elle n'était pas encore prête.

— Je, euh, je vais me changer.

Il opina.

— Le repas sera prêt dans une minute.

Il referma la porte derrière lui en sortant et Liv s'éventa de la main.

Ses sens n'étaient pas encore préparés à voir Mack dans sa chambre. Elle enfila un short de pyjama et un T-shirt.

— Ouah. Je pourrais m'habituer à ça, dit-elle quand elle regagna la cuisine.

Il leva les yeux depuis le plan de travail.

— À quoi ? À découvrir un repas chaud et un délicieux spécimen mâle en rentrant du travail ?

— Décidément, tu gâches tout.

Mais son agacement était feint. Elle lui était reconnaissante de manier la taquinerie et le sarcasme. C'était comme s'il avait deviné qu'elle avait besoin de légèreté pour dépasser la tension sexuelle pesante qui planait sur la pièce.

Mack posa une assiette de ragoût de thon avec des pâtes – le plat préféré de Liv – et un verre d'eau devant elle. Puis il s'assit d'autorité sur la chaise à côté de la sienne.

— Bon, commença-t-il d'un ton beaucoup trop désinvolte, puisque tu es apparemment trop lâche pour parler de ce baiser…

— Euh, pardon ?

Il se pencha en avant.

— Peut-être qu'on devrait en fait discuter de la façon dont tu as failli m'embrasser quand je suis arrivé tout à l'heure.

Le cœur de Liv s'emballa. Prise en flag'.

— Tu veux plutôt dire quand *tu* as failli m'embrasser.

— Chérie, je sais quand une femme a envie de m'embrasser et c'était clairement des préliminaires de baiser.

— Ça n'existe pas.

Il se lécha la lèvre inférieure.

— Oh ! si. Et c'est exactement ce que tu faisais.

Liv croisa les bras mais ses seins s'étaient soudain tendus d'excitation. Du coup, elle essaya de poser les mains sur les hanches, ce qui était bizarre vu qu'elle était assise.

— Tu es à l'aise, ça va ? se moqua Mack.

Elle appuya les coudes sur la table.

Il hocha la tête.

— Il se trouve que je suis un expert en la matière.

Liv ricana.

— Je suis certaine que c'est ce que tu crois.

— Tu n'as pas envie de savoir comment j'ai deviné ce que tu pensais ?

— Non.

Si.

— Ce n'est pas seulement parce que j'ai remarqué que tu fixais ma bouche comme si tu voulais t'y désaltérer.

— Eh ben, j'en connais un qui a lu trop de romances.

— Ni parce que tu t'es léché la commissure des lèvres.

Liv leva les yeux au ciel et enfourna un morceau de thon.

— Non. C'est parce que tu as regardé mon pouls.

Liv haussa un sourcil.

— Tu as posé les yeux… ici. (Mack franchit la faible distance qui les séparait et appuya sur le point brûlant à la base de son cou.) C'était très révélateur.

Il lui caressa la nuque.

Elle en eut le souffle coupé.

Puis la bouchée de thon resta coincée.

Liv se mit à tousser. Elle lui lança un regard noir et avala une gorgée d'eau.

— Je n'ai pas du tout fixé ton cou, protesta-t-elle en suffoquant à moitié.

Il se renfonça sur sa chaise, tout content de lui.

— Tu contestes les propos du maître ?

— Oui, parce que tu oublies un détail très important. (Liv se pencha vers lui jusqu'à ce que leurs nez se touchent.) Je ne t'apprécie même pas.

— Je pense qu'on a dépassé ce stade, non ?

Sa voix lui fit l'effet d'une caresse.

Liv avala quelques bouchées avant de reposer ses couverts. Son corps n'avait faim que d'une chose, et le ragoût de Rosie ne pouvait pas la rassasier.

— Tu as fini ?

Il tendit la main vers son assiette.

— Tu n'es pas obligé de me servir.

— Je sais, mais j'ai envie que tu me voies faire la vaisselle.

Elle éclata de rire malgré tous ses efforts pour se retenir.

— Pourquoi ça ?

— Pour que tu remarques à quel point je suis sexy.

Elle inclina la tête.

— Je dois bien avouer que voir un homme faire la vaisselle est un de mes fantasmes.

— Fantasmes ? Au pluriel ?

— Je suis une femme normale. Bien sûr que c'est au pluriel.

— J'aimerais bien que tu m'en racontes quelques-uns.

— J'aurais trop peur de te choquer.

Il pivota et s'essuya les mains. Le geste, lent, donna à Liv des idées cochonnes.

— Choque-moi, je t'en prie, ordonna-t-il d'une voix rauque.

Liv se leva et attrapa son poignet.

— Tu ferais mieux de me suivre.

Elle l'attira vers le canapé et posa doucement la paume sur son torse avant de le pousser légèrement.

— Assieds-toi.

Il lui lança un regard surpris mais obéit.

— Mets-toi dans le coin, ordonna-t-elle.

— Pour l'instant, je suis totalement d'accord avec ce que tu fais.

Liv s'assit à côté de lui, ramena les jambes sous ses fesses puis souleva le bras gauche de Mack et se glissa dessous. Il était lourd sur ses épaules. Elle se blottit contre sa poitrine et pressa la joue juste au-dessus de son cœur. Elle ne put retenir un gémissement de satisfaction.

— Qu'est-ce que tu fais ? demanda-t-il d'une voix sourde.

— Un câlin.

— Un câlin ?

Il gloussa et fit glisser la main le long de son dos. Il s'arrêta juste au-dessus de la ceinture de son short de pyjama.

— Mmm-mmm.

— Ton fantasme, c'est un câlin ?

— Oui.

Les doigts de Mack effleurèrent la peau nue entre son T-shirt et son short. Liv retint son souffle. Sous son oreille, le cœur de Mack s'emballa.

— Tu es choqué ? demanda-t-elle d'une voix qui donnait l'impression qu'elle s'était gargarisée avec du chocolat en poudre.

— Complètement. (La voix de Mack était aussi éraillée que la sienne.) Tu devrais me raconter ce qui se passe dans ton fantasme.

— On discute.

— De trucs cochons ?

— De trucs chiants. On se raconte nos journées, on évoque les films qu'on a envie de voir, les machins bizarres que les clients ont commandés au restaurant, les choses idiotes qui sont arrivées au bar.

— Je pourrais remplir un jour entier, tellement j'en ai en stock.

Elle rit. Il avait posé le menton sur le sommet de son crâne.

— Pourquoi est-ce ton fantasme ?

— Je n'en sais rien.

— Il doit bien y avoir une raison.

— J'aime l'idée d'avoir quelqu'un sur qui m'appuyer parfois.

Elle n'avait pas vraiment eu l'intention de l'avouer mais quelque chose dans la chaleur de sa peau et le martèlement de son cœur l'avait incitée à baisser sa garde, ce qu'elle regretterait sûrement plus tard.

— Le soir où j'ai été virée, j'aurais aimé pouvoir compter sur quelqu'un.

Sous son oreille, son cœur battit encore plus vite.

— Qu'est-ce que tu as fait, à la place ?

— J'ai regardé la télé en pleurant.

Il cessa de respirer un instant.

— Je t'aurais prise dans mes bras.

— Je ne t'aimais pas beaucoup à l'époque, tu te rappelles ?

Il répondit en effleurant sa taille du bout du doigt.

— Et maintenant ?

— Ça va mieux.

Elle le sentit déglutir. Brusquement.

— Qu'est-ce qui se passe d'autre dans ce fantasme ?

— Tu me caresses le dos.

Il remua et l'impatience envahit Liv. Il glissa la main sous le tissu du T-shirt et traça un lent chemin le long de sa colonne vertébrale.

— Comme ça ?

— Oui.

Elle ferma les yeux et empoigna sa chemise. Il était ferme sous sa paume. Elle était faible sous ses caresses.

— Dis-m'en plus, chuchota-t-il d'une voix tendue, le souffle court.

Impossible de s'y méprendre : son désir était palpable.

— Tu pourrais peut-être me masser le cou.

— Tu abuses un peu, non ?

Elle se mit à rire mais se figea lorsque sa main remonta plus haut sous son T-shirt. Ses doigts firent un bien fou à sa nuque raide. Elle inclina la tête pour lui faciliter la tâche, et demanda :

— Tu essaies de profiter de moi ?

— Je profite déjà à fond.

Elle cessa de respirer. Lorsqu'elle rouvrit les paupières et le regarda, elle lut dans ses yeux l'affection qu'elle avait entendue dans sa voix. Ce qui était en train de se produire – même si elle ignorait comment qualifier ce moment – était monumental. Intime. Sexy. Et tellement dangereux.

— Il faut que tu saches, chuchota-t-il, que j'y songe de nouveau.

— À quoi ?

— À t'embrasser.

Elle déglutit.

— Mais tu n'en es pas sûr ?

— Je suis nerveux, avoua-t-il.

Elle l'entendait à peine par-dessus le rugissement de son propre cœur.

— Pourquoi ?

— Parce que je veux faire les choses bien.

— J'imagine que tu as assez d'expérience pour que ça ne soit pas un problème.

— Ce n'est pas l'expérience qui compte. Ce sont les émotions. Les miennes sont un peu confuses en ce moment.

Le cœur de Liv se serra.

— La vache. Parfois j'ai l'impression de t'avoir bien cerné, et puis soudain tu balances des trucs super mignons comme ça.

— Ne le dis à personne. Ça ternirait mon image.

— Peut-être que tu pourrais juste m'embrasser ?

Il inclina la tête vers elle et suspendit son mouvement, sa bouche tout contre la sienne, son souffle mêlé au sien. Elle se rendit compte avec un sursaut qu'il ne plaisantait pas. Il était bel et bien nerveux. Ou alors c'était les fameux préliminaires du baiser qu'il avait mentionnés plus tôt. Ses lèvres s'emparèrent de sa lèvre inférieure, sur laquelle il tira doucement, puis il fit la même chose avec sa lèvre supérieure. Ils restèrent comme ça, à se sentir, à s'ajuster l'un à l'autre et à leur nouvelle relation.

Juste au moment où elle se demandait s'il allait s'en tenir là, il poussa un petit grondement et sa bouche fondit sur la sienne. Il posa la main sur sa nuque et elle sentit sa peau chaude contre la sienne.

Si leur premier baiser devant le bar était rythmé par un tempo urgent, comme une danse frénétique, celui-ci fut une ballade ondulante. Une valse tendre. L'union au ralenti du corps et de l'âme, qu'elle aurait aimé voir durer pour l'éternité. Ses insécurités étaient momentanément balayées, tout entière concentrée qu'elle était sur *ça*. Le brasier qui les animait. Il grésillait, scintillait et brûlait.

Liv devint un être monocellulaire. Tous ses sens s'accordèrent à la lente caresse de ses doigts dans ses cheveux, au souffle irrégulier qui voyageait de la poitrine de Mack à la sienne, aux mouvements de ses lèvres sur les siennes.

Elle céda à la tentation, glissa sa paume le long de son bras et enfouit les doigts sous la manche de son T-shirt. Elle le sentit frissonner, et soudain il détacha ses lèvres des siennes pour entamer une descente brûlante le long de sa mâchoire tandis que ses mains coulissaient sur ses flancs. Lorsque sa bouche trouva l'endroit tendre où battait sa veine, elle poussa un gémissement et pressa son biceps. Il le contracta juste assez pour le dessiner. Elle sourit et le pressa de nouveau ; cette fois-ci, il la récompensa en léchant du bout de la langue la petite partie de son décolleté qui dépassait de son T-shirt.

— Tu sens si bon, constata-t-il d'une voix rauque, la bouche soudain près de son oreille.

— Je sens la pâtisserie.

— Exactement. (Sa langue effleura le lobe de son oreille.) Tu sens toujours les cookies ou la glace à la vanille ou un truc du genre. (Sa bouche dessina de nouveau un chemin jusqu'à la sienne.) Ça me rend dingue.

Ça. C'était ça un vrai baiser. Voilà ce que ça faisait de se perdre dans la lumière, le bruit et les sensations jusqu'à ce que plus rien n'existe en dehors de ses lèvres, de son goût, de son odeur, de *lui*. C'était ce qui lui manquait sans qu'elle le sache.

C'était aussi comme ça qu'on commettait des erreurs. Elle aurait dû s'en soucier, mais elle s'en fichait. Elle aurait dû arrêter, mais elle en était incapable. Son cerveau, son univers tout entier ne pouvaient se concentrer que sur une seule chose – ses mains sur son visage, sa bouche sur la sienne.

Lorsqu'il s'écarta enfin, ils étaient tous deux hors d'haleine. Liv rouvrit les yeux. Il la dévisageait avec tendresse, un petit sourire émerveillé sur le visage. Il porta la main de Liv à ses lèvres, lui embrassa le poignet, puis la posa sur son propre cœur.

Ouah. C'était… c'était le geste le plus romantique auquel elle ait jamais eu droit.

— Mack…

Elle ne put rien dire de plus.

— J'aime quand tu prononces mon nom comme ça.

Il posa de nouveau ses lèvres sur les siennes.

Et ils se figèrent en entendant du bruit en provenance de la chambre.

Mack poussa un petit gémissement et leva la tête pour mieux écouter. Après un instant de silence, il posa le front contre le sien. Ils restèrent ainsi pendant un assez long moment, à rassembler leurs pensées.

Liv était totalement désemparée. Perplexe et effrayée. Il n'était pas censé être comme ça – doux et tendre. Il était Braden Mack, séducteur invétéré et homme-gamin sarcastique. C'était plus sûr ainsi.

— Je peux te poser une question ? demanda-t-il d'une voix grave.

— D'accord.

Ses cordes vocales fonctionnaient à peine.

— Si elles n'ont pas de vagin, comment font les poules pour baiser ?

— Bon sang. (Liv le repoussa en riant – reconnaissante – et attrapa le coussin le plus proche qu'elle lui lança à la tête.) Rentre chez toi.

Il s'esclaffa, se jeta sur elle et l'attrapa par la taille avant qu'elle n'ait pu s'échapper. Il la ramena contre lui et s'allongea sur le canapé, l'entraînant avec lui.

— Il faut que tu m'expliques, poursuivit-il. Imagine les horreurs que je vais trouver sur Google.

Elle soupira.

— Ils frottent leurs cloaques l'un contre l'autre.

Il caressa les bras de Liv.

— Tu devrais venir chez moi demain soir.

— Je trouve l'enchaînement un peu dérangeant.

— Tu pourrais me préparer des cupcakes.

— Vraiment ? C'est alléchant.

— Ce serait une manière de me remercier pour avoir gardé les petites. Tu pourrais mettre à profit tes études culinaires dans ma fabuleuse cuisine.

— Je n'y crois pas moi-même mais je suis sur le point d'accepter.

Il mit les bras sous sa tête, probablement parce qu'il savait que ça mettait ses biceps en valeur.

— Je t'ai séduite en faisant la vaisselle, pas vrai ? Je suis sûr que j'ai raison.

Elle s'écarta de lui.

— Arrête tant que tu as l'avantage.

Elle se leva et il lui prit la main.

— Hé, Liv ?

Elle baissa les yeux, prête à encaisser une autre remarque impertinente dont elle avait désespérément besoin.

— Oui ?

Il effleura ses doigts du pouce.

— Tu peux te blottir contre ma poitrine chaque fois que tu en as envie.

Ça, c'était le Mack qui l'effrayait le plus. Cette version tendre et charmante de l'homme qui essayait si fort de prétendre ne se soucier de rien. C'était la version de Mack dont elle pourrait tomber amoureuse, ce qui était une pensée idiote et naïve qu'elle ferait mieux de chasser à grands coups de balai comme elle en avait l'habitude avec Randy. Peut-être qu'il avait montré cette facette de sa personnalité à une dizaine de Gretchen rien que durant l'année qui venait de s'écouler.

Mais son cœur avait l'air de s'en moquer royalement, alors qu'il lui souriait comme si elle était l'unique femme au monde ou, mieux, la seule femme avec qui il avait envie d'être.

C'était un homme qui pouvait la convaincre de lui faire confiance.

C'était donc la pire espèce d'homme.

18

Le lendemain matin, à 7 h 30, Mack s'assit face à un Malcolm fatigué et contrarié, dans leur café habituel. Mack n'avait appelé que lui parce qu'il ne pouvait pas en parler aux autres.

— Quelle est l'urgence ? demanda Malcolm en bâillant.

Mack jeta un regard furtif à la ronde avant de répondre.

— Liv vient chez moi ce soir.

Malcolm se caressa la barbe.

— Je vois. (Il secoua la tête.) Non, en fait, je ne vois pas. Je répète : quelle est l'urgence ?

— Je ne veux pas merder.

— Mack, c'est toi qui nous as appris tout ce qu'on sait sur les manuels. Tu ne risques pas de merder.

— Je ne parlais pas de cul, idiot.

Malcolm sourit.

— Moi non plus. Et si tu me disais quel est le problème ?

Mack pinça les lèvres et détourna le regard.

— Je ne suis pas certain qu'elle… que je lui plaise vraiment.

Malcolm fit un drôle de bruit.

— Pardon. C'est juste que je ne suis pas sûr d'avoir bien compris. Tu es inquiet parce que, pour une fois dans ton existence, ça ne te tombe pas tout cuit dans le bec ?

— Je vois bien que tu trouves ça hilarant, mais je suis au bout de ma vie. Gretchen m'a déstabilisé. C'était la première fois que je me faisais larguer et je ne comprends toujours pas où j'ai merdé avec elle. Et Liv est…

Mack se frotta le visage.

Une serveuse leur apporta du café et leur demanda s'ils voulaient commander à manger. Ils déclinèrent.

— Liv est… ? reprit Malcolm.

Mack avait le sentiment perturbant de n'avoir jamais vraiment compris quel effet ça faisait de se retrouver de ce côté-là du club de lecture. Pendant des années, il avait rabâché à tout le monde que pour sauver une relation il fallait s'épancher – sans penser un seul instant qu'il aurait besoin un jour de suivre ses propres conseils.

— Elle est anxieuse. Méfiante. Chaque fois que je crois qu'elle s'ouvre enfin, elle se referme aussitôt. Je ne veux pas que ça se produise encore, pas après ce soir.

— Elle te plaît vraiment, constata Malcolm d'un ton qui disait clairement « Pas possible ! ».

L'humeur de Mack s'assombrit.

— Écoute, poursuivit Malcolm en s'appuyant sur ses coudes. Tu sais comment ça marche. Si elle a peur et qu'elle est déterminée à garder ses distances, alors ce soir elle sera vulnérable parce que, coucher avec quelqu'un, c'est une sacrée étape. Prépare-toi à ce qu'elle se montre aussi sarcastique que d'habitude.

C'était logique. C'était exactement ce qu'il aurait répondu aux autres. Et pourtant…

— Qu'est-ce que je fais, alors ?

Malcolm lui lança un regard incrédule.

— Tu connais déjà la réponse.

Bien sûr. Il savait ce qu'il dirait si ce n'était pas lui.

— Sois ce dont elle besoin sur le moment.

Malcolm acquiesça.

Mais soudain ces mots ne signifiaient plus rien dire parce que Liv s'emparait de tout ce qu'il croyait savoir pour le lui lancer à la tête. Lorsqu'il l'avait quittée la veille, il se sentait comme la lame dentelée d'un couteau. Elle l'avait tué avec son fantasme de câlin et ses aveux. « J'aime l'idée d'avoir quelqu'un sur qui m'appuyer parfois. » C'était la remarque la plus solitaire qu'il ait jamais entendue et, le plus effrayant, c'était qu'il comprenait exactement ce qu'elle entendait par là. Il ne l'admettrait jamais auprès de ses amis, mais il avait passé de nombreuses nuits dans sa gigantesque maison à maudire le silence et à contempler le vide de l'autre côté du lit.

— C'est plus difficile que ce que tu croyais, hein ? demanda Malcolm, interrompant le fil de ses pensées.

Mack but son café.

— Tu ne sais pas pourquoi Gretchen t'a largué ?

— Elle m'a donné des raisons mais je n'y crois pas.

— Qu'est-ce qu'elle a dit ?

— C'est embarrassant.

Avant même que les mots aient franchi ses lèvres, Mack savait que sa réponse était idiote.

— Combien de fois l'un d'entre nous a-t-il dit exactement la même chose ? Et combien de fois nous as-tu répondu : « Tu vas t'en remettre » ?

Mack joua avec le coin du menu.

— Je sais.

— Tu as entendu toutes nos histoires humiliantes, mec. C'est ton tour.

— Je sais. (Il poussa un soupir.) Elle a dit qu'elle avait l'impression que je la courtisais en suivant un manuel. Que c'était trop parfait. (Il était toujours blessé.) Comment quelque chose peut être trop parfait ?

— Parce que la perfection est le contraire de l'authenticité, Mack.

Il déglutit. La réponse de Malcolm lui rappelait la remarque de Gretchen. « On veut que ça sonne vrai. »

— Je ne sais pas qui être avec elle, avoua-t-il à mi-voix, honteux.

— Sois toi-même, Mack.

Mais si c'était pourtant la seule chose qu'il ne pouvait pas lui donner ? S'il était un tant soit peu malin, il annulerait ce dîner. Elle méritait mieux. Elle méritait quelqu'un qui ne faisait pas à longueur de temps ce qu'elle détestait le plus au monde : lui mentir.

Il fallait juste qu'il soit ce dont elle avait besoin. Ce qu'elle voulait. Braden-putain-de-Mack.

Mais qu'est-ce qu'elle foutait ?

Elle grattait une démangeaison. Ni plus ni moins. À 20 h 05 ce soir-là, Liv tourna dans la rue de Mack et ralentit pour vérifier les numéros des maisons dans la faible lueur des réverbères qui projetaient un chaleureux halo jaune sur les pelouses parfaitement entretenues de son quartier. Elle avait certes imaginé qu'il vivait dans le luxe, vu qu'il était capable de dépenser mille dollars pour un cupcake, mais elle n'était cependant pas préparée à l'étalage ostentatoire de richesse qui dégoulinait littéralement de toutes les habitations qu'elle croisait. De gigantesques demeures de briques et de pierres aux jardins sophistiqués. Toutes les façades étaient éclairées par de discrets projecteurs destinés à mettre en valeur leurs caractéristiques sans trop frimer.

Elle avait côtoyé assez de gens riches dans sa vie pour savoir qu'il était rare qu'une exhibition aussi ostensible d'opulence dissimule une noble raison. Les propriétaires de ces maisons avaient soit quelque chose à prouver, soit quelque chose à cacher.

Elle savait d'expérience que la deuxième possibilité était toujours la pire.

Au bout de six cents mètres environ, elle trouva enfin une boîte aux lettres qui portait le bon numéro. Elle tourna à gauche dans l'allée pavée bordée de vieux arbres dont les frondaisons formaient une voûte. Au bout se trouvait la maison, entourée de pelouse.

La porte d'entrée s'ouvrit alors qu'elle s'approchait du portique. Mack fit son apparition sur le perron, vêtu d'un short de golf et d'un T-shirt qui le moulait aux bons endroits. Il descendit en courant les quelques marches pour venir l'accueillir devant sa voiture. Le cœur de Liv s'emballa comme d'habitude mais elle le fit taire.

Ce soir, il n'était question que de défoulement physique. Rien d'autre.

— Salut, dit-il en lui tenant la portière. (Avant qu'elle ait le temps de comprendre ce qui se passait, il se pencha pour l'embrasser.) Tu as quelque chose à transporter ?

Pour la première fois de sa vie, Liv se trouva à court de mots.

— Les cupcakes sont sur la banquette arrière, bafouilla-t-elle.

— Je m'en occupe.

Liv le suivit à l'intérieur en essayant de ne pas rester bouche bée devant tant ce luxe. L'entrée faisait plus de cinq mètres de hauteur et un escalier circulaire se dressait en son centre. Lorsqu'elle ôta ses chaussures, elle sentit le sol en marbre froid sous ses pieds.

— Tu as trouvé sans problème ? demanda-t-il d'un ton léger tout en portant l'assiette.

— Oui.

— La cuisine est par là.

Cette fois-ci, les mots lui vinrent sans problème.

— Bordel de merde, souffla-t-elle. Incroyable.

C'était la cuisine de ses rêves. Une véritable cuisine de chef. Un piano avec huit brûleurs et un four double. Oh ! tout ce qu'elle pourrait préparer ici.

— Ça te plaît ?

La voix amusée de Mack dérangea ses fantasmes culinaires. Il posa l'assiette.

— Pourquoi diable as-tu besoin d'une cuisine comme ça ? demanda-t-elle d'un ton sec.

Elle était de mauvaise humeur parce qu'elle était sur les nerfs.

— Parce qu'il faut que je mange ? répondit-il avec un clin d'œil.

— Tu cuisines, au moins ?

Il haussa les épaules.

— Bien sûr. Des pizzas surgelées. Parfois, je mets même des lasagnes dans le four à micro-ondes.

Il la taquinait. Exprès. Son sourire aurait pu faire fondre la banquise.

— Tu cuisines, comprit-elle soudain.

— Évidemment que je cuisine. Je suis un adulte. C'est normal que je sache me nourrir.

Elle leva les yeux au ciel.

— Tu veux boire quelque chose ?

— Oui.

Mack sortit une bouteille de chardonnay de son réfrigérateur, l'ouvrit et remplit deux verres. Il lui en tendit un en effleurant ses doigts.

— J'ai besoin de quelque chose de plus raide, fit remarquer Liv en reculant.

— J'ai ça en stock.

Elle eut un rire joyeux qui brisa la tension. Rien que pour ça, elle avait envie de l'embrasser.

— C'était vraiment un sous-entendu d'amateur, Mack. J'attends mieux.

Il gloussa à sa façon grave et virile tout en rebouchant la bouteille de vin.

— Tu as l'air plutôt doué pour ça, constata-t-elle.

— Pour quoi ?

Elle désigna la bouteille du menton.

— Enfoncer des trucs longs dans des ouvertures étroites.

Il éclata de rire – un rire sincère et à gorge déployée, qui illumina tout son visage et donna à Liv l'impression qu'elle venait de gagner au Loto. C'était inattendu, excitant et bouleversant.

Mack s'empara de son verre en passant un bras derrière elle tout en laissant l'autre main sur le plan de travail, ce qui l'obligea à s'incliner juste assez pour que son torse effleure les seins de Liv. Sa voix et son regard la provoquaient.

— Et tu oses dire que c'est moi l'amateur ?

Elle haussa les épaules avec une nonchalance feinte.

— Je suis un peu rouillée sur ce terrain-là.

— Ça fait longtemps que tu n'as pas pratiqué ?

— Il faudrait que je me réentraîne à manier la batte.

— Tu veux un conseil de joueur ?

— Bien sûr.

Il s'inclina de nouveau.

— Tout est dans la façon de tenir le manche.

— C'est là que tu me montres comment trouver le point faible ?

Il lui adressa un clin d'œil.

— C'est ce qui fait de moi un champion.

Liv s'éventa de la main.

— Zut. Il fait chaud ici ou c'est juste ma chatte ?

Cette fois-ci, le rire de Mack fit bondir son cœur comme un lapin sous caféine. Il s'appuya contre le plan de travail, une main sur le comptoir, l'autre autour de son verre qui avait l'air absurdement fragile entre ses doigts puissants et musclés. Il était la vivante image d'une virilité impénitente et naturelle. Et elle possédait juste assez de jeune fille pâmée en elle pour l'apprécier.

— C'est une maison bien grande pour un célibataire, constata-t-elle.

Il regarda à la ronde avant de poser de nouveau les yeux sur elle.

— Je ne serai pas célibataire toute ma vie.

— Et si la future Mme Mack ne veut pas habiter ici ?

Il lui jeta un regard sincèrement surpris.

— Pourquoi ne le voudrait-elle pas ?

— Je sais que c'est fou, mais certaines femmes aiment choisir leurs propres maisons, le taquina-t-elle par-dessus le bord de son verre.

— Je peux m'adapter. J'ai prévu de traiter la future Mme Mack comme une princesse. Elle aura tout ce qu'elle voudra.

Liv ricana.

— Tu as vraiment lu trop de romances.

Il haussa un sourcil.

— Et toi pas assez. (Il avala une gorgée de vin.) Tu veux que je te fasse visiter ?

« Non », avait envie de répondre Liv. Elle ne voulait rien apprendre sur lui qui l'attirerait encore plus avant dans ce dangereux tourbillon de surprises et de stéréotypes contrariés. Elle ne voulait pas voir davantage de photos de famille ni découvrir quelle pièce il envisageait de reconvertir en chambre d'enfant le jour venu.

— Allez, viens, dit Mack en s'écartant du plan de travail. Je vais te montrer ma collection de livres.

Liv poussa un soupir exagéré.

— Tu ne veux pas plutôt m'abattre tout de suite ?

Mack s'empara de sa main libre et emmêla ses doigts aux siens.

— Tu as besoin d'un peu de romance dans ta vie.

Il l'entraîna doucement derrière lui jusqu'à l'entrée. Ils prirent à gauche au niveau de l'escalier et pénétrèrent dans une bibliothèque où des étagères en bois sombre qui couraient du sol au plafond croulaient sous des centaines d'ouvrages, pas seulement des romances mais des traités de politique, d'histoire, de sport et de science. Maudit soit-il. Elle aurait largement préféré qu'il soit un play-boy idiot, pas un homme cultivé.

Deux fauteuils en cuir rembourrés étaient disposés de part et d'autre d'une cheminée en briques. L'un avait l'air plus usé que l'autre et une image importune la traversa, celle de Mack assis ici, les pieds sur l'ottomane, en train de lire un livre sur l'Empire romain.

Sur le manteau de la cheminée, une rangée de photos de famille, attirèrent son attention. Liv lui lâcha la main pour se rapprocher. Elle effleura du doigt un cadre doré contenant un cliché d'un homme souriant qui brandissait un poisson.

— C'est ton père ? demanda-t-elle à mi-voix.

Il s'éclaircit la gorge derrière elle.

— Non. C'est mon oncle.

— Tu as des photos de ton père ?

— Pas ici.

Quelque chose dans le ton de sa voix la fit se retourner. C'était pour ça qu'elle ne voulait pas visiter sa maison. Elle ne pouvait pas se permettre de le voir comme un fils toujours en deuil qui trouvait trop douloureux de penser à son père. Elle le contourna et traversa la pièce jusqu'aux rayonnages consacrés aux romances.

— Laquelle est ta préférée ? demanda-t-elle en inclinant la tête pour parcourir les titres sur les tranches cassées.

— Celle-là.

Il tendit le bras vers une étagère juste au-dessus du niveau de ses yeux. Il s'empara de ses longs doigts d'un livre abîmé et le lui tendit.

Elle le lui prit des mains et lut le titre à voix haute.

— *Rêves sous le gui.*

— Je l'ai lu une dizaine de fois.

Liv le retourna pour parcourir la quatrième de couverture. Elle survola rapidement l'intrigue. Une mère célibataire revient dans sa ville d'origine et tombe amoureuse de son voisin. Il était aussi question d'un chien à sauver et du véritable sens de Noël.

— Pourquoi est-ce ta préférée ?

— Si tu veux le savoir, tu devras la lire.

Elle remit l'ouvrage à sa place.

— Tu as quelque chose sur les serial killers ? Ça me brancherait plus. Ça me donnerait peut-être une idée pour me débarrasser de Royce.

Mack appuya soudain la paume contre l'encadrement de la bibliothèque, lui bloquant toute retraite. Sa bouche effleura le lobe de son oreille.

— Pourquoi as-tu accepté de venir ce soir ?

Liv défaillit un peu.

— À part pour voir la cuisine dont tu ne cesses de te vanter ?

— Oui, à part ça.

Son estomac se noua. *C'est un plan cul. Sans lendemain.*

— J'ai pris une décision.

— Bonne ou mauvaise ?

— Probablement mauvaise.

— Mes préférées. (Il s'approcha encore, et son corps tout entier se pressa contre le sien.) Quelle décision ?

Elle posa son verre sur l'étagère et pivota dans la chaleur de sa demi-étreinte.

— Toi et moi allons coucher ensemble.

Il se frappa la poitrine du plat de la main.

— Je suis officiellement scandalisé. Serais-tu en train de suggérer que nous frottions nos cloaques l'un contre l'autre ?

— Quelque chose dans ce goût-là, oui, mais je jure devant Dieu que si tu expédies ça en trois secondes je dirai à la terre entière que le célèbre Braden Mack est un escroc au lit.

Il grommela quelque chose de cochon et l'attira brutalement à lui.

— Si c'est un challenge, je l'accepte.

Liv recula jusqu'à ce qu'elle entre en collision avec la bibliothèque.

— Tu te demandes certainement comment j'en suis arrivée à cette décision.

— Pas vraiment.

— J'ai décidé que c'était logique.

— Ah oui ?

Sa bouche trouva l'endroit juste sous son oreille où la peau était tendre.

— Nous sommes clairement attirés l'un par l'autre.

— Clairement.

— On s'est embrassés trois fois et ce n'était pas trop mal.

Il recula, offensé.

— Pas trop mal ?

Liv poussa un soupir théâtral.

— Les hommes et leur ego.

— C'est biologique, la taquina-t-il en frottant le bout de son nez contre le sien. On aime être complimentés.

— Je sais que tu as envie de coucher avec moi.

— Quel a été le premier indice ?

— Ça, fit Liv en glissant la main entre eux pour la poser sur le renflement dur et facilement reconnaissable qui tendait sa braguette.

Il déglutit.

— Ça a tendance à me dénoncer.

— En plus, on passe beaucoup de temps ensemble.

— C'est juste.

— C'est donc parfaitement logique. Non ?

Pour toute réponse, il glissa les doigts dans ses cheveux pour attirer sa bouche contre la sienne. Ce fut un baiser brûlant, profond et à couper le souffle. Un vrai baiser de cinéma. Il le rompit beaucoup trop tôt et gronda contre ses lèvres.

— Assez parlé, Liv. On le fait, oui ou non ?

Elle lui mordit la lèvre.

— Emmène-moi dans ta chambre.

Mack passa un bras sous ses jambes et la souleva, comme le soir où il l'avait extirpée de la bagarre dans le bar. Sauf que cette fois elle ne protesta pas. Il la porta à l'étage sans un mot, l'air résolu. Liv se blottit contre son cou et mordilla la peau sous son oreille.

Il laissa échapper un grondement rauque, ouvrit la porte de la chambre d'un coup de pied et la posa aussitôt à terre devant une commode en acajou.

C'est un plan cul. Rien de plus.

Liv se hissa sur la pointe des pieds pour l'embrasser mais il secoua la tête.

— Tourne-toi, ordonna-t-il d'un ton rauque.

Elle obéit et posa les paumes à plat sur le plateau de la commode.

— Tu vas me fouiller ?

Mack glissa les mains sur ses flancs jusqu'à ses hanches. Il l'attira brutalement contre son érection et plaça la bouche tout près de son oreille.

— C'est toi qui décides, Liv. Donne-moi des ordres. Je sais que tu en meurs d'envie.

Oui. Ça, elle pouvait le faire. Jouer un rôle. Laisser son cœur en dehors de tout ça. Le laisser la caresser et exalter son corps comme le maître qu'il était censé être.

— Embrasse-moi dans le cou, ordonna-t-elle en inclinant la tête.

Ses lèvres étaient électriques contre sa peau et des étincelles parcoururent sa colonne vertébrale. Il s'attarda et sa bouche fit des choses qui la laissèrent pantelante en cinq secondes.

Liv posa une main sur la sienne pour l'écarter de sa hanche. Elle entrelaça les doigts aux siens, l'entraîna vers son ventre et l'arrêta juste au-dessus de son jean.

— Dis-moi ce que tu veux, chuchota-t-il.

— Je veux que tu me touches.

Était-ce sa voix ? Elle donnait l'impression d'être sous l'eau.

Il ouvrit avec dextérité le bouton et fit descendre la fermeture Éclair centimètre par centimètre. Elle retint son souffle, impatiente, lorsqu'il effleura la barrière en soie qui le séparait de son sexe.

— Vas-y, gémit-elle.

Il écarta sa culotte. Lorsque ses doigts touchèrent sa peau chaude et moite, les genoux de Liv cédèrent. Il la rattrapa par la taille.

— Je te tiens, chérie, murmura-t-il.

C'était doux et tendre. Trop doux et trop tendre.

Ça doit rester un plan cul. Rien de plus.

Elle se mit à bouger contre sa main. Elle en voulait plus. Encore plus. Il accéléra le rythme, la caressant comme elle en avait besoin.

— Oh la la, susurra-t-elle. Tu es super doué.

— Je sais, répliqua-t-il en lui mordillant l'épaule.

— Ton arrogance gâche un peu le moment.

— Tu préférerais que je sois nul ?

Elle gémit pour toute réponse. Il lui mordit le lobe de l'oreille et elle poussa un petit cri. Il s'arrêta.

— Je t'ai fait mal ?

Elle fourra la main dans son pantalon et s'empara de ses doigts.

— Ne t'arrête pas.

— C'est ça. Dis-moi ce que tu veux, Liv, chuchota-t-il au creux de son oreille. Donne-moi des ordres.

— Pénètre-moi.

Il glissa deux doigts dans sa fente humide et les plongea en elle. Elle enfonça les ongles dans sa main en criant. Son corps avait pris la direction des opérations à présent, et Mack maintint son étreinte ferme autour de sa taille sans cesser de la doigter. Elle ondulait contre sa main et il suivait le rythme de ses hanches.

— Tu vas jouir, n'est-ce pas ? demanda-t-il d'une voix éraillée.

Il avait apparemment autant de difficultés qu'elle à parler.

— Oui, gémit-elle.

— Dis-moi comment t'y amener. Dis-moi comment te donner un orgasme.

— Plus fort.

Elle ne put rien ajouter de plus mais il savait ce qu'elle voulait. Il frotta la partie charnue de sa paume sur son clitoris. Liv cria et se contracta autour de ses doigts. Puis son corps devint tout mou contre le sien. Il entrelaça ses doigts aux siens dans sa culotte. Elle tourna la tête pour l'embrasser par-dessus son épaule.

Mack la prit de nouveau dans ses bras, la retourna et la déposa sur le lit. Elle se moula dans le matelas, toute molle et souple, le teint rosé.

— Et maintenant ? demanda-t-il en la dominant de toute sa taille.

— Déshabille-toi.

Il obéit lentement, prenant son temps pour dévoiler chaque centimètre de sa peau à son regard affamé. Son corps ne possédait pas une once de gras. Ses muscles étaient longs et fermes, résultat du jogging et de ses gènes, et non d'heures passées à la salle de sport. Sa poitrine disparaissait sous une épaisse couche de poils sombres se transformant en une fine ligne qui allait se perdre de manière excitante dans son Levi's.

Elle déglutit.

Il lui répondit par un clin d'œil.

— Je suscite souvent cette réaction.

Elle secoua la tête.

— Je le savais. Ta grande gueule va tout gâcher.

— Tu n'imagines pas ce dont ma grande gueule est capable.

— Des promesses, toujours des promesses.

Mack enleva rapidement son pantalon. Ils ôtèrent à toute allure le reste de leurs vêtements. Puis il s'allongea à côté d'elle, poussa un grondement et l'embrassa à pleine bouche. Il passa un bras autour de sa taille pour l'attirer sur ses genoux sans cesser de l'embrasser. À califourchon sur lui, Liv poussa un petit cri lorsque son entrejambe rencontra son érection. Face à un plaisir aussi intense, quelque chose s'empara d'eux, une puissance primitive, féroce et effrénée.

Mack posa les mains sur ses fesses, les pressa, les pétrit et les maintint tandis qu'il agitait les hanches sur un rythme érotique. Liv se cramponna à ses épaules, enfonça les ongles dans sa chair et ondula sur son sexe raide. Leurs gémissements ne firent plus qu'un et elle se frotta de nouveau contre lui tandis qu'il faisait glisser ses paumes jusqu'à sa poitrine. Ses doigts puissants et durs caressèrent la peau tendre sous ses seins puis remontèrent jusqu'à ce que ses tétons durcis se tendent sous ses explorations hâtives.

Ce n'était pas assez.

— Utilise ta bouche, gémit-elle.

Il se pencha en avant et suça l'un de ses tétons. Liv poussa un cri et inclina la tête en arrière. Elle mit les mains dans les cheveux de Mack pour le maintenir contre elle. Il prodigua ses attentions à ses deux seins, suçant et léchant jusqu'à ce que la pression entre les jambes de Liv devienne insoutenable.

Elle aurait pu continuer comme ça – un plan cul, son corps qui réagissait au sien – s'il ne s'était pas immobilisé, s'il n'avait pas soudain levé les yeux, s'il n'avait pas secoué la tête et affirmé d'un ton émerveillé :

— Je ne peux pas te lâcher des yeux.

Liv aurait pu se convaincre que ça ne voulait rien dire si son cœur n'avait pas fait un bond en entendant ces mots, en voyant son regard, et en sentant la tendresse de son baiser lorsqu'il posa de nouveau sa bouche sur la sienne.

S'il n'avait pas été aussi tendre, elle aurait pu se dire que ce n'était que des conneries romantiques. S'il ne l'avait pas touchée avec une vénération qui la faisait trembler. S'il ne lui avait pas souri lorsqu'il la souleva juste assez longtemps pour enfiler un préservatif.

Peut-être que, ce qui eut raison d'elle, ce fut justement ce sourire.

Il lui sourit comme s'il était heureux d'être là, avec elle.

Heureux tout court.

Et face à ce sourire, elle était impuissante.

Liv recommença à se frotter contre son érection. Le grondement profond et guttural de Mack l'emplit d'une telle satisfaction érotique qu'elle continua. Il grogna de nouveau et la fit rouler sur le dos. Puis il l'embrassa. Lentement. Érotiquement. Elle écarta les jambes. Son sexe dressé se blottit contre sa fente.

— Putain, Liv, gronda-t-il en se frottant contre elle.

Puis il la pénétra. L'emplit.

Et la fit s'envoler, s'envoler si haut qu'elle comprit immédiatement que la chute serait brutale.

Mack perdit connaissance.

Il ignorait quand ou comment, mais un instant il baignait dans l'éclat qui avait suivi l'expérience sexuelle la plus exquise de sa vie, et l'instant d'après, il était inconscient.

Et il s'en rendit compte uniquement parce qu'il se réveilla tout seul.

Il s'appuya sur les coudes pour scruter la chambre sombre.

— Liv ?

Elle émergea de la salle de bains. Partiellement vêtue.

Il s'assit et se frotta les yeux.

— Qu'est-ce que tu fabriques ?

— Je rentre chez moi.

— Pourquoi ?

— On a fait ce pour quoi j'étais venue.

Il se sentit d'abord vexé puis se souvint des paroles de Malcolm. Elle serait vulnérable après. Elle s'éloignerait. Il avait endossé un rôle toute la soirée et elle aussi. Et le jeu n'était pas terminé. Il décida donc de continuer à jouer.

Il s'appuya à la tête de lit et fit de son mieux pour dissimuler sa bouderie.

— Je n'ai même pas droit à un baiser de bonne nuit ?

Elle s'exécuta pour lui faire plaisir, s'attardant juste assez pour qu'il se remette à bander. Il glissa la main sur sa taille pour tenter de l'attirer à lui mais elle se redressa.

— Il vaut mieux pour tous les deux que j'y aille.

— Il faut que tu m'expliques parce que je pense que ce serait mieux si tu te déshabillais de nouveau et que tu me donnais encore des ordres.

— C'est pour ton bien. (Elle passa les bras dans les manches de son T-shirt et l'enfila.) Je commence à te connaître et je sais qu'il va te falloir un peu de temps pour digérer tout ça.

Sa remarque était juste et donc perturbante.

— Je peux digérer aussi bien tout nu.

Elle haussa les épaules et secoua la tête d'un air compatissant.

— Laisse-moi t'expliquer. Si on n'y prend pas garde, tu vas tomber amoureux de moi. Et je ne peux pas avoir ça sur la conscience.

Il éclata de rire. Un rire nerveux. Bon sang.

— Qu'est-ce qui te fait croire que je vais tomber amoureux de toi ?

— Parce que c'est ton modus operandi.

— Pas du tout. Je n'ai jamais le cœur brisé. Je suis du genre à inviter une femme à dîner uniquement pour coucher avec elle.

— Tu es du genre à lire des romances et tu as tellement envie de te marier que tu es prêt à dépenser mille dollars pour un cupcake.

— On pourrait cesser de parler de ce cupcake ?

— Regarde la vérité en face, Mack. Tu es un héros de romance.

Aïe.

— Qu'est-ce que tu veux dire par là ? maugréa-t-il.

Elle engloba la chambre d'un geste du bras.

— Tu vis dans un château que tu as construit pour une princesse qui n'existe pas. Tu as un petit cœur tout mou… et je ne veux pas être celle qui le brisera.

Cette fois-ci, la remarque était si juste qu'elle le transperça. Elle plaisantait, bien sûr. Mais pendant un instant horrible, il craignit qu'elle n'ait lu en lui comme dans un livre ouvert.

— Tu ne plaisantes pas, n'est-ce pas ? Tu t'en vas ?

— Oui.

Elle se pencha pour l'embrasser de nouveau. Puis il se retrouva seul. Comme d'habitude.

Mack écouta ses pas s'éloigner dans l'escalier, suivis par le bruit de la porte qui s'ouvre et qui se ferme. Il s'affala sur son oreiller. Cette femme faisait voler sa couverture en éclats. Et il détestait ça.

Son portable sonna cinq minutes après son départ et il répondit sans regarder qui l'appelait.

— Tu as changé d'avis ?

— Hein ?

Merde. Mack s'assit. Ce n'était pas Liv. Mais Sonia.

— Qu'est-ce qu'il y a ?

— Je vous attends, Liv et toi. Une certaine Jessica est ici.

Mack repoussa la couette, raccrocha et composa rapidement le numéro de Liv. Elle décrocha avec une désinvolture forcée.

— Je viens juste de partir, bon sang. Je te manque déjà ?

— Viens me chercher. Jessica s'est pointée au bar.

19

Mack ferma la porte de son bureau. Jessica s'assit, les genoux chancelants, sur l'un des fauteuils. Elle tenait serrés contre elle les pans de sa veste et se mordait la lèvre inférieure.

Liv prit place sur le siège à côté du sien et demanda gentiment :

— Ça va ?

Mack s'appuya contre son bureau et croisa les bras. Jessica lui lança un regard nerveux.

— Est-ce que vous voulez que je m'en aille ? demanda-t-il.

Il était peut-être arrivé quelque chose à Jessica dont elle n'avait pas envie de parler devant un homme. Cette pensée lui retourna l'estomac.

Mais la jeune fille secoua la tête.

— Non, je… je ne sais juste pas quoi faire.

— Commence par le commencement, répondit Liv d'un ton calme.

— Je ne peux plus. Il est tellement méchant en ce moment et… ce soir, ça a été horrible.

Mack serra instinctivement les poings.

— Horrible comment ?

— Est-ce qu'il… (Liv s'interrompit comme si elle cherchait la bonne façon de poser la question qu'ils avaient tous les deux en tête.) Est-ce qu'il t'a agressée comme la dernière fois ?

— Non. Pas de cette manière.

Mack exhala. Il ne s'était pas rendu compte qu'il avait retenu son souffle.

— Mais il m'a hurlé dessus, poursuivit Jessica. Il me lance des regards noirs chaque fois qu'on se croise. Et il… (Elle s'arrêta et jeta de nouveau un coup d'œil anxieux en direction de Mack.) Il essaie de briser votre carrière.

— Celle de qui ? De Liv ?

— De vous deux.

Mack entendit une phalange craquer et se rendit compte un peu tard que c'était la sienne.

— Est-ce que vous savez comment il compte s'y prendre ?

— Il s'assure que Liv ne puisse pas retrouver du travail. Et je… je ne sais pas pour vous. Mais il vous déteste parce qu'il sait que vous êtes ensemble. Il paie des gens pour vous espionner.

Dans la partie de son cerveau qui n'était pas concentrée sur sa haine envers Royce Preston et son inquiétude pour Jessica, Mack s'attendait à ce que Liv proteste sur la remarque concernant le fait qu'ils étaient *ensemble*, mais elle n'en fit rien et la même partie de son cerveau en fut irrationnellement heureuse, étant donné les circonstances.

— Comment le sais-tu ? demanda Liv.

— Il me l'a dit, répondit Jessica. Il a dit que les gens qui le contrariaient le regrettaient toujours. Je pense… je pense qu'il cherche à m'intimider.

Mack s'éclaircit la voix.

— Ça s'est passé aujourd'hui ?

Jessica acquiesça.

— À la fin de mon service, il a obligé Geoff à me raccompagner chez moi. Pour être sûr que je ne venais pas ici, je suppose. Je ne comprends pas pourquoi il ne me vire pas.

— Vous ne pouvez pas y retourner, déclara Mack d'un ton plus sec qu'il n'en avait l'intention.

La lèvre inférieure de Jessica se mit à trembler.

— Oui… Mais je ne sais pas quoi faire.

— Démissionne, fit Liv en lui prenant la main. N'y retourne pas. On va l'arrêter, on te le promet.

Ils ramenèrent Jessica chez elle en voiture. Une fois garés sur le parking en bas de sa résidence étudiante, Mack lui donna son numéro et celui de Liv.

— Liv et moi allons trouver une solution, assura-t-il d'un ton qu'il espérait rassurant. Appelez-nous si Royce, Geoff ou n'importe qui d'autre vous contacte ou essaie de vous intimider, d'accord ? Et quand vous serez prête, il y aura un emploi pour vous dans ma boîte.

Jessica hocha la tête, l'air dévasté.

— Merci pour ce que vous faites pour moi, dit-elle. Je suis désolée d'avoir été agressive l'autre fois.

— Hé. Non. Ne vous excusez pas.

Elle haussa les épaules, et sa lèvre inférieure trembla de nouveau.

— Mais rien de tout ça ne serait arrivé si j'avais juste…

Liv pivota vers elle depuis le siège du conducteur.

— Rien de tout ça ne serait arrivé si Royce n'était pas un salopard qui agresse les femmes. C'est tout. Fin de l'histoire. *Rien* n'est ta faute.

Jessica baissa les yeux en se mordant la lèvre.

— Mack et moi allons gérer le problème, affirma Liv. Il ne fera plus jamais de mal à personne, ni à toi ni à une autre.

Cette fois-ci, quand elle acquiesça, Jessica donna l'impression de la croire.

Liv regagna l'autoroute et prit la direction de la maison de Mack. Ce dernier rumina en silence pendant une bonne dizaine de minutes avant de s'exprimer.

— Royce est en train de perdre la boule.

— Il a toujours été taré.

— Mais ça empire et, si Jessica démissionne, il va péter un plomb.

Liv emprunta la bretelle de sortie. Mack l'observa dans la faible lueur du tableau de bord. Même plus d'une heure et demie après avoir quitté son lit, elle avait un air encore sexuellement satisfait qui tendit son pantalon et accéléra son rythme cardiaque.

Le jeu de rôle pouvait bien aller se faire foutre. De même que son besoin d'espace. Il avait besoin de la savoir en sécurité.

— Tu devrais peut-être rester avec moi jusqu'à ce que cette affaire soit réglée.

Liv tourna la tête vers lui si brusquement qu'il craignit que la voiture ne fasse une embardée.

— Hein ?

— J'ai peur de la façon dont les choses sont en train de dégénérer. Demander à Geoff de raccompagner Jessica chez elle ? Payer des gens pour m'espionner ? Il est dangereux, Liv.

Liv éclata de rire et bifurqua dans sa rue.

— Je pense que je ne risque rien.

— J'aimerais en être certain.

Elle lui lança un regard qui disait clairement qu'il avait transgressé l'une des règles essentielles des manuels. Il était allé trop loin. Il en avait trop dit. Et elle s'était aussitôt claquemurée derrière ses remparts.

Elle s'engagea dans son allée.

— Je suis tout à fait capable de m'occuper de moi-même, Mack.

— Je sais, mais je me sentirais mieux si…

Elle se cramponna au volant.

— Je t'appellerai.

— Quand ?

Elle haussa les épaules.

— Dans deux jours.

Il la dévisagea, stupéfait, le cœur battant la chamade.

— Dans deux *jours* ?

Elle prit une petite inspiration, ce qui lui prouva qu'elle mentait. Mais qu'était-il censé faire ? Refuser de descendre de la voiture ? Mack ouvrit sa portière. Il eut à peine le temps de la refermer qu'elle faisait déjà marche arrière. Il la regarda s'éloigner.

Il était de nouveau seul avec la question qui semblait toujours suivre les pas de Liv.

Qu'est-ce qu'il s'était passé entre eux ? Mais cette fois-ci, une deuxième question surgit aussitôt. Comment allait-il s'y prendre pour être sûr que ça se reproduise ?

20

Deux soirs plus tard, Liv était allongée sur son lit, cramponnée à son téléphone. Elle était en train de se reprocher sa peur têtue de tomber amoureuse en se traitant de tous les noms d'oiseaux lorsqu'un bruit à l'extérieur la fit se redresser brusquement.

Probablement un raton laveur.

Ou une des chèvres qui s'était échappée de la grange.

Ou Hop qui avait décidé de venir réparer le tracteur.

Sauf que c'était un bruit de pas qu'elle entendait sur le gravier. Elle bondit hors du lit, certaine que quelqu'un était en train de se faufiler vers son appartement. Une personne plus équilibrée aurait certainement eu peur pour sa sécurité, mais la première pensée de Liv fut qu'une fois que Mack aurait appris que Royce était passé à la vitesse supérieure, il n'aurait pas fini de la faire suer.

Et zut. Elle détestait qu'il ait raison.

Elle remonta sur la pointe des pieds le petit couloir qui menait au salon – juste au moment où une chaussure heurta légèrement l'escalier extérieur.

C'était peut-être Rosie. Obligé, non ? Elle avait certainement besoin de… quelque chose. À 23 heures.

Un autre bruit de pas lui donna la chair de poule. Rosie avait le pas plus léger. Haletante, Liv baissa les yeux sur son téléphone et essaya de calculer en combien de temps la police pouvait être là si elle appelait le 911. Dix minutes ? Et si l'intrus se rendait dans la maison principale et agressait Rosie ?

Liv appuya sur le bouton d'appel d'urgence et s'assit par terre. Un opérateur répondit immédiatement et lui demanda d'expliquer face à quelle urgence elle se trouvait.

— Un individu essaie de s'introduire dans mon appartement.

— Bien, madame. Pouvez-vous me donner votre adresse ?

Elle la dicta rapidement.

— Où êtes-vous, madame ?

— Par terre dans mon salon.

— Voyez-vous quelqu'un ?

— Je l'entends. Il monte les marches.

— Est-il dans la maison ?

— Quoi ? Non. Je… j'habite dans l'appartement au-dessus du garage. L'escalier est extérieur.

— J'envoie une patrouille chez vous. Pouvez-vous me donner votre nom ?

— Liv.

La personne au bout du fil poursuivit d'un ton calme.

— Liv, je vais rester au téléphone avec vous jusqu'à ce que les agents arrivent.

— Combien de temps ça va prendre ?

— Il y a une voiture de patrouille à cinq minutes.

— C'est trop long.

Liv rampa vers la fenêtre. L'autre lui demanda ce qui se passait. Liv souleva un coin du rideau et scruta l'extérieur. Il faisait trop sombre pour distinguer quoi que ce soit.

— Je ne le vois pas, mais je l'entends.

Il n'avait pas encore atteint sa porte.

— Liv, restez où vous êtes.

— Je vous rappelle.

Elle raccrocha malgré les protestations de l'opérateur. Toujours à quatre pattes, elle se dirigea vers la porte. Elle se redressa lentement pour ôter la chaîne de sécurité. Cette dernière cliqueta. Liv se figea.

L'homme continua à monter l'escalier : soit il n'avait pas entendu, soit il s'en fichait.

Liv s'empara de l'objet le plus proche – une Birkenstock – et se mit debout. Elle inspira puis ouvrit brusquement la porte. Elle descendit la première volée de marches quatre à quatre, atterrit sur le palier et balança la chaussure comme si c'était les qualifications de Wimbledon.

Le soulier percuta un visage et l'homme laissa échapper un cri de surprise. Il agita les bras pendant un instant terrifiant, vacillant à la lisière du palier. Cet instant suffit pour que Liv se rende compte qu'elle avait commis une terrible erreur, que l'homme n'était pas un intrus, et qu'elle ait le temps de compter combien de marches il allait dévaler.

— Mais qu'est-ce que tu fous, Liv ? s'exclama Mack.

Et il bascula en arrière. Comme le cupcake, il perdit le combat contre la gravité. Il tomba à la renverse, et son crâne heurta le bois grinçant des dix marches qui le séparaient du sol poudreux.

Il atterrit tête la première sur le gravier, les jambes toujours sur les marches. Il poussa un grognement assorti d'un juron.

La culpabilité rendit Liv agressive.

— Bon sang, Mack. À quoi tu joues ?

Il leva la tête.

— Tu es sérieuse ? Je te retourne la question.

— Je me défends contre un intrus, comme je t'ai prévenu que je le ferais.

— Tu-tu te défends ? (Il avait du mal à articuler, submergé par l'incrédulité.) Avec une chaussure ?

— Je n'ai rien trouvé d'autre.

Mack se rassit péniblement. Son jean et son T-shirt blanc étaient couverts de poussière. Une marque rouge vif aux contours de la Birk s'étalait sous son œil gauche.

Liv mit les poings sur les hanches.

— Pourquoi tu ne m'as pas téléphoné avant ?

— Parce que je savais que tu refuserais si je te proposais de passer, et ça fait deux jours, merde ! Je voulais te voir.

— Du coup, tu t'es dit que c'était une bonne idée de te pointer comme ça ?

Mack s'essuya les mains sur son jean.

— Si je comprends bien, fit-il, tu entends un homme devant chez toi et, au lieu d'appeler les flics, tu te jettes sur lui sans vérifier qu'il n'est pas armé et qu'il est bien seul ?

Merde. Les flics. Liv monta l'escalier à toute allure et rentra chez elle. Elle ramassa son téléphone et appuya de nouveau sur le bouton d'appel d'urgence.

Il était peut-être encore temps d'annuler.

Trop tard.

Quelqu'un décrocha au moment où la lueur bleu et rouge d'un gyrophare illuminait l'allée.

— Encore désolée pour le malentendu.

Vingt minutes plus tard, Liv s'excusait pour la millième fois. Les quatre agents les avaient interrogés séparément, Mack et elle, et ils avaient aussi questionné Rosie et Hop – qui était là en pleine nuit, ce qui était étrange.

— J'ai cru que c'était un cambrioleur.

— Un cambrioleur ? répéta le policier.

— C'est mon… (Elle s'interrompit et jeta un coup d'œil à Mack qui haussa un sourcil amusé.) Mon ami.

Mack ricana.

Son humiliation dura quelques minutes supplémentaires puis la patrouille s'éloigna enfin.

— Je n'arrive pas à croire que tu te sois pointé comme ça, fit Liv en remontant l'escalier, agacée.

— Et moi je n'arrive pas à croire que tu aies appelé les flics.

— Il y a vingt minutes, tu étais fou de rage parce que tu croyais que je ne les avais pas appelés ! Faut te décider.

Il la suivit dans l'appartement.

— Tu n'imagines pas comment je vais me venger, dit-elle.

— C'est une promesse ?

Liv ouvrit brusquement la porte du congélateur et en sortit le bac à glaçons. Elle étala un torchon sur l'évier et renversa le bac dessus. Une dizaine de glaçons tombèrent et l'un d'entre eux s'échappa pour atterrir par terre. Elle s'en fichait. En fait, elle espérait secrètement que Mack glisse dessus.

Dans le salon, celui-ci se laissa choir sur le canapé avec un gémissement exagéré et porta la main à sa joue. Elle noua les coins du torchon autour des glaçons en râlant et le rejoignit. Il avait posé les pieds sur la table basse et renversé la tête, les yeux fermés. Même depuis l'autre bout de la pièce, elle distinguait parfaitement le bleu violacé sur sa pommette.

La vache. Elle ne l'avait pas raté.

Il fit rouler sa tête et ouvrit un œil en l'entendant approcher. Elle lui lança la glace.

— Tiens. Même si je ne sais pas pourquoi je t'aide.

— Parce que tu tiens à moi ?

— Tu m'as fait la peur de ma vie.

Il pressa le torchon contre son visage.

— Je veux bien une aspirine.

Liv gagna la salle de bains, furieuse, fit le plus de bruit possible en fourrageant dans l'armoire à pharmacie et revint avec un flacon de paracétamol.

— Pas d'eau ? demanda-t-il.

— Étouffe-toi avec.

— Tu es bien agressive pour quelqu'un qui vient de mettre à terre un homme innocent.

— Innocent ? Tu étais en train de monter chez moi comme un voleur !

— J'essayais de ne pas faire de bruit pour ne pas réveiller Randy.

— Qu'est-ce que tu fais ici ?

— *Deux putains de jours*, Liv. (Il balança le torchon et se leva.) Peut-être que tu pratiques les plans cul, mais pas moi.

Liv ravala sa culpabilité et sa honte. Elle l'avait évité, surtout pour éviter de faire face à ses propres sentiments.

— Je t'ai dit que je ne t'appellerais pas avant quelques jours. Je t'ai donné le temps de digérer.

— Tu sais ce que je pense ? répliqua-t-il en s'approchant d'elle. Je pense que c'est toi qui avais besoin de temps pour digérer, du coup tu as inventé une histoire et tu m'as baladé pendant deux jours.

Liv fut envahie par une bouffée de chaleur et une vague de froid simultanées. Elle avait chaud parce que le regard de Mack était brûlant de colère. Et froid parce que, merde, c'était injuste. Il l'avait fait reculer jusqu'à la cuisine. Elle était coincée. Si elle lui permettait de la regarder dans les yeux, il lirait en elle et comprendrait qu'il avait raison.

— C'est ce dont j'avais peur, dit-elle d'une voix éraillée. Tu t'es déjà attaché. Je suis une briseuse de cœurs.

Mack posa les mains à plat sur le plan de travail de chaque côté de sa taille et se pencha en avant. Ses yeux brillaient d'un éclat épuisé et anxieux, et elle se demanda un instant s'il disait la vérité. Lui avait-elle vraiment manqué ? L'avait-elle réellement blessé en l'évitant pendant ces deux jours ?

Mack fit la grimace.

— Ce serait si terrible si tu comptais pour moi ?

Le cœur de Liv manqua un battement.

— Je ne compte pas.

— Vraiment ?

— Tu le penses peut-être mais ce n'est pas vrai.

Il leva les yeux au ciel en gémissant.

— S'il te plaît. Poursuis.

— Tu es animé par le complexe du sauveur et tu me crois en danger, du coup ton… hormone héroïque est au taquet.

— Mon hormone héroïque ?

— Oui. Et comme on a ajouté du cul au mélange, boum, tu t'es transformé en prince Disney.

Il croisa les bras.

— Attends. Tu as dit il y a deux minutes que j'étais fou amoureux de toi. Et maintenant tu affirmes qu'en fait tu ne comptes pas ? Décide-toi.

Elle tressaillit. Incohérence narrative.

— Tu penses que je compte parce que tu es du genre à tomber amoureux. Mais en réalité, tu ne m'aimes pas.

— Donc tu n'as pas peur que je tombe amoureux de toi, juste que je *croie* l'être.

Elle détourna le regard.

— Oui.

Il baissa les yeux vers elle et esquissa un sourire réticent.

— Bon sang, Liv, ce que tu peux être compliquée.

Elle haussa les épaules.

— C'est ton problème, pas le mien.

— J'espère que tu as raison parce que m'intéresser à toi serait un gros désagrément.

— Considère-toi tiré d'affaire.

— Merci. Ça va me faciliter la vie.

— De rien.

— Liv ? murmura-t-il en se penchant beaucoup trop près.

Son odeur à nulle autre pareille la saisit avec la force d'une boule de démolition. Cet homme ne sentait jamais mauvais. Qu'il soit en nage, sale ou sanglant. Il ne dégageait que des phéromones excitantes.

— Quoi ? répondit-elle d'une voix rauque.

— Je pense que tu racontes des conneries.

Il n'avait pas tort. C'était pour ça que son cœur l'emportait sur son cerveau et disait « Tant pis ». Qui avait besoin de la stabilité, après tout ? Liv attrapa son T-shirt et l'attira à elle. Leurs bouches entrèrent en collision et elle le laissa passer d'une pelle passionnée à une main sous son propre T-shirt en dix secondes. Et après ça, ses principes et ses hormones cessèrent de se disputer : ils avaient manifestement trouvé un terrain d'entente. Du genre « Bien sûr, déshabillons-nous », parce que, bon sang, ce que cet homme était capable de faire à un téton d'une chiquenaude devrait être interdit.

Liv gémit et se cambra sous sa caresse.

Mack la pinça.

— C'est qui le patron ?

— Tu vas tout gâcher si tu ne la fermes pas.

— Oh ! mais au contraire, je compte bien continuer à l'ouvrir.

Mack s'agenouilla et, sans que Liv ne puisse dire comment, elle se retrouva soudain sans pantalon. Mack se mit à la lécher à travers la dentelle de sa culotte et elle se cramponna à ses cheveux.

— Je te rappelle que je n'ai pas donné mon consentement pour qu'on recouche ensemble, gémit-elle.

— On n'est pas en train de coucher, chérie.

Il fit glisser la main gauche le long de sa cuisse et s'arrêta sur sa culotte : seule une fine couche de tissu séparait ses doigts de son clitoris sensible qui avait désespérément besoin de sa caresse.

— J'ai pourtant bien l'impression du contraire, geignit-elle.

— Tu devrais pratiquer davantage, alors.

Elle venait juste de commencer à gémir de manière incohérente lorsqu'il écarta le tissu pour dénuder sa chair. Il la lécha de nouveau et glissa deux doigts en elle. Elle jouit. Juste comme ça. Des feux d'artifice explosèrent. Elle se mordit le bras pour se retenir de chanter l'hymne national.

Il n'en avait cependant pas fini avec elle. Toujours un peu sonnée, elle se rendit soudain compte qu'il s'était redressé en déposant un sillage de baisers sur son corps. Il se battit un peu avec son pantalon et elle entendit le bruit d'un emballage de préservatif qu'on déchire…

— Où t'as trouvé ça ?

— Dans la poche arrière de mon jean.

— Bien joué.

— J'aime être préparé à tout.

Liv aussi, mais elle ne s'attendait pas à ce qu'il la soulève, la presse contre la porte de l'appartement et la pénètre d'un puissant coup de reins. Il n'était peut-être pas si prêt que ça lui non plus parce qu'il s'immobilisa un instant. Il posa le front contre son épaule, et fit un bruit à mi-chemin entre le plaisir et la souffrance. Elle ne comprenait que trop bien. La poignée de la porte s'enfonçait dans sa fesse gauche mais le sentir en elle était si intense qu'elle s'en fichait.

Puis il se mit à bouger. Des coups de reins violents qui l'envoyèrent heurter le battant à chaque fois. Son vagin se contracta de nouveau. Mack couvrit sa bouche de la sienne pour étouffer le bruit de sa jouissance.

Il gémit en enfonçant les mains dans son dos pour la maintenir en place. Elle se cramponna à lui, les bras autour de son cou, les jambes autour de sa taille.

— Liv, grommela-t-il soudain. Putain.

Il jouit dans un dernier coup de reins.

Elle venait à peine de regagner la Terre lorsqu'elle le sentit remonter son pantalon d'une main avant de la porter vers la chambre.

— Qu'est-ce que tu fais ?

— Je te couche.

— Non. Non, non. Tu ne peux pas rester.

— Oh que si. Je ne fais pas ce genre de chose. Je ne me barre pas comme un voleur après avoir baisé.

Elle s'attendait à ce qu'il la balance sur le lit mais il n'en fit rien. Il se pencha pour la déposer doucement, débarrassé du discours de mâle alpha aussi vite qu'il lui avait ôté son pantalon. Il la regarda d'une façon qui lui rappela pourquoi elle l'avait évité pendant deux jours : une femme pouvait s'attacher à ce genre de regard, ce qui serait complètement idiot, pas vrai ?

— Je veux juste me réveiller à tes côtés, dit-il à voix basse. Est-ce que tu es d'accord ?

Elle n'acquiesça pas avant qu'il n'enlève son T-shirt, qu'il laissa tomber au sol. Son jean suivit de peu. Elle eut à peine le temps de s'écarter : il repoussa la couette et se glissa dessous. Liv la ramena sur sa poitrine et s'y agrippa.

Il renversa la tête et éclata de rire.

— Tu as peur de moi ?

Peur ? Oui. Il la terrifiait.

— Bonne nuit, Liv, bâilla-t-il.

Puis l'enfoiré ferma les yeux. Sa respiration ralentit et devint profonde en quelques minutes. Comment pouvait-il dormir ? Son corps à elle était en feu. Il lui suffirait de pas grand-chose pour le chevaucher. Mais il avait l'air totalement indifférent à leur proximité.

Les hommes. Ils étaient capables d'ouvrir et de fermer leurs émotions comme s'il s'agissait d'un robinet. Quelle injustice.

— Connard, murmura-t-elle.

— Qu'est-ce que j'ai encore fait ?

Liv poussa un petit cri.

— Je croyais que tu dormais.

— Je sais. Je te laissais m'admirer.

— Je te déteste.

Elle lui tourna le dos. Elle sentit le matelas ployer et un bras musclé lui entoura la taille. Il l'attira contre lui. Les contours de son corps athlétique se moulèrent contre elle. Si elle bougeait les hanches de quelques centimètres, elle sentirait certainement son vous-savez-quoi.

— Je suis désolé de t'avoir fait peur, déclara-t-il à mi-voix.

Avec sincérité.

Elle se retourna pour lui faire face.

— Je suis désolée de ne pas t'avoir appelé.

Elle pouvait au moins lui accorder ça.

Mack posa une main sur sa joue. Elle n'eut pas besoin d'encouragement et se pencha pour l'embrasser. Et elle se retrouva de nouveau sur le dos. Il fit glisser la main sur sa jambe, la passa derrière son genou et l'enroula autour de sa hanche.

— Je croyais que je savais m'y prendre avec les femmes, Liv, chuchota-t-il. Et puis j'ai rencontré une cheffe pâtissière et mon monde s'est mis à tourner à l'envers.

Quelque temps plus tard, elle s'endormit dans ses bras en se demandant s'il savait l'effet que ces simples mots lui avaient fait.

21

Elle se réveilla un peu plus tard, le poids du corps de Mack sur le sien.

— Qu'est-ce que… ?

— Chut.

Il avait posé la main sur sa bouche et ses lèvres effleurèrent son oreille lorsqu'il lui intima de se taire. Qu'est-ce qu'il foutait ? Un jeu sexuel pervers ? Elle se tortilla sous lui mais il ne bougea pas.

— Tu te venges parce que je t'ai frappé ? siffla-t-elle.

— Écoute-moi, ordonna-t-il. Il y a quelqu'un en bas.

Elle leva les yeux au ciel. N'importe quoi.

— Va t'enfermer dans la salle de bains…

Quoi ? Hors de question. Elle secoua la tête sous sa main.

— Bon sang, Liv. Écoute-moi pour une fois.

C'est alors qu'elle l'entendit. Le cri inimitable d'un coq misandre et manifestement furax.

Mack enfila son jean à toute allure et descendit l'escalier en courant. Liv refusa évidemment de rester à l'intérieur.

— Au secours !

Les hurlements d'un homme désespéré étaient rendus presque inaudibles par le braillement vicieux de Randy. Mack sauta la dernière marche et courut dans l'allée où une silhouette informe gisait sur le dos, les mains en l'air pour se protéger des serres du volatile.

— Qui êtes-vous ?

— Au secours ! répéta l'homme, les mains sur le visage.

L'inconnu balança le bras et percuta Randy, qui recula juste assez pour qu'il puisse rouler sur lui-même et éviter ainsi une autre attaque. Il se mit à quatre pattes, les fesses dans leur direction.

— C'est moi, beugla le type.

— Je ne vous connais pas.

Il se redressa et se tourna. Liv, qui avait rejoint Mack, poussa un cri de surprise.

— Geoff ?

— Putain, mugit-il en se couvrant les oreilles.

— Qu'est-ce que vous foutez ici ? s'exclama Mack.

— Livvie ! s'écria une autre voix masculine.

Hop. En provenance de la maison.

Liv pivota. Mack l'imita. Geoff aussi. Ils hurlèrent tous les trois à l'unisson parce que…

— NON MAIS POURQUOI T'ES À POIL, BORDEL ?

Liv mit les mains sur ses yeux.

Mack comprenait sa réaction. Bon sang, Hop était nu comme un ver. Et il courait. Entièrement nu.

Geoff poussa un grognement stupéfait en voyant Hop se jeter sur lui au ralenti dans un tacle que n'aurait pas renié la Fédération de football américain. La poussière les enveloppa dans un nuage lorsqu'ils heurtèrent le sol, Hop sur Geoff. À poil, donc.

— Oh la la, gémit Liv. Je ne m'en remettrai jamais.

Hop avait enroulé le bras autour du cou de Geoff.

— Tu as cinq secondes pour me dire qui tu es et ce que tu fiches ici.

Geoff se débattit, suffocant. Hop relâcha un peu la pression.

— C'est l'un des hommes de main de Royce, expliqua Liv.

La porte arrière de la maison s'ouvrit de nouveau à la volée. Rosie en sortit en courant, en peignoir, les cheveux tombant sur les épaules. Elle transportait un jean et une chemise à carreaux qu'elle tendit à Hop avec un regard noir.

Liv ouvrit la bouche, sidérée.

— Oh ! mon Dieu.

— On en discutera plus tard, la réprimanda Rosie. Qu'est-ce qui se passe ici ?

Hop résuma la situation avec le peu de détails qu'ils possédaient. Rosie rajusta la ceinture de son peignoir.

Hop remit Geoff sur ses pieds.

— Qu'est-ce que tu veux ?

— Aider, souffla celui-ci.

— À d'autres, répliqua sèchement Mack.

— Je le jure. (Geoff s'essuya le visage de ses mains poussiéreuses.) Je ne veux plus cautionner la merde de Royce.

Hop ne broncha pas.

— Comment on sait si on peut lui faire confiance ? Ça pourrait être un piège.

— Ce n'est pas un piège, protesta Geoff. Promis. Écoutez-moi, c'est tout ce que je demande. S'il vous plaît.

— On t'écoute.

Geoff pressa sur sa joue le sachet de glace que Rosie lui avait donné sans quitter Hop des yeux. Ce dernier – Dieu merci – avait enfilé son jean.

— Je veux vous aider.

— Tu l'as déjà dit, répliqua Mack, les bras croisés. Comment ça ?

— Je sais que vous essayez de dénoncer les agissements de Royce.

— Je ne vois pas de quoi tu parles, affirma Hop.

Il était passé en total mode flic et Mack était bien obligé d'admirer son jeu. Geoff cilla comme s'il doutait soudain. Puis il comprit.

— Je ne suis pas en train d'enregistrer.

— Et on est censés te faire confiance juste comme ça ?

— Tu veux que je me désape, c'est ça, putain ?

Hop lui donna une chiquenaude sur la tête.

— Sois poli, bordel.

— Ne te déshabille pas, supplia Liv. J'ai subi assez de couilles non sollicitées pour une vie entière.

Mack espéra que les siennes n'en faisaient pas partie.

— Je jure devant Dieu que je suis venu vous filer un coup de main, insista Geoff. Je n'ai pas signé pour ces conneries. Je pensais devenir garde du corps ! Mais Royce a complètement perdu la boule.

— C'est-à-dire ?

— Il est devenu parano !

— Doucement. Qu'est-ce qu'il t'a fait faire en plus de tes tâches de garde du corps ? Je veux dire, à part intimider mes futurs employeurs ?

— Tu es au courant ?

Liv opina.

— Oui.

Il haussa les épaules.

— Au début, on était juste censés surveiller ton compte Facebook pour vérifier que tu ne parlais pas de lui.

— Et puis ?

— Et puis quand Jessica lui a dit que vous étiez allés la voir sur le campus, il a pété un plomb. Il…

Il déglutit, soit honteux, soit inquiet de ce qui allait suivre.

— Il quoi ? gronda Mack.

— Il nous a demandé de la suivre partout. Et toi aussi.

Ses deux derniers mots résonnèrent dans la pièce.

Mack jura et Hop brandit l'index dans sa direction.

— Tu vois. Je l'avais prédit. Vous avez voulu vous mêler d'un truc qui ne vous regardait pas…

Rosie posa la main sur son bras sans rien dire et Hop se tut aussitôt, ce qui relevait du miracle.

— Il est devenu dingue, poursuivit Geoff. Et c'est pire depuis que Jessica a démissionné. Je ne veux plus participer à toute cette merde.

— Pourquoi ne pas démissionner ? le défia Mack qui n'avait toujours pas confiance dans cet abruti.

— Partir et le laisser s'en tirer comme ça ? Pas question, mec. J'ai des sœurs. Si un type leur faisait un truc pareil, je lui casserais la gueule.

Mack résista à l'envie de lui balancer qu'un homme ne devrait pas avoir besoin d'avoir des sœurs pour reconnaître que le comportement de Royce était inadmissible. Ce n'était pas le moment.

— Est-ce que tu connais les noms des femmes qu'il a harcelées sexuellement avant Jessica ? demanda Liv.

— Non.

— Où pourrait-on trouver cette information ?

— Dans son bureau. Il garde un dossier secret.

— Ça m'étonnerait, grommela Hop. Personne n'est con à ce point.

— Tu l'as rencontré ? contra Liv. C'est un connard arrogant qui pense qu'il peut se tirer de toutes les situations. Ça ne lui viendrait pas à l'esprit que quelqu'un veuille déterrer ses sales secrets.

— Ni qu'on puisse violer sa confiance, ajouta Mack en dévisageant Geoff.

— Je ne dois rien à cet enfoiré, répliqua Geoff. (Il posa un regard admiratif sur Liv.) Je pense que c'est pour ça que tu lui fais peur. Il sait que tu le prends pour une merde et que tu ne lui as jamais été dévouée. Il n'est pas habitué aux gens qu'il ne peut ni intimider, ni acheter, ni impressionner.

Mack sentit l'orgueil lui gonfler la poitrine.

— Qu'est-ce que tu peux faire pour nous ? demanda Hop.

— Qu'est-ce que vous voulez ?

— Des noms, expliqua Liv. On doit savoir combien de femmes il a agressées et combien il les a payées pour les faire taire.

— Les noms doivent figurer dans le dossier.

— Est-ce que tu peux y accéder ?

— Je… je ne sais pas. Mais je sais où il se trouve.

Mack haussa les sourcils et se tourna vers Liv.

— Qu'est-ce que tu en penses ?

— Je propose qu'on lui fasse confiance. C'est la meilleure info dont on dispose depuis le début.

— Je suis d'accord, renchérit Hop. Réunissons-nous demain pour mettre au point un plan.

Geoff se leva et tendit le sachet de glace à Rosie.

— Merci, madame. Je devrais y aller.

— Absurde, rétorqua Rosie. Il est tard. Vous pouvez dormir ici.

Mack et Hop s'exclamèrent en chœur : « Hein, quoi ? », mais Rosie les fit taire d'un simple regard.

Elle escorta Geoff jusqu'à la salle de bains du rez-de-chaussée. Liv se leva en disant qu'elle allait chercher un verre d'eau.

— Bon…, commença Mack lorsqu'elle fut hors de portée de voix. (Il fit un geste en direction de la salle de bains.) Ça avait l'air prometteur.

— Va te faire foutre, maugréa Hop.

— Vous pourriez juste me remercier.

— Je n'ai à te remercier de rien.

Mack se rembrunit.

— On est dépassés par la situation, pas vrai ?

Hop hocha la tête.

— Oui.

— Vous croyez qu'on devrait lâcher l'affaire ?

Hop lui lança un regard assuré.

— Hors de question. J'en suis.

22

Les mecs, à l'exception de Del et de Gavin qui avaient un match à l'extérieur, arrivèrent à la ferme juste avant midi. Geoff était assis dans un coin comme un otage. Il mangeait des cookies et se rongeait les ongles tour à tour.

— À quoi nous servirait une liste de noms ? demanda Malcolm. Elles ont certainement toutes signé une clause de confidentialité. Et si certaines avaient envie de le dénoncer, elles l'auraient déjà fait.

— On n'est pas obligés de rendre l'identité des victimes publique, répliqua Liv. On veut juste lui balancer les chiffres. On peut garder les noms pour nous.

— Ce serait une preuve suffisante qu'on pourrait lâcher aux journalistes pendant le lancement de son bouquin, proposa Derek. Inutile de les identifier. Ni d'expliquer comment on a eu les noms.

— Je peux couvrir nos arrières, assura Noah.

Liv n'en doutait pas. Mais ça lui nouait quand même l'estomac.

— Juste pour qu'on soit clairs. On est vraiment en train de discuter de ça ? De pénétrer par effraction dans le bureau de Royce ?

Mack se tenait devant elle, assez près pour chuchoter et pour montrer quelle était la nature de leur relation.

— C'est toi la boss, déclara-t-il. Si l'idée ne te plaît pas, dis-le.

Elle avait envie de l'embrasser mais se retint. Elle ne savait pas vraiment où ils en étaient tous les deux et une chose était sûre : elle n'était pas prête à montrer son affection en public.

— Je veux juste qu'on soit tous d'accord sur ce dans quoi on s'engage, expliqua-t-elle. Royce a déjà fait assez de dégâts comme ça. Je ne veux pas qu'il vous entraîne dans sa chute.

— Alors on a vraiment intérêt à ne pas se faire gauler, fit Hop.

Le plan fut élaboré rapidement. Derek arriverait le premier et s'installerait au bar pour garder un œil sur Royce. Malcolm et sa femme réserveraient une table dans la section VIP…

— Commande le Sultan, ordonna Liv. Ça va mettre Royce dans tous ses états.

Et ça l'occuperait pendant que Geoff ferait entrer Mack, Noah et le Russe par la porte de service puis les accompagnerait jusqu'à l'étage des bureaux.

— Et moi ? demanda Liv.

— Tu restes ici, répondit Mack.

— Quoi ? Pas question !

Mack lui fit face.

— Liv, tu ne peux pas y aller. S'il te voit, Royce comprendra tout de suite qu'il se trame quelque chose.

— Pareil pour toi.

Mack serra les dents.

— C'est dangereux.

— Pas plus pour moi que pour toi.

— Il a raison, Liv, renchérit Hop.

— C'est super sexiste !

Mack se passa les mains dans les cheveux.

— Liv, pour cette fois, laisse-moi diriger les opérations.

— Euh, non. C'est moi qui ai mis cette affaire en branle. Je ne resterai pas à l'arrière pendant que vous prenez tous les risques.

Rosie entra dans la pièce et tendit une poule au Russe.

— Tu pourrais peut-être rester dans le van, suggéra-t-elle à Liv.

Liv pivota, fâchée.

— Je pensais que, s'il y avait bien quelqu'un qui prendrait mon parti, ce serait toi.

Rosie haussa les épaules.

— Je suis un peu partiale cette fois-ci.

— Moi aussi, fit remarquer Mack. J'ai besoin de savoir que tu es en sécurité.

Ce qu'elle lut dans ses yeux fit battre son cœur d'une manière qui lui déplut parce qu'elle n'était pas prête à ressentir cette émotion ni à s'y abandonner, aussi réagit-elle comme à son habitude : elle devint agressive.

— Je ne peux pas te parler quand tu es comme ça. Tu te comportes comme un, comme un…

Il haussa les sourcils.

— Comme un petit ami surprotecteur, termina-t-elle.

Mack leva les mains au ciel.

— C'est parce que j'en suis un ! Tu ne l'as peut-être pas remarqué après ce qui s'est passé hier soir, chérie, mais je suis ferré.

La phrase explosa dans la pièce et frappa chacun par sa sincérité. Liv cilla, le souffle coupé.

Le silence assourdissant fut suivi par un sifflement discret.

— Je le savais, constata le Russe.

Le chaos s'abattit alors sur le salon : tous les gars sortirent leur portefeuille et balancèrent du fric au Russe.

Il se leva et brandit la poule en une petite danse.

— J'ai gagné le pari ! J'ai gagné le pari !

— Il y avait un pari ? siffla Liv.

Mack plaça les mains devant lui.

— Je n'y suis pour rien.

Hop se leva à son tour et exigea le silence.

— On était en train de parler d'une affaire sérieuse.

Sa voix de flic ramena aussitôt l'ordre.

— Liv, tu resteras dans le van avec moi. Malcolm, réserve une table pour 20 heures si c'est possible. Noah, tu as bien dit qu'on pouvait utiliser ta camionnette ?

Noah acquiesça et sourit comme un joueur qui vient de franchir un niveau.

— Oh ! oui.

— Il se fout de notre gueule.

À 19 heures, Noah gara devant chez Mack un van blanc dégueulasse qui n'aurait pas pu clamer plus fort qu'il appartenait à un pervers s'il avait peint « Chiots à donner » sur son flanc.

Liv, Hop et Mack le dévisagèrent en silence. Noah baissa la vitre du côté du passager.

— Vous êtes prêts ?

Mack ouvrit la portière d'un geste furieux.

— C'est le van « Stylé pour enlever des enfants » ou bien ?

— C'est un super van. C'est là-dedans que j'ai baisé pour la première fois.

— Je décline, fit Hop en reculant, les mains levées.

— Ne t'en fais pas. J'ai enlevé la banquette il y a longtemps.

— Quand ? grommela Hop. Pendant l'affaire Lewinsky ? Cette camionnette est une antiquité.

— Ouais, j'étais à l'école primaire quand Clinton a été accusé.

Hop brandit son majeur.

Noah fit signe à tout le monde de monter.

— C'était une des camionnettes de mon grand-père. Il était couvreur.

— Génial. C'est exactement ce dont on a besoin, railla Mack.

Noah descendit et contourna le véhicule pour faire coulisser la porte latérale : l'intérieur, plongé dans la pénombre, contenait une quantité impressionnante de matériel informatique et une espèce de radio, installés tout le long d'une paroi. Les écrans d'ordinateurs fournissaient une vue à 360 degrés de l'extérieur.

Tout le monde se figea.

— C'est vraiment un van de surveillance, constata Mack. Tu ne mentais pas.

Noah reprit sa place derrière le volant.

— Non.

— Et pourquoi tu en possèdes un ?

Pendant que Liv et Hop s'installaient dans le fond, Noah regagna la rue.

— Tous les ingénieurs en informatique en ont un.

— Tu bosses pour la CIA, c'est ça ? demanda Liv depuis l'arrière.

— La CIA n'opère pas sur le territoire américain.

— Ce qui est une réponse tout à fait normale.

— La NSA, en revanche…

— Je ne sais pas si c'est du lard ou du cochon, commenta Liv.

— Ceux qui travaillent pour la NSA ne l'admettent jamais, Liv.

Le Russe n'habitait qu'à cinq kilomètres de chez Mack. Il les attendait dans son allée. Il portait un pantalon militaire noir, un T-shirt noir et un blouson en cuir noir que n'aurait pas renié un mafieux. Il tenait à la main une lunch box noire comme on en voit sur les chantiers.

Après un bref silence, Noah formula à voix haute ce qu'ils pensaient tous.

— C'est quoi son problème ?

Mack soupira et se passa la main sur la mâchoire.

— Je lui ai dit de s'habiller de manière discrète.

Noah se gara, descendit et contourna le van pour ouvrir la porte latérale. Le Russe grimpa et sa corpulence massive prit toute la place. Il s'assit sur le sol, les genoux remontés contre sa poitrine, la lunch box à côté de lui.

Quelques minutes après que Noah eut repris la route, un froissement fit se retourner Mack. Le Russe fourrageait dans son Tupperware et tendait des collations à Hop et à Liv.

— Qu'est-ce que tu fous ? demanda Mack.

— J'ai faim, répondit le Russe.

— T'as pris de la *bouffe* ?

— J'ai super faim.

— J'espère que t'as pas embarqué du fromage. (Mack se retourna.) C'est en train de devenir la pire idée de l'histoire des pires idées.

— Les voilà.

Un peu avant 20 heures, Mack se redressa sur son siège et scruta l'un des écrans d'ordinateur à l'arrière du van. Ils avaient garé la camionnette au dernier étage du parking qui surplombait le Savoy. Le SUV noir de Malcolm venait de s'arrêter devant le voiturier à l'entrée du restaurant. Un chauffeur tout de noir vêtu ouvrit la portière de Tracy, la femme de Malcolm.

— J'ai du mal à croire qu'on soit en train de faire ça, souffla Liv, accroupie par terre à côté de Mack.

Il lui prit la main et elle entrelaça ses doigts aux siens. C'était dire à quel point elle était nerveuse.

— Tout va bien se passer, la rassura Mack.

Il avait envie de se pencher pour l'embrasser sur le sommet du crâne mais c'était probablement un peu exagéré.

Moins d'une minute plus tard, Geoff vint au rapport en utilisant son micro.

— Ils sont en train de s'asseoir.

Ils les recontacta quelques minutes plus tard.

— Il vient les saluer.

— C'est à nous, déclara Mack.

Mack se tourna sur sa gauche : Liv était en train de se ronger les ongles.

— Ça va aller.

Elle opina.

— Sois prudent.

Tant pis. Il se pencha et l'embrassa passionnément.

Noah, le Russe et lui sautèrent à bas du van et descendirent les marches quatre à quatre. Ils étaient tous essoufflés quand ils arrivèrent au rez-de-chaussée. Ils contournèrent l'immeuble pour emprunter l'allée derrière le restaurant. La porte de service s'ouvrit et ils entrèrent en silence.

Geoff referma la porte avec précaution avant de tendre une clé magnétique à Mack.

— À qui appartient-elle ? demanda Mack.

De la sueur coulait sur le menton de Geoff. Il était extrêmement nerveux.

— À personne. C'est une carte générique qu'on utilise pour les livraisons.

— On ne peut donc pas remonter jusqu'à nous. Parfait.

Ils pénétrèrent dans la zone de livraison du restaurant. Elle était probablement très animée dans la journée mais heureusement déserte à cette heure. Une odeur de ciment sale et d'huile de moteur planait dans l'air. Un panneau rouge sur lequel était inscrit le mot *SORTIE* brillait au-dessus d'une porte au fond.

Geoff la désigna du doigt.

— L'escalier est là. Vous vous souvenez de ce que je vous ai dit ? Comment vous y rendre ?

— Prendre à gauche en haut des marches, répondit Mack.

Geoff acquiesça et s'épongea le visage d'une main.

— Tu es sûr que son bureau est ouvert ? demanda Noah.

— Je l'ai ouvert moi-même. Vous avez dix minutes.

— Allons-y.

— Parlez-moi, fit Hop dans leur oreillette.

— On est dedans, répondit Mack. On se dirige vers l'escalier.

Mack n'avait pas oublié les instructions de Geoff. Deux escaliers menaient aux étages supérieurs. Celui du fond, qu'ils s'apprêtaient à prendre, était surtout utilisé par l'équipe de jour et il serait donc vide à cette heure de la soirée.

Ils parvinrent à l'étage administratif. Les écrans des ordinateurs éclairaient les bureaux d'une douce lueur bleutée. Celui de Royce était au fond du couloir à gauche avait dit Geoff.

— Grouillez, siffla Mack.

Les trois hommes se faufilèrent sans bruit jusqu'au bureau décrit par Geoff. Mack retint son souffle lorsque Noah posa une main gantée sur la poignée de la porte. Ils étaient vraiment en train de faire ça. Bon sang.

Une légère pression sur la poignée, et ils étaient à l'intérieur.

Mack expira et suivit Noah, le Russe sur ses talons.

Mack fit un signe en direction de celle-ci et le Russe acquiesça. Il se posta près de celle-ci pour surveiller le couloir tandis que Noah et Mack traversaient la pièce en direction du bureau. L'ordinateur était allumé mais nécessitait un mot de passe.

Mack jura dans sa barbe.

— Tu es sûr que tu peux faire ça ?

Noah s'assit dans le fauteuil de Royce et se mit aussitôt à pianoter sur le clavier. En le regardant faire, Mack avait l'impression de voir Mozart composer une symphonie. Quelques instants plus tard, il avait craqué le mot de passe.

— Punaise, t'as fait super vite.

— Les gens ne réfléchissent pas assez à leurs mots de passe, répondit Noah.

Il sortit une clé USB de sa poche et l'inséra dans le port latéral de l'ordinateur.

Mack se détourna pour examiner le bureau. Il lança un regard noir à la photo de Royce et de sa femme.

— Dix minutes, annonça Hop dans leurs oreilles.

La sueur se mit à couler sur le visage de Mack. Le Russe était toujours devant la porte, prêt à en découdre avec quiconque les surprendrait.

Les doigts de Noah volaient sur le clavier.

— Comment tu sais ce que tu cherches ? demanda Mack.

— Ne me parle pas, ordonna sèchement Noah.

— Liv me harcèle pour que je vous demande où vous en êtes, fit la voix de Hop.

Mack sourit.

— Dis-lui que tout va bien.

Sauf que c'était faux. Noah jura en frappant le clavier.

— Qu'est-ce qu'il y a ?

— Je t'ai dit de la fermer !

Un bruit de klaxon plus bas dans la rue fit sursauter Mack presque jusqu'au plafond.

— Grouille-toi, lança-t-il.

— J'y suis, souffla Noah.

Mack se précipita vers lui : Noah avait fait apparaître une série de dossiers.

— Qu'est-ce qu'on cherche ?

— Je vais tout télécharger.

— Combien de temps ça va prendre ?

Noah l'ignora. Mack serra les poings et se frappa le front.

— Presque fini, déclara Noah. Encore cinq secondes.

Mack compta dans sa tête.

— C'est fait.

Mack poussa un soupir de soulagement.

— On se tire.

Noah récupéra la clé USB, ferma les dossiers qu'il avait ouverts et s'éloigna de l'ordinateur. Le Russe leva la main pour les retenir puis scruta le couloir à gauche et à droite avant de leur permettre de sortir d'un signe du menton.

Ils étaient parvenus au milieu du couloir lorsqu'ils entendirent un bruit de pas.

Merde. Merdemerdemerde. Mack croisa le regard alarmé de Noah. Le Russe pivota.

Qui que ce soit, il se dirigeait droit vers eux. Mack poussa Noah sous un bureau. Le Russe attrapa Mack par le poignet et le tira d'un coup sec derrière une cloison séparant deux bureaux.

Deux voix masculines retentirent. Les vigiles de nuit dont leur avait parlé Geoff. Oh, bon sang. Oh, putain.

Et soudain, le Russe laissa échapper un gémissement.

— Oh ! non. (Mack l'examina de plus près.) Oh ! non, merde.

— Quoi ? siffla Hop dans l'oreillette.

— J'ai l'impression qu'il a un problème, répondit Noah.

— Qui a un problème ?

— Le Russe. Il a l'air bizarre.

Mack agrippa les pans du blouson du Russe et le tira vers lui.

— Respire. Ça va passer.

Le Russe se mit à haleter comme s'il était sur le point d'accoucher.

— Qu'est-ce qui se passe, bordel ? aboya Hop.

— J'en sais rien ! siffla Noah.

— Qu'est-ce que tu as mangé ? murmura Mack.

— Pas de fromage. Juste du fromage vegan.

— Tu ne peux pas manger de fromage vegan !

— Il n'y a pas de lait dedans. Pas de lait !

— C'est quand même du fromage !

Le Russe gémit de nouveau et, même à la faible lueur des ordinateurs, Mack se rendit compte que toute couleur avait déserté son visage.

Un filet de sueur coula le long du dos de Mack.

— Serre les fesses, mec. Serre-les et respire parce que, si tu te laisses aller, on va se faire gauler.

— C'est ça le problème ? s'indigna Noah. Un pet ?

— Tu ne comprends pas, répondit Mack en lui lançant un regard de côté. Il ne se contente pas de péter. C'est plutôt comme si on éventrait un égout et…

Une mélopée russe l'interrompit.

La panique le submergea.

— Ça craint. Oh ! putain, ça craint.

— Il ne peut pas péter en silence ? demanda Noah.

— Ce n'est pas le bruit qui m'inquiète mais l'odeur.

— C'est une blague, pas vrai ? demanda Hop dans l'oreillette.

— Je ne peux pas me retenir, geignit le Russe.

— Il le faut.

— Ce n'est pas sain de se retenir, grommela-t-il.

Mack le secoua.

— Je te promets que, si tu pètes, ce ne sera pas sain non plus.

Le Russe gémit en se tenant le ventre, le visage tordu de douleur. Les pas se rapprochèrent de leur cachette. Mack plaqua la main sur la bouche du Russe. La transpiration formait des ruisseaux sur le visage de ce dernier.

Hallucinant. Il allait se faire choper pour effraction et une centaine d'autres délits à cause d'un putain de pet.

Et même pas le sien !

Mais comme cela se produisait souvent dans les manuels, une soudaine révélation transperça le brouillard de panique qui l'entourait. La prison en vaudrait le coup parce qu'il faisait ça pour Liv. Personne d'autre. Il était officiellement amoureux d'elle. Les ennemis qui deviennent amants, ce n'était plus seulement un cliché narratif – c'était sa vie.

— Qu'est-ce qui se passe ? aboya Hop dans leurs oreilles.

La lueur des torches des vigiles dansait sur le sol, de plus en plus près.

Le Russe inspira et se retint.

Les vigiles passèrent.

Le Russe expira.

Et l'odeur de la mort envahit l'air.

Noah tomba à quatre pattes et se mit à ramper en suffoquant. Quelque part plus loin dans le couloir, quelqu'un cria :

— Putain, mec, t'as pété ?

— C'est pas moi, répliqua l'autre vigile.

Il y eut un moment de silence lorsque les deux hommes comprirent ce que ça signifiait.

Mack attrapa Noah par le bras et le remit debout.

— Cours, siffla-t-il.

La dernière chose qu'ils entendirent en atteignant l'escalier fut un cri de dégoût.

— Oh ! mon Dieu. Mais c'est quoi cette odeur ?

— Je crois que je me suis chié dessus.

Le Russe avait du mal à marcher, sans parler de courir.

— Tu rentreras à pied, siffla Mack. À cause de toi, on a failli se faire choper !

— Putain de bordel de merde, haleta Noah. C'est quoi son putain de problème ?

— Il a des soucis digestifs.

— On dirait qu'il a égorgé une vache dans son colon.

Ils sortirent en courant par la porte de service et se ruèrent dans l'allée. Un crissement de pneus les accueillit et Liv fit coulisser la porte latérale du van.

Mack bondit à l'intérieur, suivi de Noah puis du Russe.

— Qu'est-ce qui s'est passé ? s'écria Liv.

Noah tendit l'index vers le Russe.

— Il a pété.

— On s'en fout, maugréa Hop depuis le siège du conducteur. Est-ce qu'on a ce qu'on cherchait ?

Mack s'affala contre la paroi du van.

— Oui.

Noah plaça son ordinateur portable sur ses genoux, renversa un instant la tête contre la paroi pour reprendre son souffle, puis l'alluma. Il enfonça la clé USB dans son port.

Mack regarda Liv. Il avait envie de l'enlacer mais se retint. Elle avait l'air de nouveau nerveuse et inquiète. C'était certainement à cause de ce qui venait de se produire et non de la situation entre eux, mais il refusait de prendre le moindre risque.

— Ça va être long, fit remarquer Noah. Je dois examiner tous les dossiers.

— OK, haleta Mack. Le Russe doit prendre une douche de toute façon.

— Fausse alerte, dit le Russe. C'était juste un pet.

Le trajet jusqu'à chez Mack se déroula dans un silence tendu. Une fois arrivés, Noah installa son ordinateur portable sur l'îlot de la cuisine. Mack leur offrit des bières fraîches.

— Combien de temps ? demanda-t-il à Noah.

— J'en sais rien, répondit Noah sans toucher à sa bière. Peut-être une heure. Peut-être vingt minutes. Fous-moi la paix.

Mack croisa le regard de Liv.

— Je vais me changer, annonça-t-il en espérant qu'elle comprendrait l'allusion.

L'allusion étant *Je vais me déshabiller et ce serait cool si tu faisais la même chose.*

Elle ne mordit pas à l'hameçon. Ou alors, elle avait retrouvé sa froideur habituelle.

— Je t'attends ici, répondit-elle.

Mais quand il redescendit dix minutes plus tard, elle n'était plus là. Noah, le Russe et Hop fixaient l'écran de l'ordinateur, l'air emmerdé.

— Quoi ? s'exclama Mack. Où est-elle ?

— Viens voir ça, ordonna Noah.

Mack les rejoignit et baissa les yeux sur l'écran.

— Je ne comprends pas. Est-ce que c'est la liste de ses anciennes employées ?

Noah déglutit.

— C'est la liste des femmes qu'il a payées.

Le premier nom lui était familier.

Alexis Carlisle.

23

Liv entra chez Coussinets & Cie juste avant la fermeture.

Alexis, qui portait son tablier à cerises, se tenait derrière le comptoir où elle servait une cliente ravie d'obtenir les derniers cookies du jour à moitié prix. En entendant le bruit de la porte, Alexis leva les yeux et agita la main en souriant. Son sourire mourut aussitôt sur ses lèvres.

Liv contourna le comptoir.

— Il faut que je te parle.

Alexis lança un regard désolé à la cliente, qui était en train de signer son reçu de carte bleue.

— Euh, ça ne peut pas attendre ?

— Non.

Alexis demanda au jeune homme occupé à nettoyer la machine à expresso de terminer la transaction à sa place. Puis elle se dirigea vers la cuisine, agacée. Le cuisinier était lui aussi en train de nettoyer, et Alexis entraîna Liv dans son bureau. Il n'était pas plus grand qu'une salle de bains, avec à peine assez de place pour une table de travail, deux chaises et un meuble de rangement. Liv dut se faufiler contre le mur pour fermer la porte.

Alexis croisa les bras.

— Ton attitude est très impolie. Qu'est-ce qui se passe ?

— J'ai la liste.

Alexis déglutit.

— Quelle liste ?

— La liste des gens dont Royce a acheté le silence.

Alexis blêmit et secoua la tête.

— On en a déjà parlé cent fois. Je ne te dirai rien.

— *Ton nom est sur la liste !* s'exclama Liv. (Alexis sursauta mais Liv n'avait ni le temps ni la patience de se sentir coupable.) Pourquoi il te paie ? Pourquoi tu le protèges ?

Une lueur incendiaire embrasa le regard d'Alexis.

— Je ne le protège pas !

— Tu as la possibilité de m'aider à dénoncer ses agissements. Maintenant. Et tu refuses. Désolée, mais tu ne vaux pas mieux que tous ces mecs qui le couvrent.

Alexis frappa le bureau du plat de la main.

— Comment oses-tu ? Comment oses-tu te pointer ici pour me balancer ça ? Tu ne sais pas de quoi tu parles et tu n'as aucune idée de ce que j'ai enduré.

Liv dévisagea son amie. Les larmes de rage dans les yeux d'Alexis. Le tremblement de ses lèvres. La rougeur de ses joues.

— Oh ! mon Dieu, souffla Liv, les genoux flageolant, au bord de la nausée. Oh ! mon Dieu, Alexis. Pourquoi tu ne m'as rien dit ?

Elle regretta aussitôt d'avoir posé la question mais la confusion et le sentiment d'avoir été trahie avaient pris le contrôle de sa langue.

— Tu m'as laissée travailler là-bas sans même me prévenir. Même après ton départ, tu ne m'as pas dit qui était réellement Royce.

Alexis tremblait d'indignation.

— C'est à cause de *ça* que je ne t'ai rien dit. Ta réaction, là, maintenant. Parce que tu ramènes toujours tout à toi. Est-ce que tu as une idée de ce qui m'est arrivé ? Est-ce que ça t'intéresse ?

— Tu as une responsabilité envers les autres femmes !

— Non, mais tu t'entends ? Tu juges tout le monde…

La bile remonta dans la gorge de Liv.

— Je ne te juge pas.

— Tu es sérieuse ? Depuis que tu as été virée, tu n'as fait que répéter que tu ne subirais pas ce genre de situation et que tu ne comprenais pas les femmes qui acceptaient ça.

— C'est faux.

Sauf que c'était vrai. Même Mack l'avait reprise à ce sujet.

L'expression d'Alexis devint à la fois lugubre et furieuse.

— Tu crois vraiment que je n'avais pas envie de tout te raconter ? De me décharger de ce secret ? Mais je savais que c'était impossible. Parce que tu utilises la faiblesse comme une arme. Tu as tellement honte de tes propres erreurs, tu as tellement peur de ta propre fragilité que tu accuses les autres d'être faibles alors qu'ils sont juste humains.

Ses mots étaient tranchants comme des éclats de verre. Ils la poignardèrent, la déchiquetèrent et la laissèrent en sang. La voix de Liv parvint, elle ne sut comment, à se frayer un chemin dans le naufrage pour lui permettre d'articuler une faible dénégation.

— C'est faux.

— Je refuse de t'aider, Liv. J'en ai assez bavé à cause de Royce Preston. J'ai réussi à m'en sortir et c'est fini pour moi. Et tu n'as pas le droit d'exposer ces femmes et de les soumettre à quelque chose que tu ne comprends pas. Si tu veux jouer les héroïnes et t'en prendre à Royce, fais-toi plaisir. Mais ne nous traîne pas là-dedans parce que tu as quelque chose à prouver. (Alexis tendit un doigt tremblant vers la porte.) Maintenant, fous le camp de ma vie et ne reviens plus jamais.

Deux heures plus tard, Mack était officiellement très soucieux parce que Liv n'avait répondu à aucun de ses textos. Noah, Hop et le Russe étaient partis vers 23 heures.

Un peu avant minuit, Mack lui envoya un autre SMS.

Je suis inquiet. Je veux juste savoir si tu vas bien.

Sa sonnette retentit.

Il eut à peine le temps d'ouvrir la porte que Liv se jeta sur lui. Il recula, soulagé et un peu en colère.

— Bon sang, Liv, où étais-tu ?

Elle lui passa les bras autour du cou et le fit taire d'un baiser. Même s'il apprécia, la partie rationnelle de son cerveau lui disait que ce n'était pas normal. Ses gestes étaient presque désespérés. Quelque chose clochait.

Il enroula un bras autour de sa taille, l'attira à l'intérieur et referma la porte d'un coup de pied.

— Qu'est-ce qui s'est passé ? murmura-t-il contre sa bouche.

Elle l'embrassa de nouveau, et cette fois elle se servit de cette distraction pour l'entraîner dans le salon. Il la suivit de bon cœur parce qu'il était impuissant face à elle, face aux ravages qu'un simple effleurement de sa part causait à ses sens.

Ils s'immobilisèrent au milieu de la pièce, et il rompit le baiser avec un grognement guttural.

— Parle-moi. Qu'est-ce qui s'est passé avec Alexis ?

Elle enfouit le visage contre son torse et attrapa le tissu de son T-shirt.

— Liv.

Elle recula, les bras le long du corps.

— Elle me ment depuis le début. Depuis des *années.*

Mack ravala le goût amer et sinistre qui remonta dans sa gorge.

— Elle n'a pas confiance en moi, expliqua Liv d'une voix blanche. Elle dit que je juge tout le monde. Que j'utilise la faiblesse comme une arme.

Il posa la main sur sa joue, mû par un besoin instinctif de la protéger.

— Alors, elle ne te connaît pas.

Liv le regarda avec une expression qui lui rappela le jour où elle était entrée dans son bureau pour exiger qu'il embauche Jessica. Comme ce jour-là, il lisait dans son regard la bataille qui s'y livrait – le besoin de le croire et de lui faire confiance mais sans savoir comment y parvenir. Mais cette fois-ci, Mack se rendit compte, atterré, qu'elle n'avait aucune raison de le croire.

Parce qu'il lui mentait, lui aussi.

Il était tombé amoureux d'elle. Il l'aimait follement. Et il lui mentait.

— Liv…, commença-t-il d'une voix rocailleuse.

Elle l'interrompit.

— Alexis ne nous aidera pas. Elle refuse de témoigner.

— Elle a peut-être juste besoin de temps.

— Mais on n'a pas le temps ! (Elle secoua la tête et arbora une expression qui en général précédait des paroles déplaisantes.) On n'a pas le temps d'attendre que quelqu'un d'autre agisse.

Mack fit tourner le visage de Liv vers lui.

— Ce qui veut dire ?

— C'est mon combat. C'est moi qui ai commencé. C'est à moi de le terminer.

— Liv…

Elle se dégagea.

— Le dîner de charité a lieu demain soir.

— Et ? demanda-t-il, envahi par un sentiment d'angoisse qui le fit transpirer.

— Je vais y aller. Et enregistrer ses aveux.

24

— Ce n'est pas un mauvais plan, Mack.

Liv, Noah, Hop, Derek, Malcolm et le Russe étaient assis dans la cuisine de Mack le lendemain matin. Noah grimaça en prononçant ces paroles, comme s'il savait déjà ce que Mack allait répondre.

— C'est un plan affreux ! Elle ne peut pas l'affronter seule.

— Je ne serai pas seule, protesta Liv. Vous pourrez écouter…

— Non.

— Et Derek sera avec moi dans la pièce. Royce ne fera pas le lien entre nous.

Mack serra les poings.

— Non. Il y a certainement une autre façon d'obtenir ses aveux.

— Comment ? contra Liv.

— J'en sais rien, gronda Mack.

Noah toussota.

— Je peux l'équiper avec un micro…

Mack faillit exploser.

— Un micro ? Tu entends ce que tu dis ?

Liv tenta de le calmer.

— On parle de Royce. Ce n'est ni un kidnappeur ni un meurtrier.

— On ignore de quoi les gens sont capables quand on les pousse à bout. (Il se passa les mains dans les cheveux.) C'est une mauvaise idée.

— Tu en as une meilleure ? s'emporta Liv.

Mack leva les bras au ciel.

— Oui. Ne pas t'approcher de Royce. Et s'il se rend compte que tu l'enregistres ?

— Ça n'arrivera pas, affirma Noah.

— Comment tu le sais ?

Noah se ferma et arbora une expression impassible qui disait « Ne me pose pas de questions ».

— Parce que je connais mon job.

Mack arpenta la pièce en silence pendant quelques instants.

— Fais-moi confiance, finit par lancer Liv.

— Je te fais confiance, à toi. Mais pas à Royce.

— Alors aie au moins confiance dans le fait que j'en suis capable. J'ai travaillé pour lui pendant un an. Je le connais et je sais comment lui parler.

Mack cessa de faire les cent pas.

— Je veux t'accompagner.

— Non, ça éveillerait les soupçons.

Mack sentit la piqûre amère du désespoir au fond de sa gorge.

— Trop de choses peuvent mal tourner.

— C'est un endroit public. Qu'est-ce qu'il peut bien me faire ?

— Glisser de la drogue dans ta nourriture, répondit Mack, sourcils froncés.

Elle éclata de rire.

— Je ne mangerai rien.

— Il pourrait te piquer sous la table avec une seringue pleine de poison radioactif qui tue lentement, suggéra le Russe.

Tout le monde le dévisagea. Il écarta les mains, l'air innocent.

— Ça arrive tout le temps en Russie.

— Voilà ce que je propose, fit Mack. On envoie deux mecs en éclaireurs…

— Non. Je dois y aller seule.

— Deux mecs qu'il ne connaît pas et qu'il ne peut pas mettre en relation avec toi, poursuivit Mack. Ils pourraient prendre une table avant ton arrivée et surveiller ce qui se passe. Si ça tourne mal, ils te sauveront.

— Ils me *sauveront* ?

À l'autre bout de la pièce, Hop se frotta le visage et marmonna quelque chose qui ressemblait à : « Et c'est parti. »

— C'est juste un mot, Liv.

— Je n'ai besoin de personne, Mack.

— On devrait mettre au point un signal, au cas où, suggéra Derek.

— Renverser la salière, proposa Malcolm.

Les autres se mirent à acquiescer avec enthousiasme.

— Vous avez trouvé ça dans un de vos bouquins ? demanda Liv.

Ils opinèrent de nouveau.

Mack fronça les sourcils encore plus fort.

— Tout ira bien, assura Liv. Royce ne fera rien en public par peur que ça se retrouve sur Instagram.

— Mais après ? S'il te suit dehors ?

Le Russe fit craquer ses phalanges.

— Je lui briserai les couilles.

La douche fonctionnait lorsque Mack arriva chez Liv juste avant 17 heures le même jour. Noah avait prévu de passer prendre tout le monde à 18 heures. Sauf Liv, qui s'y rendrait dans sa propre voiture. Mack avait passé une bonne demi-heure à protester contre cette partie du plan mais il avait perdu.

Ils ne s'étaient pas retrouvés seuls une seule fois depuis la veille au soir, et il avait des choses à lui dire avant son départ. Il avait un mauvais pressentiment et il ne pouvait pas la laisser partir sans s'être assuré qu'elle comprenait certaines choses. Il lui raconterait toute la vérité plus tard. Mais il voulait à présent…

L'eau cessa de couler. Mack s'éclaircit la voix.

— Je suis là, cria-t-il.

— D'accord. Donne-moi une seconde.

Elle émergea de la salle de bains, seulement vêtue d'une serviette. *Mack, arrête de baver.*

— Liv, croassa-t-il.

— Tu vas bien ?

— Oui.

Elle lui lança un regard amusé et le contourna pour gagner sa minuscule cuisine.

— J'ai besoin d'un café, dit-elle.

Mack la regarda remplir la cafetière. L'urgence le poussa à la rejoindre. Il enroula un bras autour de sa taille et l'attira fermement contre lui jusqu'à ce qu'elle cale son dos contre sa poitrine.

— Tu le sens ?

— Euh… c'est là que je suis censée te demander si tu caches une batte de base-ball dans ton pantalon ?

Il ignora sa remarque sarcastique.

— Je parle de mon cœur, Liv.

Il sentit le souffle lui manquer un peu avant qu'elle n'expire rapidement.

— Il bat à toute allure, murmura-t-elle.

Il baissa la tête et posa le front contre l'arrière du crâne de Liv.

— Ça a commencé dès le moment où tu m'as embrassé dans le bar et, depuis, je ne parviens pas à l'arrêter.

— Est-ce que… est-ce que tu veux qu'il s'arrête ?

— Uniquement si le tien ne bat pas aussi vite.

Liv posa les mains sur les siennes. Il réagit aussitôt, entrelaça leurs doigts puis forma un poing serré. Liv caressa son pouce du sien et il l'imita. Le front toujours plaqué contre sa tête, le souffle tiède et rapide contre ses cheveux, son autre main posée sur son ventre, comme s'il la marquait.

— Liv ? chuchota-t-il d'un ton interrogateur qui le faisait paraître plus jeune et vulnérable. Est-ce que je suis le seul à ressentir ça ?

Liv appuya la paume de Mack sur son cœur battant et ses doigts effleurèrent la tendre rondeur de son sein sous la serviette mouillée.

— Je t'ai menti, murmura-t-elle.

Mack se figea.

— À quel propos ?

— Tu te souviens quand je t'ai dit que je te donnais du temps pour tout digérer et que je ne voulais pas te briser le cœur ?

Il esquissa un sourire tendre.

— Oui.

— En réalité, je parlais de moi.

Mack blottit son visage dans ses cheveux, le cœur serré.

— Je sais.

— Je voulais me protéger parce que… j'avais peur de trop me rapprocher de toi.

— Pourquoi ?

Sa voix semblait à peine humaine sous toutes les couches d'émotions qui obstruaient sa gorge.

— Je ne sais pas comment m'y prendre. Pour faire confiance aux gens.

Confiance. Encore ce mot. Ce putain de mot.

— Mon père… (Elle s'interrompit pour déglutir.) Il nous mentait tout le temps. Il disait qu'il nous appellerait et ne le faisait pas. Il nous promettait de passer une semaine avec nous pendant les vacances d'été puis se défaussait avec des excuses bidon. Je ne sais pas comment faire confiance aux gens.

Aie confiance en moi, supplia-t-il en silence. Mack affermit son étreinte, le corps tremblant. Il voulait lui dire la vérité. Il pouvait le faire. Maintenant. Il lui suffisait d'ouvrir la bouche et de prononcer les mots, de tout lui avouer sur son compte, de lui dire qu'elle était la seule femme au monde à qui il faisait suffisamment confiance pour lui révéler la vérité et que peut-être…

Peut-être quoi ? Qu'elle comprendrait ? Qu'elle l'embrasserait et que tout irait mieux ?

Ou bien s'éloignerait-elle, dégoûtée ?

La sueur se forma sous ses aisselles. Mack poussa un profond soupir et posa le front sur l'épaule nue de Liv. Elle renversa la tête en arrière contre lui et pressa ses mains comme si elle devinait qu'il avait besoin de… quelque chose.

Puis elle pivota légèrement et l'embrassa. Doucement. Tendrement.

— Je vais me préparer, dit-elle.

Et elle échappa à son étreinte.

25

— Vous m'entendez ?

Liv parla doucement en sortant de l'ascenseur au dernier étage du Parkway Hotel. Ses talons s'enfonçaient dans la moquette : elle s'arrêta quelques instants pour reprendre son équilibre puis se remit en chemin en suivant le bruit en provenance de la salle de réception au bout du couloir.

— Cinq sur cinq, Liv, répondit Noah. Reprends contact quand tu entres dans la salle.

Plus Liv avançait, plus elle sentait son estomac se nouer. Et si elle échouait ? Et si Royce refusait de lui parler ou s'il acceptait mais n'avouait rien ? Et s'il avouait mais que le bruit des convives empêchait Noah d'enregistrer ?

— Liv. (C'était la voix de Mack cette fois-ci et son timbre apaisa aussitôt son cœur affolé.) Ne réponds pas. Je voulais juste que tu saches que je suis là.

« Je suis là. » Trois mots tout bêtes qui signifiaient pourtant beaucoup. Comment pouvait-on dire autant en si peu de mots ? Comment avait-elle fait pour se méprendre à ce point sur son compte ?

« Je suis le seul à ressentir ça ? »

Non, avait-elle eu envie de répondre. *Non, tu n'es pas seul. J'éprouve la même chose.*

Elle regrettait de n'avoir rien dit. Elle regrettait d'avoir refusé qu'il l'accompagne. Elle regrettait sa peur et ses insécurités. Elle regrettait de ne pas pouvoir être aussi ouverte sur ses émotions que les autres, elle regrettait que son passé l'ait rendue méfiante et soupçonneuse. Elle regrettait de ne pas s'être retournée entre ses bras pour lui avouer que son cœur battait plus vite depuis qu'elle l'avait rencontré et qu'elle ne voulait pas que ça cesse.

Un homme en smoking l'accueillit sur le seuil de la salle de réception.

— Bonsoir. Puis-je voir votre invitation, s'il vous plaît ?

Liv ouvrit sa pochette de soirée et en sortit le carton que lui avait donné Derek. Satisfait, l'homme lui sourit et lui ouvrit la porte. Liv fut soudain submergée par un mélange de bruits – des rires, des conversations, des cliquètements de verres et des vieux tubes joués par le groupe. Des lustres scintillants baignaient la pièce d'une agréable lueur jaune, juste assez tamisée pour faire briller les boucles d'oreilles en diamants et les centaines de robes pailletées. S'il y avait bien une chose que savaient faire les riches, c'était tirer parti de leur environnement.

Liv resta un instant immobile pour s'orienter.

— J'y suis, dit-elle en baissant la tête afin que personne ne remarque qu'elle se parlait à elle-même. Vous m'entendez ?

— Cinq sur cinq, Liv.

Le soulagement lui donna assez d'assurance pour avancer, un faible sourire aux lèvres. Un serveur s'approcha, un plateau surmonté de flûtes de champagne à la main. Liv en accepta une avec un remerciement silencieux et avala une petite gorgée. Elle n'en avait pas vraiment envie mais craignait de sembler déplacée si elle ne buvait pas.

— Derek est installé à une table de la mairie, déclara Noah dans son oreille.

Liv scruta la pièce, décorée comme pour un mariage. Des tables rondes occupaient la moitié de la salle : des invités en tenue de soirée étaient assis devant des assiettes et des verres remplis. Quelques-unes d'entre elles étaient réservées, les noms des sponsors étalés au-dessus des compositions florales qui servaient de centres de table. Elle les lut un par un jusqu'à ce qu'elle finisse par trouver celui de la Ville de Nashville. Derek et sa femme lui jetèrent un regard nonchalant avant de détourner les yeux.

— Je l'ai trouvé.

— Et Royce ? demanda Mack.

De l'autre côté de la pièce se dressait un long bar entouré de hautes tables à cocktail pour que les gens puissent discuter. Quelques rares personnes évoluaient sur la piste de danse au milieu de la salle.

— Je ne le vois pas, répondit-elle à voix basse.

— Cherche les flashs des photographes, répondit Mack.

Liv réprima un ricanement derrière le bord de son verre. Elle souhaita une fois de plus qu'il soit avec elle plutôt que dehors dans le van. Elle voulait sentir sa main sur ses reins, sa force et sa chaleur. Elle avait besoin de lui et, de manière incroyable, elle n'avait pas peur de l'admettre. Elle avait besoin de lui et ce n'était pas grave. Était-ce de la confiance ? Est-ce que c'était l'effet que ça faisait de faire confiance à quelqu'un ?

Des éclats de rire bruyants s'élevèrent du bar. Elle tourna la tête. Un groupe de gens formaient un cercle admiratif autour d'une personne qui absorbait leur attention et leur vénération comme une éponge sous un robinet. Ça ne pouvait être que Royce. Liv s'approcha. L'individu pivota et son cœur cessa de battre. Royce. Il renversa la tête pour rire de la plaisanterie d'un homme à qui il tapa dans le dos d'une manière virile. Puis une femme demanda si elle pouvait prendre un selfie avec lui, rapidement suivie par une autre.

Ces gens ignoraient complètement qui il était en réalité. Ce dont il était capable. Que sous cette façade aimable se dissimulait un monstre.

C'était pour ça qu'elle était là.

— Je le vois, murmura-t-elle.

— D'accord. Silence radio à partir de maintenant mais on est là, répondit Noah.

— Tu peux le faire, Liv, ajouta Mack. Tu es la personne la plus courageuse que j'aie jamais croisée.

La confiance de Mack renforça la sienne. Liv redressa les épaules, avala une gorgée de champagne et avança. Elle posa sa flûte sur une table et cala sa pochette sous son bras. Le groupe rechigna un peu à laisser une nouvelle venue les rejoindre mais Liv parvint à se faufiler entre eux juste assez pour être vue. Elle attendit que Royce se retourne et l'aperçoive. Son cœur battait si fort qu'elle était sûre que tout le monde l'entendait dans le van.

Royce finit par regarder dans sa direction. L'incrédulité laissa immédiatement la place à une totale absence d'émotion.

— Olivia, dit-il de cette voix artificielle qui lui donnait envie de vomir. Quelle surprise.

— Bonsoir, Royce.

— Tu es très belle ce soir, constata-t-il aimablement.

Elle haussa les épaules d'un air désinvolte.

— Dans ce vieux machin ?

Des visages curieux suivaient leur échange. La voisine de Royce avait l'air irritée qu'une intruse ait volé son attention. Cette femme savait-elle que Royce était marié ? Ça ne l'avait jamais empêché d'aller voir ailleurs, mais quand même.

Liv lui tendit la main.

— Liv Papandreas. J'ai travaillé au Savoy.

L'autre lui adressa un sourire qui ne gagna pas ses yeux.

— Oh ! super ! Comme c'est excitant !

— C'était intéressant, c'est sûr.

— Vous êtes cheffe ?

— Olivia *était* cheffe pâtissière, ne put s'empêcher d'intervenir Royce, probablement parce qu'il avait peur de ce que Liv pourrait répondre.

Parfait. Elle voulait qu'il transpire un peu.

— C'est quoi une cheffe pâtissière ? demanda la femme.

— J'étais en charge des desserts. Ma spécialité était le Sultan.

Sa réponse lui valut une série de « Oh ! » et de « Ah ! » : tout le monde avait entendu parler du Sultan.

— J'ai toujours eu envie de le goûter, déclara un homme. Mais je ne suis pas certain d'en avoir les moyens.

Il accompagna sa remarque d'un rire nerveux et d'un regard à la dérobée en direction de Royce, comme s'il craignait de l'avoir insulté.

Liv agita la main.

— C'est juste un cupcake, vous savez. La somme des ingrédients atteint à peine deux cents dollars.

Royce se rembrunit, furieux. Il se ressaisit cependant rapidement et éclata d'un rire forcé.

— Tu partages des secrets d'État, Olivia.

Un faible ricanement parcourut l'assistance, comme si les autres avaient compris que Royce bouillonnait.

Liv convoqua l'image de Mack, assis dans le van en train d'écouter. Cela lui donna le courage de poursuivre.

— Royce, j'espérais pouvoir te voler à tes amis un instant. Tu veux bien ?

Elle fit un geste vers la piste de danse. La voisine de ce dernier lui lança un regard blessé, comme s'il lui avait promis une danse. Mais Royce était comme un requin qui a senti l'odeur du sang, et il ne raterait en aucune façon l'occasion de déchiqueter Liv. Ce qu'il ne savait pas, c'est que c'était elle qui avait flairé l'odeur du sang. Il était blessé et il l'ignorait.

Il esquissa un sourire forcé, mais cette fois-ci sinistre.

— Bien sûr. Avec plaisir.

La foule s'écarta pour le laisser passer comme si c'était un putain de roi. Liv entraîna Royce vers la piste : elle sentait leurs regards pesants dans son dos. Le groupe venait juste d'entamer un slow et d'autres couples les rejoignirent rapidement.

La peau de Liv se hérissa lorsque Royce posa une main au creux de ses reins pour l'attirer à lui. Il lui faudrait rester au moins une heure sous le jet de la douche pour s'en remettre. Il sentait le champagne et l'eau de Cologne, un mélange écœurant qui lui donnerait la nausée à jamais.

Royce lui pressait les doigts avec plus de force que nécessaire et, lorsqu'il parla, sa voix était froide et menaçante.

— Qu'est-ce que tu fiches ici ? murmura-t-il entre ses dents.

— Je réseaute. Je cherche toujours un job, malheureusement.

Royce jetait des regards à la dérobée autour de lui comme s'il avait peur d'être aperçu avec elle. Elle adorait le voir comme ça, effrayé.

— J'ai même postulé ici, poursuivit-elle sur le ton de la conversation. Le Parkway cherchait un chef pâtissier et j'avais été convoquée pour un entretien… et puis, pouf. Ils ont annulé sans raison. Je suppose que tu ignores pourquoi.

Il serra les dents.

— C'est un domaine concurrentiel.

— Surtout si quelqu'un répand des rumeurs pour te détruire.

Il lui enfonça les doigts dans la taille.

— Je t'avais prévenue.

— C'est vrai.

Il la regarda bien en face – son regard était froid, sombre et dur.

— Si tu es venue t'excuser, c'est trop tard, prévint-il. Tu as raté ta chance.

— Je pense au contraire que c'est *la tienne.*

La sueur coulait dans le dos de Liv et elle priait pour qu'il ne la sente pas à travers le fin tissu de sa robe.

— N'essaie pas de me menacer, Olivia. Tu n'en es pas capable.

Elle poussa un soupir théâtral.

— Tu as raison. Je ne peux pas rivaliser avec toi. Tes anciens employés sont tous trop terrifiés pour dire quoi que ce soit contre toi.

— Tu aurais dû t'en rendre compte plus tôt.

— Et si on signait une trêve ?

Il haussa un sourcil trop épilé.

— Une trêve implique que nous cédions tous les deux quelque chose pour en obtenir une autre en retour. On a dépassé ce stade.

— Je ne veux que deux bricoles.

— Je ne te donnerai rien.

Elle poursuivit avant de se mettre à trembler.

— Primo, je veux que tu promettes d'écrire une lettre de recommandation positive à Jessica.

Un muscle tressaillit sur la joue de Royce.

— Et deuxio ?

— Que tu arrêtes d'essayer de briser ma carrière. Je n'ai pas besoin de recommandation de ta part. Juste que tu cesses de saboter mes entretiens d'embauche.

Un air de surprise se peignit sur ses traits, qu'il dissimula sous un ricanement sarcastique.

— Je t'avais prévenue. Avec moi, pas de deuxième chance.

— Es-tu prêt à prendre ce risque ? Je pourrais porter plainte contre toi et révéler certaines choses et, oups, ça pourrait dégénérer et…

Il abandonna tout semblant de politesse, l'attira violemment à lui et lui lança un regard meurtrier.

— Essaie pour voir. Je t'enterrerai. Je suis richissime.

Liv haussa les épaules d'une manière qu'elle espérait calme et désinvolte mais, intérieurement, elle tremblait tellement qu'elle était sur le point de vomir. Il n'avait encore rien lâché de compromettant.

— Comme j'ai dit, répondit-elle en riant, ça pourrait dégénérer. Ça ne serait pas plus facile de parvenir à un accord ?

Il vibrait de rage.

— Quel genre d'accord ?

Liv avala sa salive avec difficulté.

— À toi de me le dire. Qu'est-ce que tu veux pour arrêter de me persécuter ?

— Une déclaration signée, siffla-t-il.

Son cœur cessa de battre. C'était… on s'approchait du but.

— Une déclaration signée disant quoi ?

— Que tu n'as rien vu.

Merde. Est-ce que ça suffisait ? Est-ce qu'elle le tenait ? Ça ne lui paraissait pas suffisant mais, si elle était maligne, elle accepterait en espérant que ça irait. Mais elle n'était pas maligne. Elle était furieuse et effrayée, et lorsqu'elle était dans cet état, elle se montrait imprudente et faisait des choses idiotes comme ouvrir la bouche quand il fallait la garder fermée.

— C'est comme ça que tu fais ? Comme ça que tu gardes ton sale petit secret ? Tu menaces les femmes jusqu'à ce qu'elles finissent par signer des déclarations jurant qu'il ne s'est jamais rien passé, qu'elles n'ont jamais rien vu, que tu ne les as jamais touchées ?

Royce poussa un soupir las, comme s'il était soudain fatigué de devoir gérer ce désagrément.

— Tu crois vraiment que je ne sais pas comment m'y prendre après tout ce temps ?

Le rythme cardiaque de Liv s'emballa de nouveau, mais cette fois-ci d'exaltation. Putain de merde. Elle avait ses aveux. Ils le tenaient ! Il ne pourrait jamais expliquer cette phrase. Il avait avoué !

— Je suppose que si, souffla-t-elle en essayant de demeurer impassible. J'accepte tes conditions.

Il lui adressa un clin d'œil. Le sang de Liv se figea.

— Brave fille. J'ai toujours su que tu étais maligne.

— Merci. Enfin, je crois.

Elle tenta de se dégager mais il la maintenait fermement. Son cœur se mit à battre la chamade.

— Tu m'as toujours plu, Olivia. Je suis content que nous soyons parvenus à un accord.

— Moi aussi.

Liv essaya de lui échapper de nouveau mais il enfonça les doigts dans ses reins. Elle ne pouvait pas s'en aller sans faire une scène.

Le sourire de Royce suggérait qu'elle était tombée dans un piège. L'adrénaline coulait dans ses veines et l'image d'une seringue radioactive lui vint en tête. Elle se rendit compte avec effarement qu'elle ne pouvait même pas faire un signe à Derek pour qu'il vienne à son secours. Elle lui tournait le dos et était cachée par les autres danseurs. Elle pouvait juste prier pour que Noah et Mack lui donnent des ordres.

— Tu sais quoi ? fit Royce d'un ton faussement détaché. En honneur de notre trêve, je vais te donner un conseil.

— Lâche-moi, murmura-t-elle.

— Tes dernières fréquentations m'inquiètent.

Liv tenta de garder une expression neutre mais son sang se figea dans ses veines.

— Je ne vois pas de qui tu parles.

— Braden Mack, bien sûr.

La rage la fit trembler et troubla sa vue.

— Braden Mack vaut mille hommes comme toi et en vaudra toujours mille. Je t'interdis de prononcer son nom. Je t'interdis même de le penser.

— Tu sais ce qui est amusant à ce propos ? (Une fois de plus, le visage de Royce demeura calme. Calme à faire peur. Et elle lui avait tendu une perche parfaite.) C'est que c'est justement son nom le problème.

Mack percevait des voix mais elles étaient assourdies et indiscernables sous le rugissement de son propre sang. Le van lui parut soudain trop petit, trop chaud, trop loin d'elle.

— Mec, t'entends ce qu'il dit ?

C'était certainement Noah qui avait posé la question mais Mack était trop concentré sur Liv : il devait lui parler avant qu'il ne soit trop tard.

— Liv, fit-il dans le micro. Liv, écoute-moi. Fuis. Tout de suite.

La voix de la jeune femme dans son oreillette résonna timidement lorsqu'elle répondit à Royce :

— Qu'est-ce… qu'est-ce que tu veux dire par là ?

— Liv, s'il te plaît, insista Mack.

Merde. Ce n'était pas possible, bon Dieu. Elle ne pouvait pas l'apprendre comme ça. Pas par *lui.*

— Écoute-moi, ordonna-t-il.

Noah se pencha sur son micro.

— Derek, qu'est-ce qui se passe ? Est-ce que tu les vois ?

Derek répondit peut-être, mais Mack ne l'entendit pas. Il n'entendait que Liv. Et Royce. Et le bruit que faisait sa vie en s'écroulant.

La voix de Royce emplit la camionnette.

— Tu vois, c'est bien ce que je craignais, Olivia. Qu'il ne t'ait pas dit la vérité. Tu devrais me remercier de te tirer des griffes de ce… fils de meurtrier.

Hop posa la main sur le bras de Mack.

— De quoi il parle, Mack ?

Mack se dégagea et tenta de nouveau de supplier Liv :

— Ma chérie, s'il te plaît. Écoute-moi.

— Espèce de menteur, siffla Liv à Royce.

Mais le tremblement de sa voix la trahissait.

— C'est Mack le menteur, Olivia.

L'estomac de Mack ne fit qu'un tour. Il allait vomir. Ça ne pouvait pas se dérouler comme ça. « Je déteste les menteurs. » Pourquoi ne lui avait-il pas avoué la vérité quand il en avait eu l'occasion ?

— Ou devrais-je plutôt dire McRae ? C'est son vrai nom. Braden McRae.

— Liv, je t'en prie.

Mack se passa les mains dans les cheveux. Noah hurlait sur Hop qui hurlait sur Mack.

Ce dernier n'entendait que Royce, qui poursuivit :

— Fils de Josh McRae. Meurtrier. Qui battait sa femme. Enfermé à perpétuité dans la prison fédérale de l'Iowa.

La voix de Liv lui parvint, toute faible.

— Tu mens. Son père est mort.

— Liv, tenta de nouveau Mack sur une intonation brisée.

— Lâche-moi, supplia Liv.

Il y eut un froissement suivi du timbre sinistre de Royce :

— Je gagne toujours, Olivia. Toujours.

Un autre bruissement puis un halètement. Comme si elle courait. Mack déglutit avec difficulté.

— Liv, écoute-moi.

— Merde !

La voix de Derek.

— Qu'est-ce qui se passe ? demanda Mack, le visage maculé de sueur.

Hop lui agrippa de nouveau le bras.

— Espèce de fils de pute. Qu'est-ce que tu lui as raconté, putain ?

Mack se mit à hurler dans le micro.

— Derek, dis-moi ce qui se passe !

— Elle s'en va. J'essaie de la suivre.

Mack ouvrit la portière et sauta à bas du van.

— Mack, attends ! s'écria Noah. S'il te voit, tout est fichu !

Mack se mit à courir vers l'immeuble, suivi par des bruits de pas. Noah le rattrapa, lui saisit le bras, le fit pivoter et – comment était-ce possible ? – le poussa sans effort contre le mur. Comment pouvait-il être aussi fort ?

Mack le repoussa.

— Dégage. Je dois trouver Liv.

Noah l'attrapa par les épaules et le maintint contre le mur.

— Elle n'est plus là. Elle est partie, mec.

Mack se dégagea.

— Comment ça, elle est partie ?

— Derek dit qu'elle s'est barrée. Il ne la voit pas. Et tu ne peux pas lui courir après.

— Il faut que je lui parle, expliqua Mack en se laissant tomber contre le mur de briques. Il faut… il faut que je lui explique. Que je lui dise pourquoi.

Noah se pencha en avant, essoufflé. Puis il se redressa et essuya la sueur qui coulait sur son front.

— Remonte dans le van. On ne peut rien faire de plus pour l'instant.

Non. C'était faux. Il devait la retrouver. Avant de la perdre à jamais.

26

Il était presque 23 heures lorsque le Uber s'engagea dans l'allée de Thea. La seule lumière en provenance de la maison émanait de la chambre parentale, ce qui signifiait que sa sœur était en train de lire. Ou de sextoter avec Gavin. Dans tous les cas, Liv regrettait d'être obligée de la déranger.

Après avoir quitté la soirée de gala, elle avait conduit sans but, téléphone éteint, cœur brisé. Elle s'était retrouvée à court d'essence en banlieue et avait appelé un Uber. Liv remercia le chauffeur et descendit. Elle leva les yeux vers la façade juste à temps pour voir le rideau de la chambre s'écarter. Elle n'aurait pas besoin de sonner. Ses chaussures à talons vacillèrent sur les pavés inégaux qui menaient au perron. La lumière extérieure s'alluma lorsqu'elle atteignit les marches et la porte d'entrée s'ouvrit brusquement.

Thea sortit, vêtue d'un sweat-shirt et d'un pantalon de pyjama à carreaux.

— Bon sang, mais où étais-tu ? Tout le monde est super inquiet – qu'est-ce qui se passe ?

C'est alors que, pour la première fois depuis très longtemps, Liv se jeta dans les bras de sa sœur et se mit à pleurer.

Vingt minutes plus tard, Thea se leva du canapé et se mit à faire les cent pas.

— Il a certainement une bonne raison d'avoir menti.

— Ça change quelque chose ?

— Ça change tout ! Il n'a pas menti qu'à toi. Il a menti à tout le monde. Il doit donc avoir une raison. Tu ne veux pas lui donner une chance de s'expliquer ?

Liv secoua la tête.

— Je ne suis pas en état de penser. Je ne sais pas ce que je veux. (Elle s'étouffa, suffoquée par sa propre émotion.) Je savais qu'il ne fallait pas que je tombe amoureuse de lui.

— Et pourtant tu l'as fait. Ça devrait te faire comprendre quelque chose.

Oui. Qu'elle était complètement débile.

Thea se laissa tomber sur le canapé à côté d'elle et lui prit les mains.

— Je sais que tu as beaucoup de mal à faire confiance aux gens mais…

— Ce n'est pas une question de confiance ! C'est juste que je ne mérite jamais qu'on me dise la vérité !

Liv se mit à trembler lorsque les mots se déversèrent de sa bouche, choquée de les avoir formulés à haute voix. Thea s'adossa de nouveau aux coussins.

— Je ne comprends pas ce que tu dis.

— « Tu ne vaux pas la peine que je me donne tout ce mal », murmura Liv. C'est ce qu'il a dit.

— Mais qui ?

— Papa.

Thea secoua la tête.

— Quand ? Quand est-ce qu'il t'a dit ça ?

— Le jour où j'ai pris le bus pour aller le voir.

Les épaules de Thea s'affaissèrent sous le poids du souvenir. Le souvenir atroce du jour où Liv avait fugué, à treize ans, et sauté dans un bus pour se rendre chez leur père en vue de passer avec lui les vacances d'été qu'il lui avait promises.

— Pendant toutes ces années, il nous a menti en prétendant qu'il n'avait pas le temps ou pas la place, alors qu'en réalité… (Elle haussa les épaules.) C'était un mensonge. Il vivait dans une maison gigantesque. Il n'avait juste pas envie de se disputer avec sa nouvelle femme.

Qui ne voulait pas les voir. Qui refusait qu'elles vivent avec lui ou même qu'elles viennent lui rendre visite.

Thea prit les mains de Liv.

— Je ne comprends pas. Quand est-ce qu'il a dit…

— Que je ne valais pas la peine qu'il se donne du mal ? Avant de me raccompagner au bus pour me renvoyer à la maison.

Thea pâlit.

— Tu as raconté que tu étais rentrée toute seule. Qu'il n'était pas chez lui quand tu étais arrivée. Qu'*elle* était seule.

— Je ne voulais pas que tu le saches. (Elle éclata d'un rire triste face à l'ironie de la situation.) J'ai menti.

Le visage de Thea se décomposa.

— Oh ! Liv. Je suis tellement désolée. (Mais son chagrin fit rapidement place à de la rage.) J'en ai tellement marre qu'on paie pour les conneries de nos parents. (Thea s'agenouilla devant sa sœur.) Écoute-moi. J'ai failli perdre Gavin à cause du bagage émotionnel qu'on se trimballe. Ne perds pas Mack pour les mêmes raisons.

— C'est différent.

— Pourquoi ?

— Je… parce que.

Le regard de Thea parvint à exprimer à la fois la pitié et la déception. Liv détestait les deux émotions. Elle détourna les yeux. Elle était incapable d'expliquer à Thea quelque chose qu'elle comprenait à peine elle-même.

La sonnerie du téléphone de sa sœur retentit. Elle le sortit de sa poche pour voir qui l'appelait. Elle releva aussitôt les yeux vers Liv.

— C'est encore lui.

Liv sentit son estomac se nouer.

— Ne réponds pas.

— Liv, il est très inquiet. Il est en train de devenir dingue.

— Je…

Thea répondit à la dernière sonnerie. Elle ne prit pas la peine de le saluer.

— Elle est ici.

Mack se rua à l'intérieur de la maison, l'expression orageuse et la voix tonitruante. Il ignora Thea, mit la main sur la nuque de Liv et l'embrassa passionnément.

Il recula juste assez pour poser le front contre le sien.

— Est-ce que tu as une idée du sang d'encre que je me suis fait ?

Un grincement en provenance de l'escalier leur indiqua que Thea était encore dans la pièce.

— Je vais juste, euh… monter, je pense, pour vous laisser discuter, dit-elle.

Ses pieds entamèrent un doux staccato sur les marches.

Mack n'y prêta aucune attention tandis que ses pensées éparpillées dressaient l'inventaire de l'apparence de Liv comme des pièces de puzzle qui ne s'emboîtent pas. Robe rouge. Courbes à se damner. Longs cheveux bouclés cascadant sur ses épaules nues.

Et des yeux qui l'avaient jadis contemplé avec passion et qui maintenant le dévisageaient comme un traître.

— Braden McRae, murmura-t-elle.

Il baissa les bras.

— Je n'utilise plus ce nom.

— Pourquoi m'avoir menti ?

Mack fixa le sol.

— Parce que je mens à tout le monde depuis si longtemps que je ne savais pas comment te dire la vérité. (Il leva les yeux et son cœur se brisa en découvrant l'expression impassible de Liv.) Mon père était alcoolique, violent et frappait ma mère. Et nous. Mon frère et moi. Nous n'avons pas été épargnés.

Une larme coula le long de la joue de Liv.

— Oh ! Mack. Je suis désolée.

Mack se passa une main dans les cheveux.

— Un soir, il s'est battu dans un bar et il a tué un homme. Sans remords. Rien d'autre que de la colère. Et puis il est rentré à la maison et il a continué à déverser cette colère sur ma mère.

Sa voix se brisa mais il ne pouvait pas s'arrêter. Pas tant qu'il ne lui aurait pas tout dit.

— J'étais là quand ça s'est produit. Et je n'ai rien fait. J'ai eu trop peur pour la protéger. J'ai pris mon frère avec moi et je me suis caché dans le putain de placard comme un putain de lâche jusqu'à ce que ça soit fini, et après, c'était trop tard. Quand je l'ai trouvée, j'ai cru qu'elle était morte.

Les larmes gouttèrent du menton de Liv. Il se demanda si elle se rendait compte qu'elle pleurait.

— Tu m'as demandé pourquoi j'ai commencé à lire de la romance.

Elle acquiesça en reniflant.

— Lorsqu'elle était à l'hosto, j'en ai trouvé une dans la salle d'attente quand elle était sur le billard.

Il regardait Liv sans la voir. Son cerveau et sa bouche n'étaient plus reliés. Le monde tremblotait comme si on l'avait plongé dans une piscine profonde. Tout était boueux, épais et déroutant.

— J'adorais ces histoires, poursuivit-il. Pas à cause des scènes érotiques, même si (il eut un petit rire triste) elles m'ont appris tout ce que je sais. Je les aimais parce que, dans ces livres, les bons gagnent toujours. Les hommes sont toujours héroïques, et dans le cas contraire, ils sont punis. Toujours. (Il secoua la tête.) J'ai changé de nom quand j'avais dix-huit ans. Légalement. Je ne voulais plus rien avoir à faire avec lui.

Liv se leva et se dirigea vers lui. Mack avait envie de l'attirer à lui et de la serrer dans ses bras mais son attitude hurlait : « NE T'APPROCHE PAS. »

— Braden, murmura-t-elle.

Son cœur tressaillit en l'entendant murmurer son prénom.

— Je suis tellement désolée qu'il te soit arrivé tout ça.

— J'aurais dû te le dire, constata-t-il d'une voix épaisse.

— Pourquoi tu ne l'as pas fait ?

— Je…

— Tu en as eu l'opportunité à plusieurs reprises, continua-t-elle d'un ton plus assuré. Combien de fois est-ce qu'on a parlé de ton père ? Tu m'as menti en me regardant droit dans les yeux.

— Au début, on se connaissait à peine, Liv. Pourquoi je t'aurais raconté quelque chose que personne ne sait ?

C'était la mauvaise réponse. Elle arbora une expression de certitude calme.

— Tu as raison. On se connaissait à peine. Et peut-être que c'est toujours le cas. C'est pour ça que cette histoire entre nous était une folie. Mais c'est tout ce que ça a été. Une folle passade, et maintenant…

Mack secoua la tête.

— Ne dis rien.

— Il vaut peut-être mieux qu'on en reste là.

La souffrance le transperça aussi vivement que s'il avait reçu un coup de poignard dans le cœur.

— Pourquoi ? Rien n'a changé. Rien du tout. Mon nom ne change rien au fait que je n'ai jamais ressenti un truc pareil.

Elle agita la main, et le sarcasme prit le dessus comme une armure.

— Tu t'en remettras. La semaine prochaine, une autre femme te renversera un cupcake sur les genoux.

— Arrête tes conneries. C'est puéril.

Elle rougit, honteuse.

Il pivota, les mains jointes sur la tête. Le sol se troubla sous ses yeux.

— Je suis juste un homme avec un cœur, fit-il en se tournant vers elle. Que mon nom soit Braden Mack ou Braden McRae. Je suis juste un homme avec un cœur, et tu es en train de le briser.

— Je ne peux pas, murmura-t-elle en se laissant tomber sur le canapé.

— Tu penses que c'est facile pour moi ? (Il s'agenouilla devant elle.) J'ai une trouille bleue en ce moment même parce que je ne sais pas ce que ton expression signifie. Et après ce qu'on a partagé, si tu me largues maintenant, je ne suis pas sûr de m'en remettre un jour.

Il plaça la main derrière la nuque de Liv pour l'obliger à lever les yeux sur lui.

— Donne-moi une chance. S'il te plaît.

Elle plongea son regard dans le sien. Elle le défiait.

Il glissa la main sur sa joue.

— Tu n'étais pas prévu, dit-elle.

— Toi non plus, tu n'étais pas prévue, répondit-il d'une voix basse et rauque. Mais on peut trouver une solution. Ça peut marcher. Je ne te mentirai plus jamais. Mais tu dois me *faire confiance*.

C'est là qu'il la perdit.

Elle prit un air sérieux. Son regard devint vide. Elle recula.

— Désolée. Je ne peux pas.

Mack se redressa. Il ne sentait plus son corps.

— Tu es sûre que c'est ce que tu veux ?

— Ça n'a aucune importance. Il y aura toujours ce mensonge entre nous. Je passerais ma vie à me demander ce que tu me caches.

Mack se sentait comme anesthésié.

— Je ne suis pas ton père, Liv.

Son regard s'assombrit.

— Et je ne suis pas la princesse de tes romances. Cette histoire-là n'aura pas de happy end.

Mack ne se rappelait pas être parti. Ni avoir conduit. Il ne se souvenait de rien sauf d'avoir passé du temps assis dans son allée.

Il n'y aurait pas de happy end pour lui. Jamais.

Il avait été vraiment con de croire le contraire.

27

Pour la première fois de sa vie, Liv était contente d'être au chômage et de n'avoir aucune responsabilité.

Le lendemain matin, Thea la ramena à la ferme et Liv se fourra aussitôt au lit. Elle y resta toute la journée, la tête sous la couette, un paquet de mouchoirs à portée de main. Elle se leva trois fois pour faire pipi et une fois pour avaler les miettes qui traînaient au fond d'un sachet de Doritos. Un peu après 19 heures, Rosie frappa doucement à la porte de sa chambre pour lui annoncer qu'elle avait laissé du ragoût de thon sur la table.

Il était toujours au même endroit, intact et froid, le lendemain matin, lorsque Liv quitta son lit pour aller chercher un cachet contre la migraine qui s'était développée dans la nuit. La culpabilité s'ajouta au martèlement de ses tempes. Elle aurait au moins dû répondre à Rosie la veille, la remercier pour le dîner et pour lui avoir permis de négliger ses tâches.

Liv passa les doigts dans ses cheveux emmêlés et grimaça en découvrant un énorme nid à l'arrière de sa tête. Il fallait vraiment qu'elle se ressaisisse. C'était pour ça qu'elle détestait pleurer. Parce que, une fois qu'elle commençait, elle ne pouvait plus s'arrêter. Quelle perte de temps. Elle avait gâché une journée entière à s'apitoyer sur son sort.

Et elle ne se sentait pas mieux pour autant. C'était même le contraire.

Au lieu de se sentir purifiée, elle avait l'impression d'avoir la gueule de bois.

Elle n'était pas non plus revigorée et n'éprouvait aucune des émotions à la con qui d'après les gourous du développement personnel étaient censées suivre les larmes. Non. Elle avait l'impression d'être une vieille poupée de chiffon qui ne tenait plus que par un fil après avoir été traînée dans une flaque de boue et déchiquetée par un chien.

Parce que quelque chose s'était brisé en elle. Mack avait cassé un truc. Et c'était peut-être pour ça, plus que pour le reste, qu'elle le haïssait.

Elle releva ses cheveux en queue-de-cheval, s'aspergea le visage – et frotta les taches orange au coin de sa bouche. Puis elle enfila des vêtements propres et ouvrit la porte de son appartement pour la première fois depuis des heures.

Elle s'immobilisa en haut des marches pour voir si le monde lui semblait différent. Pas du tout. Elle fut accueillie par les mêmes bruits que d'habitude. Randy braillait dans son arbre. Les chèvres bêlaient. « Tourne la page », conseillait le monde. Circulez, y a rien à voir. Juste une femme au cœur brisé qui a bien appris sa leçon.

Elle ne trouva que deux œufs dans le nichoir, et des restes de nourriture sur le sol lui apprirent que Rosie s'était déjà occupée des poules. Une soudaine détermination la fit se redresser. C'était la dernière fois que Rosie serait obligée de bosser à sa place.

Elle entra dans la maison d'un pas résolu et mit les mains sur les hanches, prête à le lui dire. Mais elle n'en eut pas le temps. Rosie, debout devant l'évier, se tourna vers elle, inclina la tête et affirma :

— Oh ! ma chérie. Ça va s'arranger, je te le promets.

Et mince. Liv se remit à pleurer. Elle poussa un « Aaaah ! » de colère et s'approcha de l'évier.

— J'en ai ras le bol de ces conneries.

Elle s'aspergea une nouvelle fois le visage. Rosie lui caressa lentement le dos.

— Tu as faim ?

— Il reste du ragoût de thon ?

— Je t'en ai gardé une assiette au frigo. Assieds-toi. Je vais la réchauffer.

Liv fut sur le point de protester en assurant qu'elle pouvait s'en charger toute seule, mais elle était de nouveau sans énergie. Rosie s'affaira discrètement dans la cuisine tandis que Liv dévorait son plat. Lorsqu'elle eut terminé, Rosie lui prit l'assiette sans un mot pour la rincer.

— J'ai fait un gâteau au chocolat aussi, déclara-t-elle sans se retourner.

La culpabilité martela de nouveau les tempes de Liv.

— Je suis désolée pour hier soir.

Rosie lui lança un regard perplexe par-dessus son épaule.

— Désolée pour quoi ?

— Je t'ai ignorée quand tu m'as apporté à manger. Et tu as dû te taper toutes mes corvées.

Rosie ricana et rangea l'assiette dans le lave-vaisselle.

— Ma chérie, tu n'étais pas en état de faire quoi que ce soit hier. Inutile de t'excuser. Parfois, le mieux, c'est de s'apitoyer sur son sort pendant une journée. (Elle pivota, l'index brandi dans sa direction.) Tant que le lendemain on se lève et on se met au boulot.

— Je sais. Je suis désolée. Je te promets que ça ne se reproduira pas.

— Livvie, je ne te parle pas de ces foutues poules.

Liv acquiesça.

— Je vais me remettre à chercher du travail…

— Je ne te parle pas de ça non plus. (Rosie regagna l'îlot central.) Je te parle de Royce.

Liv secoua la tête en grommelant.

— Ça ne m'intéresse plus.

C'était faux. Mais ça lui faisait du bien de prétendre le contraire. Sa capacité à vaciller au bord des précipices émotionnels avait atteint ses limites. Elle avait besoin du confort de la stabilité.

— N'importe quoi, répliqua Rosie. Tu es juste en train de t'apitoyer sur toi-même.

— Tu viens de dire que j'en avais le droit.

— Oui. Hier. Aujourd'hui, tu dois te ressaisir et continuer.

Liv baissa les yeux, honteuse.

— J'ai l'impression qu'à cause de moi la situation a empiré.

— C'est parce que tu as attaqué l'ours et qu'il a riposté. Il t'a touchée là où ça fait le plus mal et tu es en train de panser tes plaies au lieu de l'achever.

— Peut-être que ce n'est pas à moi de l'achever. Ce n'est pas mon combat.

Rosie frappa violemment le plan de travail du plat de la main.

— Arrête tes conneries !

Liv sursauta et leva la tête. Elle n'avait jamais entendu Rosie élever la voix comme ça. Pas même sur Hop.

Rosie brandit de nouveau l'index dans sa direction.

— C'est le combat de toutes les femmes, Olivia Papandreas. Et je sais que tu n'as rien demandé mais c'est tombé sur toi. Jessica compte sur toi. Alexis aussi. Toutes les femmes de cette putain de liste comptent sur toi. Et moi aussi.

L'expression de Rosie s'adoucit et elle contourna l'îlot pour venir se placer près de la chaise de Liv. Elle repoussa une mèche de cheveux qui était tombée sur son front, et son geste lui fit de nouveau monter les larmes aux yeux.

— Je compte sur toi pour achever ce que ma génération a commencé, Livvie. Ce que des générations de femmes ont entamé sans pouvoir en venir à bout.

Liv ricana, ravie d'avoir une bonne raison de le faire.

— Ne nous emballons pas. Je ne suis qu'une cheffe pâtissière.

— L'histoire a été écrite par des milliers de femmes qui pensaient qu'elles n'étaient *que* des secrétaires ou *que* des couturières jusqu'à ce qu'elles en aient ras le bol et qu'elles décident de se défendre.

Un souvenir fit sourire Liv.

— Gran Gran disait quelque chose dans ce goût-là. « Il n'y a pas de force plus grande sur terre qu'une femme qui en a plein le dos. »

— Ta grand-mère était pleine de sagesse.

— Elle pensait aussi que si toutes les vaches s'allongeaient dans le pré c'est que le temps allait tourner à la pluie, alors bon…

— Tu vois ? Une femme sage.

Liv inspira, troublée.

— J'ai tout gâché, finit-elle par dire.

Rosie opina.

— Ça peut se rattraper.

— Je dois m'excuser auprès d'Alexis.

— Oui. On a besoin de nos amies. Royce a semé assez de chaos comme ça. Ne le laisse pas détruire ça aussi. (Rosie hocha sèchement la tête.) J'ai quelque chose à te donner et je pense que c'est le bon moment. Il me paraît utile de stimuler un peu ta confiance.

Rosie traversa la cuisine et disparut dans le salon. Liv se retourna et la vit ouvrir le tiroir de son bureau d'où elle sortit une épaisse enveloppe.

— De quoi s'agit-il ? demanda-t-elle lorsque Rosie la lui tendit.

— C'est mon testament.

Liv poussa un soupir paniqué.

— Je te jure que, si tu t'apprêtes à m'annoncer que tu es mourante, je te tue.

— Je ne suis pas mourante. Je pars en vacances.

Liv se renfonça sur sa chaise.

— Merci, mon Dieu.

— Je voulais m'occuper de ça avant de partir.

— T'occuper de quoi ?

— Je t'ai ajoutée sur mon testament.

La minuscule bouffée d'oxygène que Liv était parvenue à inspirer se fit de nouveau la malle.

— Tu ne peux pas faire ça, bafouilla-t-elle en secouant la tête. (Le précipice émotionnel lui faisait de nouveau les yeux doux.) Tu ne peux pas.

— C'est fait. J'avais rendez-vous avec le notaire la semaine dernière.

Liv ne put articuler qu'un mot.

— *Pourquoi ?*

— Parce que je suis vieille. Je veux prendre ma retraite, voyager et baiser avec Hop avant qu'il cesse définitivement de bander.

Liv grimaça.

— Et parce que le jour où tu as répondu à mon annonce a été le plus beau jour de ma vie.

Liv capitula et enfouit le visage dans ses mains. Quel était l'intérêt de refouler ses larmes ? Rosie posa une paume chaude et rassurante sur son épaule.

— Ce jour-là, j'ai gagné une fille. Une fille dont j'avais besoin sans le savoir.

Liv s'essuya le nez du dos de la main avec un hoquet.

— Je croyais que la fois où Neil Young t'a lancé son T-shirt plein de sueur depuis le bus de sa tournée était le plus beau jour de ta vie.

— Tu as raison. Ton arrivée a été le deuxième plus beau jour de ma vie.

— Je ne sais pas quoi dire, murmura Liv, les yeux rivés sur l'enveloppe.

— Tu n'es pas obligée de dire quoi que ce soit. (Rosie lui caressa de nouveau les cheveux.) Contente-toi d'être la femme que je sais que tu es. Je suis très fière de toi.

Mais pouvait-elle être fière d'elle-même ? Liv se sentait mal assurée. Rosie était seulement la seconde personne dans toute sa vie à lui dire ça. Elle avait beau reculer, ce putain de précipice la cernait. Elle agitait les bras et la crainte de tomber l'épuisait.

— J'ai peur, finit-elle par chuchoter.

— De quoi ?

— De te décevoir.

Rosie la considéra, incrédule.

— C'est le deuxième truc débile que tu sors aujourd'hui. Tu ne peux pas me décevoir.

Liv baissa les yeux vers ses pieds. Le sol se troubla : sa vision était floue.

— Alexis a raison. Je juge tout le monde. J'ai tellement peur de ma propre faiblesse que je punis les autres pour la leur. Je… j'empêche les autres de me faire confiance. De *m'aimer.*

Rosie émit un petit bruit, compatissante.

— Je ne sais pas qui t'a fait croire ça, ma chérie, mais cette personne ne te mérite pas.

Liv ne se rendit compte qu'elle avait fermé les yeux que lorsqu'elle sentit la main de Rosie presser sa joue.

— Regarde-moi, ma puce.

Liv obéit. Le regard de Rosie était chaleureux, aimant et *fier.*

— Ce qui était brisé chez cette personne lui appartient. C'était *sa* blessure. (Elle essuya une larme du pouce.) Tu n'as plus à porter cette cicatrice ; elle n'est pas à toi. Tu as le droit de lâcher prise, Liv. Autorise-toi à être aimée et *lâche prise.*

Liv attira Rosie à elle et pleura sur son épaule. Comment faire pour lâcher ? Pouvait-on décider de guérir comme ça, un beau matin ? Elle en était incapable. Et maintenant elle avait perdu le seul homme dont elle était tombée amoureuse.

Car elle l'aimait. Tellement. Son image l'avait hantée toute la nuit. Elle l'avait mis à terre… Il lui avait raconté la vérité et elle l'avait repoussé à cause de ses propres insécurités. Comment pourrait-il lui pardonner ?

Liv s'écarta et s'essuya le visage.

Rosie inspira à sa manière, qui signifiait *Maintenant que c'est réglé.*

— Mais tu dois d'abord prendre soin de toi. Brosse-toi les cheveux. Prends un bain chaud. Bois un verre de vin. Je vais t'apporter du gâteau au chocolat et envoyer Hop récupérer ta voiture.

La voix de Liv se brisa.

— Je t'aime, Rosie.

— Je sais, ma chérie. Moi aussi, je t'aime. (Elle désigna la porte du doigt.) Et maintenant, va-t'en. J'ai des trucs à faire.

Liv obéit à Rosie. Elle rentra dans son logement et se brossa les cheveux. But un verre de vin. Prit un bain chaud. Elle se laissa couler dans la baignoire et l'eau lava ses larmes.

Une heure plus tard, enroulée dans une serviette de toilette, elle alla déposer le verre vide dans la cuisine. Un livre posé sur la table attira son attention.

Le Protecteur.

Qu'est-ce que… ? D'où sortait-il ?

Un petit mot dépassait de la couverture.

Un ami me l'a fait lire. Je me suis dit qu'il te plairait.

Hop

Liv éclata de rire. Hop lui avait donné… une romance ?

Il y avait un post-scriptum sous son nom.

Page 245. La peur est un moteur puissant, mais l'amour aussi.

« La peur est un moteur puissant. » C'était mot pour mot ce que lui avait dit Mack. Braden. Liv s'installa sur le canapé et chercha la page 245.

« Ellie enfouit de nouveau les mains dans les cheveux de Chase.

— Tout ce qui s'est passé avant ne compte pas. On peut recommencer à zéro.

— Comment ?

Le mot – étouffé contre la peau chaude et parfumée de sa gorge – était une supplique qui montait du plus profond de lui-même et à laquelle il voulait désespérément croire.

— Regarde-moi.

Elle fit tourner tendrement son visage vers elle, le pressant de lever la tête. Il l'inclina juste assez pour poser le front contre sa joue.

— On reprend tout du début. (Elle approcha son propre visage jusqu'à ce qu'ils se retrouvent front contre front.) On oublie le passé.

— Comme ça, d'un claquement de doigts ?

— Non. Pas juste *comme ça*. J'ai peur, je suis perdue, et je me sens totalement exposée et vulnérable en ce moment. Ce sont des émotions que j'ai passé beaucoup de temps à éviter. Je ne dis pas que ça va être facile. Je sais juste qu'on a essayé d'arrêter de se voir et que ça n'a pas fonctionné si bien que ça. Peut-être qu'on devrait se pardonner et repartir de zéro.

Chase se cramponna à ses paroles. Il s'en imprégna et sentit le poids de la culpabilité s'alléger sur ses épaules pendant une merveilleuse fraction de seconde lorsqu'il y crut.

Il voulait demeurer au cœur de cette réalité suspendue dans laquelle il pouvait être pardonné et où il la méritait. Où le passé, la *vérité* ne comptaient pas. Où il pouvait accepter ce qu'elle lui offrait – une deuxième chance, la rédemption, elle. Il voulait être digne de tout ça – l'adoration, l'absolution, le pardon. Il voulait être l'homme qu'il voyait dans ses yeux quand elle le regardait comme maintenant.

Et pour ça, il lui suffisait de choisir.

L'honneur ou l'égoïsme.

Le bonheur ou la solitude.

Le choix le terrifiait, mais était-ce seulement un choix ?

La peur était un moteur puissant. Mais l'amour aussi. »

Plusieurs heures plus tard, Liv referma le roman et le posa sur le canapé à côté d'elle. La serviette dans laquelle elle s'était enroulée avait séché depuis longtemps mais ses cheveux, qu'elle avait relevés en chignon au sommet de son crâne, étaient encore humides.

Quand elle était enfant, elle avait eu un accident de vélo et s'était écorché le bras sur toute la longueur. Son âme l'élançait de la même manière en ce moment. Elle était à vif.

Mack lui avait menti, poussé par la peur et l'amour. Et elle lui avait balancé les deux à la figure. Parce qu'elle était seulement animée par la peur. Par la faiblesse. Sa gorge se mit à la brûler mais elle réprima ses larmes. Elle n'avait pas le temps de pleurer.

Il était presque 21 heures mais elle ne pouvait ni ne voulait repousser davantage. Elle avait des excuses à présenter. Elle fouilla dans la panière de vêtements propres dans sa chambre, à la recherche d'un sweat-shirt et d'un pantalon de yoga. Elle s'habilla rapidement, peigna ses cheveux humides et enfila des baskets.

Une demi-heure plus tard, elle trouva une place devant le café d'Alexis.

Le carton *OUVERT* était toujours affiché à l'entrée mais le café était vide. Liv poussa la porte et entendit la voix de son amie depuis la cuisine.

— J'arrive tout de suite.

Musclor passa brièvement le museau derrière le comptoir avant de disparaître. Liv l'imaginait très bien en train de comploter avec Gueulard. « Elle est revenue. Tu la fais trébucher et je l'égorge. »

Un instant plus tard, Alexis fit son apparition, un grand sourire aux lèvres – qui mourut aussitôt qu'elle aperçut Liv.

— Oh.

Son hésitation fit frissonner Liv. Il n'y avait pas de manière facile de s'y prendre.

— Je suis tellement désolée, Alexis.

Cette dernière se figea. Elle cilla une fois, ce qui était signe qu'elle respirait encore. Puis elle déglutit et passa à côté de Liv sans dire un mot pour se diriger vers la porte. Liv tressaillit, s'attendant à ce que son amie la mette dehors. Mais au lieu de ça, Alexis retourna le carton, qui affichait dorénavant *FERMÉ*. Sa main s'attarda un instant sur la vitre ; ses doigts tremblaient un peu.

Elle pivota. Son visage avait perdu toute couleur.

Liv prit une profonde inspiration.

— Je suis navrée de ne pas avoir été une assez bonne amie et que tu aies pensé que tu ne pouvais pas me dire la vérité. Je suis désolée de voir le monde en noir et blanc, ce qui m'a empêchée de comprendre ce que tu voulais me dire.

De manière inexplicable, Alexis soupira et agita les mains.

— Arrête.

Liv tremblait des pieds à la tête.

— Euh, d'accord.

Alexis parvint à esquisser un faible sourire.

— Je te dois des excuses, moi aussi.

— Non.

— Je t'ai dit des choses impardonnables.

— J'avais besoin de les entendre.

— Personne ne mérite d'entendre ça.

Liv fit plusieurs pas vers elle.

— Mais tu avais raison. J'ai passé tellement de temps à avoir honte de ma propre faiblesse que j'ai retourné ça contre les gens. Je m'attends à ce qu'ils vivent selon un standard que je ne parviens pas à atteindre moi-même.

— Et je t'ai dit des horreurs pour couvrir ma propre honte.

Liv s'indigna pour le compte d'Alexis.

— Mais tu n'as rien fait de mal ! C'est Royce l'enfoiré qui t'a mise dans cette situation !

Alexis rit doucement.

— J'aimerais avoir autant la force de me battre que toi.

— Alexis, ce n'est…

— Tu sais quoi ? l'interrompit Alexis. C'est étrangement libérateur que quelqu'un sache. J'en ai tellement marre de vivre comme ça, putain.

Liv écarquilla les yeux.

— Tu as dit le mot qui commence par un « p ».

— Je sais. Ça me semblait approprié.

— Je suis d'accord.

Alexis contempla le plafond et inspira profondément. Elle soupira puis baissa les yeux.

— J'ai besoin d'un verre.

— Moi aussi.

Liv suivit Alexis dans la cuisine, sur ses gardes à cause de Musclor et Gueulard. Ils avaient été laissés seuls assez longtemps pour avoir fourbi leurs armes. Son amie traversa la cuisine et sortit une canette de Coca-Cola du réfrigérateur. Liv éclata de rire quand elle attrapa ensuite une bouteille de whisky.

— Le whisky suffira, suggéra-t-elle.

Alexis acquiesça.

— Absolument.

Deux verres plus tard, elles étaient assises sur le sol de la cuisine, le dos pressé contre le comptoir en inox.

— Ma mère était malade, dit Alexis.

— Je sais.

— Il m'a proposé beaucoup d'argent en échange de mon silence, ce qui m'a fourni une porte de sortie inattendue. Pas seulement du harcèlement ou de l'enfer qu'était ce job, mais aussi concernant ma mère. Il m'a donné suffisamment d'argent pour payer les frais médicaux, un bel enterrement et…

Elle regarda autour d'elle et écarta largement les mains, prouvant qu'elle avait un peu trop bu.

— Ouvrir ton propre café.

— Réaliser mon rêve.

— Tu n'as aucune raison d'avoir honte de tout ça.

— Je sais. De manière rationnelle. Et si j'étais à ta place, je me dirais certainement la même chose. Mais c'est différent quand ça t'arrive.

— Combien de temps ça a duré ?

— Ça a commencé quand je suis arrivée.

Liv en eut le souffle coupé.

— Ça fait plus d'un an.

— Oui. Une année de complète humiliation. (La voix d'Alexis se durcit.) Une année passée à apprendre à l'éviter, à prétendre que ça n'avait pas d'importance. Une année à croire que je devais le supporter pour protéger ma carrière et tout ce pour quoi j'avais bossé si dur.

— Est-ce qu'il… je veux dire, jusqu'où est-il allé ?

Liv ne savait pas comment poser la question autrement et se sentit coupable de l'avoir formulée.

— Tu veux savoir si j'ai couché avec lui ?

— Ça n'a pas d'importance. Je n'aurais pas dû demander.

— Oui.

Elle répondit si doucement que Liv ne fut pas certaine d'avoir bien entendu. Mais l'expression d'Alexis en disait long.

— Tu m'as demandé pourquoi j'avais honte. C'est pour ça. J'ai cédé. Qu'est-ce que ça fait de moi ?

Alexis n'attendit pas que Liv réponde. Elle se leva en vacillant, le cœur au bord des lèvres. Liv la regarda, impuissante, courir jusqu'à la poubelle, dans laquelle elle vomit.

Liv rejoignit son amie et la serra contre elle par derrière.

— Ça va aller. Ça va aller.

Alexis agrippait le rebord de la poubelle, haletante et en nage. Liv la prit par les épaules pour la faire pivoter vers elle.

— Qu'est-ce que ça fait de toi ? répéta-t-elle en mettant les mains sur son visage comme l'avait fait Rosie avec elle un peu plus tôt. Une survivante.

Les larmes se mirent à couler sur les joues d'Alexis.

— J'ai couché avec lui. *De mon plein gré*, Liv.

— Ce n'était pas une relation consentie. Pas vraiment. Et même si c'était le cas, on s'en fout. Il avait du pouvoir sur toi. Il savait que tu étais vulnérable à cause de ta mère. Il en a profité. Il a profité *de toi*. Et tu as fait la seule chose que tu pensais possible pour vous protéger, ta mère et toi. (Liv se souvint du roman avec un petit sourire.) *La peur est un moteur puissant, mais l'amour aussi.*

Alexis se décomposa et éclata en sanglots. Elle se pencha et posa le front contre l'épaule de Liv, qui la serra contre elle en la berçant. Elle lui caressa le dos jusqu'à ce que les pleurs se transforment en hoquets, qui devinrent des soupirs tremblants. Et puis ce fut terminé.

Alexis recula avec un petit grognement et pivota en s'essuyant les joues.

— Bon sang, je déteste pleurer.

— Je comprends. Ces dernières vingt-quatre heures, j'ai pleuré pour une vie entière.

— Pourquoi ? renifla Alexis en se tournant de nouveau vers elle.

Ah. Oui. Elle n'était pas au courant pour Mack. Liv haussa les épaules et lui raconta tout.

Alexis la regarda, abasourdie.

— Ouah. Il s'est passé plein de trucs dans ta vie.

— On peut dire ça.

— Et… c'est fini avec lui ?

Une boule se forma dans la gorge de Liv.

— Je lui ai dit des choses impardonnables.

Alexis inclina la tête, et Liv sut qu'elle s'apprêtait à lui balancer un truc profond et très « alexien ».

— Il avait peut-être besoin de les entendre.

Liv leva les yeux au ciel.

— Je l'ai bien cherché, pas vrai ?

— Oui.

Et si elle avait tout gâché ?

— Il n'avait pas besoin de les entendre. Il avait plutôt besoin que je me montre compréhensive et que je le prenne dans mes bras. Et je ne l'ai pas fait.

Alexis posa la main sur son bras.

— Respire.

Liv gagna le comptoir, se servit un verre et l'avala d'un trait. Alexis la rejoignit et l'imita.

— Tu sais ce que j'ai vraiment envie de faire ? demanda Alexis en reposant son verre.

— Te bourrer la gueule en cassant du sucre sur le dos des mecs ?

— Non. Enfin, oui. Mais après.

— Quoi, alors ?

Alexis remplit de nouveau leurs verres et tendit le sien à Liv.

— Détruire Royce Preston.

Liv entrechoqua leurs verres. Parce que, ça, elle pouvait s'en charger.

— Pareil.

28

Pour la première fois de sa vie, Mack aurait aimé être au chômage.

Après avoir quitté Liv, il était rentré chez lui, avait attrapé une bouteille neuve de Jameson et l'avait emportée au lit avec la ferme intention de ne fréquenter aucun de ses clubs et de ne voir personne jusqu'à ce qu'il ait oublié son goût, la douceur de sa peau et le souvenir d'elle.

Il ne s'était pas douché pendant trois jours. Il avait à peine mangé. Il avait ignoré tous les appels et les textos. Il avait balancé des trucs par terre et cassé d'autres trucs. Mais il avait surtout bu et dormi, et quand il était soûl, il avait eu très envie de l'appeler pour lui laisser des messages d'une voix pâteuse. Heureusement qu'il s'était retenu, car il lui était même arrivé de pleurer.

Parce que son cœur saignait dans sa poitrine.

Le quatrième jour, la porte de sa chambre s'ouvrit brusquement.

— Oh ! putain, ce que ça pue !

Il roula sur lui-même. Ses amis se tenaient sur le seuil, l'air dégoûté.

— Qu'est-ce que vous voulez ? gronda-t-il.

— On est venus te sauver, répliqua Gavin, mais j'ai l'impression qu'on va devoir enfiler des masques à gaz.

— Allez vous faire foutre.

Gavin se recouvrit le nez et la bouche avec la main.

— Je suis sérieux, Mack. On dirait qu'un chameau vit ici. Tu t'es pissé dessus ou quoi ?

Mack attrapa un oreiller et le lança dans leur direction. Il les rata d'environ trois mètres.

— Barrez-vous.

Avec un haut-le-cœur théâtral, Gavin enjamba l'oreiller et une pile de vêtements sales, et gagna la salle de bains. Mack entendit le jet d'eau de la douche quelques secondes plus tard.

— Décrasse-toi, ducon, ordonna Gavin en retournant dans la chambre. Tout de suite. On t'attend en bas. Il est temps qu'on intervienne.

La porte claqua dans leur dos.

Mack contempla le plafond. Qu'ils aillent se faire foutre. Il n'avait pas besoin de leur aide. Il voulait juste qu'on lui fiche la paix pour qu'il puisse se vautrer dans son chagrin. Il passa sa main sur son visage mangé par la barbe et une bouffée de sa propre odeur lui parvint : ils avaient raison au moins sur un point. Une douche ne lui ferait pas de mal.

Ses muscles raides protestèrent lorsqu'il s'assit sur le bord du lit. Il ne se rappelait plus quand il avait déjà passé autant de temps sans courir. L'eau chaude martela ses épaules tendues. Il était trop déprimé pour avoir remarqué à quel point il était noué.

Quelle ironie. Le fondateur du club de lecture, l'homme qui croyait que les manuels avaient réponse à tout et qui pensait tout savoir sur l'amour, était dévasté à cause d'une femme.

Sauf que c'était faux. Il ne pouvait s'en prendre qu'à lui-même. Il avait transgressé l'une des règles les plus importantes : ne jamais mentir. Il avait eu mille fois l'occasion de tout avouer à Liv. Même après qu'elle lui avait raconté son passé douloureux, il s'était convaincu qu'il lui fallait plus de temps pour trouver les bons mots. Il avait délibérément ignoré tout ce que les romances lui avaient enseigné, oublié toutes les leçons durement apprises par les héros. Et maintenant, il était trop tard.

Mack se passa les mains sur le visage et laissa couler l'eau chaude sur son corps. Le jet brûlant devint une punition, un blâme, une purification douloureuse. Il lui faudrait mille douches cinglantes pour laver l'empreinte de Liv tatouée sur son corps, et rien ne parviendrait à extirper de son cerveau et de son cœur les souvenirs de cet amour farouche qu'il avait éprouvé pour la première fois. Les manuels n'offraient aucun conseil pour survivre à une *unhappy end.* Il allait devoir se débrouiller tout seul.

Un quart d'heure plus tard, il émergea enfin de sa chambre et descendit au rez-de-chaussée. Le Russe le rejoignit dans le couloir qui menait à la cuisine.

— Tu as besoin d'un câlin, pas vrai ?

— Pas vraiment… mmmph.

Le Russe l'étreignit maladroitement contre son corps musclé. Le visage de Mack se retrouva pressé contre son épaule, et finalement il trouva cela plutôt agréable. Il resta comme ça un moment, les yeux fermés. On sous-estimait souvent le pouvoir d'un câlin.

— Tu sens bien meilleur, remarqua le Russe en reculant.

C'était toujours ça.

Lorsque Mack entra dans la cuisine, il trouva ses potes en train de nettoyer. Malcolm avait enfilé des gants en caoutchouc qui recouvraient à peine ses doigts épais et il récurait l'évier, qui s'était miraculeusement vidé de toute la vaisselle accumulée les jours précédents.

— C'était vraiment crade, mec, constata Del sans lever les yeux du plan de travail qu'il était en train de gratter. J'avais jamais vu ça.

— Les derniers jours ont été rudes.

— Sans blague, répondit Gavin. On a trouvé un morceau de pizza par terre sur le point de réclamer son indépendance et de fomenter un coup d'État.

— Oh ! ça va, il ne s'est écoulé que quatre jours.

Ils cessèrent tous de s'agiter et le dévisagèrent.

— Quoi encore ? aboya-t-il.

— Ça fait *cinq* jours, répondit Gavin.

Le souffle lui manqua. Cinq jours ? Il avait perdu une journée entière ? Comment était-ce possible ? Merde. Est-ce que Liv l'avait appelé ? Quand avait-il vérifié son portable pour la dernière fois ?

— Où est mon téléphone ? souffla-t-il.

Gavin haussa les épaules. Mack courut dans sa chambre. Il arracha les couvertures et balança les oreillers par-dessus son épaule. Rien.

Où était-il ? Il se mit à quatre pattes pour regarder sous le lit. Là. Il l'attrapa et le retourna. Essaya de l'allumer. Il jura comme un charretier en découvrant qu'il était déchargé. Il s'empara de son chargeur et redescendit au pas de course.

Lorsqu'il regagna la cuisine, Malcolm était en train de sortir quelque chose du four à micro-ondes. L'odeur qui s'en dégageait fit gronder l'estomac de Mack mais il brancha son téléphone sans jeter un regard au plat. Il pianota nerveusement sur le plan de travail en attendant que l'écran revienne à la vie.

— Assieds-toi et mange, ordonna Malcolm, une assiette pleine à la main.

Mack l'ignora et appuya de nouveau sur le bouton de mise en marche de son portable : seule l'icône de la batterie vide s'afficha de nouveau.

— Je ne le redirai pas, fit Malcolm.

L'estomac de Mack gronda de nouveau et il capitula. Il s'assit sur une chaise devant l'îlot, et Malcolm posa l'assiette et une bouteille d'eau devant lui.

Mack se pencha en avant et contempla le contenu de son plat.

— C'est quoi ?

— Une tourte au poulet.

— Tu as trouvé ça dans mon congélo ?

— Non, je l'ai apportée.

Mack haussa un sourcil.

— Pourquoi ?

— Tu veux vraiment te plaindre ? Tu as passé la semaine à boire du bourbon et à bouffer des crackers au fromage.

— C'était du whisky, pas du bourbon.

— C'est pareil.

— Non, intervint Gavin. Tous les bourbons sont du whisky mais tous les whiskys ne sont pas des bourbons.

— Passionnant, marmonna Malcolm d'un ton sarcastique en tirant sur sa barbe. (Il désigna du doigt l'assiette de Mack.) C'était le plat que me préparait ma mère chaque fois que j'étais malade. Je me suis dit qu'un peu de *comfort food* ne te ferait pas de mal.

Mack goûta la tourte. Ses papilles se réjouirent mais son estomac se rebella contre la présence de nourriture solide. La tourte se transforma aussitôt en caillou. Il préféra descendre la bouteille d'eau.

Les mecs s'étaient alignés devant lui et le considéraient d'un air hésitant.

— Je suis en vie, grommela-t-il. Pas la peine de rester.

Del émit un ricanement qui disait clairement : « C'est ça, oui. »

— Tu penses qu'on va te laisser seul ?

— Je veux être seul.

— Bien sûr que non, rétorqua Gavin.

— Si.

— Faut t'y faire, déclara Malcolm. Les potes ne se laissent pas tomber.

Le Russe désigna la tourte.

— Y a du fromage dedans ?

Mack fit glisser l'assiette dans sa direction. Le Russe attrapa la tourte et la dévora comme un sandwich.

Gavin le dévisagea, sidéré.

— Comment tu peux avoir encore faim, mec ? On s'est arrêtés dans un drive en venant.

— C'était le petit déjeuner, expliqua le Russe, la bouche pleine. Ça, c'est le déjeuner.

Malcolm tira une chaise et s'assit à côté de Mack.

— Explique-nous ce qui s'est passé.

— On sait juste ce qui est arrivé avant que tu quittes le gala, ajouta Del.

— Et vous pensez que je vais croire qu'il (Mack désigna Gavin d'un geste du menton) ne vous a pas raconté ?

— Thea m'a parlé de ton père. (Gavin garda le silence un instant avant de poursuivre.) Je n'ai pas vu Liv. Elle fait comme toi, elle se cache et ne veut voir personne.

Mack serra les poings pour résister à l'envie soudaine de poser la tête sur le comptoir et de se mettre à pleurer. Si la colère silencieuse de Liv était douloureuse, la sympathie muette de Gavin était une véritable torture. Une partie de lui aurait aimé que Gavin lui fasse mal. Le frappe. Lui hurle dessus.

— Allez, mec, poursuivit gentiment Del. Tu sais comment ça marche. Si tu ne nous racontes pas ce qui s'est passé, on ne peut pas t'aider.

— Vous ne pouvez pas m'aider. C'est fini.

— Tu parles comme un héros de romance qui croit que tout est perdu, constata Malcolm.

Mack gémit.

— Je ne veux plus entendre parler de ces bouquins débiles.

Les autres échangèrent un regard avant de lever les yeux au ciel.

— Mack, soupira Malcolm. Tu sais très bien de quoi il s'agit. C'est le moment où le héros touche le fond. Tu ne peux pas baisser les bras.

— Mais vous m'écoutez ou bien ? Ce n'est pas une histoire. C'est ma putain de vie et ça craint. Elle a dit que tout était fini et il n'y a rien à faire.

— Ce qui est exactement ce que disent toutes les héroïnes de romance quand le héros merde, fit remarquer Del. Mais ce n'est pas la fin. Allez, mec. Tu sais très bien tout ça.

— Tout ce que je sais, c'est que Liv a raison depuis le début. (Rien qu'en prononçant son nom, il sentit son cœur se serrer.) J'ai lu trop de romances et, tout ce que j'ai récolté, c'est un putain de cœur brisé.

— Ces bouquins ont sauvé tous nos mariages, mec, protesta Del. Grâce à *toi*. Tu nous as obligés à avancer, à lire et à tenir bon même quand on était dans le même état que toi à présent. Tu crois vraiment que tu peux nous faire fuir parce que tu vis enfin le moment sombre ?

— Le *moment sombre* ? (Mack désigna la porte qui donnait sur le jardin.) Dehors. Tous.

Ils l'ignorèrent.

— Qu'est-ce qu'elle a dit, exactement ? insista Malcolm.

— Mais c'est pas vrai, marmonna Mack en se frottant le visage. Qu'est-ce que ça peut faire ? C'est fini.

— Qu'est-ce. Qui. S'est. Passé ? gronda Del d'un ton visiblement agacé, les lèvres pincées sous l'effet de l'énervement.

Mack explosa.

— Exactement ce que je redoutais ! Je lui ai tout déballé ! Je lui ai ouvert mon cœur mais, dès qu'elle a appris la vérité sur mon passé, elle m'a repoussé. (L'épuisement et la résignation s'emparèrent de lui. Ses épaules se voûtèrent et ses mains retombèrent sur ses genoux, impuissantes.) Je lui ai tout raconté et ça n'a pas suffi.

Malcolm croisa les bras et adopta une attitude menaçante.

— Et c'est tout ? Tu ne comptes pas te battre pour la récupérer ?

— C'est inutile. Elle s'est montrée très claire. Elle ne veut plus entendre parler de moi.

— C'est des conneries, aboya Del. Il y a forcément autre chose. Liv ne te larguerait pas pour ça.

Gavin poussa un profond soupir et se laissa tomber sur une des chaises.

— Je ne sais pas, Del. Liv en est capable. Elle est du genre implacable.

Mack plissa les yeux. C'était quoi ces foutaises ?

Gavin s'appuya sur ses coudes.

— Écoute, j'aime ma belle-sœur, mais elle me rend dingue. Parfois, je me demande si Thea et elle sont vraiment sœurs. Thea est douce et aimante, alors que Liv est sarcastique et grincheuse.

Le sang de Mack ne fit qu'un tour et il serra les poings. Gavin continua :

— Je dois bien avouer que je t'admire d'avoir essayé avec elle, Mack. Parce que cette femme… (Il secoua la tête.) Cette femme fait tout ce qu'elle peut pour que personne n'ait envie de l'aimer.

Mack en avait assez entendu. Il se leva d'un bond.

— Gavin, par respect pour notre amitié, je te donne exactement une seconde pour t'excuser avant de te casser la gueule.

Gavin haussa un sourcil.

— Pardon ?

— C'est le plus gros ramassis de conneries que j'ai entendu de ma vie. Liv est la femme la plus adorable que j'aie rencontrée. Elle est drôle, intelligente, douce et courageuse, et si tu avais essayé de la connaître, tu saurais que le sarcasme est sa façon de tenir les gens à distance pour ne pas être blessée. Ce n'est qu'une façade destinée à protéger son petit cœur tout mou qu'elle a peur de voir brisé. Si tu n'es pas capable de saisir ça, alors tu ne mérites pas de la fréquenter.

Les autres échangèrent un de leurs regards entendus particulièrement agaçants. Gavin se renfonça dans sa chaise et inclina la tête.

— Et pourquoi tu ne te bats pas pour la récupérer, alors ?

Mack comprit soudain qu'il avait été manipulé. Putaindemerde.

— Tu ne pensais pas ce que tu viens de dire, pas vrai ? demanda-t-il.

Un grand sourire éclaira le visage de Gavin.

— Pas un mot.

Une veine palpita sur la tempe de Mack.

— Dégagez. Tous.

Il gagna d'un pas furieux le plan de travail, sur lequel son téléphone était toujours éteint, l'écran noir. Mack posa les mains sur le rebord en granit et le pressa jusqu'à ce que ses phalanges deviennent blanches et que ses paumes le fassent souffrir.

— Mec, pour quelqu'un qui a passé des années à nous sermonner pour qu'on adapte les manuels à nos vies et à nos relations, tu es vraiment nul quand il s'agit d'appliquer tes propres conseils, constata Malcolm dans son dos.

Mack brandit le majeur sans se retourner.

Il y eut un grincement de bois contre le carrelage suivi par la voix de Gavin.

— Qu'est-ce que tu m'as expliqué quand j'ai dit que je ne comprenais pas les actions de Chase dans *Le Protecteur* ?

Mack agrippa le comptoir plus fort.

— Je ne veux pas parler de ce putain de bouquin.

— Tu m'as dit que je n'avais pas compris le sous-texte.

— Ce n'est qu'un putain de livre !

Un poing s'abattit légèrement sur son épaule.

— Tu n'as pas compris le sous-texte de tes propres actions, Mack, poursuivit Gavin.

Mack se dégagea d'un haussement d'épaule.

— C'est elle qui a rompu, Gavin. Pas moi.

— C'est vraiment ça qui s'est passé ? demanda Malcolm en se rapprochant de lui d'un pas traînant. Tu n'aurais pas plutôt lâché l'affaire sans te battre ?

Mack se raidit, la poitrine soudain comprimée par l'impression d'être emprisonné – non pas par ses amis, mais par une vérité qu'il refusait d'affronter.

— Elle m'a dit que c'était fini.

— Tu as expliqué toi-même que Liv repousse les gens pour se protéger, constata Gavin d'un ton égal.

— Tu savais qu'elle se mettrait aussitôt sur la défensive, continua Del, qui les avait rejoints devant le plan de travail. Qu'elle rebâtirait ses remparts.

— Tu le savais et, pourtant, tu as fait exactement ce qu'elle attendait de toi, affirma Malcolm.

Mack contempla son téléphone en lui ordonnant silencieusement de revenir à la vie mais l'écran resta noir. C'était peut-être mieux comme ça. Et si, une fois rallumé, il découvrait que Liv ne lui avait envoyé aucun message ? L'ignorance était une bénédiction. Il donnerait tout pour ne pas connaître ce sentiment, cette souffrance insoutenable, cette peur terrible, provoquées par l'idée que ses amis puissent avoir raison sur toute la ligne.

L'étau se resserra autour de sa poitrine.

— Tu as laissé Liv te repousser au lieu de te battre pour elle, reprit Gavin. Pourquoi ?

Mack ferma les yeux. *La peur est un puissant moteur.*

— Allez, mec, insista Del. Parle-nous.

Il en était incapable. Il ne pouvait pas verbaliser ce qu'il ressentait.

— Mack…

— Parce qu'elle est mieux sans moi, lâcha-t-il à mi-voix, plus pour lui-même que pour les autres.

Il avait juste besoin de le dire à haute voix. De le reconnaître. De l'assumer. De vivre avec. Une bonne fois pour toutes.

— Merde, souffla Gavin. On vient de trouver le sous-texte.

— Mais pourquoi tu penses ça, Mack ? demanda Del.

Mack rouvrit les yeux mais garda le silence.

— Regarde-nous, ordonna Malcolm d'un ton calme mais ferme.

Mack secoua la tête. Il ne pouvait pas les regarder. Il ne leur faudrait qu'un regard pour comprendre qui il était. *Pour de vrai.* Pour qu'ils se rendent compte qu'il n'était qu'un imposteur. Rien d'autre qu'un adolescent de quatorze ans qui s'était caché dans le placard pendant que son père frappait sa mère. Et alors, ils le repousseraient à leur tour.

— Pourquoi Liv serait mieux sans l'homme qu'elle aime ? demanda Del.

— Parce que l'amour est une illusion. (Merde. C'était quoi le problème avec sa voix ? Il pouvait à peine parler.) Elle est tombée amoureuse d'un homme que j'ai créé de toutes pièces à partir de toutes les romances que j'ai lues.

— Non. Tu as été plus toi-même avec Liv qu'avec toutes les autres, rétorqua Del. Elle est tombée amoureuse du vrai toi.

— C'est peut-être ça qui t'effraie, poursuivit Malcolm.

— Je…

Sa voix se brisa pour de bon.

— Mack, fit gentiment Malcolm en lui pressant l'épaule de manière réconfortante. Parle-nous de ton père.

Mack ferma de nouveau les yeux et tenta de déglutir mais quelque chose de dur s'était logé dans sa gorge une fois de plus.

— J'ai tellement peur qu'une partie de lui vive en moi. Je pense que c'est pour ça que j'ai changé de nom.

Bon sang. La vérité lui donnait le tournis. Il se cramponna au plan de travail pour éviter de s'effondrer.

— J'ai changé de nom parce que je suis terrifié à l'idée que son sang coule dans mes veines. Et si je lui ressemblais ?

— Mack, affirma Malcolm. Tu n'es pas ton père.

La précision des mots de son ami transperça comme une flèche la mince armure qui protégeait encore son cœur brisé.

— Et tu n'es pas non plus les actes qu'il a commis.

Quelque chose coula sur le menton de Mack. Et merde. Il pleurait. Zut.

— Le fait que tu aies commencé à lire des romances pour apprendre à devenir un homme meilleur que lui prouve que tu valais déjà mille fois mieux que lui.

Gavin se rapprocha.

— Tu vis sous une fausse identité depuis si longtemps que tu as oublié qui tu étais vraiment – un homme bien.

— Putain, gronda Mack. Bordel !

Il se mit à frapper du poing sur le comptoir. Malcolm l'enlaça par derrière de ses bras de géant. Puis Del le prit dans ses bras à son tour, puis Gavin, et soudain même le Russe, et leur embrassade devint une mêlée virile au centre de laquelle se tenait Mack.

Ses amis l'étreignirent tandis que toute la merde qu'il retenait depuis qu'il avait quatorze ans se déversait dans un torrent de sanglots qu'il n'aurait pas pu retenir même s'il l'avait voulu. Et ils le laissèrent pleurer, cramponné à eux.

Malcolm pressa le front contre la nuque de Mack.

— Lâche tout, mec. Lâche tout. Prends ton temps. On est là.

Il avait besoin d'eux. Tellement. Ses genoux s'entrechoquaient et ses jambes le portaient à peine. Mack perdit la notion du temps, et sa poitrine libéra enfin la pression accumulée par une vie de secrets et de remords, de douleur et de regrets.

Jusqu'à ce que le tintement agréable de sa sonnette l'interrompe, immédiatement suivi par un coup impatient frappé contre la porte.

Génial. Qui diable… Une seconde. C'était peut-être Liv. Mack s'extirpa de l'étreinte de ses amis.

— J'y vais, déclara le Russe avant que Mack ne puisse l'arrêter.

Il revint trente secondes plus tard, une lueur paniquée dans le regard.

— Code rouge. Code rouge.

Code rouge ? Qu'est-ce que ça voulait dire, bordel ?

Une petite femme furieuse surgit dans la cuisine.

Oh ! merde. Code-putain-de-rouge.

Un petit cri collectif emplit le silence tendu tandis que Thea Scott croisait les bras en leur lançant un regard meurtrier.

— Oh ! Euh… salut, chérie, dit Gavin. Qu'est-ce que tu…

— Tes « chérie », tu peux te les garder, répliqua sèchement Thea.

Gavin se tut aussitôt.

Thea dirigea son regard incendiaire vers Mack.

— Tu vois, je suis vraiment furax. Je me pointe en rogne, prête à te traiter de noms tous plus créatifs les uns que les autres pour avoir brisé le cœur de ma sœur, voire peut-être à te donner un bon coup de pied dans les couilles, et tu as l'audace de ressembler à *ça*. (Elle agita les mains en direction de son état général pathétique.) Comment je peux te faire te sentir comme une merde ? C'est déjà fait.

Mack se passa la main sur la nuque.

— Thea.

— Tais-toi.

Il obéit.

Elle mit les mains sur les hanches.

— Je te jure, Liv et toi allez avoir ma peau !

Le cœur de Mack s'emballa.

— Qu… qu'est-ce qui s'est passé ? Liv va bien ?

— Je t'ai demandé de te taire.

La loyauté de ses amis avait atteint ses limites. Ils s'étaient tous agglutinés devant la porte qui donnait sur le jardin, sauf Gavin, qui avait l'air de ne pas savoir ce qui lui créerait le plus d'ennuis – rester ou partir.

Thea écarta les bras pour les empêcher d'aller plus loin.

— Personne ne va nulle part. C'est votre faute à tous.

Gavin avança avec précaution, prêt à encaisser un coup pour l'équipe entière.

— Notre faute ? De quoi tu parles ?

Thea pinça les lèvres.

— Ma sœur est sur le point de balancer Royce.

29

Un sifflement envahit les oreilles de Mack.

— Je… qu'est-ce que tu viens de dire ?

Thea émit de nouveau un petit bruit agacé.

— Allô ? Le lancement du livre de recettes ? Elle va le confronter.

Le bouquin sortait aujourd'hui. Merde. Il avait été déprimé et ivre pendant tellement longtemps qu'il n'avait pas vu les jours passer. Sa bouche s'assécha.

— Elle va faire ça *toute seule* ?

— Non. Jessica et Alexis vont l'aider. Et Hop et ce mec bizarre, Geoff.

— Quel est leur plan ?

Mack ne put maîtriser le ton de sa voix. Il était inquiet et voulait à tout prix protéger la femme qu'il aimait. Qu'on lui fasse un procès, il s'en foutait.

— Je suppose qu'il n'a pas changé. Sauf que, au lieu de rendre public l'enregistrement, Alexis et Liv ont réussi à convaincre sept femmes de la liste de témoigner. Elles ont toutes mis par écrit ce qui leur est arrivé, et Liv a eu l'idée folle de demander à Riya et à Geoff d'insérer leurs témoignages dans les dossiers de presse destinés aux journalistes. (Thea leva de nouveau les bras au ciel.) Je ne connais pas les détails, mais je trouve cette idée complètement dingue et je vous tiens pour responsables tous les cinq !

Des émotions contradictoires faisaient trembler les mains de Mack. La fierté, parce que, bon sang, elle avait réussi. Elle était parvenue à convaincre des femmes de témoigner. Mais aussi la panique : hors de question de la laisser se jeter seule dans la gueule du loup. Pas sans qu'ils lui viennent tous en renfort, Noah compris.

Noah. Mack pivota et attrapa son téléphone, qui s'alluma enfin. Son ami répondit à la deuxième sonnerie.

— La vache. T'es en vie.

— Où est l'enregistrement ? Il est prêt à être diffusé ?

Noah ne répondit pas tout de suite.

— L'enregistrement de Royce ? Pourquoi ? Qu'est-ce que tu penses en faire ?

— Je pense qu'on devrait tous aller au lancement de son bouquin pour faire ce qu'on avait prévu.

Mack entendit un froissement, comme si Noah se levait et cherchait quelque chose.

— On a combien de temps devant nous ? demanda-t-il.

Mack le mit sur haut-parleur et jeta un coup d'œil à Thea.

— On a combien de temps ?

Elle secoua la tête.

— Pas beaucoup. La réception commence dans une heure. Je n'ai pas réussi à me libérer avant.

— Je peux le faire, affirma Noah. Je peux le préparer dans le van, mais on doit se mettre en route tout de suite.

L'un après l'autre, les mecs échangèrent un regard, un sourire, puis un hochement de tête.

Del s'approcha de Mack et lui donna une tape sur l'épaule.

— C'est le moment du grand geste romantique ?

Le cœur de Mack battit plus vite, mélange d'espoir et de crainte.

— C'est le moment du grand geste romantique.

Il était temps de reconquérir la femme qu'il aimait.

Liv n'aurait plus aucun ongle à la fin de la journée. Le plan était simple mais les risques élevés. Ce soir, soit tout le monde saurait que Royce Preston était un prédateur, soit…

Soit les femmes qui avaient accepté de sortir du silence subiraient de nouveau sa rage, et Riya serait licenciée, et…

Liv cessa de faire les cent pas dans l'allée devant son garage et se passa les mains sur le visage.

— Arrête de t'inquiéter, dit Alexis en descendant l'escalier qui menait à l'appartement.

— Tant de choses peuvent mal tourner.

— Et tant d'autres peuvent bien se passer.

— Et si Riya ne parvient pas à nous faire entrer ? Et si Geoff n'arrive pas à échanger les dossiers de presse ? Et si…

Alexis prit les joues de Liv entre ses mains.

— Et si dans deux heures le monde entier savait ce que Royce nous a fait ? Pense à ça. Juste à ça. C'est ce que je fais.

Jessica descendit l'escalier à son tour, les bras chargés des chemises cartonnées qui seraient distribuées aux journalistes. Riya avait réussi à voler un dossier, qu'elles avaient dupliqué à l'identique. Geoff les échangerait juste avant l'ouverture des portes.

C'était du moins ce qui était prévu.

Liv s'empara de la moitié des chemises et elles entassèrent le tout dans la voiture de Hop. Il était censé conduire mais n'était toujours pas sorti de la maison. Chaque seconde qui passait ne faisait qu'accroître l'anxiété de Liv.

Elle se mordilla encore un ongle.

— Mais qu'est-ce qu'il fiche ?

— Ça, répondit Jessica en tendant l'index.

Liv pivota. Juste devant la porte arrière de la cuisine, Hop et Rosie s'étreignaient fougueusement et s'embrassaient comme des fous. La joie que Liv éprouvait pour eux parvint à se frayer un chemin à travers le chagrin qu'elle ressentait à cause de Mack, juste assez pour qu'elle sourie en profitant de la vue. Au moins, certains avaient droit à leur fin heureuse.

— Ouah, soupira Jessica. C'est cool de voir que même les vieux tombent amoureux.

Liv dut faire une grimace révélatrice parce que Alexis surgit soudain à ses côtés.

— Tu es sûre que tu ne veux pas appeler Mack ?

Liv ferma les paupières. Mack. Elle ne pouvait pas penser à lui. Pas maintenant. Elle devait rester concentrée.

— Certaine.

— Ce n'est pas trop tard.

Les mots d'Alexis ne pouvaient avoir que deux sens – ce n'était pas trop tard pour demander l'aide de Mack ou ce n'était pas trop tard pour eux. Mais Liv ne lui demanda pas ce qu'elle entendait par là avant de se glisser sur le siège du passager. Elle devait d'abord régler ça. Ensuite, elle irait le retrouver et elle lui avouerait qu'elle s'était comportée comme une idiote. Elle lui dirait qu'elle était désolée – tellement désolée – de ne pas avoir été assez courageuse pour entendre sa version de l'histoire, pour l'accepter et lui faire confiance.

Pour lui dire qu'elle l'aimait.

Lui.

Braden Mack ou Braden McRae. Peu importait son nom, elle l'aimait. Elle ignorait comment c'était possible, mais c'était arrivé, et elle ne survivrait pas si elle détruisait cet amour à cause de ses insécurités stupides.

Hop s'installa derrière le volant.

— Dernière chance de faire machine arrière, déclara-t-il brusquement.

Alexis et Jessica grimpèrent sur la banquette arrière et attachèrent leurs ceintures.

— Allons-y, dit Alexis.

— Je suis prête, ajouta Jessica. Je ne veux pas qu'il s'en tire comme ça.

Liv se retourna et tendit le bras vers les deux jeunes femmes. Alexis et Jessica posèrent leur main sur la sienne.

— Je vous aime, déclara Liv d'une voix plus chargée d'émotion qu'elle ne s'y attendait. Je suis désolée d'avoir autant foutu le bordel au début…

— Arrête de t'excuser, répliqua Alexis.

— Je sais que j'ai trop insisté.

Jessica secoua la tête.

— Rien de tout cela ne serait possible sans toi.

Liv sentit leur soutien et leur pardon se faufiler jusque dans les recoins tendres de son âme. Elle rit à travers ses larmes.

— Bon, fit-elle. Allons-y.

— Bon, dit Mack en bouclant sa ceinture. Allons-y.

Mack conduisait le van, Malcolm sur le siège du passager. Le Russe était à l'arrière avec Noah, qui travaillait comme un dingue pour préparer l'enregistrement de Royce. Thea, Gavin et Del suivaient dans la voiture de Thea parce qu'ils avaient un match juste après. Mack en aurait ri s'il n'avait pas été aussi stressé.

Son téléphone vibra juste au moment où il s'engageait sur l'autoroute. Son cœur bondit, espérant que c'était Liv, mais ce n'était que Gavin.

— Quoi ? aboya-t-il.

— Elle vient d'envoyer un texto à Thea. Ils sont presque arrivés. Il faut se grouiller.

Mack appuya sur le champignon mais la camionnette avait un million d'années et dépassait à peine les cent kilomètres-heure.

Mack posa son téléphone et fit passer le message à Noah. Puis il reprit son portable.

— Thea est sûre qu'on ne ferait pas mieux de prévenir Liv de notre arrivée ?

— Certaine. Liv doit…

— Faire les choses à sa manière, acheva Mack à sa place. Je sais.

Il raccrocha et essaya d'atteindre la vitesse limite autorisée. Des voitures le doublèrent à gauche et à droite. Quand tout ça serait terminé, il comptait bien offrir une nouvelle camionnette à Noah.

Il y avait plein de choses qu'il comptait faire quand tout serait terminé, et la plupart d'entre elles concernaient Liv et la façon dont il voulait la reconquérir.

Les immeubles de la ville se découpèrent enfin après quelques minutes tendues.

— On a un problème, Mack, déclara Noah depuis l'arrière juste au moment où il s'engageait sur la bretelle de sortie.

Ce n'était pas ce que Mack avait envie d'entendre.

— Quel genre de problème ?

— Je ne peux pas finir de monter l'enregistrement.

— Comment ça ?

— La partie qui te concerne. Je n'ai pas le temps de la couper. Si on pirate leur bande-son, je ne peux pas garantir que j'aurai le temps de l'arrêter avant…

Mack agrippa le volant.

Avant que toute l'élite de Nashville apprenne la vérité sur lui.

Que ressentirait-il ? Le sentiment d'être libéré de la honte ? De se réveiller le matin délivré du poids écrasant de son passé ? Comment ça serait s'il pouvait enfin se libérer de l'illusion suffocante qu'il était *Braden-putain-de-Mack* ?

L'opportunité se présentait enfin.

Et il comptait bien la saisir.

— Je m'en fous.

— Tu es sûr ? demanda calmement Malcolm.

— Certain, répondit-il – et la certitude ajoutait un certain mordant à son ton. J'en ai assez de vivre ma propre vie incognito.

Il priait juste pour qu'il ne soit pas trop tard.

Ils n'arriveraient pas à temps.

Tout le pâté de maisons du Savoy avait été bouclé pour l'événement. Évidemment. Si Royce pouvait fermer toute la ville pour se rouler dans sa gloire imméritée, il le ferait. La circulation avait ralenti et était carrément à l'arrêt à plus de trois cents mètres du parking où elles avaient donné rendez-vous à Geoff. Hop lâcha un chapelet de jurons qui laissèrent Jessica bouche bée ; apparemment, elle ignorait que les gens âgés pouvaient jurer autant.

— Envoie-lui un texto pour le prévenir, ordonna Alexis.

Liv pianota à toute allure un message pour Geoff et se mordit la lèvre en attendant sa réponse. Ça partait mal.

Si je ne suis pas dedans dans un quart d'heure, c'est mort.

Liv pivota sur son siège.

— Donne-moi les dossiers.

— Hein ? fit Alexis. Pourquoi ?

— Je vais finir à pied. Garez-vous, on se retrouve là-bas.

Alexis secoua la tête et Hop jura de nouveau. Cette fois-ci, c'était à cause de Liv.

— Hors de question, protesta Alexis. On ne se sépare pas.

— On se retrouvera. Geoff a besoin des chemises tout de suite.

Hop avait dû comprendre qu'il n'y avait pas d'autre solution ; il freina brusquement.

— Fais vite.

Alexis lui tendit les dossiers entre les deux sièges. Liv s'en saisit et ouvrit sa portière d'un geste vif. Elle se faufila entre les voitures et trottina vers le trottoir, sur lequel les touristes étaient agglutinés.

Les dossiers serrés contre sa poitrine, Liv se mit à courir.

Trois pâtés de maisons. Trois petits pâtés de maisons. Et elle pourrait prouver que tout ça en valait la peine.

— Tu n'as pas vérifié l'état de la circulation, putain ?

Mack détourna les yeux de la route pour les poser sur Malcolm, qui ne jurait pratiquement jamais.

— J'ai été un peu occupé, rétorqua sèchement Mack.

La circulation autour du Savoy était un cauchemar. Les voitures avançaient à peine de quelques mètres avant d'être immobilisées. Mais pour la plupart, elles étaient surtout à l'arrêt.

Ça faisait trois bonnes minutes que le van n'avait pas avancé. Mack se frotta la joue.

— Il faut que je rejoigne Liv.

— Mets le point mort, ordonna Malcolm.

Mack sursauta.

— Hein ? Pourquoi ?

— Parce que je vais prendre le volant. Descends. Vas-y.

Mack passa au point mort. Il ouvrit brusquement sa portière et sauta à bas de la camionnette tandis que Malcolm se glissait derrière le volant. Il zigzagua entre les véhicules immobilisés dans les deux sens mais entendit la porte latérale du van coulisser derrière lui. Il se retourna juste à temps pour voir le Russe en bondir et le suivre.

— Qu'est-ce que tu fiches ? hurla Mack.

Le Russe sauta par-dessus le capot d'une voiture et s'arrêta sur le trottoir.

— C'est parce que c'est ton moment romantique, expliqua-t-il.

Mack sourit et lui tapota l'épaule.

— Et on court toujours dans ces moments-là.

Trois pâtés de maisons. Trois petits pâtés de maisons. Et il pourrait prouver que tout ça en valait la peine.

Bon sang, que Liv détestait courir. Mais vraiment. Elle n'avait jamais compris tous ces gens qui couraient pour le plaisir, voire participaient à des marathons et autres trucs du genre. Jamais. Parce que chaque claquement de ses chaussures sur le pavé était une torture, d'autant plus qu'elle ne pouvait pas bouger les bras.

Mais ça en aura valu la peine. Geoff échangerait les chemises. Les journalistes liraient la vérité sur Royce. Et ensuite, elle courrait le temps qu'il faudrait pour rejoindre Braden et lui dire tout ce qu'elle aurait dû lui dire depuis longtemps.

Plus. Qu'un. Pâté. De. Maisons.

Liv dérapa au coin. La rampe du parking était en vue. Enfin. La sueur coulait le long de son dos. Son cœur battait dans ses tympans, uniquement éclipsé par ses halètements.

— LIV !

Elle pivota. Le manque d'oxygène la faisait certainement halluciner parce qu'on aurait dit…

C'était bien ça. C'était *lui*. Il courait vers elle. Les bras en rythme, les jambes rapides, il bondissait par-dessus le trottoir.

Il s'immobilisa en dérapant à trente centimètres d'elle.

Et pour toute réaction, elle lui sourit de toutes ses dents et dit :

— Braden-putain-de-McRae.

De tout ce que Liv aurait pu dire en le voyant, c'était de loin la meilleure chose.

Mack ne réfléchit pas. Ni quand il franchit la distance qui les séparait. Ni quand il prit son visage entre ses mains et l'embrassa à en perdre le souffle. Ni quand il l'attira contre son torse.

— Je suis désolé, Liv.

Elle s'écarta.

— Qu'est-ce que tu fais là ?

— Thea nous a tout raconté. Je suis tellement fier de toi.

Elle secoua la tête et serra une pile de dossiers contre elle.

— J'ai des tas de choses à te dire mais je n'ai pas le temps. Je dois donner tout ça à Geoff.

Mack tendit la main vers elle.

— Donne-les-moi. Où va-t-on ?

— La rampe du parking. Quatrième étage.

Il suivit des yeux la direction qu'elle désignait puis enveloppa sa main dans la sienne.

— Allons-y.

Derrière eux, ses pas heurtant le sol au même rythme que les leurs, le Russe poussa un hurlement de joie.

— J'adore les gestes romantiques !

— T'étais où ?

Geoff surgit de derrière une colonne en ciment. Des auréoles de transpiration s'étalaient sous ses aisselles.

Liv se pencha en avant, les mains sur les genoux, le souffle court.

— Embouteillages.

— Tiens, dit Mack en lui fourrant les dossiers dans les bras.

Geoff s'en saisit et tourna les talons.

— Riya t'attend à la porte des cuisines dans cinq minutes.

Il se précipita vers l'escalier et disparut.

— On a l'enregistrement, déclara Mack, à bout de souffle. Noah va pirater leur système audio et diffuser les aveux de Royce.

— Mack, je…

Il encadra le visage de Liv entre ses mains.

— Je sais. Je sais. Faisons ça et après on se dira tout ce qu'on a à se dire.

Ils entrelacèrent leurs mains et se mirent à courir dans la même direction que Geoff.

— Où sont les autres ? haleta Liv.

— Noah est toujours dans le van. Je ne sais pas où est Malcolm.

Le Russe ouvrit la lourde porte qui menait à l'escalier.

— Vite, les pressa-t-il en les faisant entrer.

Ils descendirent les marches quatre à quatre : leurs pas de plus en plus lourds étaient le seul bruit qui résonnait entre les murs en ciment. Le Russe, qui courait devant, tourna au rez-de-chaussée.

Il grogna soudain et lança des insultes incompréhensibles.

Liv et Mack échangèrent un regard avant de franchir les dernières marches d'un coup.

— Qu'est-ce qui se passe ? aboya Mack en tournant à son tour.

Le Russe était accroupi devant une silhouette allongée. Oh ! merde.

— Geoff !

Liv s'agenouilla. Geoff était étendu sur le côté, les yeux clos.

— Il est dans les vapes, constata le Russe. Comme un joueur de hockey qui s'est pris la vitre.

— Qu'est-ce qui s'est passé ? (Mack tapota la joue de Geoff.) Allez, mec. Réveille-toi.

— Les dossiers ont disparu, murmura Liv.

Une voix sinistre s'éleva derrière eux.

— Ces dossiers-là ?

Liv bondit sur ses pieds et pivota.

Et son visage heurta un torse puissant qui puait le salami.

Elle leva les yeux et rencontra un regard meurtrier bleu glacier.

30

— Je savais que vous mijotiez quelque chose, ricana Sam en brandissant les dossiers d'une main. C'est quoi, ça ?

— La vérité, cracha Liv, sa voix résonnant dans la caverne en ciment.

Mack enroula un bras autour de sa taille et l'attira à lui. Geoff gémit sur le sol froid et sale puis roula sur le dos.

— Qu'est-ce que tu lui as fait ? demanda Liv.

Sam haussa les épaules.

— Je l'ai juste frappé à la tête. Il se réveillera tôt ou tard.

— Tu peux nous garder ici, ça n'a aucune importance, déclara Mack. Même si tu nous empêches de donner ces dossiers aux journalistes, on a enregistré les aveux de Royce.

Sam cilla. Ce fut presque imperceptible, mais réel. *De la peur.* Il la dissimula sous de la vantardise.

— Tu mens.

— Non, répliqua Liv. Et avec l'aide de Geoff et de Jessica, tu vas tomber avec lui. Tu le couvres et tu fais son sale boulot depuis des années.

Le portable de Liv sonna dans sa poche. Sam lui lança un regard noir.

— Ne réponds pas.

— Tout va sortir, Sam, affirma Liv. C'est fini. Accepte-le et laisse-nous partir.

Le téléphone de Mack sonna à son tour. Tout le monde les cherchait.

— C'est maintenant ou jamais, Sam, fit Mack.

La sueur maculait le front de Sam.

— Je ne veux pas prendre à cause de lui.

— Ça, c'est entre toi et la police. Nous, on veut juste l'arrêter. Et que tu nous aides ou pas, Royce va plonger. Aujourd'hui.

Sam leur tourna le dos et se mit à faire les cent pas, clairement paniqué. Mack croisa le regard du Russe.

— Vlad ?

Le Russe haussa les sourcils.

— Oui ?

— Brise-lui les couilles.

Les prunelles de Sam enregistrèrent la menace une fraction de seconde avant que le poing massif du Russe n'entre en contact avec son visage. Sam s'effondra en laissant échapper les dossiers. Liv s'accroupit pour les ramasser en prenant le temps de vérifier l'état de Sam.

— Il va bien ?

Le Russe souleva Geoff et le balança sur son épaule.

— Oui. Allons-y.

— Je ne veux pas que tu aies des ennuis pour l'avoir frappé, déclara Liv en jetant un coup d'œil par-dessus son épaule tandis que Mack lui prenait la main.

— Ne t'inquiète pas pour moi, répondit le Russe.

Ou plutôt Vlad, comme l'avait appelé Mack. Il avait donc un prénom.

Ils remontèrent en courant l'allée derrière le restaurant en direction de la porte de service, leurs pieds martelant le gravier. Riya les attendait devant dans son uniforme du Savoy avec son tablier de cheffe. Elle faisait les cent pas en se rongeant les ongles. Lorsqu'elle les aperçut, elle sembla se dégonfler de soulagement. Puis elle vit Geoff en travers de l'épaule du Russe.

— Oh ! mon Dieu ! Qu'est-ce qui lui est arrivé ?

— Sam l'a frappé.

La voix de Geoff s'éleva derrière Vlad.

— Qu'est-ce qui se passe ? Pourquoi j'ai la tête en bas ?

— Tiens, fit Liv en tendant les dossiers à Riya. Tu peux y aller.

Riya secoua la tête, et le temps s'arrêta lorsque Liv vit l'expression qu'arborait son amie.

— Non, souffla Liv. C'est trop tard ?

— Ils ont déjà commencé à laisser entrer les gens. On ne peut plus échanger les dossiers.

Non. Putain, non ! Liv se passa les mains dans les cheveux. Mack frappa sa paume du poing en jurant.

— On a toujours l'enregistrement, dit-il. J'appelle Noah.

Liv inspira. Il fallait qu'elle se ressaisisse. Qu'elle réfléchisse.

— Où sont Jessica et Alexis ?

Riya déglutit.

— Elles ont essayé de t'appeler.

La peur noua le ventre de Liv.

— Où sont-elles ?

— À l'intérieur. Elles ont décidé de l'accuser devant tout le monde.

— Respire.

Mack frottait le dos de Liv. Elle était assise sur l'un des bancs dans le vestiaire des employés, penchée en avant, à bout de souffle. Riya les avait cachés là avant de courir rejoindre les autres et ils étaient sans nouvelles de rien ni de personne depuis un quart d'heure. Gavin et Thea avaient appelé dix minutes plus tôt pour annoncer qu'ils ne pouvaient pas entrer. Malcolm non plus. Il était coincé dans le van avec Noah.

Liv avait envie de vomir.

Geoff était allongé sur l'autre banc, la tête sur les genoux du Russe. Vlad tenait un sac de glace contre la tempe de celui-ci.

— Pas de commotion cérébrale, affirma-t-il. Je suis un spécialiste.

— Je devrais être là-bas, dit Liv. C'est moi qui les ai traînées là-dedans.

— Non, c'est Royce qui les a traînées là-dedans, rectifia Mack.

— Je ne peux pas me cacher ici !

La porte s'ouvrit brusquement. Riya se rua à l'intérieur, l'air égaré.

Liv bondit sur ses pieds.

— Qu'est-ce qui se passe ?

— Elles sont montées sur des chaises, ont crié que Royce était un agresseur sexuel en série, et tout a dégénéré !

Riya appuya sur les boutons du panneau fixé au mur qui contrôlait les haut-parleurs dans le restaurant. Le vestiaire fut soudain envahi par des hurlements, des cris et les démentis arrogants de Royce.

— Ces femmes sont d'anciennes employées mécontentes ! J'ai été obligé de les virer ! Ne les écoutez pas.

Liv agrippa la main de Mack en entendant la voix d'Alexis s'élever au-dessus de la cacophonie.

— Royce Preston m'a fait chanter pour me forcer à avoir une liaison avec lui…

— Ta gueule ! hurla Royce. N'écoutez pas ces femmes !

— … pendant plus d'un an ! acheva Alexis.

— Elles ne sont même pas mon genre ! ricana Royce.

— Sept autres femmes ont témoigné ! s'exclama Jessica.

Liv porta les mains à sa bouche.

— Mon Dieu, souffla-t-elle. Écoute-les.

— Nous avons recueilli ces témoignages par écrit pour les distribuer à tous les journalistes ici présents, poursuivit Alexis.

— Qu'on arrête ces folles ! hurla Royce par-dessus le vacarme. Je vais vous foutre un procès au cul pour diffamation. Sam ! Où est Sam, putain ?

Liv se blottit contre la poitrine de Mack, le dos pressé contre le battement régulier de son cœur.

Un véritable chaos se déversait des enceintes – un mélange de dénégations fanfaronnes, de questions des journalistes et, par-dessus tout, les voix de deux femmes fortes et assurées qui en avaient plein le dos et avaient décidé de reprendre le contrôle de leur vie.

La porte s'ouvrit de nouveau à la volée.

Royce pénétra dans le vestiaire en soufflant comme un bison belliqueux. Il tremblait du bout de ses implants à ses mocassins Berluti. Son visage avait la couleur d'une tomate cuite à l'étuvée.

— *Olivia.*

Le bras de Mack s'enroula autour de sa taille.

— Je savais que tu étais derrière tout ça.

Il avança d'un air menaçant, mais Vlad se leva aussitôt en faisant tomber Geoff.

Le Russe s'interposa entre Royce et Liv.

— Stop, se contenta-t-il de dire.

Royce déglutit et recula.

— C'est fini, constata Liv. Tu es fichu.

Royce agita l'index dans sa direction.

— Vous ne vous en tirerez pas comme ça. Je vais vous attaquer en justice. Tous. Tu penses vraiment qu'on te croira, espèce de salope insignifiante ?

Mack composa le numéro de Noah sans quitter Royce des yeux et lui donna un ordre simple.

— Vas-y.

De la friture résonna dans les haut-parleurs du restaurant, bientôt suivie par une voix claire et assurée.

« Qu'est-ce que tu veux pour arrêter de me persécuter ? »

Liv sourit.

— J'ai enregistré notre conversation, Royce.

Toute couleur déserta son visage et ce fut le premier signe de sa défaite. Il était fait comme un rat.

« Une déclaration signée.

— Une déclaration signée disant quoi ? »

Liv éclata de rire en entendant le son de sa propre voix – tellement plus ferme que ce qu'elle ressentait ce soir-là. Et beaucoup plus calme que maintenant.

« Que tu n'as rien vu;

— C'est comme ça que tu fais ? Comme ça que tu gardes ton sale petit secret ? Tu menaces les femmes jusqu'à ce qu'elles finissent par signer des déclarations jurant qu'il ne s'est rien passé, qu'elles n'ont rien vu, que tu ne les as jamais touchées ?

— Tu crois vraiment que je ne sais pas comment m'y prendre, depuis tout ce temps ? »

La dernière réplique de Royce sauta et se répéta. Sauta et se répéta. Encore et encore. Un écho cauchemardesque. Une confession qui signait sa fin.

Mack rit et posa le front dans les cheveux de Liv.

— Noah, murmura-t-il.

Royce trouva la force de fanfaronner une dernière fois.

— Tu n'oublies pas un truc ? J'ai dévoilé quelque chose sur toi, ce soir-là, *Mack*. Et je m'assurerai que tout le monde connaisse ton sale petit secret.

Mack leva la tête, étala les doigts sur le ventre de Liv et affermit son étreinte.

— Je m'en fous, Royce. J'en ai marre de me cacher.

Liv pivota dans ses bras et leva les yeux vers lui.

— Tu en es sûr ?

Mack repoussa une mèche de cheveux derrière son oreille.

— Je veux repartir à zéro. Tu le mérites.

La porte s'ouvrit de nouveau, cette fois-ci sur l'agent de Royce.

— Il faut qu'on te fasse sortir par la porte de service, Royce, dit-il, le teint verdâtre. C'est le chaos là-bas. Les journalistes vont te tomber dessus.

Vlad planta une main sur la poitrine de Royce.

— Tu ne vas nulle part.

— Laisse-le partir, Vlad, intervint Liv. Il ne peut plus s'échapper à présent.

L'agent lança un regard circonspect et peut-être un peu désolé à Liv avant d'entraîner Royce par le coude.

Après ça, Liv observa les choses de loin. Geoff se redressa en gémissant. Le Russe se précipita pour l'aider à se remettre sur pied. Riya dit qu'elle allait voir comment se portaient Jessica et Alexis.

Liv ne voyait et n'entendait qu'une chose.

Mack.

Il la serra contre lui.

— Ça va ?

Elle enfouit la joue contre sa poitrine.

— Maintenant, oui.

Il l'étreignit plus fort, le visage au creux de son épaule.

— Dis-moi que je ne t'ai pas perdue, Liv.

Elle recula un peu pour le regarder dans les yeux.

— Tu crois qu'on peut se parler à présent ?

Mack avala sa salive avec difficulté et prit ses joues dans ses mains.

— Je suis vraiment désolé d'être parti ce soir-là chez ta sœur. J'aurais dû rester et te consoler mais je n'ai pas été à la hauteur et je me suis comporté comme un lâche…

Elle posa un doigt sur sa bouche.

— Tais-toi.

Il cilla mais obéit.

— C'est moi qui n'ai pas été à la hauteur ce soir-là. (Liv glissa une main sur sa joue. Sa voix se mit à trembler, reflétant exactement ce qu'elle éprouvait. De la nervosité. De la peur. Et tellement de regrets.) J'ai utilisé les conneries autour de ton nom comme une excuse parce que j'avais peur. Parce que je savais que j'étais à deux doigts de tomber amoureuse de toi et que ça ne m'était encore jamais arrivé.

Il lui sourit de cette manière rassurante qui disait que tout s'arrangerait.

— Hé, chérie. Et si on essayait ?

Le cœur de Liv battait la chamade.

— Essayer quoi ?

— Tu ne crois pas qu'il est grand temps qu'on tombe amoureux tous les deux ?

Quelque chose se rompit dans sa poitrine en répandant de la chaleur, de la joie et de la sécurité. Le bonheur courait dans ses veines. Elle se hissa sur la pointe des pieds pour effleurer ses lèvres.

— Hé, Braden ?

Il se pencha pour l'embrasser.

— Mmm ?

— En fait, je suis déjà amoureuse de toi.

— Tant mieux, répondit-il en riant doucement, le souffle chaud contre sa bouche. Parce que moi aussi.

Il posa le front contre le sien, les mains sur ses joues comme s'il envisageait de ne plus jamais la lâcher.

— Hé, Braden ? chuchota Liv.

— Mmm ?

— Embrasse-moi, idiot.

Il obéit. Oh ! il ne se fit pas prier. Il dévora sa bouche, déversa son cœur dans le frôlement de ses lèvres, dans toutes les caresses de ses mains, toutes ses promesses murmurées. Liv enfouit les doigts dans ses cheveux et se cramponna à lui. Elle ne le laisserait jamais partir.

Un bruit de pas près de la porte les fit se séparer juste assez pour regarder ce qui se passait.

Gavin, Del et Malcolm pénétrèrent dans le vestiaire en se bousculant, suivis de près par Thea.

— Impossible de rentrer ! s'exclama Thea. Qu'est-ce qu'on a raté ?

Ils s'immobilisèrent tous en même temps et les dévisagèrent. Ils virent les mains de Mack sur le dos de Liv, les mains de Liv dans les cheveux de Mack et leurs bouches gonflées de baisers.

— Oh ! couina Thea. Enfin !

Del plongea la main dans sa poche à la recherche de son portefeuille. Il s'avança et tendit une liasse de billets à Mack.

— Qu'est-ce que c'est ? s'étonna Liv.

— Félicitations, déclara Del. Tu as enfin une petite amie.

Liv recula, les mains sur les hanches.

— Pardon ? Vous avez encore parié sur moi ?

Mack fourra l'argent dans sa poche, l'attira à lui et la fit taire par un baiser. Pour une fois, elle ne protesta pas.

Un toussotement discret les sépara. Un homme que Liv ne connaissait pas était entré dans la pièce. Sa chemise blanche et son pantalon de treillis ne laissaient planer aucun doute sur sa profession. Un journaliste.

— Jessica et Alexis disent que c'est vous qui êtes à l'origine de tout ça, lança-t-il.

Liv pivota.

— On a juste aidé.

L'homme secoua la tête et les contempla tour à tour. Il reconnut Gavin, Del et même Vlad.

— Je ne comprends pas. Vous êtes célèbres. En quoi tout ceci vous concerne ? Vous êtes qui, en fait ?

Liv vit les mecs converser en silence – sourcils levés, haussements d'épaules, gestes du menton.

Mack adressa un sourire éclatant à Liv. Elle enfouit le visage contre sa poitrine en riant.

— Vous voulez savoir qui on est ? répondit Mack au nom du groupe. On est le putain de Club des Mecs qui Lisent de la Romance.

Le journaliste le regarda, interloqué.

— Le quoi ?

Mack attrapa la main de Liv.

— Ils vont vous expliquer, assura-t-il en désignant les autres du menton. Si vous voulez bien nous excuser, notre happy end nous attend.

Épilogue

Six mois plus tard

— Les procureurs ont annoncé aujourd'hui que Royce Preston, le chef cuisinier de télé-réalité tombé en disgrâce, a accepté un accord avec la justice concernant les charges de mise en danger d'autrui, détournement de fonds et évasion fiscale. Preston devrait écoper d'une peine s'élevant entre seize et vingt ans de prison…

Liv baissa le son de son téléviseur et se laissa tomber sur le canapé à côté de Braden.

— Aucune charge pour harcèlement sexuel n'a été retenue.

Braden leva le bras pour que Liv puisse se blottir contre lui.

— Il mérite beaucoup plus que vingt ans.

— C'était gentil de la part de Gretchen de défendre toutes ces femmes. Je trouve ahurissant qu'elles aient besoin de protection légale, mais au moins elle s'en charge gratuitement.

— Je suis content que tout ça soit fini, avoua Braden, le front contre la tempe de Liv. Je vais enfin pouvoir me concentrer sur autre chose.

— Comme le nouveau restaurant ?

— Et ma nouvelle cheffe pâtissière super sexy.

— Ça me semble risqué, constata Liv en s'asseyant à califourchon sur ses cuisses. Embaucher ta petite amie ? Ça pourrait devenir compliqué.

— C'est un risque que je suis prêt à prendre. (Braden glissa les mains sous son T-shirt.) Surtout si ce n'est pas vraiment ma petite amie.

Liv fronça les sourcils.

— C'est une drôle de manière de me larguer, Mack.

— Je pensais plutôt m'associer avec ma femme.

Elle se figea.

— Qu'est-ce que tu viens de dire ?

— Je suis en train de te demander en mariage, répondit-il, les mains sur la taille de Liv et le cœur au fond des prunelles. Je veux te retrouver tous les soirs en rentrant et travailler avec toi tous les jours. Je veux que tu te blottisses contre moi sur le canapé pour me raconter ta journée. Je veux te faire l'amour tous les soirs, qu'on se dispute et qu'on se réconcilie sur l'oreiller.

Liv baissa les yeux vers lui et sentit son cœur se serrer en voyant son regard. Comment c'était arrivé ? Comment avait-elle trouvé cet homme ? Elle couvrit ses lèvres des siennes. Le baiser de Mack était affamé et profond. Elle le laissa dévorer sa bouche puis s'agrippa à ses cheveux pour le ralentir un peu. Il obéit puis il déboutonna le jean de Liv et se mit à tirer impatiemment dessus pour le lui enlever. Elle s'allongea sur le canapé, soudain envahie par un désir ardent.

Ils firent l'amour et se promirent la lune, et quand ils eurent fini, Mack l'attira à lui.

— Tu veux un câlin ?

Elle pressa la joue contre la vallée tiède de son cœur.

— Oui.

— Oui, tu veux un câlin ou, oui, tu veux m'épouser ?

— Les deux.

Il leur fallut un peu de temps pour en arriver au câlin parce que, une fois qu'elle eut dit oui, il lui fit des choses qui lui firent répéter « oui » encore et encore, mais cette fois-ci, nue. Quand elle finit par s'effondrer sur lui, épuisée et satisfaite, il remonta la couverture sur eux.

— J'adore ton torse, dit-elle.

Il déposa un baiser sur le sommet de son crâne.

— Il est tout à toi.

Liv serra le poing et le brandit vers lui.

— Associés ?

Il porta son poing à ses lèvres.

— Pour toujours.

Remerciements

Je ne vais pas mentir. Ce roman a failli me tuer, et je n'aurais pas survécu sans l'aide patiente de mon agente, Tara Gelsomino (tu avais raison, Tara ; ce roman était très ambitieux), et de mon éditrice, la créative et rassurante Kristine Swartz. Merci d'avoir supporté mes crises d'angoisse et de m'avoir aidée à accoucher de l'histoire de Mack et Liv. Je remercie aussi toute l'équipe de Berkley. Bridget O'Toole et Jessica Brook, vous êtes les meilleures. Je vous suis infiniment reconnaissante d'avoir répondu à mes questions concernant le marketing et la publicité. Et je serais vraiment la dernière des dernières si je ne hurlais pas mes remerciements aux correcteurs qui traquent les moindres détails, même quand ils concernent l'appareil génital des poulets.

Tout mon amour et mes remerciements à mon équipe d'écriture – Meika, Christina, Victoria et Alyssa – et mon hilarante team Binderhaus. Comme d'habitude, c'est grâce à vous si je ne perds pas la boule.

Merci à ma famille. Je vous aime tous. Merci de me permettre de vivre mon rêve. Je fais tout ça pour vous.

Et enfin, merci aux survivantes. Je vous crois. Toujours. #MeToo.

(Je refuse cependant de remercier Randy le Coq. Tu es un connard, Randy. Laisse les poules tranquilles.)

Vous avez aimé *The Man You Need*
de Lyssa Kay Adams ?
Découvrez son roman lumineux

Un match, une bière, une romance

Tournez-vite la page pour découvrir un extrait !

Extrait

1

Si Gavin Scott ne buvait jamais, ce n'était pas pour rien.

Il était très mauvais buveur.

Au point de se retrouver visage contre terre sur la moquette, le bras tendu vers une bouteille. Au point de se dire qu'il était trop ivre pour y voir clair, donc autant rester couché sur le sol.

C'est pour ça qu'il ne se leva pas lorsque son meilleur ami et coéquipier dans l'équipe des Legends de Nashville, Delray Hicks, martela la porte de sa chambre d'hôtel à coups de poing : son état lamentable lui rappelait qu'il était au moins capable de merder comme un champion.

— Zé ouvert, bredouilla Gavin.

La porte s'ouvrit à la volée. Del alluma la lumière et jura.

— Merde. Un homme à terre. (Il tourna la tête pour s'adresser à quelqu'un.) Aide-moi.

Del et un autre géant s'approchèrent de Gavin, puis quatre mains massives l'attrapèrent par les épaules. Il se retrouva adossé au canapé miteux de la pièce. Le plafond tourna et il renversa la tête sur les coussins.

— Allez, fit Del en le giflant. Reviens à la vie.

Gavin inspira et parvint à lever la tête. Il cilla à deux reprises, puis enfonça la paume de ses mains sur ses yeux.

— Je suis bourré.

— Sans blague, rétorqua Del. Qu'est-ce que t'as bu ?

Gavin leva la main pour désigner la bouteille de bourbon artisanal posée sur la table basse. Une distillerie locale en avait offert une à chaque membre de l'équipe à la fin de la saison, quelques semaines plus tôt. Del jura de nouveau.

— Putain, mec. Pourquoi ne pas avaler de l'alcool de grain, tant que tu y es ?

— Je n'en avais pas.

— Je vais chercher de l'eau, déclara l'autre type, dont le visage flou présentait quelques ressemblances avec celui de Braden Mack, le propriétaire de plusieurs boîtes de nuit de Nashville, ce qui était totalement absurde.

Depuis quand Del et Braden étaient-ils amis ?

Un troisième homme pénétra dans la pièce et cette fois-ci Gavin le reconnut. C'était un autre de ses coéquipiers, Yan Feliciano.

— *Como esta ?*

Comment va-t-il ? comprit Gavin. Putain de merde, il parlait espagnol quand il était bourré.

Del secoua la tête.

— Il est à un verre d'écouter Ed Sheeran.

Gavin eut un hoquet et protesta :

— *No me gusta Ed Sheeran.*

— Ta gueule, rétorqua Del.

— Je ne bégaie pas quand je suis espagnol, poursuivit Gavin avec un nouveau hoquet, qui fut suivi d'une remontée acide. Quand je suis bourré.

— *Que paso ?* demanda Yan.

— Thea a demandé le divorce, expliqua Del.

Son coéquipier eut l'air surpris.

— Ma femme avait entendu dire qu'ils avaient des problèmes, mais je n'y ai pas cru.

— Tu peux le croiiire, lança Gavin, avant de poser de nouveau la tête sur le canapé en gémissant.

Un *divorce*. Son épouse depuis trois ans, la mère de ses jumelles, la femme qui lui avait prouvé l'existence du coup de foudre ne voulait plus de lui. Et c'était sa putain de faute.

— Bois ça, ordonna Del en lui tendant une bouteille d'eau. Il se planque ici depuis deux semaines, expliqua-t-il à Yan.

— Elle m'a foutu dehors, dit Gavin en laissant tomber la bouteille sans l'ouvrir.

— Parce que tu t'es comporté comme un connard.

— Je sais.

Del secoua la tête.

— Je t'avais prévenu, mec.

— Je sais.

— Je t'avais dit qu'elle en aurait marre de ta gueule si tu persistais à déconner.

— Je sais, gronda Gavin en essayant de se relever.

Trop vite. Beaucoup trop vite. Une vague de nausée l'avertit que le bourbon cherchait la sortie la plus proche. Gavin déglutit et prit une profonde inspiration, mais, oh merde… La sueur maculait son front et ses aisselles.

— Bordel, il vire au vert ! s'écria celui-qui-était-peut-être-Braden-Mack.

Des mains puissantes s'emparèrent de lui et le mirent sur pied. Del et celui-qui-était-certainement-Mack le traînèrent vers la salle de bains. Gavin trébucha jusqu'à la cuvette au moment où un liquide de la couleur des mauvaises décisions explosait dans sa bouche. Mack jura en couvrant son nez et quitta aussitôt la pièce. Del, en revanche, resta avec lui, même lorsque Gavin grogna comme une joueuse de tennis sur son revers et vomit plusieurs fois.

— Tu n'as jamais supporté l'alcool fort, constata Del.

— Je vais mourir, gémit Gavin, agenouillé devant les toilettes.

— Non.

— Rends-moi service, tue-moi.

— Je suis tenté, crois-moi.

Gavin s'affala sur ses fesses et s'adossa au carrelage beige. Son genou entra en collision avec la baignoire beige cachée sous un rideau de douche en plastique beige. Il gagnait quinze millions de dollars par an et il était coincé dans une chambre d'hôtel plus merdique que celles qu'il fréquentait quand il jouait dans des équipes de deuxième division. Il aurait pu se payer beaucoup mieux mais c'était son châtiment. Il se punissait. Il avait laissé son orgueil gâcher la meilleure chose qui lui était arrivée dans sa vie.

Del tira la chasse et baissa l'abattant. Il quitta la salle de bains et revint quelques instants plus tard avec la bouteille d'eau.

— Bois. Je suis sérieux, cette fois-ci.

Gavin ouvrit la bouteille et en avala la moitié. La pièce cessa de tourner au bout de quelques minutes.

— Qu'est-ce qu'ils font là, les autres ? s'étonna-t-il.

— Tu ne vas pas tarder à le découvrir. (Del s'assit sur l'abattant et se pencha en avant, les coudes sur les genoux.) Ça va mieux ?

— Non.

Gavin sentit sa gorge se serrer. *Merde.* Il allait se mettre à chialer devant Del. Il ferma les yeux et pressa le pouce entre ses sourcils.

— Vas-y, pleure, mec, déclara Del en lui tapotant le pied du bout de sa basket. Y a pas de honte à ça.

Gavin renversa la tête contre le mur et des larmes coulèrent sur ses joues.

— J'arrive pas à croire que je l'ai perdue.

— Tu ne vas pas la perdre.

— Elle v-v-veut divorcer, abruti.

Del ne réagit pas en l'entendant bégayer. Plus personne ne le remarquait dans l'équipe, en grande partie parce que Gavin avait cessé d'essayer de dominer son bégaiement devant eux. Encore une chose dont il était redevable à Thea. Avant de la rencontrer, il était complexé et hésitait à s'exprimer, même devant les gens qu'il connaissait. Mais Thea était restée impassible la première fois qu'il avait bafouillé devant elle. Elle n'avait pas essayé de terminer sa phrase à sa place ni n'avait détourné le regard, gênée. Elle s'était contentée d'attendre que les mots sortent. Personne d'autre en dehors de sa famille ne l'avait traité comme s'il était davantage qu'un sportif décérébré et bègue.

Ce qui avait rendu la trahison de Thea encore plus terrible quand, un mois plus tôt, il avait découvert qu'elle lui mentait depuis le début. Parce que c'était un mensonge, un vrai.

Depuis le début de leur relation, sa femme simulait au lit.

— Elle a vraiment dit ça ? demanda Del. Ou est-ce qu'elle a dit qu'il était temps de songer au divorce ?

— Y a une différence ?

— Dans un cas, elle en a vraiment fini avec toi. Dans l'autre, tu as encore de l'espoir.

Gavin fit rouler mollement la tête contre le carrelage en signe de désapprobation.

— Aucun espoir. On voit bien que tu ne l'as pas entendue. J'avais l'impression de parler à une étrangère.

Del se leva, le dominant de toute sa taille.

— Est-ce que tu veux te battre pour sauver ton mariage ?

— Oui.

Oh ! bon sang, oui. Plus que tout. Merde, il avait de nouveau la gorge nouée.

— Qu'est-ce que tu es prêt à faire ?

— Tout.

— Tu es sincère ?

— H-h-hein ? Bien sûr que je suis sincère.

— Bien. (Del lui tendit la main.) Alors, lève-toi.

Gavin laissa Del le remettre sur pied puis le suivit dans la chambre. Il s'affala de tout son poids – il avait l'impression que son corps pesait une tonne – sur les coussins du canapé.

— Sympa, ce bouge, commenta Mack en émergeant du coin cuisine.

Il frotta une pomme verte sur son épaule avant de croquer allègrement dedans.

— Cette pomme m'appartient, grommela Gavin.

— Tu ne la mangeais pas.

— J'allais le faire.

— Bien sûr. Dès que tu aurais atteint le fond de la bouteille.

Gavin brandit son majeur dans sa direction.

Extrait

— Arrête, ordonna Del à Mack. On est tous passés par là.

Hein ? Quoi ? Qu'est-ce qu'il entendait par là ?

Yan s'installa à l'autre bout du canapé et posa ses santiags sur la table basse. Mack s'adossa au mur.

Del les regarda tour à tour.

— Qu'est-ce que vous en pensez, les gars ?

Mack croqua de nouveau dans sa pomme.

— J'en sais rien, répondit-il la bouche pleine. Tu crois vraiment qu'il est de taille ?

Gavin se frotta le visage. Il avait l'impression d'avoir été téléporté dans un film. Un mauvais film, de surcroît.

— Est-ce que quelqu'un peut m'expliquer c-ce qu'il se passe ?

Del croisa les bras.

— On va sauver ton mariage.

Gavin ricana mais les trois paires d'yeux qui le dévisageaient étaient on ne peut plus sérieuses.

— Je suis foutu, gémit-il.

— Tu as dit que tu étais prêt à tout pour récupérer Thea, rappela Del.

— Oui, marmonna Gavin.

— Alors, tu dois être honnête avec nous.

Gavin se raidit. Del s'assit sur la table basse qui protesta sous son poids.

— Raconte-nous ce qui s'est passé.

— Je te l'ai déjà dit. Elle a dit…

— Non, pas ce soir. Qu'est-ce qui *s'est passé* ?

Gavin lança un regard noir aux trois hommes. Même si Yan et Mack-Je-Mange-Ta-Pomme n'étaient pas là, Gavin ne répondrait pas à cette question. C'était trop humiliant. C'était déjà assez difficile d'admettre qu'il était incapable de satisfaire sa femme au lit, alors s'il devait en plus assumer sa connerie, à savoir qu'il avait flippé, commencé à dormir dans la chambre d'amis, fait la gueule à sa femme et refusé d'écouter ses explications parce que son ego était super fragile… Impossible. Il préférait garder tout ça pour lui, merci beaucoup.

Extrait

— Je ne peux pas vous expliquer, finit-il par grommeler.

— Pourquoi ?

— C'est personnel.

— On parle de ton mariage. Evidemment que c'est personnel, rétorqua Del.

— Mais c'est trop…

— Il veut savoir si tu l'as trompée, tête à claques, l'interrompit Mack, agacé.

Gavin tourna brusquement la tête vers lui et le fusilla du regard.

— C'est ce que vous pensez ? Que je serais capable de la tromper ?

Cette idée lui donnait de nouveau envie de se pencher sur la cuvette des chiottes pour évacuer ce qui restait de son dîner liquide.

— Non, affirma Del. Mais on doit poser la question. On n'aide pas les mecs infidèles.

— Qui ça, « on » ? Qu'est-ce qui se passe, à la fin ?

— Tu as dit que tu avais l'impression de parler à une étrangère, hier soir, reprit Del. Est-ce qu'il ne t'est pas venu à l'idée que c'était vraiment une étrangère ?

Gavin lui jeta un regard qui disait clairement « hein ? ».

— Tous les époux finissent par devenir des étrangers l'un pour l'autre, expliqua Del. Les êtres humains sont en constante évolution et on ne change pas au même rythme. Qui sait combien de gens ont divorcé juste parce qu'ils n'ont pas compris que ce qu'ils prenaient pour des problèmes insurmontables n'étaient que temporaires ? demanda Del en écartant les mains. Mais vous deux ? C'est un miracle que vous vous connaissiez ne serait-ce qu'un peu.

— Est-ce que c'est censé me c-c-consoler ?

— Vous êtes sortis combien de temps ensemble avant qu'elle tombe enceinte ? Quatre mois ?

— Trois.

Mack toussa dans sa main en marmonnant *mariage précipité*.

— C'est ça, continua Del. Puis vous vous êtes mariés sur un coup de tête sans cérémonie et tu as été recruté en première division avant la naissance des jumelles. Putain, Gavin, tu as passé la plupart de ton mariage sur la route et elle élève toute seule vos filles dans une ville qui n'est pas la sienne. Tu crois vraiment que c'est toujours la nana que tu as rencontrée, après tout ça ?

Non, mais bon sang, ce n'était pas ça leur problème à Thea et lui. Evidemment qu'elle avait changé. Lui aussi. Mais ils étaient de bons parents et ils étaient heureux. Du moins, c'était ce qu'il *croyait*.

Del haussa nonchalamment les épaules et se redressa en ajoutant :

— Écoute, tout ce que je dis c'est que nos carrières sont difficiles à gérer pour des couples qui sortent ensemble pendant des années et qui savent exactement dans quoi ils s'engagent en se mariant. Mais vous, vous avez sauté à pieds joints dans le grand bain sans gilets de sauvetage. Aucun mariage ne peut survivre dans ces conditions. Pas sans aide.

— C'est un peu trop tard pour la thérapie de couple.

— Non. Mais ce n'est pas de ça que je parle.

— Mais de quoi tu parles, alors, bordel ?

Del l'ignora et regarda tour à tour Yan et Mack.

— Alors ?

— Je suis pour, répondit Yan. Si on ne les rabiboche pas, il ne nous sera d'aucune utilité la saison prochaine.

Mack haussa les épaules.

— Je suis d'accord, ne serait-ce que pour le sortir d'ici. Parce que bon sang, mec…, fit-il en désignant la pièce.

Gavin se vautra vers Yan.

— Comment on dit *Va te faire foutre* en espagnol ?

Mack mordit une dernière fois dans sa pomme et balança le trognon par-dessus son épaule. Ce dernier atterrit pile poil dans l'évier. Gavin le détesta de toute son âme.

— Ce sont mes filles qui m'ont donné cette pomme.

— Oups, répondit Mack.

— Écoute, déclara Del. On va te laisser dormir. Demain soir, première réunion officielle.

Extrait

— Première réunion officielle de *quoi* ?

— De la solution à tous tes problèmes.

Ils le dévisagèrent comme si ça expliquait tout.

— C'est tout ?

— Encore une chose, ajouta Del. D'ici là, tu as interdiction formelle de voir ta femme.

Composé et édité par HarperCollins France.

Achevé d'imprimer en janvier 2022.

FIRMIN-DIDOT

à Mesnil-sur-l'Estrée (Eure)

Dépôt légal : février 2022.

Pour limiter l'empreinte environnementale de ses livres, HarperCollins France s'engage à n'utiliser que du papier fabriqué à partir de bois provenant de forêts gérées durablement et de manière responsable.

Imprimé en France